초원의
송골매

초원의 송골매

발행일	2024년 9월 30일		
지은이	고을주		
펴낸이	손형국		
펴낸곳	(주)북랩		
편집인	선일영	편집	김은수, 배진용, 김현아, 김다빈, 김부경
디자인	이현수, 김민하, 임진형, 안유경, 신혜림	제작	박기성, 구성우, 이창영, 배상진
마케팅	김회란, 박진관		
출판등록	2004. 12. 1(제2012-000051호)		
주소	서울특별시 금천구 가산디지털 1로 168, 우림라이온스밸리 B동 B111호, B113~115호		
홈페이지	www.book.co.kr		
전화번호	(02)2026-5777	팩스	(02)3159-9637
ISBN	979-11-7224-278-7 03810 (종이책)		979-11-7224-279-4 05810 (전자책)

고을주 장편소설

초원의
송골매

I.
의문의 살인 사건

2019년 2월 5일, 설날 동녘이 밝아오고 있었다.

부산 해운대경찰서 형사당직실. 음력으로 섣달그믐날, 밤새워 당직 근무를 하였던 형사계장 권진우는 날이 밝아 교대 시간이 다가오자 취급하였던 사건들을 챙겼다.

우리 민족의 큰 명절이라 그런지 부모님의 유산 문제로 인한 형제간의 다툼과, 만취한 젊은이들이 혈기를 다스리지 못하여 주먹다짐을 한 폭력 사건 등 자잘한 것이 몇 건 있었지만, 평소보다 사건도 많지 않았고 조용하게 지나가기에 안도의 한숨을 내쉬었다. 이젠 한 시간 정도만 있으면 주간 팀이 교대를 하려고 나올 것이다. 진우는 시계를 보면서 마무리를 하지 못한 것이 있으면 서두르라고 팀원들을 독려하였다.

그때 내선 경비 전화가 울렸다.

"계장님, 상황실장입니다. 빨리 바꾸라는데요."

조사한 서류를 분류하고 편철하던 박 형사가 전화를 받아 팀장 자리로 돌리면서 볼멘소리를 하였다. 진우는 형사과 계장이지만 수사에 잔뼈가 굳은 베테랑으로 강력1팀장을 겸직하면서 굵직한 사건들을 전담하고 있었다.

마침 당직한 다음 날이 설날이라 퇴근 후 남동생과 조카, 애들을 데리고 부모님 산소에 성묘를 하기로 약속을 하였다. 동생 내외가 도착하였는지 집에 전화를 하려던 진우는 박 형사의 말에 수화기를 집어 들면서 더럽게 독촉하는구나 생각하였다.

야간 상황실장이었던 하종운 생안과장(생활안전과장)은 타 부서 직원들에게도 시도 때도 없이 잔소리를 하고 다녀 모든 직원이 기피하였다. 그래서 생안과는 물론이거니와 타 부서 직원들도 그가 안 보는 곳에서는 '약방에 감초'라고 부르면서 마주치기를 꺼려하였다. 어젯밤에도 지구대에 순시를 갔다 오더니 비상근무인데도 타성에 젖어 긴장감 없이 근무한다고 당직실에 와서 잔소리를 많이 하였던 과장이었다.

"네. 과장님, 권 계장입니다. 곧 올라가서 결재를 받겠습니다."

"살인 사건이 발생한 것 같으니 빨리 올라와요."

"네? 네. 알았습니다."

생안과장이 집에 일찍 들어가려고 결재를 독촉하겠지, 생각하였던 진우는 화들짝 놀라 상황실이 있는 2층으로 뛰어 올라갔다.

"조금 전에 112에 신고가 떨어졌는데 아무래도 살인 사건 같아요. 권 계장이 직접 출동을 해봐요."

"음…. 알겠습니다."

과장이 A4 용지를 내밀면서 말하기에 진우가 받아서 찬찬히 읽어보니 자살 사건이 아닌 살인 사건이라고 판단이 되어 조금은 황당하였다.

'장산 용추계곡 중간 넓은 바위 위에 여자가 죽어 있다. 신고자. 남. 신고자 전화번호. 010-7×4×-5×3×. 신고 시간. 2019. 2. 5. 07:40.'

"최 경위, 현장을 훼손하지 말고 신고자를 확보하도록 즉시 관할 지구대 순찰차에 지령을 해라."

"벌써 무전을 날렸습니다."

진우가 상황실의 최 경위에게 지시를 한 후 즉시 과수반(과학수사반)으로 전화를 돌렸다.

"원 반장, 살인 사건이다. 즉시 출동한다."

당직을 하는 과수반의 팀장에게 출동을 명령한 진우는 한달음에 달려 내려와 1팀 전원을 소집하였다.

"장산 용추계곡에 변사자가 발생하였는데 아무래도 살인 사건 같다.

조 형사는 남아서 공의에게 연락을 취한 후 간밤에 취급한 사건을 마무리하고, 나머지는 현장으로 출동한다. 전원 1호차에 탑승한다."

"재수 더럽게 없네."

"제기랄, 어찌 탈 없이 퇴근하는가 싶었다."

"오늘 아이들과 선산에 가기로 했는데…."

진우가 휴대폰을 챙기면서 출동을 명령하자 팀원들의 얼굴에는 불만이 가득하였고 여기저기서 투덜거렸다.

"팀장도 함께 임장할 것이다. 불만은 있을 수 없다. 즉시 탑승하라."

진우는 퇴근 후 산소에 가야 하는데 틀렸구나 하는 생각이 들자, 자신도 모르게 쓴웃음이 나왔다. 그렇지만 어쩔 수 없는 일이라고 체념하면서 내색하지 않고 팀원들을 독려하였다.

밖으로 나오니 설날 아침 날씨는 매서웠다. 어제 입춘이 지났건만 동장군은 시베리아로 쫓겨 가기 싫어 몸부림을 치는 것인지 장산 자락의 북풍은 살갗을 에어낼 듯이 차가워 절로 옷깃을 여미게 하였다.

사이렌을 울리면서 현장에 도착하자 관할 장산지구대 순찰차와 경찰 동기인 지구대 당직 팀장이 벌써 임장하고 있었다. 거리가 멀었지만, 연휴 기간이라 도로가 한산하였기에 20분도 채 걸리지 않았다.

현장은 시내에서 약 2㎞ 정도 떨어진 장산의 용추계곡 중간 지점쯤 되었다. 계곡 양쪽은 숲이 우거져 있었는데 왼쪽은 된비알에 바위가 산재한 경사진 산비탈이고, 오른쪽으로는 자드락인데 보덕사와 산간 자연 마을로 올라가는 폭이 2m쯤 되어 보이는 좁은 포장도로가 있었다. 하천은 넓은 곳이 20m, 좁은 곳은 5m쯤 되어 보였고 건기 때라 물은 중간에 실개천처럼 서너 줄기가 흐르고 있었다.

"독고 팀장, 고생한다. 신고자는 확보하였나?"

"권 계장, 불러내서 미안하다. 신고자는 여기 선생님이고 현장에는 변사자의 생사를 확인하려고 나만 갔다 왔다. 저기 보이는 하천 중간쯤의 평평한 바위 위다."

진우의 물음에 장산지구대 3팀장 독고 준 경위가 옆에 우두커니 서 있는 오십 대 중반쯤의 남자를 가리키면서 대답하였다. 진우가 곁눈으로 흘깃 살펴보니 등산복 차림이었는데 키가 크고 운동을 하였는지 다부진 체격이었다.

"과수반과 한 형사는 나와 함께 현장으로 간다. 김 형사는 신고자의 인적 사항과 발견 경위를 조사하고 최 형사는 계곡을, 강 형사는 도로 주변의 특이점과 유류물을 수사하라. 독고 팀장은 혹시 접근할지 모르는 일반 사람들을 통제하면서 최대한 보안을 유지하라. 기자들이 냄새를 맡으면 골치 아프다."

두 명의 과수반 감식요원과 한 형사, 윤 형사와 함께 발밑과 주변을 조심스럽게 살피면서 하천 중간쯤의 현장으로 다가갔다. 겨울이라 하천물이 말라서 현장인 타원형의 넓은 바위는 바닥이 드러나 있었다. 바위의 넓이는 어림잡아 한 평이 더 되어 보였고, 높이는 거의 1m쯤 되어 보였는데 가장자리에 이십 대 중반으로 추정되는 여자가 반듯하게 하늘을 보고 누운 채 죽어 있었다. 피살자는 청바지에 상의는 하얀 언더블라우스를 입었는데 등 쪽에는 말라붙은 피가 홍건하였고 긴 머리카락도 피에 엉켜 있었다. 범인이 사체를 끌고 이동하였는지 바위 중앙에서 가장자리로 혈흔이 여러 갈래로 길게 이어져 있었다. 입술 주변은 치아를 손상당했는지 함몰되어 있었지만, 입술은 상처가 없었고 의외로 세수를 한 것처럼 얼굴이 깨끗하였다. 청바지는 허벅지까지 벗겨져 있었고 피해자의 팬티는 보이지 않았다. 피살자의 파란색 운동화는 모두 벗겨져 있었는데 한 짝만 바위 밑에 있었다.

"원 반장, 현장은 변경될 수 있으니까, 사진을 많이 찍고 바위에 있는 혈흔, 모래톱과 저쪽 바위에 찍힌 족적을 모두 뜨고 그 외 유류물 등 머리카락 한 올도 놓치지 말고 최대한 수집해라."

"알겠습니다."

과수반 원 반장과 수사요원들이 족적을 뜨고 사진을 촬영하고 대형 현미경으로 현장 주변을 샅샅이 훑고 감식하면서 유류물 등 증거가 될 만한 것을 찾는 동안 진우는 사위를 둘러보았다.

현장 주변은 장산의 깊은 골짜기로 인해 사시사철 풍광이 좋고 여름에는 물이 맑았다. 그리고 도심에서 멀리 떨어져 있지 않아 한여름이면 부산시민들이 더위를 식히려고 찾는 계곡이었다. 진우도 몇 년 전에 여름방학을 맞아 아이들을 데리고 물놀이를 하러 왔던 곳인데 그때도 젊은 연인들과 가족 단위로 보이는 사람들이 피서를 즐기고 있었다. 이런 아름다운 용추계곡에 살인 사건이라니…. 그것도 칼바람 몰아치는 이 추운 겨울에…. 최대 명절인 설날에 젊은 여자가, 강간을 당했는지 하의가 벗겨지고 머리가 터져 피를 많이 흘린 모습으로 참혹하게 죽임을 당하다니 진우는 끓어오르는 울분에 가슴이 답답하였다.

"계장님, 여기를 좀 보십시오."

진우가 사체를 보고 천인공노하고 있는데 바위 주변에서 유류물을 수집하고 관찰하던 한 형사가 불렀다. 진우는 현장이 훼손되지 않게 발밑을 자세히 살피면서 바위를 끼고 돌아갔다.

"계장님, 물을 부었는지 소변을 보았는지 알 수가 없지만 이상합니다."

"음…. 그렇군. 냄새를 맡아보자."

한 형사가 가리키는 곳을 보니 사체가 있는 바위 밑에 모래톱이 있는데 물을 부었는지 소변을 보았는지 움푹 파여 있는 것이 주변과 달렸다.

"냄새는 나지 않는데…."

진우가 무릎을 꿇고 엎드려서 코를 모래톱에 대고 몇 번이나 맡아봐도 아무런 냄새가 나지 않았다.

"저도 맡아 봤는데 냄새는 나지 않았습니다."

"한 형사, 그래도 혹시 뭔가 나올 수도 있으니까 원 반장을 불러 사진을 찍어놓고 한 자 정도 넓이와 깊이로 떠서 수거를 해라."

"알겠습니다. 사진은 이미 몇 장 찍었습니다."

진우가 한 형사에게 지시한 후 도로변으로 눈길을 돌리자, 신고자인 등산복 차림의 남자가 김 형사에게 고성으로 삿대질하면서 대들고 있었다. 가만히 들어보니 신고자를 죄인 취급하는 것 같아 불쾌하여 그냥 가겠다고 하는 것 같았다. 진우가 조심스럽게 현장으로 들어왔던 그 코스대로 걸어 나와 다가갔다.

"김 형사, 무슨 일인데?"

"네. 계장님, 신고자가 신분을 증명할 만한 것이 없어 지구대까지 잠시 동행을 요구하였는데 화를 내고 있습니다."

"등산 가면서 누가 신분증을 가지고 다녀? 이름과 전화번호, 주소를 가르쳐주었으면 되었지 왜 바쁜 사람을 지구대까지 연행하려는 거요? 친구들과 보덕사 주차장에서 만나기로 약속하였는데…. 이러니까 신고를 안 해야 하는데…."

신고자가 흥분하였는지 진우가 다가가자, 험악한 표정으로 삿대질을 하면서 큰 소리로 떠들었다.

"아! 선생님, 오늘 참 좋은 날인데 진정하시고 제 말씀을 좀 들어보세요. 신고하신 것 정말 잘하셨습니다. 그런 시민 정신이 사건 해결에 큰 도움을 줍니다. 그리고 범인을 추적하는 형사들의 고충은 이루 말할 수가 없습니다. 약속 시간이 촉박하다면 오늘 누구와 등산을 가는지 그 사람들 전화번호를 가르쳐주십시오. 확인해 보고 바로 보내드리겠습니다. 대신 저희가 찾으면 나의 일이라 생각하시고 적극적으로 도와주십시오."

현장 상황과 신고자 간에 인과관계가 없을 것 같아, 진우가 차근히 설명한 후 김 형사에게 눈짓으로 지시하였다. 그때 공원묘지에 가서 조금 늦겠다던 공의의 승합차가 경광등을 번쩍거리면서 모퉁이를 돌아 달려오고 있었다.

　살인 사건으로 판명되어 수사본부가 설치되었다. 수사본부는 관할 장산지구대 2층 직원 탈의실을 개조하여 설치하였다. 수사본부장에는 황성욱 형사과장, 부본부장엔 형사계장과 강력1팀장을 겸직하고 있는 권진우 경감. 수사요원으로는 1조 조성한 경위와 이성준 경장, 2조 한성근 경위와 윤상준 경장, 3조 김종현 경사와 최강수 경사, 4조 강이근 경사와 박재혁 경장 등 4개 조 강력반 1팀 전원이 투입되었다.

　"서장님, 과장님, 지문 감식을 한 바 피살자는 서울 D구 소담동 ×××번지에 주소를 둔 설해리, 1995년 8월 27일생입니다. 직접적인 사인은 공의가 검안한 것처럼 후두부가 바위에 부딪쳐서 뇌진탕으로 숨졌습니다. 사망 시간은 어제 오후 7시에서 9시로 추정됩니다. 피살자는 하의가 벗겨졌지만, 강간은 당하지 않았습니다. 피살자의 음부나 질에서도 정액이 발견되지 않았으며 깨끗합니다. 단서로는 피살자의 음부에서 4㎝ 정도의 음모가 한 개 발견되었는데 이 음모는 혈액형이 A형입니다. 또한 현장의 바위 아래 모래톱에서 소변이 검출되었고 바위 옆면 중간쯤의 약간 오목한 곳에서 5㎝ 정도의 음모를 추가로 한 개 발견하였습니다. 범인이 바위에서 소변을 볼 때 떨어진 것으로 추정하는데 혈액형은 소변과 음모가 모두 B형입니다. DNA 검사를 해보면 확실한 것을 알 수 있겠지만 동일인으로 추정됩니다. 피살자의 혈액형은 AB형입니다. 현장 주변의 바위와 모래톱 등에서 피해자의 운동화 족적 외에, 구두 족적과 또 다른 운동화 족적이 발견되었습니다. 즉, 피살자 외 두 사람의 발자국입니다. 구두 족적은 바위만 밟아서 희미하지만, 운동화 족적은 모래톱을 밟아서 비교적 선명합니다. 앞부분과 뒷부분을 맞춰보면 260㎜로 보통 남자가 신을 수 있는 운동화 족적입니다. 또한 도로에서 차량 타이어 흔적이 몇 개 발견되었지만 유독 의심 가는 차량이 1대 있습니다. 그 차량

바퀴 자국은 에쿠스, 체어맨, 제네시스 등 국내 고급 승용차와 SUV 차량에 장착하는 G사의 타이어로 추정됩니다. 그 차량은 보덕사 주차장이 있는 것을 모르는지 현장에서 조금 올라간 곳의 약간 넓은 산자락에서 무리하게 차를 돌려 내려갔는데 범인들이 타고 온 차량으로 추정됩니다. 그리고 특이한 것은 피살자의 앞니 네 개가 모두 부러졌는데 이것은 바위에 부딪치거나 구타를 당해서 부러진 것이 아닙니다. 피살자가 사망한 후 범인이 뾰족한 쇠붙이나 돌을 사용하여 쪼았을 것으로 추정하는데 주변을 살펴봐도 사용한 도구는 발견할 수가 없었습니다. 치아를 손상할 때 입술을 벌리고 조심스럽게 쪼았는지 입술 주변에는 상처가 없습니다. 그리고 입술과 입안, 얼굴 등을 깨끗하게 세척하였습니다. 피해자의 팬티와 부러뜨린 치아, 운동화 한 짝과 피살자의 소지품으로 추정되는 핸드백 등은 범인들이 가져갔는지 주변을 몇 번이나 수색하였지만 발견하지 못하였습니다."

"유가족에게 연락은 하였어요?"

현장 감식과 초동수사를 지휘한 진우가 상황을 종합해서 보고하자 배석하였던 서장은 묵묵히 있고 형사과장이 한숨을 쉬면서 물었다.

"네. 신원을 확인한 후 바로 연락을 하였습니다. 지금쯤 가족들이 부산으로 오고 있을 것입니다."

"사체는 국과수(국립과학수사연구소)분실에 안치하였지요?"

"네."

"유가족이 내려오면 부검을 해서 정확하게 사인을 밝히도록 하세요."

"알겠습니다. 그런데 과장님, 이번 사건은 이해할 수 없는 부분이 많은데 수사 방향을 어떻게 설정하면 좋겠습니까?"

"강간을 하지 않았어도 목적이 강간이라면 강간살인이 아닌가?"

현장 상황이 묘한 부분이 많아 진우가 한참 동안 생각하다가 질문을 하자 묵묵히 침묵을 지키고 있던 서장이 무슨 헛소리를 하느냐는 표정으로 반문하였다.

"그건 그렇습니다만…. 감식 결과 피살자는 어제 오후 7시에서 9시 사이에 사망하였습니다. 정확한 사인은 부검을 해봐야 알겠지만, 현재로서는 뇌진탕, 즉 후두부 함몰 및 다량의 출혈로 추정됩니다. 범인은 남자 두 사람으로 추정되는데 강간은 하지 않은 것 같습니다. 범인이 현장에 보란 듯이 소변을 보았는데 이해를 할 수가 없습니다. 그리고 피해자의 앞니를 손괴하고 입술 주변과 입안을 깨끗하게 세척하였습니다. 또한 현장 주변에는 범인으로 추정되는 소변과 운동화 족적, 구두 족적이 발견되었는데 왜 이런 것은 지우지 않고 얼굴 주변만 씻었는지 이해를 할 수 없을 정도로 의문스럽습니다."

"변태들은 종종 상식을 벗어나는 행동을 하지. 족적에 신경을 쓰겠어요? 내가 판단할 때는 두 사람이 여자를 강간하려다가 반항하니까 세게 밀쳤거나 구타를 하였는데, 머리가 바위에 부딪쳐서 즉사를 하였겠지. 소변은 두 사람의 범인 중 한 놈이 술을 먹었겠지. 강간하기가 급한데 먼 곳에 가서 소변을 볼 수가 없기에 바위 끝에서 갈겼겠지. 그때 음모가 떨어진 것이고…. 여자가 죽자 차마 시간은 하지 못하고 허겁지겁 도주하였겠지. 권 계장은 수사에 잔뼈가 굵은 베테랑이잖아요? 증거물이 많으니까 금방 범인을 잡을 수 있을 거야. 서장님이 계시지만 작년에 우리 경찰서는 강력 사건이 한 건도 없었어요. 그런데 연초에 그것도 설날에 살인 사건이라니…. 요원들을 독려하여 단시일 내에 사건을 해결하세요."

서장과 형사과장이 독촉과 격려를 한 후 수사본부를 나가자, 진우는 눈을 감고 오랫동안 사건에 대하여 추리를 해보았다.

'범인은 왜 치아를 돌로 쪼았을까? 그것도 입술은 다치게 하지 않으려고 치아만 조심스럽게 쪼았는데…. 틀림없이 입안에 있는 그 무엇을 끄집어내려고 쪼았던 것 같은데…. 그렇지 않으면 변태들일까? 얼굴과 입안은 왜 세척을 하였을까? 범행 현장에서 소변을 보는 바보도 있을까?

그것도 현장인 바위에 서서 보란 듯이 소변을 본 것 같은데…. 그리고 현장에 많은 증거물을 남겨두면서 피살자의 소지품은 왜 가져갔을까? 수사에 혼선을 주려고 그런 것일까? 계획적인 범죄일까? 과장님의 말씀처럼 변태성욕자들의 우발적인 범죄란 말인가? 서울에 살고 있는 피살자가 왜 구정 전날 용추계곡에 왔을까? 아니면 범인들이 그곳으로 납치를 한 것일까? 납치를 한 것이면 길에서 현장으로 끌려갈 때 피살자가 어느 정도 반항을 하였을 것인데 발자국을 보면 그런 흔적이 전연 없고 자연스럽게 걸어갔는데…. 손을 결박한 흔적도 없고…. 그렇다면 이건 분명 면식범인데…. 그렇지만 차를 이용하여 납치나 유인을 하였으면 차 안에서 강간하는 것이 용이할 텐데…. 이 추운 겨울에 굳이 칼바람 몰아치는 그곳까지 데리고 가서 강간을 하려 한 이유는 뭘까? 그리고 보란 듯이 현장에 많은 증거물을 남겼는데…. 멍청한 범인들이 우발적으로 저질렀단 말인가. 이건 또 아닌 것 같은데….'

진우는 불현듯 이 살인 사건에 뭔가 모르게 트릭이 숨어 있는 것 같고 쉽게 범인을 검거할 수 없을 것 같다는 예감이 들었다.

"혹시 현장 주변에서 우리가 빠뜨린 것은 없었나?"

"현장은 원 반장과 함께 철저하게 감식을 하였습니다."

"반경 약 50m나 훑었지만 그 외는 특별한 것이 발견되지 않았습니다."

"우리도 철저하게 초동수사를 하였습니다."

"신고자도 혐의점이 없었습니다."

진우가 한참 추리를 하다가 눈을 뜨면서 중얼거리자, 한 형사를 비롯하여 모두가 자신 있게 대답하였다.

"강 형사는 더 없나?"

"많은 타이어 흔적이 있었지만, G사의 타이어가 장착된 차량이 용의자들이 타고 온 것으로 추정됩니다. 계장님께 보고하였듯이 다른 타이어 흔적은 보덕사 방향으로 직진하였는데 유독 그 차만이 현장에서 약

20m쯤 올라갔다가 도로 옆의 약간 평평한 산기슭을 이용하여 무리하게 차를 돌려서 오던 방향으로 내려갔습니다. 그 외는 광범위하여 흔적을 더 찾을 수가 없었습니다."

도로 주변을 수사하였던 강 형사가 마치 범인이 타고 온 차를 본 것처럼 단정적으로 말하였다.

"김 형사는?"

"네. 신고자는 하단에서 중소기업을 하는 사람인데 알리바이가 성립되었고, 신고 있던 등산화도 현장의 족적 문양들과 상이하였으며 사건 현장에 가지도 않았습니다. 그리고 피해자와 인과관계가 없는 것으로 추정됩니다. 그렇지만 언제라도 부를 수 있도록 조치를 취해 놓았습니다."

진우가 눈을 껌뻑이면서 묻자, 신고자 주변을 수사하였던 김 형사가 수첩을 보면서 대답하였다.

"좋아. 현장으로 통하는 도로는 보덕사와 상계, 하상천 자연 마을로 통하는 길이다. 틀림없이 범인들은 이곳과 연고가 있을 것이다. 한 형사는 보덕사, 조 형사는 상계 마을, 김 형사는 하상천 마을을 맡아 수사하라. 강 형사는 혹시 목격자가 있을지 모르니까 더 탐문하고 차량 대리점을 상대로 타이어 흔적을 수사하라. 젊은 사람을 중심으로 하되 구정 때 사찰 참배객과 고향에 온 젊은 남자들이 있는지 세밀하게 훑어라. 주변의 우범자들도 빠짐없이 행적을 수사하고 특히 사찰을 조사하는 한 형사 조는 머무는 사람이나 젊은 스님을 상대로 행적과 무엇을 하다가 출가하였는지 세세하게 조사하라. 그런 사람들이 있다면 슬기롭게 모발을 수거하라. 그리고 모두, 범인을 봤거나 용의 차량을 목격한 사람이 있는지 등산객을 상대로 탐문도 병행하라. 기자들은 내가 맡는다. 이 사건에 대하여서는 발설하지 말고 최대한 보안을 유지하라는 서장님 명이다. 이상."

수사요원들이 서둘러 빠져나가자, 진우는 전화를 장산지구대로 돌려놓고 과수반의 원 반장을 만나려고 경찰서로 향했다.

어떻게 서울로 돌아왔는지 기억이 나지 않을 정도로 정신이 혼미한 종학이는 미칠 것만 같았다. 걸치고 있는 옷은 물에 빠졌다 나온 사람처럼 후줄근하게 젖어 있었고 가슴이 답답한 것이 미칠 것만 같았다. 거기다가 해리에게 물렸던 엄지손가락은 뼈에 이상이 있는지 집에 있는 상비약을 발랐지만, 통증이 멈추지 않고 통통 부어올랐다.

'어렸을 때는 귀여워하였고 철이 들 무렵부터는 마음속으로 좋아한 해리였는데…. 그렇게 좋아하고 어른이 되면 결혼하리라 마음을 먹고 있던 해리를 내가 죽이다니…. 평소에 나답지 않게 왜 이성을 잃었을까? 해리를 죽일 의사는 전연 없었는데 결과적으로 살인이라는 무서운 죄를 저지른 것이다. 부산을 가지 않았다면…. 현규를 찾아가지 않았다면, 아니 호젓한 곳에서 해리를 만나지 않았다면 이런 일이 벌어지지 않았을 것인데…. 이젠 어떻게 해야 하나? 어떻게 해야 수습을 할 수 있을까? 뒤늦게 가슴을 쥐어뜯으면서 후회를 해봐도 아무 소용이 없었다. 아! 이젠 면접만 합격하면 법관의 길을 걸을 수 있는데 여기서 발목을 잡히다니…. 그리고 자상하게 대해주셨던 해리 부모님을 어떻게 뵈어야 하나…. 내가 해리를 죽인 것을 알면 해리 부모님은 이성을 잃고 길길이 날뛸 텐데…. 어떻게 해야 하나. 정말 어떻게 해야 하나…. 내가…. 내가…. 그렇게 사랑하던 해리를 죽이고 모든 사람에게 손가락질받는 대역죄인이 되고 말았구나.'

종학이는 가슴을 치면서 한없이 자책하였지만 어떻게 할 수가 없었다. 이성을 잃고 어처구니없이 해리를 죽인 것에 대하여 수없이 자책하고 후회하여도, 되돌릴 수 없는 참담한 현실 앞에 걷잡을 수 없이 눈물이 쏟아졌다. 종학이는 비 오듯 흐르는 눈물을 연신 훔치면서 어젯밤에 일어난 일들을 곰곰이 생각해보았다.

종학이가 경부고속도로를 타고 부산에 도착한 것은 짧은 겨울 해가 질 무렵이었다. 차를 끌고 부산에 가는 것은 처음이지만 서울보다 길이 단조로웠고 어머니 명의로 구입한 H사의 신형 에쿠스는 고급 내비게이션이 장착되어 있었기에 가리키는 대로 따라가면 되었다. 그렇지만 부산 해운대에 도착하여 보덕사로 올라가는 입구를 찾지 못해 헤매다가 땅거미가 어느 정도 내렸을 때 용추계곡의 산길로 접어들었다. 며칠 전부터 감기 기운이 있어 마스크를 쓴 채 히터를 켜놓았기에 공기가 탁해졌는지 가슴이 답답하여, 계곡으로 접어들자 창문을 내려서 환기를 시켰다. 차 안으로 차갑지만 시원한 바람이 들어오자 종학이는 기분이 상쾌하였다. 낮에 보면 골짜기 경관이 꽤 괜찮겠다고 생각하면서 저속으로 가고 있는데 계곡의 중간쯤에 새하얀 물체가 어슴푸레 보였다. 처음엔 대수롭지 않게 생각하였는데 바람결에 여자의 울음소리가 들리는 것 같았다. 이상하다는 생각이 들어 차를 세우고 자세히 들어보니 여자가 숨죽여 흐느끼는 소리가 확실하였다. 순간 종학이는 자살을 하려는 사람이구나 하는 생각이 들었고 무슨 수를 쓰더라도 살려야 한다는 일념으로 차를 길옆 산자락에 바싹 붙여놓고 내렸다. 종학이는 마스크를 벗어 조수석에 던져놓고 발걸음 소리를 죽여서 살금살금 물체를 향해 다가갔다. 넓은 바위 위에 하얀 상의를 입은 여자가 얼굴을 숙인 채 숨죽여 오열하고 있어 종학이는 괜스레 가슴이 미어지는 것 같았다.

"여보세요. 그만 진정을 하세요. 살다 보면 궂은일을 겪을 때도 있는 것입니다. 마음을 굳게 먹는다면 좋은 날도 오지 않겠습니까!"

가까이 다가간 종학이는 상대방이 놀라지 않도록 일부러 헛기침을 두세 번 한 후 위로의 말을 하자 여자가 흠칫 놀라면서 고개를 드는데 뜻밖에도 해리였다.

"어! 해리야. 네가 어쩐 일이니?"

"…오빠가 부산에 어떻게 왔어요?"

"현규를 만나러 가는 길이다. 왜 이곳에서 울고 있니? 그리고 현규는?"

종학이가 옆에 앉으면서 어깨를 가볍게 두드리자, 해리는 상체를 기대오면서 더욱더 서럽게 흐느꼈다.

"자, 그만 진정하고 무슨 일인지 이야기를 해봐라."

종학이가 가만가만 어깨를 두드리면서 다정하게 위로하자 해리는 서러운지 한참이나 흐느끼다가 띄엄띄엄 말하였다.

"저번에 오빠를 만났을 때 현규 씨가 해운대 보덕사에 있을 것이라고 무심코 하는 말을 들었어요. 너무 보고 싶어 바로 찾아가려 하였지만 외출을 할 수가 없었어요. 그런데 명절을 앞두고 사람들이 많이 오자 감시가 소홀해지는 것 같았어요. 아무도 몰래 집을 나와 겨우 찾아갔는데 현규 씨는 나를 붙잡지도 않고 냉대하였어요. 오빠, 내 가슴속에는 현규 씨뿐이야. 현규 씨와 헤어져서는 단 하루도 살 수가 없는데 어떡하면 좋아요? 내가 죽어서 현규 씨 옆에 머물 수만 있다면 차라리 죽어버리고 싶어요."

울음 섞인 해리의 절규에 종학이는 가슴이 아팠지만, 한편으로는 다행이라는 생각이 일순간 머리를 스쳤다.

종학이 아버지와 해리 아버지는 관포지교처럼 지내는 사이라 두 집안은 왕래가 잦았다. 양쪽 가족이 프랑스로 여행도 함께 갔고 집에서도 식사를 하는 등 자주 만났기에 가족 모두가 친분이 두터웠다. 해리는 세 살 많은 종학이를 자연스럽게 오빠라 불렀고 종학이도 친동생처럼 자상하게 챙겨주었다. 그러다가 해리가 중학교에 들어갔고, 장미꽃처럼 화사하게 피어나는 모습을 보고 은근히 이성으로 좋아하였다. 그러다가 해리가 대학교 1학년 때 친구인 현규를 본 후 사랑에 빠지고 말았다. 종학이는 사랑한다는 말 한마디 건네지 못하고 죽마고우 같은 현규에게 해리를 빼앗기자, 벙어리 냉가슴 앓듯 한참 동안 방황을 하였다. 그렇지만 두 사람에게 화를 낼 수도 없고 가로막을 명분도 없어 사랑하는 감정을 가슴속 깊이 숨겨두고 둘이 잘되기를 바랐는데, 해리 부모님이 알게 되자 순탄치가 않았다. 종학이는 해리를 향한 감정을 내색하지 않고 두 사람을 위로하고 용기를 북돋아 주곤 하였다. 그렇지만 이렇게 현규와 결별하였으니, 자신도 모르게 이젠 해리를 사랑할 수 있겠구나 하는 환희가 가슴속에서 뭉게구름처럼 솟아올랐다.

"해리야, 오빠는 어렸을 때부터 너를 좋아하였다. 그러다가 네가 현규를 만나 사랑한다고 말할 때 오빠는 하늘이 무너지는 것 같았다. 물론 현규도 장래가 촉망되는 좋은 사람이다. 그렇지만 부모님이 반대하시는데 어떻게 하겠니? 아저씨와 아주머니는 하나뿐인 해리를 생명처럼 아끼고 사랑하고 있다. 부모님이 반대할 때는 그만한 이유가 있지 않겠니? 이젠 마음을 홀홀 털어버리고 그만 현규를 잊어버려라. 언제까지나 오빠가 너의 곁에 있을게."

등을 토닥거려 주면서 종학이가 다정스럽게 위로를 하자 해리의 울음이 서서히 잦아들었다. 해리를 안고 위로와 사랑을 고백한 종학이는 하늘이 주신 이런 기회를 놓칠 수가 없다고 생각하였다. 내 것으로 만들어 마음을 꽁꽁 묶어놔야 한다는 강박관념이 들자 갑자기 조급해지고 해리 외에는 보이는 것이 없었다. 종학이는 자신도 모르게 해리를 바싹 끌어안고 꿈꾸듯이 해리야 사랑해, 해리야 사랑해 하고 중얼거렸다. 실의에 빠진 해리가 반항을 하지 않자 종학이는 그것을 긍정으로 생각하고 다급하게 해리의 바지를 끄집어 내렸다.

"오빠, 이러지 마세요. 현규 씨는 오빠와 둘도 없는 친구잖아. 어떻게 현규 씨를 보려고 이러는 거예요? 오빠, 이건 아니야. 그만해요."

"오빠가 얼마나 해리를 사랑하는데. 행복하게 해줄게. 우리가 결혼하면 부모님들도 모두 기뻐하실 거야."

"오빠, 왜 이러는 거예요. 제발 이러지 마세요. 사람 살…"

슬픔에 젖어 있던 해리가 정신을 차리고 거세게 반항하여도 종학이는 제정신이 아닌 사람처럼 바지를 벗기기에 여념이 없었다. 실랑이 끝에 바지가 조금 벗겨지자, 해리가 강하게 저항하면서 비명을 질렀다. 해리의 비명에 종학이가 놀라서 엉겁결에 손바닥으로 해리의 입을 막았는데 엄지손가락을 끊어질 정도로 세게 물었다. 종학이는 너무나 아파 눈물을 찔끔거리면서 손가락을 빼내려고 하였지만 해리가 물고 놔주지 않자, 야속하고 화가 나서 엉겁결에 물리지 않은 손으로 머리를 쳤다. 해리는 퍽 소리가 나도록 바위에 머리를 세게 부딪치면서 넘어졌지만 물고 있는 손가락을 놔주지 않아 종학이도 따라서 넘어졌다.

"알았다. 해리야, 오빠가 잘못했다. 손가락 끊어지겠다. 놔라."

허탈한 마음이 든 종학이가 정신을 차리면서 잘못을 빌어도 바위에 쓰러진 해리는 손가락을 문 채 아무 말이 없었다. 종학이는 창피스러운 자기 행동을 후회하면서 해리의 얼굴을 자세히 들여다보니 뭔가 이상하였다.

"해리야, 해리야."

종학이가 해리의 뺨을 살짝살짝 때리면서 불러도 반응이 없기에 어깨를 잡아 흔드는데 머리가 흐늘흐늘 제멋대로 놀았다. 종학이는 심장이 쿵 내려앉는 것 같았고 혹시 죽은 것이 아닌가 하는 생각이 들자 온몸이 떨려왔다. 종학이는 침착해야 한다고 생각하면서 마음을 가라앉힌 후 해리의 코에 손가락을 가져갔다. 숨결이 느껴지지 않아 손목의 맥을 짚어보니 맥박도 뛰지 않았다. 잘못 판단할 수도 있겠다 싶어 목의 동맥을 찾아 거듭 확인을 해봐도 맥박이 뛰지 않는 것이 죽은 것 같았다. 종학이는 눈을 부릅뜨고 다시 한번 확인을 해봐도 죽은 것이 확실한 것 같아 어안이 벙벙하여 한참 동안 입이 다물어지지 않았다.

종학이는 순간적으로 공황 상태에 빠져서 우두커니 앉아 있다가 겨우 정신을 차리고 주변을 둘러보니 어둠이 내린 계곡은 쥐 죽은 듯 고요하였다. 순간 모든 증기를 인멸하고 빨리 현장을 벗어나야 한다는 생각이 머리를 스쳤다. 해리가 물고 있는 왼손의 엄지손가락을 빼내려고 하였지만 얼마나 세게 물고 있는지 빠지질 않았고 끊어질 듯이 통증이 왔다. 종학이는 곰곰이 생각하다가 손가락을 빼내기 위해 해리를 바위 가장자리로 끌어다 놓고 밑으로 내려섰다. 휴대폰으로 바닥을 비춰 뾰족한 돌을 찾아 물리지 않은 다른 손가락으로 해리의 입술을 벌리면서 치아를 톡톡 내려쳤다. 얼마나 세게 물고 있는지 앞니 네 개를 모조리 깨트려서야 손가락을 빼낼 수 있었다. 손가락을 빼낼 때 흐르는 피가 바위나 해리의 옷에 떨어지지 않도록 재빨리 손수건을 꺼내 돌돌 감아 묶었다. 이빨을 쪼았던 돌을 주머니에 넣은 후 입안에 고여 있는 피를 어떻게 해야 하나 심사숙고한 종학이는 해리의 바지를 더 내리고 팬티를 찢어서 벗겼다. 바위를 밟고 물이 흐르는 곳에 가서 팬티를 물에 담갔다가 약간 짠 후 가져왔다. 어두워서 잘 보이지 않았지만, 손가락에서 흘린 피가 남아 있지 않도록 해리의 입안 구석구석을 깨끗하게 닦았다. 몇 번이나 물을 적셔 와서 입안 구석구석을 닦고 휴대폰으로 비춰 보았지만 그래도 안심이 되지 않았다. 더 닦을 것이 없나 생각하다가 해리의 핸드백을 열어보니 손수건이 있기에 끄집어내어서 입안과 입 주변, 얼굴을 깨끗하게 닦았다. 증거가 될 만한 물건이 남지 않도록 꼼꼼히 완벽하게 현장을 정리한 종학이는 깨어진 치아와 팬티, 손수건을 해리의 핸드백에 넣어서 들었다. 마지막으로 땅바닥에 엎드려서 휴대폰으로 주변을 샅샅이 비춰 보니 벗겨진 해리의 운동화가 한 짝 보이기에 무심코 주워 들고 조심스럽게 현장을 빠져나왔다.

"원 반장, 왜 범인들은 현장에 많은 증거물을 남겨놓으면서도 피살자의 치아를 망가뜨리고 소지품과 운동화 한 짝을 가져갔을까? 그리고 피살자의 입술과 입안을 깨끗하게 세척한 이유는 무엇일까?"

"나도 이해가 안 갑니다. 변태자의 짓도 아닌 것 같고 우발적인 범죄도 아닌 것 같고, 그렇다고 치밀하게 계획을 세워서 피살자를 유인하여 범행을 저질렀다고 판단하기에는 이치에 맞지 않은 것 같고…."

과수반의 원 반장은 진우와 나이도 비슷하고 전문 감식요원으로서 오랫동안 손발을 맞춰 현장을 누벼왔기에 뜻이 잘 통했다. 진우가 의문이 풀리지 않는 현장 상황을 거론하자 원 반장도 고개를 갸웃거리면서 곤혹스럽게 대답하였다.

"현장 상황을 살펴보면 피살자가 끌려온 것 같지는 않은데…. 면식이 있는 남자 두 사람이 왜 강간을 하지 못하고 죽였을까?"

"글쎄요. 저도 그 부분이 이해가 가지 않습니다. 분명히 이동은 자동차로 하였을 것인데 따뜻한 자가용을 놔두고 왜 칼바람 몰아치는 그곳에 데리고 가서 강간하려고 했는지…. 또 면식범이 분명한 것 같은데 연약한 여자를 제압하지 못해 폭력을 행사하여 죽인다는 것도 이해를 할수가 없습니다."

진우가 혼잣말로 중얼거리자 원 반장도 곰곰이 생각하다가 범죄 현장이 일반 상식에 어긋나는지 맞장구를 쳤다.

"이빨은 무슨 이유로 쪼았을까? 그것도 왜 입술 부분은 다치게 하지 않고 조심스레 앞니만 망가뜨렸을까? 무엇인가 입안에 있는 것을 끄집어내려고 그랬던 것 같기는 한데…. 그리고 입 주변과 얼굴은 왜 깨끗하게 닦았을까?"

"음…. 약간 변태 기질이 있는 것이 아닐까요. 범인들이 급하게 강간하려다가 피살자가 의외로 거센 반항을 하니까 제압하는 과정에서 바위에 머리를 부딪치게 할 수도 있고…. 또한 구타하여 피해자의 머리를 바위에 짓이길 수도 있고, 흥분한 범인들이지만 차마 시간은 하지 못하고 사체를 훼손하였겠지요. 소지품을 가져간 것은 완전범죄를 노렸거나 수사에 혼선을 주려고 그랬던 것 같습니다. 어쨌거나 증거물이 많으니까 쉬잡히지 않겠습니까?"

원 반장은 현장에서 증거물이 많이 나왔기에 사건 해결을 어느 정도 낙관하는 것 같았다.

"원 반장, 식도나 입안에서 뭐 특별한 것이 발견되지 않았나? 예를 들자면 범인이 키스를 하려다가 혀를 물릴 수도 있고, 피살자가 비명을 지르니까 손으로 입을 막으려다가 손가락을 물릴 수도 있고, 손수건이나 피살자의 팬티로 입을 막으려 할 수도 있었을 것이고…. 하여튼 이물질이 없었나?"

"네. 없었습니다. 범인들이 가져간 피살자의 팬티나 손수건 등으로 깨끗하게 세척을 하였는지 발견된 것이 아무것도 없었습니다."

"피해자의 가족이 도착하여 부검을 하면 치아 사이나 입안, 식도를 정밀 감식을 해봐라. 혹시 다른 단서라도 나올 수 있으니까? 그리고 음식도 뭘 먹었는지 정확하게 체크를 해보고."

"알겠습니다."

과수반을 나서는 진우는 가슴이 무겁고 답답하였다. 사건이 단순한 것 같지만 세밀하게 분석을 해보면 실타래 엉키듯 복잡하게 꼬여 있는 것 같았다. 뭔가 모르게 트릭이 숨어 있는 것 같았고 또한 수사에 혼선을 주기 위해 복선을 깐 것 같고…. 하여튼 이 사건은 쉽게 해결할 수 없을 것 같다는 예감이 들었다.

오후 9시 장산지구대 살인 사건 수사본부. 범인과 목격자, 신고자 등 증거물을 찾아 동분서주 뛰어다니던 요원들이 모여들었다. 형사과장을 비롯하여 피곤함에 지쳐 축 늘어진 수사요원들이 큰 책상을 가운데 두고 둘러앉았다.

"과장님, 계장님, 피살자는 음력으로 섣달그믐날 오후 3시쯤 보덕사에서 공부를 하고 있는 조현규라는 이십 대 후반의 남자를 찾아왔다고 공양간의 보살이 말하였습니다. 그리고 현규는 오늘 아침에 온다간다 말도 없이 행방을 감췄습니다. 범인으로 의심이 가기에 인상착의를 세밀하게 탐문하였습니다. 그리고 현규가 기거하였던 방에서 머리카락 세 개를 채취하여 과수반에 의뢰하였습니다. 그 외에는 특별하게 의심 가는 신도나 젊은 스님은 없었습니다."

보덕사를 맡아 수사를 하러 나갔던 한 형사가 마치 조현규가 범인이라도 되는 양 의기양양하게 보고를 하였다.

"음, 그 친구가 혐의점이 많군. 주민조회를 해서 인적 사항을 밝혀내라. 차량 수사는 특별한 것이 없고?"

"참배객이 타고 왔던 체어맨과 에쿠스, SUV 등 차량은 15대인데 차적 조회를 통하여 조사를 하고 있습니다. 그리고 주변을 세심하게 탐문하였지만, 현재로서는 목격자가 나타나지 않습니다."

"좋아. 조 형사는?"

황성욱 형사과장이 약간의 미소를 머금은 채 조 형사를 바라보면서 물었다.

"상계 마을은 총 열아홉 세대이며 음식점이 두 곳 있었습니다. 탐문을 한 바 삼사십 대 젊은 남자가 있는 집이 다섯 세대, 구정 때 고향을 찾은 젊은이가 네 명이 있었습니다. 이들의 인적 사항을 확인하였으며 이들 중 세 명은 모발을 확보하여 과수반에 의뢰를 하였습니다. 용의 차량을 소유한 사람은 귀성객을 포함하여 '계곡 산장'이라는 상호로 음식점을 경영하는 김또평이라는 오십 대 후반쯤의 남자가 한 명 있었습니다. 차량을 운행하지 않았다고 진술하지만 양해를 구하고 머리카락을 얻어 왔습니다. 자연 마을이라 젊은이가 없었고 특별하게 의심을 둘 만한 우범자도 없었습니다."

"잘했어. 김 형사는?"

조 형사의 보고가 끝나자 형사과장이 김 형사를 바라보면서 물었다.

"네, 하상천 마을은 총 열네 세대로 사십 대까지의 젊은이가 거주하는 집은 네 가구며 음식점은 없었습니다. 구정 때 고향을 찾은 젊은이는 여덟 명입니다. 이들의 인적 사항을 모두 파악하였으며 고향을 떠난 사람과 부재중인 사람을 제외한 다섯 명의 머리카락을 수거하였습니다. 용의 차량을 소유한 사람이거나 구정 때 그런 차를 끌고 온 사람은 발견할 수가 없었습니다. 마을주민 중 특별하게 우범자로 볼 만한 사람도 없었습니다."

"좋아! 강 형사는?"

"네. 타이어 흔은 G사 제품인데 H사, S사, K사 등 국내 자동차 제조회사의 고급 승용차와 일부 SUV 차량에 장착하고 있습니다. 목격자는 찾지 못했습니다."

"음…. 그래도 윤곽이 서서히 드러나니 조만간에 해결될 것 같군. 피살자의 부모를 만났는데 현직 서울 D구청장이었다. 부검을 하지 않겠다고 고집을 피우는 것을 설득한다고 애를 먹었다. 권 계장, 조금 있으면 원 반장이 올 것인데 부검 결과를 검토해서 수사 방향을 정하도록 합시다."

골초 형사과장 성욱이가 담배를 빼어 물면서 말하자 진우를 비롯하여 선임 형사들도 담배를 꺼내 들었다. 그때 노크 소리와 함께 과수반의 원 반장이 들어왔다.

"뭐가 좀 나왔나?"

서류 봉투를 든 원 반장이 자리에 앉지도 않았는데 형사과장이 성급하게 물었다.

"네. 피살자는 공의가 검안한 대로 후두부가 함몰되어 뇌진탕으로 현장에서 즉사한 것이 맞습니다. 다른 데는 구타를 당한 흔적이 전연 없습니다. 또한 피살자는 강간을 당하지 않았으며 성관계를 한 번도 하지 않은 숫처녀입니다. 그리고 계장님이 의문을 품은 것이 맞습니다. 피살자의 식도와 위 사이에서 소량의 핏물이 발견되어 정밀 감식을 하였더니 O형이 나왔습니다. 피살자의 혈액형이 AB형인데 어느 부분인지는 모르지만 피살자가 범인의 신체 일부분을 물었다고 추정을 할 수 있습니다. 범인은 물린 부위에서 피를 흘렸으며 그 물린 것을 빼내려고 치아를 쪼았습니다. 물린 부분은 혀나 손가락으로 추정을 할 수 있습니다. 또한 범인은 증거를 인멸하려고 피살자의 입 주변과 입안을 세척하였는데 그때 입안에 있던 소량의 혈흔이 기도로 넘어간 것 같습니다. 이렇게 가장을 할 때 O형의 범인은 법의학에 상당히 조예가 있는 자이며 지능적입니다. 그리고 피살자는 음식을 먹은 것이 오래되어서 위는 텅 비어 있었습니다."

"그렇다면 이게 뭐야! 범인이 세 명으로 추정된다는 말인가?"

"그렇습니다. 범인이 피살자에게 신체 일부분을 물렸던 것이 틀림없습니다. 피살자가 죽으면서 무의식으로 입을 다무는 바람에 범인은 물렸던 신체의 일부분, 즉 손가락이나 혀를 빼내려고 앞니를 손상하였고 또한 흘렸던 피를 지우려고 깨끗하게 세척하였습니다. 입안에서는 혈흔이 전연 발견되지 않았습니다."

과수반 원 반장의 보고에 진우는 사건이 기본 상식을 벗어나는 것 같아 머리가 욱신거렸다.

'힘이 약한 여자를 남자 세 명이 강간하려다가 반항하니까 죽였다. 제압하는 과정에서 범인들이 피살자의 머리를 구타하였거나 바위에 머리를 강하게 부딪치게 하여 즉사시켰다. 신체의 일부분을 물린 범인은 치아를 뾰족한 도구나 돌 등으로 쪼아서 빼내고 입안을 깨끗하게 세척하였다. 그런 후 범인들은 모든 증거물을 수거하여 침착하게 도주하였다. 분명히 현장에는 피살자 외에 두 사람의 족적만 발견되었는데 그럼 한 사람은 신발을 벗은 채 바위만 딛고 현장에 갔단 말인가? 이건 아닌 것 같은데…. 피살자는 평소 범인들과 잘 알고 있는 사이였기에 반항 없이 따라간 것 같은데…. 왜 범인은 입술을 다치게 하지 않으려고 조심스럽게 치아를 쪼았을까? 증거를 인멸하고 피살자의 소지품마저 수거하여

도주를 하였는데 어떻게 다른 범인은 현장에서 소변을 볼 수 있었을까? 피살자의 음부에서 발견된 음모는 범인이 강간을 시도하였다는 증거인데…. O형의 범인은 법의학에 조예가 있어 치밀하게 증거를 은폐하려는 지능범이라고 볼 수 있는데…. 그렇다면 공범자가 현장에서 소변을 본 흔적도 지워야 하고 혹시나 유류물이 있는지 세밀하게 훑어봐야 정상인데….'

진우는 현장 상황을 토대로 추리를 해보았지만 뭔가 모르게 이치에 맞지 않는 것 같았고 사건이 점점 복잡하게 꼬여간다는 느낌이 들었다.

"어찌 되었든 증거가 많으니 범인을 쉽게 잡을 수 있을 것 같군. 권 계장이 요원들을 독려하여 조만간에 일망타진하세요."

황 과장이 일방적으로 지시를 한 후 밖으로 나가자, 진우는 담배를 다시 꺼내 피우면서 골똘하게 생각에 빠져 있다가 고개를 들었다.

"수고하였다. 원 반장은 모발을 감식 대조하고, 모두 집에 들어가서 옷을 갈아입고 내일 여덟 시까지 수사본부로 출근하라."

실질적으로 수사본부를 움직이는 사람은 진우 자신이므로 요원들을 집에 들어가도록 지시를 한 후 자리에서 일어났다.

신문이나 언론에 촉각을 곤두세우면서 며칠을 보낸 종학이는 매스컴에서 더 이상 떠들지 않자 불안하여 미칠 것만 같았다. 언론에서는 두 사람의 범인이 여자를 강간하려다가 죽였다고 간단하게 보도한 후 조용하였다. 물론 설날 오후에 서울역 광장에서 외국 노동자들의 집단 패싸움으로 두 명이 칼에 찔려 죽고 다섯 명이 중상을 입는 대형 사건이 발생하였다. 사회적으로 물의를 일으킨 큰 사건에 가려져서 비중 있게 다루지는 않았지만 그래도 종학이는 이 부분을 이해할 수가 없었다.

수사를 하는 경찰이 착각하였는지, 그렇지 않으면 진짜 두 사람에 대한 증거물을 발견하였는지 판단을 할 수가 없었다. 증거가 될 수 있는 혈흔을 완벽하게 지웠다고 생각하였는데 어떻게 해서 두 사람의 유류물을 발견하였단 말인가?

'내가 현장을 빠져나온 후 다른 사람들이 가서 흔적을 남겼단 말인가? 다른 사람들이 사체를 훼손하였단 말인가? 그렇지는 않았을 것인데… 누구나 죽은 사람을 발견하면 바로 경찰에 신고할 텐데… 임장한 수사관들이 현장에서 무엇을 발견하였기에 범인을 두 사람으로 추정하였을까? 나의 증거는 완벽하게 인멸하였는데. 그리고 현장을 벗어날 때 그 누구도 대면한 사람이 없었는데… 침착하게 현장을 빠져나와 국도를 타고 밀양 방향으로 한참을 달리다가 삼랑진 IC가 보이기에 고속도로에 올렸고, 서울에 들어올 때도 천안 IC로 빠져서 국도를 타고 들어왔는데… 해리의 핸드백과 신발은 고속도로 옆 야산에 깊이 묻었고, 치아를 쪼았던 돌은 점퍼 주머니에 그대로 있기에 어딘가는 모르지만, 고속도로 교량을 지나올 때 골짜기에 던져버렸다. 치아와 피를 닦은 팬티, 손수건 등은 집에 가져와서 아무도 모르게 소각하였다. 그런데 어떻게 현장에 두 사람의 흔적이 있단 말인가? 나의 흔적은 전혀 남기지 않았는데… 물론 집에 올 때까지 마스크를 벗지 않았고 햇빛 가리개를 내려서 누가 봐도 모를 정도로 완벽하였는데…'

종학이는 한참을 생각하여도 자신에게 득이 되는지 실이 되는지 헷갈려서 감을 잡을 수가 없었다.

무남독녀인 해리가 변을 당하자, 집안이 벌컥 뒤집혔고 아버지와 어머니는 한달음에 해리 집으로 달려갔다.

여당인 재한누리당 국회의원인 아버지는 같은 당 소속의 D구청장인 해리의 아버지와 호형호제하는 사이다. 비보를 접한 후 매일 해리 집에서 머무는지 돌아오지 않았다. 어머니는 해리 어머니보다 세 살이 많아 평소에 언니 동생 하면서 사이좋게 지냈다. 지금도 종학이가 해리를 죽였다고는 꿈에도 모른 채 해리 어머니를 위로하는 데 여념이 없을 것이다. 도우미 아주머니를 일찍 돌려보낸 종학이는 어둠이 찾아들었지만, 넓은 저택에 불도 켜지 않았다. 공황 상태에 빠져 캄캄한 방 안 침대에 누워 괴로움에 몸을 떨면서 마음속으로 해리에게 용서를 빌고 또 빌었다.

'해리야, 미안하다. 사랑스러운 너를 죽일 마음은 조금도 없었는데 결과적으로 이렇게 되고 말았다. 나는 어떻게 해야 하니? 죄인이 되어, 어떻게 살 수가 있겠니? 또한 법조인이 된다면 가슴에 십자가를 안고 어떻게 남을 심판하고 죄인을 검거하고 벌을 주겠니? 또 나에게 자상하게 대해주시던 너의 부모님 얼굴을 어떻게 뵐 수가 있겠니? 해리야, 너를 따라가고 싶다. 너를 찾아가서 무릎을 꿇고 참회를 하고 싶다. 증거를 완벽하게 인멸하였지만 언젠가는 나의 죄상이 백일하에 드러날 것인데…. 세상 사람들에게 무수히 손가락질받을 것인데 어떻게 살 수 있겠니? 차라리 너를 찾아가서 용서를 구하는 것이 최선이라 생각한다. 죄를 지었으면 벌을 받아야 하는 것은 만고불변의 진리잖니? 너를 죽여놓고 가면을 쓴 채 모든 사람을 속이면서 법조인으로 산다는 것은 있을 수 없는 일이잖니? 그래! 기다려라. 내가 찾아가서 네 발밑에 무릎을 꿇고 용서를 빌게. 나를 미워할 수 있겠지만 오래전부터 해리 너를 진정으로 사랑하였다. 나를 받아다오. 아버지, 어머니, 못난 아들을 용서해 주십시오. 이 아들은 바보처럼 천인공노할 죄를 저질렀기에 죽음을 선택하지 않을 수가 없습니다.'

괴로움에 몸부림치던 종학이는 생각을 정리한 후 부모님이 돌아오시기 전에 죽는 것이 좋겠다고 결심하였다. 아버지도 잘 알고 있는 동네 단골 약국에 들러 수면제 40알을 구입하였다. 집에 돌아온 종학이는 눈물을 흘리면서 해리를 남몰래 사랑하였던 것과, 부산에서 있었던 일을 구구절절하게 적어놓고 참회의 길을 간다면서 용서를 구하였다. 냉장고에 있는 맥주와 소주를 꺼내고 주방에 가서 대접을 가지고 왔다. 맥주와 소주를 대접에 섞어 수면제와 함께 먹은 후 침실로 들어가서 눈을 감는데 걷잡을 수 없이 눈물이 비 오듯 쏟아졌다.

현장에서 수거한 음모와 소변, 혈흔은 각기 다른 세 사람의 유류물인데도 경찰청 국과수에서 보관하고 있는 전과자의 DNA와 일치하는 사람은 아무도 없었다. 이로 미루어 보아 범인들은 초범으로 추정되었다. 그러나 천만다행으로 보덕사의 승방에서 가져온 조현규의 머리카락을 감식한 바 피해자의 음부에서 발견된 머리카락과 DNA가 일치하였다. 그리고 하상천 마을의 이민성이라는 삼십 대 젊은 청년이 몇 년 만에 고향을 찾아왔는데 설날 아침에 말도 없이 사라졌다는 것이 김 형사의 촉수에 걸려들었다. 민성이는 어렸을 때부터 깡패처럼 불량 청소년과 어울려 다녔고, 고향에 와서는 부모님과 돈 문제로 말다툼을 한 후 이른 아침에 몰래 떠났다는 첩보를 입수하였기에 수사본부는 활기를 띠었다.

진우는 수면 위로 떠오른 현규를 추적하기로 수사 방침을 정했다.

"한 형사는 족적 수사를 중단하고 이동통신사에 가서 현규가 휴대폰을 개설하였는지 수사하라. 위치 추적이 되면 함께 출동한다. 만약에 휴대폰이 없거나 위치 추적이 되지 않으면 고향에 가서 탐문하라. 고향에는 부모님이나 친구들이 있을 테니 추적을 할 수 있을 거다."

"알았습니다."

"김 형사는 민성이의 집을 방문하여 부모를 만나서 동의를 구한 후 그가 머물렀던 방을 수색하여 머리카락이나 민성이로 추정할 수 있는 증거물을 찾아봐라. 만약에 그런 것이 없으면 민성이가 다녔던 학교를 찾아가서 학적부를 열람하여 혈액형을 확인하라. 또한 사진을 입수하고 민성이가 거주하는 곳과 휴대전화가 있는지 정확히 파악하라. 민성이의 머리카락이나 물건 등이 발견되면 분실에 즉시 감식을 의뢰하라."

"알았습니다."

"강 형사도 타이어 흔적 수사는 잠시 보류하고 서울로 가라. 가서 피해자 주변을 철저하게 수사하라. 범인 중에는 죽은 피해자와 면식이 있거나 인과관계가 분명히 있을 것이다. 아참! 서울 간 김에 피해자 부모님을 찾아뵈어라. 정중하게 애도의 뜻을 표하고 수사를 어떻게 하고 있는지 물으면 세세한 것은 말하지 말고 대강만 설명해 줘라. 그러다가 민성이가 현장에 있었던 용의자로 판명이 되면 우리도 서울로 가든지 아니면 양쪽으로 나누어서 쫓든지 그건 그때 가서 다시 지시하겠다."

"알겠습니다."

"조 형사도 지금 하던 일을 잠시 중단하고 서울 남부에서 경부고속도로 상, 하행선 IC에 있는 CCTV에 녹화된 자료를 USB에 담도록 하라. 날짜는 설 연휴 3일이면 될 거다. 범인 중에는 해리와 친분이나 면식이 있기에 서울에서 부산에 왔을 가능성이 농후하다. 그런 후 시간이 남으면 강 형사와 합세하여 민성이를 쫓는다. 시간이 없다. 바로 출발하라. 이 사건은 서장님의 지시대로 공개수사를 할 수 없으니 모두 보안에 유념하라. IC가 서울 가는 길목에 있으니까 조 형사는 별도로 움직이지 말고 강 형사와 함께 움직여라."

조별로 각자 일을 분담시켜 수사요원들을 내보낸 진우는 구정 때 부산으로 들어온 에쿠스나 체어맨, 고급 SUV 차량을 조사하기 위해 구서 IC로 달려갔다.

"소장님, 설 잘 쇠었습니까? 해운대 용추계곡에서 발생한 살인 사건을 수사하고 있는 해운대경찰서 형사계장 권진우입니다."

"아! 네. 고생이 많습니다. 신문을 보았습니다. 범인은 잡혔습니까?"

진우가 구서 IC 책임자를 찾아 신분증을 제시하면서 인사를 하자 오십 대 관리소장은 살인 사건을 알고 있었는지 의자를 권하면서 물었다.

"지금 범인을 쫓고 있는데 좀체 꼬리가 드러나지 않습니다."

"세상 참 말세야. 나도 딸을 키우고 있지만 사내새끼가, 그것도 두 녀석이 연약한 여자를 강간하려다가 죽였다는데 그렇게 흉악한 놈들은 모두 붙잡아 사형을 시켜야 합니다."

진우가 한숨을 쉬면서 자리에 앉자, 소장이 흥분을 하였는지 목청을 돋워 범인을 성토하였다.

"소장님, 이번 설 연휴 때 이곳을 통과하였던 상, 하행선 차량을 조사하고 있는데 CCTV에 녹화된 자료가 필요합니다. USB에 복사를 좀 하였으면 합니다."

"그렇게 하십시오. 저희가 협조할 일이 있으면 도와드려야지요. 김 계장, 기기실에 가서 필요한 것을 좀 도와드려요."

소장이 지시하자 김 계장이라는 사십 대 남자가 자리에서 일어났다. 진우가 김 계장을 따라 사무실 안쪽으로 돌아가니 기기실이 있었다. 진우는 가지고 간 USB에 설날 연휴 때 상, 하행선 CCTV에 녹화된 영상을 모두 담았다.

"계장님, 서울에서 부산으로 들어오거나 빠져나가려면 경부고속도로 외에 또 다른 IC가 어디 어디에 있습니까?"

녹화를 하는 도중 진우가 심각한 표정으로 김 계장에게 물었다.

"네. 노포 IC도 있고 또 경부고속도로가 정체되면 김해 쪽으로 나가서 신대구고속도로나 남해고속도로를 이용하는 사람들도 있습니다. 그쪽 길은 경부고속도로에 비교하면 한산합니다."

"그쪽 길은 험하다는 말이 있던데 이용을 많이 합니까?"

"산을 가로지르기에 험하다고 소문이 나 있지만 실제로는 그렇지 않습니다. 경부고속도로가 막히면 그쪽 길이 빠를 수도 있습니다."

깍듯하게 소장과 계장에게 인사를 하고 난 후 구서 IC 사무실을 나선 진우는 인근에 있는 노포동 IC 관리사무실로 향했다. 그곳에서 설날 연휴 때 상, 하행선을 통과한 차량이 녹화된 CCTV 영상을 모두 USB에 담은 후 신대구고속도로 상동 IC로 달려갔다.

칠흑 같은 밀림에서 정체를 알 수 없는 괴한들에게 쫓기다가 계곡으로 추락한 종학이가 비명을 지르면서 눈을 떴다. 처음에는 늪 속에 빠져 있는 느낌으로 정신이 몽롱하였다. 그러다가 눈앞의 뿌연 안개가 점차 걷히더니 사물이 점점 뚜렷하게 보였다. 처음에는 하얀 천정이 들어왔고 옆으로 고개를 돌리자, 근심이 가득한 아버지와 어머니의 얼굴이 보였다.

'아! 내가 죽지 않았구나. 무슨 염치로 부모님을 뵙고 하늘을 우러러볼 수 있단 말인가. 차라리 죽게 내버려 두지 왜 병원에 데리고 왔는지 부모님이 원망스러웠다. 부모님을 보기가 민망하고 회한에 젖어 눈을 감자 자신도 모르게 눈물이 볼을 타고 내렸다.

"종학아, 깨어났구나. 조금만 늦게 발견하였으면 큰일 날 뻔하였다. 지금은 아무 말도 하지 말고 안정을 취하라. 진정이 좀 되면 아버지와 대화를 나눈 연후에 죽고 사는 것을 결정해라."

"이것아. 이게 무슨 짓이고? 그래! 앞길이 짱짱한 놈이 무슨 사연이 있기에 죽으려고 약을 먹어! 이 못난 녀석아. 그래! 낼모레면 법관이 될 녀석이 뭣 때문에 죽으려고 하는데?"

아버지의 따뜻한 말과 어머니의 처절한 통곡 소리에 부끄럽고 죄송하여 하염없이 눈물만 흘리고 있는데 의사와 간호사가 달려왔다. 종학이의 눈꺼풀을 뒤집어 보고 맥박과 혈압을 체크하는 등 한참 동안 부산을 떨었다.

"크게 걱정하지 않으셔도 될 것 같습니다. 조기에 발견하였기에 약효가 몸 전체에 퍼지질 않았습니다. 하루나 이틀 정도 안정을 취하면 아무 탈이 없을 것입니다."

"선생님, 감사합니다. 정말 감사합니다."

"현 박사, 고생하였소."

생명의 은인인 양 극찬을 받던 의사와 간호사가 나간 후 아버지가 종학이의 어깨를 가만가만히 두드리다가 어머니와 함께 병실을 나갔다. 종학이는 슬그머니 눈을 뜨고 일어나 앉아 어떻게 된 일인지 생각을 해보았다.

날이 어두워졌고 A4 용지 두 장에 유서를 써놓고 수면제를 먹었으니 오후 7시쯤 되었을 것이다. 그런데 언제 부모님이 발견하여 병원으로 옮겼는지 기억도 없고 얼마나 의식을 잃은 채 병원에 있었는지 알 수가 없었다. 종학이는 심한 자책감으로 몸이 떨렸고 이렇게는 살 수 없다는 생각만 머릿속에 가득하였다. 세상 모든 사람에게 비난과 손가락질을 받으면서 교도소에 가는 것보다, 죽는 것이 자신과 부모님, 그리고 비통한 심정이 되어 실의에 빠져 있을 해리의 부모님을 위해서도 나을 것 같았다. 그것이 내가 가야 할 길인 것 같았다.

"종학아, 너희 어머니는 유서를 보지 못했다. 비밀로 해라. 엉뚱한 궁리는 하지 말고 차분하게 마음을 가라앉히고 생각을 해보아라. 사람은 신이 아니기에 실수할 수 있다. 너는 죽으면 그 고통에서 벗어나고 죄를 사하겠지만 남은 가족들은 설 구청장이나 모든 사람에게 비난을 받을 것이다. 그러면 나와 너의 어머니도 더 이상 이 세상에 살 수가 없어 너를 따라가지 않을 수가 없다. 현시점에서 무엇이 우리 모두를 위한 길인지 깊이 생각해 보아라. 아버지는 지금 상임위에 나가봐야 한다. 다녀와서 마음을 열어놓고 어떤 선택이 최선의 길인지 대화를 나눠보자. 그런 연후에 죽고 사는 것을 결정해도 늦지 않을 것이다."

종학이가 멍하게 상념에 젖어 있는데 아버지가 다시 들어와서 말한 후 어깨를 가만가만히 두드려 주다가 잰걸음으로 나갔다. 아버지가 나간 후 얼굴이 창백한 어머니가 들어왔다. 아무것도 모르는 어머니는 눈물을 줄줄 쏟으면서 뭐라고 꾸짖는데 종학이는 죄의식에 사로잡혀 눈을 뜨지도 못한 채 정신을 잃고 쓰러졌다.

김 형사와 최 형사가 민성이 집을 찾아가니 집에는 아무도 없었다. 이

웃 주민들을 상대로 수소문한 바 민성이의 모친은 '상계 꽃등심' 음식점에서 일을 한다기에 차를 돌렸다. 민성이 모친을 만나서 조심스럽게 민성이가 무엇을 하는지, 연락처가 어떻게 되는지 탐문을 하였지만 전연 모르고 있었다.

민성이는 고향을 떠난 지 십여 년 동안 소식도 없다가 이번 설날에 나타나서 방 얻을 돈을 마련해달라고 하였다가 아버지와 다투고 말없이 갔다 하였다. 할 수 없이 민성이의 어머니를 차에 태우고 집으로 다시 가서 머물렀던 방을 조사해본 바 깨끗하게 청소가 되어 있었다. 가지고 간 대형 현미경으로 방구석을 세밀하게 비춰 보니 문지방과 방바닥 사이에 끼어 있는 4㎝ 정도의 머리카락 두 개를 발견하였다. 방바닥 자리를 들고 조심스레 테이프를 붙여 머리카락을 수거한 후 현미경으로 구석구석을 훑어보아도 더 이상 나오는 것이 없었다. 고등학교 다닐 때 가족과 함께 찍은 사진이 안방 벽에 걸려 있기에 휴대폰에 담고, 어디에 사는지 어떤 회사에 다니는지, 휴대폰 번호와 집에 올 때 무슨 옷을 입었고 신발은 어떤 신발을 신고 있었는지 상세하게 물은 후 민성이 어머니를 음식점에 태워다주고 돌아섰다.

최 형사에게 머리카락을 주어서 분실로 보낸 김 형사는 민성이의 아버지를 만나보려고 해운대 신시가지로 내려왔다. 민성이 아버지는 신시가지에 있는 일성 그린피아 아파트 경비원으로 근무를 하고 있었다.

"어르신, 안녕하세요. 해운대경찰서에서 나왔습니다."

"어르신은 무슨 얼어 죽을 어르신! 인자 나이 예순다섯인데…. 그나저나 경찰이 왜 나를 찾아온 거요?"

민성이 아버지는 머리가 백발이고 얼굴에 주름살이 많아 70을 훨씬 넘긴 것 같아 어르신이라고 부르자 손사래를 치면서 물었다.

"환갑이 지났지만, 젊은이 못지않게 정정하십니다. 그런데 민성이를 만나러 왔더니 서울 가고 없네요. 서울에서 무슨 직장에 다니고 있습니까?"

"우리 민성이가 뭘 잘못한 거요?"

김 형사가 웃음 띤 얼굴로 너스레를 떨면서 은근하게 민성이의 행방을 묻자, 민성이 아버지는 잔뜩 긴장된 눈빛으로 반문하였다.

"잘못한 것이 아니고 민성이 친구 때문에 뭘 물어볼 것이 있어서 그럽니다."

"설 때 집에 왔다가 일찍 갔어. 방을 얻는다고 돈을 달라는데 그게 한두 푼이라야 내가 해주지. 서울에서 뭐 멤번가 맴반가 한다는데 확실한 것은 잘 모르겠어."

"서울 무슨 동에 사는데요?"

"몰라. 안 물어봤어."

"그래요! 휴대폰 번호는 어떻게 됩니까?"

"모르겠어. 그런 것은 물어보지도 않았어. 즈네 에미한테는 가르쳐주었는지 모르겠구먼."

김 형사가 애써 무심한 척 물어보아도 민성이 아버지는 연락처나 거주지를 모르고 있었다.

"전화는 한 번씩 옵니까?"

"웬걸. 그놈 자식은 고등학교 졸업하고 돈 벌러 집 떠난 지 십 년이 다 되었을 것인데도 연락 한번 없었어."

"언제 서울로 올라갔습니까?"

"설날 아침에 일찍 갔는가 봐. 방 얻을 돈을 주지 못한다니까 간다는 말도 없이 몰래 갔어."

"그래도 대충 어디에 산다고 말하지 않았습니까?"

"서울에 있다고 말한 것 같은데 어디 사는 줄은 몰라. 말을 해야 알지. 그리고 하는 일도 무슨 맴반가 한다는데 그게 뭣인지도 모르겠고."

김 형사의 물음에 민성이 아버지도 아들의 근황에 대하여 알고 있는 것이 없는 것 같았다.

"돈을 얼마나 달라고 하였습니까? 혹시 돈이 되면 통장에 넣어달라고는 하지 않았습니까?"

"그런 말은 없었고…. 글쎄. 방을 얻는다고 1억을 해달라는데 내가 돈이 어디 있어? 할멈하고 둘이 빌어먹기도 힘든데…. 아마 돈이 없다니까 일찍 올라간 거야."

김 형사가 무심한 척 물어도 민성이 아버지는 순박한 표정으로 자연스럽게 대답하고 있어 거짓말을 하는 것 같진 않았다.

"민성이가 집에 올 때 무슨 옷을 입고 왔습니까?"

"신사복을 입었던데."

김 형사가 민성이 어머니에게 착의를 물어 알고 있었지만 민성이 아버지에게도 확인차 물어보니 똑같은 대답을 하였다.

"고맙습니다. 혹시 연락이 오면 전화번호를 알아놓았다가 제게 연락을 주십시오. 민성이에게 꼭 물어볼 말이 있습니다."

"그럽시다. 그놈이 성질이 좀 급해서 그렇지 심성은 착한 애구면."

김 형사가 명함을 건네면서 부탁하자 민성이 아버지가 공손하게 받아 저고리 주머니에 넣으면서 말했다. 김 형사는 민성이 아버지를 더 붙잡고 있을 수가 없어 경찰서로 돌아왔다.

전산실에 들러 민성이에 대하여 특정 주민조회를 하여도 비슷한 나이에 하상천 마을로 나타나는 사람이 없었다. 할 수 없이 구청으로 달려가서 민성이 아버지의 호적등본을 열람하였더니 민성이는 1991년 3월 18일생이었다. 수사본부로 돌아와서 주민조회를 다시 한 바 서울 강남구 삼성동 ×××번지로 전적이 되어 있었고 현주소도 같았다. 민성이가 자가용을 가지고 있는지 강남구청에 조회를 하니 소유하지 않았다. 김 형사는 휴대폰은 가지고 있겠지 생각하면서 협조공문을 만들어 이동통신사 LG 부산지사로 달려갔다.

강 형사와 조 형사는 조원을 이끌고 서울을 향해 경부고속도로를 달렸다. 강 형사가 10여 년 전에 큰맘 먹고 월부로 장만한 애마 아반떼는 크게 속을 썩이지 않고 눈이 오나 비가 오나 충실한 동반자가 되어주고 있었다. 날씨가 제법 쌀쌀하였지만, 파란 하늘은 구름 한 점 없이 청명하였다. 나들이 가는 기분으로 몇 시간을 달려서 수원 IC가 얼마 남지 않았는데 갑자기 날씨가 흐려지더니 함박눈이 쏟아졌다.

"조 형사님, 함박눈입니다."

반도 최남단 바닷가에 있는 항구도시 부산은 겨울에도 영하로 떨어지는 날이 별로 없지만 바닷바람이 불어 추웠다. 어쩌다 눈발이 흩날릴 때도 있지만 이렇게 함박눈은 좀처럼 내리지 않았다. 그래서 부산 사람들은 눈 오는 것을 좋아하여 설국 여행을 가기도 하였다. 함박눈이 쏟아지자, 고속도로 지도를 펴놓고 나들목을 표시하던 이 형사가 동심으로 돌아갔는지 환호성을 질렀다.

"이 형사는 아직도 소년처럼 감정이 메마르지 않았군. 나는 이렇게 쏟아지는 눈을 봐도 그저 덤덤해."

"형사는 범인을 쫓아 전국을 누벼야 하는데 감성마저 잃으면 너무 삭막한 인생을 사는 것이 아닙니까? 아직 마흔 살도 되지 않은 청춘인데 조 형사님과 비교하면 안 되지요. 안 그렇습니까? 강 형사님."

조 형사가 함박눈이 쏟아지는 밖을 바라보면서 핀잔 아닌 핀잔을 주자 이 형사는 웃음으로 얼버무리면서 운전을 하는 강 형사에게 구원을 청하였다.

"짜식⋯. 폼 잡기는. 다 지나간 이야기지만 나도 대학 다닐 때는 시집을 끼고 다니면서 거들먹거렸어. 그런데 먹고 살기 위해 맨날 궂은일만 하는 경찰 생활에 마음이 황폐해져 몇 년 전부터는 글 한 줄 쓸 수가 없어."

"그런데 강 형사님, 이번 사건은 이해가 잘 안 됩니다. 어떻게 보면 우발적인 범행 같기도 하고, 또 어떻게 보면 계획적으로 피살자를 유인한 것 같기도 하고, 용의자는 분명 세 명인데 발자국은 두 사람뿐이고…. 수사에 혼선을 주기 위해 트릭을 쓴 것 같기도 하고…. 하여튼 계장님 말씀처럼 단순한 것 같지가 않습니다."

눈길에 익숙하지 않은 강 형사가 속력을 낮춰서 조심스럽게 운전하는데 옆에 앉아 있는 박 형사가 고개를 갸웃거리면서 말했다.

"그래. 이번 살인 사건은 이해할 수가 없어. 너무나 엉성한 것 같기도 하고, 또 한편으로는 치밀하게 증거를 인멸하려고 기를 쓴 것도 같고…."

"나도 계장님 말씀처럼 이번 사건은 여느 범죄처럼 단순하지가 않은 것 같다. 현장에 많은 증거물을 남긴 것도 이상하고…. 또 증거를 인멸하려는 점도 그렇고, 뭔가 모르게 찜찜하고 쉽게 해결될 것 같지가 않다는 생각이 들어."

"나도 이번 사건은 쉬 풀리지 않을 거란 생각이 들어."

박 형사가 혼잣말처럼 중얼거리자, 뒷좌석에서 있던 조 형사 등 모두가 공감이 간다는 듯 수긍을 하였다. 수사를 하는 형사들은 사건에 대하여 촉과 예감이 있는데 이번 사건은 통념을 달리하기에 다들 비슷하게 느낀 것 같았다.

"갑자기 날씨가 나빠져서 이렇게 눈이 쏟아지니 빨리 갈 수도 없고…. 수원 IC가 얼마나 남았지?"

"이제 조금만 더 가면 됩니다. 지도를 보니까 서울 쪽에서 경부고속도로를 타려면 판교 IC로 바로 올릴 수도 있고 우회해서 수원 IC로 올릴 수도 있습니다. 그리고 양재 IC와, 고등 IC도 올릴 수 있습니다. 이 네 곳만 수사하면 서울 쪽에서 부산으로 내려오는 것은 모두 잡아낼 수 있습니다. 오늘 중으로 일을 마칠 수가 있을 것입니다."

"그나저나 이 사건 때문에 한동안 집에 들어가기가 어렵게 되었군. 겨우 잃었던 점수를 좀 따놓았는데…."

"무슨 점수요?"

"그런 것이 있어. 자네도 가정이 편안해지려면 아내에게 잘 보여서 점수를 잃지 말아야 하네."

"나는 꽉 잡고 삽니다. 어떻게 남편이 와이프 눈치를 보고 삽니까?"

"자네도 살다 보면 그런 때가 오게 돼 있어."

"박 형사는 가정을 전제국가처럼 다스린답니다."

"그건 아니고…. 나는 가장 민주적으로 가정을 돌본다."

뒷좌석의 이 형사가 눈웃음을 치면서 조 형사에게 귓속말을 하지만 모두가 들릴 수 있었기에 박 형사가 여전히 큰소릴 치고 있었다.

"작년에 박 형사 집에 갔을 때 제수씨가 밤늦게 사람을 끌고 온다고 구시렁거리는 것 같던데…"

"조 형사님, 그때는 와이프가 둘째를 출산할 때가 다 되어가니까 신경이 예민해서 그런 것입니다."

조 형사가 은근히 빈정거리자, 박 형사가 황급하게 부정하는 등 네 사람이 화기애애하게 대화를 하면서 앞차가 가는 대로 조심스럽게 따라갔지만 여전히 수원 IC 이정표는 보이지 않았다.

현규가 휴대폰을 개설하였는지 협조공문을 만들어 이동통신사 LG 부산지사에 조회를 해본 바 1년 전에 해지를 하였다는 설명에 한 형사는 실망하였다. 그렇다고 그냥 본부로 돌아올 수가 없어 내친김에 현규의 주소지인 경남 산청군 학산면 덕진리로 달려갔다. 부모를 만나면 뭔가 단서를 찾을 수 있을 것이라고 확신하면서, 15년이 다 되어가는 구형 소나타를 끌고 남해고속도로를 달렸다.

사십여 가구쯤 되어 보이는 덕진 마을은 지리산의 남쪽 산자락에 있었는데 기와집과 슬레이트집, 그리고 콘크리트로 지은 현대식 주택이 섞여 묘한 조화를 이루고 있었다. 마을의 농로는 모두 포장이 되어 깨끗하였다. 김 형사가 내비게이션을 보고 찾아가니 텃밭이 딸린 1층 3칸짜리

기와집이었다. 싸리나무로 얼기설기 엮어 만든 사립문을 밀치고 들어가서 인기척을 내어도 정적만 감돌 뿐 대답이 없었다. 혹시 현규가 와서 숨어 있는지 윤 형사와 함께 뒤꼍까지 발걸음 소리를 죽여가면서 살살이 살펴보고 있는데 일흔쯤 되어 보이는 농부가 들어왔다.

"어르신, 현규 아버님 되십니까?"

"그렇소만, 뭔 사람들인데 남의 집에 와서 살피고 있는 거요?"

한 형사가 고개를 꾸뻑 숙이면서 묻자, 초로의 노인은 얼굴에 경계심을 나타내면서 반문하였다.

"아! 네. 저는 부산 해운대경찰서에 근무하는 한 형사입니다. 현규를 만나러 왔는데 집에 와 있습니까?"

"형사가 왜 우리 아들을 찾는기요? 부산에서 고신가 뭔가 판검사 공부를 하고 있는데…."

한 형사가 바른말을 할 수가 없어 둘러댔지만 현규 아버지는 경계심을 풀지 않은 채 깐깐하게 되물었다.

"네. 사법고시 공부를 하고 있었네요. 현규가 뭘 잘못한 게 아니고 현규 친구에 대해서 뭘 좀 물어보려고 그럽니다. 부산 해운대 보덕사에서 공부를 하다가 다른 데로 갔던데 혹시 집에 왔는가 싶어서 찾아왔습니다."

"친구라고는 동네 애들하고, 대학교 다닐 때 사귄 학생들뿐일 텐데…. 집에는 안 왔어. 부산에서 공부하고 있는 줄 아는데 어디로 갔지! 애비한테 다른 데로 간다는 말도 없었는데…."

"현규 휴대폰 번호가 어떻게 됩니까? 손에 들고 다니는 전화기 말입니다."

"전에는 가지고 다니던데 공부한다고 없애버렸다던데…."

한 형사가 경계심을 풀어주고자 담배를 권하면서 연락처를 묻자, 현규 아버지는 불을 붙여 한 모금 길게 빨아 연기를 내뿜으면서 말했다.

"아버님이 현규에게 급하게 연락할 때는 어떻게 합니까? 예비군 훈련도 받아야 할 텐데…"

"나는 연락을 한 적이 없어. 걔가 간혹가다가 전화를 해. 예비군 훈련은 면사무소에 있는 중대본부에 연락해서 한꺼번에 받으러 오고."

"아버님, 현규도 아버님을 닮아서 훤칠하겠네요?"

"고놈 키도 크고 잘생겼지."

윤 형사가 현규를 추켜세우자, 현규 아버지는 그때서야 어느 정도 경계심을 풀었는지 흐뭇하게 웃으면서 대답하였다.

"꼭 만나야 하는데 어디 가면 만날 수 있겠습니까?"

"글쎄…. 공부한다고 어디 절에 가 있을 거야."

"부산에 있기 전에는 어디에서 공부하였습니까?"

"전에는 여기 지리산에 들어가서 공부하였고 또 진주 어디 절에서 공부한다고 하였는데 하여튼 몇 군데 옮겨 다녔지."

"현규 사진 있으면 한 번 보여주십시오."

"고등학교 졸업하고 가족사진 찍은 게 있을 건데…."

여러 가지를 묻고자 한 형사가 다시 담배에 불을 붙여 권하자, 현규 아버지는 한 모금 빨다가 방으로 들어가고 있었다. 현규 아버지가 가져온 앨범에는 여섯 명이 찍은 가족사진이 두 장 있었다.

"자녀분은 모두 몇이나 됩니까?"

"이 사진이 우리 가족 전부야. 현규가 서울 S대학교에 장학생으로 합격해서 기념으로 찍은 거야."

현규 부모로 보이는 노년의 두 사람, 누나처럼 보이는 처녀가 둘, 고등학생으로 보이는 남자 한 명, 그리고 현규라고 짐작되는 스무 살쯤 되어 보이는 남자 한 명으로 모두 여섯 명인데 마당에서, 살고 있는 집을 배경으로 찍은 사진이었다.

"현규가 잘생겼네요. 자녀분은 지금 어디에서 살고 있습니까?"

"즈네 누나 둘은 시집갔어. 막내는 군인이구먼."

한 형사가 가족사진을 휴대폰에 담으면서 묻자, 현규 아버지는 흐뭇하게 웃으면서 대답하였다. 한 형사는 현규 아버지와 계속 대화를 나누면서 집 전화번호와 진주와 마산에 살고 있다는 현규의 누나 연락처를 알아내었다.

"혹시 현규가 전화하면 어디에 있는지, 연락은 어떻게 할 수 있는지 좀 알아났다가 제게 알려주십시오."

"뭐. 그러지. 형사 양반, 우리 현규가 잘못한 것은 없지라?"

"걱정하지 마십시오. 아까도 말씀드렸다시피 현규 친구 때문에 그럽니다. 건강하게 잘 계십시오."

한 형사가 명함을 주면서 인사를 하고 나오자, 뒤에서 현규 아버지가 다짐을 하는데 거짓말을 하는 자신이 위선자처럼 생각되었다. 마을 어귀에서 마주친 동네 노인에게 현규가 구정 때 고향에 다니러 왔는지 지나가는 말투로 물었다. 그러자 노인들은 '집에 왔으면 나한테 세배를 하러 올 것인데 못 보았다', '그렇게 효자일 수가 없다', '우리 마을의 자랑이다', '천재라서 S대학교에 장학생으로 들어갔다', '지금은 졸업해서 판사 공부를 한다'라는 등 입에 침이 마르도록 칭찬을 하여 한 형사는 괜히 가슴이 답답하였다.

돌아오는 길에 윤 형사와 분담하여 학산면 주민센터와 동 건물 2층에 있는 예비군 중대본부에 들러 탐문을 하여도 현규가 공부하고 있는 곳은 알 수가 없었다. 중대장에게 명함을 주면서 현규가 훈련 때문에 전화가 오면 거처와 연락처를 알아두었다가 필히 전화를 해달라고 신신당부를 하였다. 진주와 마산에 살고 있다는 현규 누나에게 전화하였지만, 절에 들어가서 공부한다면서 최근에는 통 오지 않는다고 하였다. 어느 사찰에서 공부하는지 넌지시 물었지만, 그것마저 모르고 있어 더 단서를 잡을 수가 없었다. 주민센터 직원의 협조를 얻어 현규의 개인 기록 카드에서 인적 사항과 사진을 휴대폰에 담아 부산으로 차를 돌렸다.

이튿날 종학이는 퇴원하였다. 다량의 수면제를 먹었지만 조기에 발견되었고 즉시 위를 세척하였기에 건강에 큰 문제가 없었다. 종학이는 집에 돌아와서도 안절부절못하는 어머니를 외면한 채 방 안에 틀어박혀 정신적으로 방황을 하고 있었다.

"종학아, 아버지다. 이야기를 좀 하자."

어둠이 내린 지 오래되었지만, 방 안에 불도 켜지 않은 채 침대에 누워 죄의식으로 몸을 떨고 있는데 의사당에 가셨던 아버지가 들어오시면서 말했다.

"유서를 보았다. 해리의 죽음은 아버지도 가슴이 아프다. 그렇지만 네가 고의로 죽인 것은 아니잖니? 사람은 신이 아니다. 살다 보면 본의 아니게 실수할 때가 있는 것이다. 네가 죽는다고 해리가 살아서 돌아오는 것은 아니다. 아버지가 신문을 보았다. 사건은 오리무중이고 현장에 있던 증거도 너와는 무관한 것 같다. 네가 범죄를 저질렀다는 것을 이 세상 사람들은 아무도 모른다. 너희 어머니도 모르고 오직 아버지만 아는 것이다. 우리는 가족이다. 네가 속죄한다고 죽음을 선택한다면 오히려 세상에 알리는 결과만 초래할 뿐이다. 그렇게 되면 해리 부모님과 우리 집은 원수가 되고 만다. 수십 년을 형제간보다 더 친하게 지내온 두 집 사이인데 그렇게 되면 좋겠니? 지나간 일은 가슴속에 묻고 해리를 대신하여 해리 부모님을 지극정성으로 모시면 되지 않겠니? 물론 아버지는 네가 죽음보다 더한 고통을 겪는다고 생각한다. 사는 것이 죽는 것보다 더 힘들다는 것을 안다. 그렇지만 네가 죽으면 해리 집과 우리 집은 파멸을 맞고 아버지와 어머니도 죽어야 한다. 아버지는 그것을 원하지 않는다. 해리를 대신해서 네가 아들이 되어 속죄하라. 아버지는 그 길이 최선이라 생각한다. 곧 면접시험이 있는 것으로 안다. 훌륭한 법조인으로 사회에 공헌하면서 죄를 씻는 방법도 있다. 네가 타고 간 너희 어머니 차는 물증이 될 수 있기에 완벽하게 폐차 처분을 하고 모든 기록을 지웠다. 또한 아버지가 뒤에서 음으로 양으로 공작한다면 영원히 미궁에 묻히게 할 수 있다. 종학아, 순간의 실수로 지금까지 꿈을 향해 달려온 네 인생을 접고 그것도 부족하여 아버지와 어머니를 죽여야 속죄가 되겠니? 잘 생각해 보아라. 사람은 영생하는 것이 아니다. 짧은 생인데 죽음을 조금 뒤로 미루는 것이다. 보람 있게 유종의 미를 거두기 위해서 보류하는 것이다. 그렇게 한 후 해리에게 찾아가면 그때 용서를 빌어라. 아버지는 네가 현명하게 판단하리라 믿는다."

아버지가 침대 머리맡에 앉아 엄숙하게 말씀하신 후 밖으로 나가자, 죽은 듯이 누워 있던 종학이가 힘겹게 일어나서 상념에 젖어 들었다.

'그래! 어쩌면 아버지 말씀이 옳을 수도 있다. 내가 죽는다고 해리가 살아서 돌아오는 것도 아니고 세상에 알려지면 두 집안은 원수가 될 것이다. 또한 아버지의 사회적 지위도 끝이 나고 죄인 아닌 죄인으로 비난을 받을 것이다. 그렇게 되면 아버지와 어머니는 모멸감으로 자살을 택할 수도 있을 것이다. 못난 내가 부모님을 죽이는 것이다. 해리에게 물린 손가락에서 피가 제법 흘렀겠지만 완벽하게 제거하였다. 천우신조로 다른 사람들의 유류품이 발견되었으니, 수사는 혼선을 빚다가 미제로 남을 것이다. 내가 죽으면 나는 속죄를 할 수 있지만 부모님은 모든 사람에게 비난받고 천 길 나락으로 떨어져 설 자리가 없을 것이다. 그렇게 되면 부모님은 틀림없이 죽음을 택할 것이다. 언제 죽을지는 모르지만, 생명을 조금 더 연장하자. 아버지 말씀처럼 해리를 대신하여 아들이 되자. 그리고 해리 부모님에게 최선을 다하자. 아버지와 어머니, 해리 부모님을 위해 그렇게 하는 것이 최선의 길이다. 그러다가 저승에 가면 그때 무릎을 꿇고 용서를 빌자. 그리고 해리와 영원히 함께 살자. 내가 속죄의 길을 택해 죽는다면 부모님은 세상 사람들을 볼 면목이 없어 틀림없이 자살할 것인데 그리되면 두 번 죄를 짓는 것이고 불효자가 되는 것이다. 자식이 부모님을 죽이는 불효를 저지르면 안 된다. 그래! 모두가 사는 길을 선택하자. 해리야. 미안하다. 정말 미안하다. 조금 더 있다가 네게 가서 무릎을 꿇고 용서를 빌게. 그때까지 너의 부모님을 친부모라 생각하고 최선을 다할게. 해리야, 용서해다오. 정말 미안하다.'

오랫동안 상념에 젖어 있던 종학이는 마음을 정리한 후 창문을 열고 멀리 북한산을 바라보면서 마음속으로 해리에게 용서를 빌고 또 빌었다.

김 형사가 민성이의 집에서 수거해 온 머리카락 DNA가 살인 사건의 현장에서 수거한 소변, 바위에 붙어 있던 음모와 100% 일치하기에 수사 본부는 활기를 띠었다. 우선 윤곽이 드러난 현규와 민성이를 추적하기로 방침을 정한 진우는 서울로 떠난 조 형사에게 전화를 하였다.

"조 형사, 위치가 어디쯤 되나."

"조금만 더 가면 수원 IC가 나옵니다."

"그럼 올라가면서 IC에 들러 상, 하행선 CCTV에 녹화된 자료를 모두 USB에 담아놓고 차량 수사는 잠시 중단한다. 현장에서 수거한 소변과, 바위에 붙어 있던 음모는 이민성의 DNA로 판명되었다. 민성이의 휴대폰 번호는 010-×1××-××4× 번이다. 민성이를 추적해서 소재를 탐지하라. 우리는 한 형사가 들어오면 분담해서 현규를 쫓든지 아니면 서울로 올라가서 민성이를 함께 추적하든지 보고를 해서 결정을 하겠다. 그럼, 건투를 빈다."

"네. 계장님, 알았습니다."

"새로운 단서가 발견되었답니까?"

"그렇다. 소변과 바위에 붙어 있던 음모가 민성이의 DNA로 판명되었다. 박 형사, 민성이의 휴대폰 번호다. 전화를 해봐라."

"조 형사님, 신호는 가지만 받지 않습니다."

조 형사가 민성이의 휴대폰 번호를 건네주면서 지시를 하자 조수석에서 몇 번이나 전화를 하던 박 형사가 받지 않는다고 말하였다.

"올라가면서 차례로 IC에 들러 상, 하행선 CCTV에 녹화된 자료를 모두 USB에 담아서 가자. 서울에 도착하면 차량 수사는 잠시 미루고 민성이의 소재부터 탐문하자."

"조 형사님, 용의자가 민성이로 확인되었는데 IC로 빠졌다가 되돌아 나오면 시간이 오래 걸릴 텐데 바로 민성이를 추적하는 것이 어떻겠습니까?"

"음…. 나중에 차량 수사를 하려면 꼭 필요한 것이고 가는 길이니까 전부 들러서 USB에 담자. 박 형사는 계속 전화를 해봐라."

강 형사가 백미러를 보면서 건의를 하자 한참을 생각하던 조 형사가 가는 길이니까 USB에 담아 가자고 하여 강 형사는 서서히 차를 몰아 수원 IC로 진입하였다.

"조 형사님, 이젠 휴대폰을 꺼버렸습니다. 눈치를 채고 잠수(잠적의 은어)를 탄 것은 아닐까요?"

조수석에서 몇 번이나 전화를 걸던 박 형사가 신경질적으로 죄 없는 휴대폰을 두드리면서 말했다.

"범인이면 가만히 있겠나? 당연히 잠수를 탔겠지. 계장님이 휴대폰을 개설한 주소를 메시지로 보내왔는데 어디 보자."

조 형사가 휴대폰을 열고 확인해 보니 민성이의 현주소와 휴대폰을 개설한 주소가 똑같았다.

"박 형사, 민성이의 현주소가 강남구 삼성동 ×××번지인데 휴대폰을 개설한 주소와 일치한다. 민성이가 서울로 본적지를 옮긴 것이 2014년 4월이고 휴대폰은 2014년 5월에 개통하였다. 일단은 주소지부터 수사를 한다."

조 형사가 등받이에 몸을 기대면서 말하자 박 형사가 재빨리 내비게이션에 민성이의 주소를 입력하였다.

IC 네 곳을 들러 상, 하행선 CCTV에 녹화된 자료를 모두 USB에 담은 후 서울에 도착하니 점심때가 훨씬 지났다. 식당을 찾아 간단하게 밥을 먹은 후 내비게이션이 가르쳐주는 대로 따라갔지만 길이 복잡하여 몇 번이나 다른 곳으로 빠졌다. 강 형사는 서울에 출장을 몇 번 와 봤지만 부산 촌놈 눈이 팽팽 돌 정도로 번화가여서 돌고 돌아 겨우 찾아가니 큰 빌딩이었다. 건물을 올려다보면서 지상만 눈으로 층수를 헤아려 보니 18층 건물이었다.

"허! 이 건물 어디에서 찾는단 말이고. 정말 난감하네."

"조 형사님, 민성이가 부모님에게 멤버라고 말했다는데 이 건물 지하 나이트클럽부터 조사를 하는 것이 어떻겠습니까?"

조 형사가 건물을 쳐다보면서 혼잣말을 하자 이 형사가 주점부터 탐문을 하자고 제안하였다.

"물론 그렇게 해야지. 그런데 5년이나 되었는데 주소는 안 옮겨도 일하는 곳은 수십 번은 더 옮겼을 거다. 주점 종업원들은 부평초라 한곳에 잘 안 붙어 있다. 그리고 우리가 입수한 사진은 오래되었고 주점에 근무하는 녀석들은 거의 다 본명을 안 쓴단 말이야."

"그래도 하는 데까지는 해봐야 안 되겠습니까?"

"그래! 주점은 영업할 때 들어가 보기로 하고 아직 주민센터와 예비군 중대본부는 문을 안 닫았을 거다. 두 군데 다 들러보자."

조 형사는 혹시 민성이가 예비군 교육을 받지 않겠나 하는 생각이 들었고 예비군 명부에 최근 찍은 사진과 다른 연락처가 있을까 싶어 삼성동 주민센터와 예비군 중대본부를 찾아갔다. 주민센터와 예비군 중대본부는 한 건물에 있었다.

"중대장님, 부산 해운대경찰서 형사계 조 형사입니다. 구정 때 저희 관내에서 강력 사건이 발생하였는데 용의자를 쫓고 있습니다. 예비군 대원 중에 혹시 이민성이가 있는지 좀 알아봐 주십시오."

강 형사를 1층에 있는 주민센터에 보내고 건물 2층에 있는 중대본부로 이 형사와 함께 올라간 조 형사가 중대장에게 신분증을 제시하면서 협조를 요청하였다.

"고생이 많습니다. 좀 앉으세요. 커피를 한 잔 드릴까요?"

"네. 감사합니다."

커피를 마시면서 조 형사가 민성이의 인적 사항을 적은 종이쪽지를 건네자, 중대장이 직접 밖으로 나가더니 동원예비군 명부를 가지고 왔다.

"1991년 3월 18일생이면 동원예비군 대상입니다. 주소지가 삼성동이라면 편성되어 있을 것입니다. 직접 찾아보십시오."

중대장이 건네는 예비군 명부가 세 권이어서 조 형사와 이 형사가 카드를 한 장씩 넘기면서 확인하는데 민성이가 있었다.

"중대장님, 여기 3소대에 편성되어 있습니다."

"다행입니다. 카드를 복사하는 것은 개인정보보호법 때문에 안 됩니다. 필요한 것은 메모를 하십시오."

조 형사가 민성이의 병적기록 카드를 보여주면서 말하자 중대장이 복사하는 것은 안 된다고 하였다.

"중대장님, 우리가 가지고 있는 사진은 오래된 것이어서 실물과 판이합니다. 그래도 이 사진이 최근 사진인데 휴대폰에 좀 담겠습니다."

"형사님도 법을 잘 아시겠지만, 요즘에는 개인정보를 유출할 수가 없습니다. 수사 용도 외에는 절대로 사용하지 마십시오."

조 형사가 필요한 것을 수첩에 옮겨 적은 후 휴대폰에 저장된 민성이의 오래된 사진을 보여주면서 부탁하였다. 그러자 중대장이 한참 동안 생각을 하더니 사족을 달아 승낙하기에 사진을 담을 수 있었다.

"계장님, 현규가 고향에는 가지 않았습니다. 누나들이 진주와 마산에 출가하여 살고 있지만 거기에도 근년에는 찾아가지 않았습니다. 누나들은 현규가 어디에서 공부하고 있는지 전연 모르고 있습니다."

"현장에 증거를 남겼는데 잠수를 탔겠지. 밥 먹듯이 쉽게 찾을 수가 있겠나? 어쩌면 상반기에 있을 예비군 훈련도 불참하겠지. 보덕사에 가서 현규가 무슨 옷을 입었는지, 소지품이 무엇인지 한 번 더 확인을 하자. 택시나 도보로 부산을 벗어나진 않았을 거야. 부산역과 고속버스, 시외버스 터미널 CCTV 화면을 확인하면 뭔가 흔적을 찾을 수 있을 것이다."

현규를 쫓아서 고향에 갔다가 빈손으로 돌아온 한 형사를 물끄러미 바라보면서 한참 동안 생각에 잠겨 있던 진우가 일어나면서 말하였다.

"알겠습니다. 서울에 출장을 갔던 사람들에게서는 희소식이 있습니까?"

조 형사와 강 형사가 서울로 출장을 갔다기에 뭔가 단서를 발견하였는지 궁금해서 윤 형사가 물었다.

"김 형사가 하상천 민성이의 본가를 찾아가서 민성이가 머물렀던 방을 수색하여 머리카락을 수거해 왔는데, 현장에서 수거한 소변과 바위에 붙어 있던 음모와 DNA가 100% 일치하였다. 그래서 조 형사에게 민성이를 쫓으라고 지시를 하였는데 이미 잠수를 탄 것 같다."

"그럼 두 녀석은 신원 파악이 되었네요."

"그래. 나는 보덕사에 가서 현규의 인상착의를 자세히 파악해서 오겠다. 한 형사는 가까운 노포동 고속버스터미널로 가고, 김 형사는 사상 고속버스터미널로 가서 CCTV에 녹화된 자료를 USB에 모두 담아 오너라. 조원 두 사람은 부산역과 부전역으로 가라. 과장에게 보고하는 것은 갔다 와서 하자."

진우는 착잡한 마음으로 수사요원들을 내보낸 후 보덕사로 달려갔다.

날씨가 제법 쌀쌀하였지만, 신도들이 많았고 제를 올리는 행사를 하는 것 같았다. 범인을 쫓다 보니 세월이 어떻게 가는 줄도 몰랐는데 오늘이 음력으로 정월 대보름이었다. 요사채에 딸린 접견실에서 한 시간 정도 기다리자, 주지 혜공 스님이 웃으면서 나타났다.

"스님, 안녕하십니까. 해운대경찰서 형사계장 권진우입니다. 바쁘신데 번거롭게 해드려서 죄송합니다."

주지 스님이 합장하면서 들어오기에 차를 마시고 있던 진우가 벌떡 일어나 두 손을 모으면서 말했다.

"오늘 천도재가 있어서 좀 바쁩니다. 앉으십시오."

"스님, 바쁘신데 거두절미하고 몇 가지만 물어보겠습니다. 현규가 떠날 때 무슨 옷을 입고 있었습니까?"

천도제를 지내고 있는데 시간을 많이 빼앗을 수가 없기에 진우가 수첩을 꺼내 들면서 단도직입으로 물었다.

"아! 내가 본 것이 아니고 공양간의 윤 보살이 봤다고 하였습니다. 소승이 불러주겠습니다."

"스님, 바쁘신데 제가 공양간으로 가서 만나보겠습니다."

진우는 주지 스님께 합장한 후 공양간으로 내려가서 윤 보살을 찾았다. 오십 대 윤 보살은 다른 보살들과 함께 분주하게 공양 준비를 하고 있었다. 약간 미안한 마음이 들었지만, 공양간에서 물을 수가 없어 밖으로 데리고 나왔다.

"바쁘신데 정말 미안합니다. 저의 사정을 좀 생각해주시고 몇 가지만 답변해주시면 감사하겠습니다."

윤 보살과 함께 마당으로 나온 진우가 거두절미하고 물었다.

"여기서 나갈 때 무슨 옷을 입었습니까?"

"저번에도 말했듯이 청바지에 등산복을 입었습니다."

"등산복 상표나 색상을 기억하십니까?"

"상표는 모르겠고 색상은 황토색입니다."

"혹시 모자를 썼거나 소지품을 넣고 다니는 등산용 가방 같은 것을 들고 있지 않았습니까?"

진우는 바쁜 윤 보살을 오래 붙들고 있을 수가 없어 현규의 인상착의

등 요점을 계속해서 물었다.

"빨간 모자를 쓰고 있었습니다. 배낭을 메고 있었는데 파란 색상이었습니다."

"어디로 공부하러 간다는 말은 없었습니까?"

"그런 말은 없었습니다."

"그믐날 아가씨가 찾아왔다가 초저녁에 밖으로 나갔다는데 그때 현규도 함께 나갔습니까?"

"글쎄요. 그것은 알 수가 없습니다."

"아침에 몇 시쯤 떠났습니까?"

"그때 공양 준비를 하고 있었는데 여섯 시쯤 되었을 것입니다."

"바쁘신데 시간을 내주셔서 감사합니다."

진우가 두 손을 모아 고개를 숙이면서 인사를 하자 윤 보살도 마주 합장을 한 후 공양간을 향해 종종걸음으로 사라졌다.

'저번에 한 형사가 탐문하였던 내용과 일치하는군. 그런데 현규는 사법고시 공부를 한다는데 어떻게 자기를 찾아온 해리를 죽일 수 있을까…. 그것도 삼류 깡패들처럼 다른 사람들과 모의하여 집단으로 윤간을 하려다가 죽인 것 같은데…. 서울에서 이 먼 곳까지 찾아온 여자라면 보통 사이가 아닌 것 같은데 어떻게 다른 사람들과 공모하여 윤간을 하려고 마음을 먹었을까…. 민성이와 식도에서 혈흔이 발견된 제3의 용의자와는 어떻게 만나서 공모를 하게 된 것일까…. 뭔가 이 부분이 인과관계가 없는 것 같고 이치에 맞질 않는데…. 피해자의 음부에서 현규의 음모가 발견된 것은 강간하려 했던 것이 틀림없는데…. 큰 꿈을 이루려고 사법고시를 공부하는 전도유망한 젊은 사람이 이런 범죄를 저지른다는 것은 전무후무한데…. 그렇지만 유력한 용의자인 현규를 검거하지 않을 수가 없다. 현규를 검거하여 이야기를 들어봐야 이 사건이 어떻게 발생하였는지 조금이라도 내막을 알 수 있을 것 같구나.'

진우는 경찰서로 돌아오면서 한없이 추리를 하였지만, 명쾌하게 결론이 나지 않았고 생각할수록 머리가 복잡하여 뒷골이 당겼다.

수사본부에 도착하였지만, 형사과장이 경찰서에 갔는지 자리를 비우고 없었다. 고속버스터미널과 역으로 보낸 요원들이 돌아오려면 시간이 좀 걸리겠다고 생각한 진우는 집으로 차를 돌렸다. 속옷을 언제 갈아입었는지 생각도 나지 않았고 온몸이 끈적거리고 냄새가 나는 것 같았다.
집에는 아내가 외출을 하였는지 보이지 않았다. 애들도 학원에 갔는지 아니면 놀러 갔는지 텅 비어 있었다. 진우는 우선 몸부터 씻으려고 세면장에 들어가 뜨거운 물로 샤워를 하고 있는데 아내가 돌아왔다.
"당신 왔어요?"
"응. 지나다가 옷 갈아입으려고 잠시 들렀다. 어디 갔다 오는데?"
목욕탕 문을 빼꼼히 열고 말하는 아내를 돌아보지도 않은 채 손을 바쁘게 놀리면서 진우가 물었다.
"참! 당신도. 오늘이 정월 대보름날이잖아요. 절에 갔다 옵니다."
"그래! 나도 몰랐는데 조금 전에 보덕사에 가서 알았다."
"웬일로 당신이 절에 갔어요?"
"사건 수사한다고 들른 것이다."
"나갈 거예요?"
"그래. 바쁘다."
"밥을 좀 먹고 가실래요?"
대충 샤워를 하고 나오자, 아내가 속옷을 꺼내놓고 주방으로 가면서 물었다.
"점심 먹은 지 얼마 안 된다. 애들은 잘 있나?"
"네."
"언제 들어올지 모르겠다. 세상이 험하다. 애들 단속, 문단속 단단히 해라."

"알았어요. 사건은 해결이 되었어요?"

"쉽게 해결되겠나? 머리가 복잡하여 미치겠다."

"몸에 안 좋은데 담배나 좀 끊지…"

진우가 옷을 갈아입고 담배를 꺼내 물면서 집을 나서자, 아내가 혼잣말로 구시렁거렸다. 진우는 못 들은 척 대꾸를 하지 않고 차에 올라 시동을 걸었다. 수사본부에는 사상 고속버스터미널에 간 김 형사만 돌아와 있었다.

"김 형사, USB 이리 주고 집에 가서 와이프 얼굴 한 번 보고 속옷도 갈아입고 와라. 샤워도 좀 하고."

"아직 다른 사람은 안 왔네요. 그럼 빨리 다녀오겠습니다."

"조금 있으면 들어오겠지."

진우가 일어서자, 김 형사가 기다렸다는 듯이 USB를 건네준 후 종종걸음으로 계단을 내려갔다. USB를 건네받은 진우가 컴퓨터에 끼워서 현규를 찾고 있는데 나머지 요원들이 앞서거니 뒤서거니 모두 들어왔다.

"자네들도 USB를 이리 주고 집에 갔다 와라. 샤워도 좀 하고 속옷도 좀 갈아입고. 웬만하면 가족과 저녁밥도 함께 먹고 천천히 와도 된다. 어차피 오늘도 밤샘해야 하니까."

"그럼 빨리 다녀오겠습니다."

진우의 말에 한 형사와 조원들이 고개를 꾸벅 숙이면서 인사를 한 후 바람처럼 사라졌다. 진우는 남들이 알아주지도 않는데 음지에서 죽어라고 고생만 하는 형사들이 측은하다는 생각이 들었다. 형사를 하지 않고 출퇴근이 정확한 민원 부서에서 근무를 하면 인사고과 점수도 후하게 받고 진급도 쉬울 것인데 하는 생각을 지울 수가 없었다. 하긴 나도 좋은 소리를 듣지 못하면서 왜 범인을 쫓아다니는 형사를 하는지 회의가 들 때도 있었다.

장산지구대 살인 사건 수사본부. 진우의 노트북과 컴퓨터 앞에 모여 앉은 수사요원들은 모니터에서 시선을 뗄 수가 없었다. 자욱한 담배 연기 속에 사냥꾼의 눈빛이 되어 모니터를 뚫어지게 바라보다가 비슷한 복장을 한 사람이 나타나면 정지를 시켜서 여러모로 분석하는 등 시간이 어떻게 흐르는 줄도 모른 채 작업에 열중하고 있었다.

"계장님, 찾았습니다. 이 애가 맞는 것 같습니다."

"계장님, 여기도 있습니다."

저녁밥을 해물탕으로 때웠는데 조개를 설익혔는지 속이 끓어올라서 몇 번이나 화장실을 찾았다. 진우가 잰걸음으로 화장실에 갔다 오는데 윤 형사와 최 형사가 희열에 들뜬 목소리로 외쳤다.

"어디야?"

"노포동 고속버스터미널입니다."

진우가 잰걸음으로 달려가면서 묻자, 윤 형사가 매표소 앞으로 걸어가고 있는 화면의 젊은이를 가리키면서 말했다.

"음, 인상착의가 맞는 것 같군. 화면을 가까이 끌어당겨봐."

"카메라가 옆에서 잡았기 때문에 얼굴은 보이지 않습니다."

윤 형사가 화면을 확대하고 가까이 끌어당겨도 카메라의 각도가 맞지 않았다. 또한 마스크를 착용하고 있어 얼굴은 알아볼 수가 없었다. 다만 빨간색 모자와 파란색 등산 가방, 청바지에 상의가 황토색 등산복을 입은 것 등 착의가 윤 보살이 말한 것과 일치하기에 현규가 틀림없을 것 같았다.

"최 형사가 발견한 곳은 어디야?"

"저도 노포동 터미널인데 대합실입니다."

"맞다. 현규가 틀림없다."

모두가 최 형사와 윤 형사가 검색하고 있는 노트북과 컴퓨터의 모니터를 자세히 살펴보니 마스크로 얼굴을 가린 착의가 똑같은 남자가 대합실 의자에 우두커니 앉아 있는데 현규가 틀림없는 것 같았다.

"계속 돌려봐. 일어서서 이동할 때 마스크를 벗는지…. 윤 형사도 계속 돌려봐. 행방이 어딘지."

"알겠습니다."

노포동에서 복사를 해온 CCTV 화면을 전부 검색해본 바 현규로 짐작되는 사람을 몇 군데서 발견하였다. 그렇지만 모자를 깊이 눌러 쓰고 마스크를 착용하였기에 얼굴은 알아볼 수가 없었다. 그렇지만 윤 보살이 말하였던 현규의 인상착의와 똑같았고 표를 사서 고속버스에 오르는 것까지는 확인이 되었지만 어디로 가는 고속버스인지 알 수가 없었다.

"됐어. 터미널에 가면 그 시간대에 어디로 가는 고속버스를 탔는지 알 수가 있을 거다. 지금이 3시가 넘었으니 모두 눈을 좀 붙여라. 7시쯤 일어나서 아침밥을 먹고 터미널로 가자."

진우의 지시에 모두가 이불을 끄집어내어 적당한 곳에서 잠을 청했는데 한 형사는 눕자마자 코를 골고 있었다.

민성이의 소재를 탐문하는 것은 어려웠다. 전화기는 아예 꺼져 있고 주소에는 몇 층 몇 호라는 것이 기재되어 있지 않았기에 상가 건물 전체를 수사하지 않을 수가 없었다. 지하층까지 합치면 20층이 되는데 대부분 음식점, 주점, 상가, 사무실, 출판사가 많았다. 요원들 모두가 층별로 흩어져 예비군 중대본부에서 가져온 사진을 보여주고 민성이를 찾았지만, 그 어디에도 없었다. 주점은 야간에 영업을 하므로 일단 철수를 한 조 형사는 조원들을 잠시 쉬게 하고 강 형사와 함께 피해자의 집을 찾았다. 수사 진척에 대하여 설명도 못한 채 해리 어머니의 호된 질책을 받고 죄인처럼 고개만 조아리다가 물러났다. 해리 주변에 관하여 물어볼 것이 많았지만 입도 벙긋하지 못하고 돌아선 조 형사는 저녁밥을 먹고 조별로 다시 흩어졌다.

민성이의 주소지부터 시작하여 인근의 주점과 나이트클럽을 훑었지만 소득이 전무하였다. 주점에 근무하는 젊은 사람들은 거의 다 본명을 쓰지 않고 강남 왕자, 꽃미남, 페르샤 왕자 등 예명으로 부르고 있어 이민성이라는 이름으로는 찾을 수가 없었다. 천신만고 끝에 이민성을 찾았지만 동명이인이어서 웃지도 못할 촌극을 벌였고, 영업시간에 웨이터나 멤버들을 상대로 대조하여도 희미한 조명 아래 분간을 할 수가 없었다. 그래도 포기하지 않고 자정이 넘도록 삼성동 일대 수십 곳을 탐문하였지만 흔적조차 발견할 수 없었다. 조 형사는 이렇게 수사를 하다가는 민성이가 자진해서 나타나지 않는 한 찾을 수가 없다고 판단하여 요원들을 철수시켰다.

24시 찜질방에서 새우잠을 잔 조 형사는 이튿날 아침 강 형사를 지역건강보험공단에 보내고 윤 형사와 함께 강남구청에 들러 대형 주점을 파악한 후 삼성지구대로 향했다.

"안녕하십니까. 부산 해운대경찰서 강력계 조 형사입니다. 구정 때 해운대 용추계곡에서 발생한 살인 사건을 수사하러 서울에 왔습니다."

"아! 신문을 보았습니다. 고생이 많습니다."

정년이 거의 다 되어 가는지 머리가 반백이 훨씬 넘은 팀장이 반기면서 사건을 아는 체하였다.

"용의자를 쫓고 있는데 관내 대형 주점이 너무 많습니다. 혹시 주점에 근무하는 이민성이라는 삼십 대 초반의 젊은 청년을 알고 있습니까?"

"글쎄요. 저희도 주점의 업주 정도만 파악을 하고 있지 종업원까지는 잘 모릅니다. 어느 주점에 있습니까?"

조 형사가 커피를 마시면서 묻자, 팀장이 주점 현황이라는 대장을 가져오면서 반문하였다.

"어느 주점에 근무하는지 모르고 있습니다. 이 사진을 보십시오. 혹시 안면이 있는 사람인지…"

"글쎄요. 사진을 봐서는 잘 모르겠는데…. 관내 우범자 명단에도 없는 것 같은데….'

조 형사가 휴대폰에 저장된 민성이의 사진을 보여주면서 말하자 팀장이 우범자 리스트 관리 대장을 들고 왔다. 조 형사와 이 형사가 한 장씩 넘기면서 세밀하게 대조를 하여도 민성이는 없었다.

"혹시 관내에서 발생한 폭력 사건 등을 처리할 때 참고하려고 별도로 편철해놓은 대장이 있습니까?'

"네. 관내 주점이 많다 보니까 폭력 사건은 비일비재합니다. 형사 입건한 사람들의 명단은 별도로 보관하고 있습니다.'

조 형사가 30여 명이나 되는 우범자 대장을 모두 확인한 후 건네주면서 혹시나 하는 심정으로 묻자, 팀장이 형사범 참고 대장을 다섯 권 가져왔다. 한 권의 표지에는 2019년 형사사범 입건이라고 쓰여 있었다. 네 권은 전년도 형사사범 대장인데 분기별로 구분하였으며 권마다 두껍게 편철되어 있었다. 올해 형사사범 대장도 새해 들어 얼마 지나지 않았건만 벌써 이십여 장이 편철되어 있었다.

"전전년도 것도 있습니까?'

"네. 전전년도 입건 대장도 몇 권 됩니다. 창고에 있는데 일단 이것부터 찾아보시고 없다면 가져오겠습니다.'

조 형사가 서류철을 받아 들면서 묻자, 팀장이 웃으면서 대답하였다.

"고맙습니다. 여기에 없다면 모두 보여주십시오. 혹시 찾고 있는 사람이 사고를 치고 입건되었는지 모르니까요.'

"네. 일단 이것부터 찾아보세요.'

"네. 고맙습니다.'

조 형사가 서류 대장을 이 형사에게 건네주면서 다시 부탁하자 팀장이 도움을 주려는지 금년도에 편철된 대장을 펼치면서 말했다. 팀장이 가져온 전년도 형사사범 입건 대장을 조 형사 일행이 각자 한 권씩 들고 검토를 하는데 민성이가 있었다.

"조 형사님, 찾았습니다. 여기 민성이가 있습니다. 얼굴은 틀리지만 이름과 주민등록번호가 일치합니다."

이 형사가 내미는 서류 대장을 보니 얼굴이 판이하였지만 이름과 주민등록번호가 일치한 것이 민성이가 틀림없었다. 죄명은 두 건 모두 폭력으로 입건된 기록이었다.

"팀장님, 이 애가 용의자인데 기억이 나십니까?"

"아! 이 녀석은 거주지가 일정하지 않은데 주먹깨나 쓰는 놈입니다. 조직폭력범은 아닌데 얼마 전에 강남역 앞에서 폭행 사건이 발생하였는데 연루가 되었는지 요즘에는 도통 보이지 않습니다."

"감사합니다. 우리가 가지고 있는 사진이 오래되었는데 이 사진을 휴대폰에 좀 담겠습니다."

"네. 그렇게 하십시오."

조 형사가 민성이에 대하여 필요한 사항들을 수첩에 적은 후 팀장에게 양해를 구하자 쾌히 승낙하였다. 조 형사는 민성이의 사진을 휴대폰에 담은 후 팀장에게 고맙다고 인사를 하고 밖으로 나와 그동안의 수사 사항을 계장에게 보고하고 계속해서 뒤를 쫓겠다고 말하였다.

이튿날 오전 7시, 모두 근처 식당에 가서 해장국으로 아침밥을 해결하였다. 진우는 과장에게 수사 진행 상황을 보고하고 요원들을 인솔하여 노포동 고속버스터미널로 달려갔다. 오전 8시 30분이 되자 터미널 소장과 직원들이 출근하는 것 같았다. 관리소장을 찾은 진우는 신분증을 제시한 후 정중하게 협조를 부탁하였다. 관리소장의 협조로 CCTV 자료를 현장과 대조하면서 분석하고 매표 시간을 추적하자, 현규로 추정되는 젊은 남자가 구정인 2월 5일 오전 10시경에 노포동 고속버스터미널을 출발하여 마산을 경유, 진주가 종점인 천일 고속버스에 승차하였다는 것을 알 수 있었다.

"음, 서울에 간 조 형사와 강 형사가 민성이를 쫓고 있을 것인데 내려오라고 전화를 하여라. 영장도 받지 않고 올라갔는데 잠수를 탄 민성이보다는 현규에게 수사력을 집중하자. 현규는 잠적하여도 사찰이나 암자일 가능성이 크다. 그리고 현규의 음모가 피해자의 음부에서 발견되었기에 민성이보다는 혐의가 더 짙다. 영장을 발부받아 현규를 검거하게 되면 공범들이 누구인지, 또 행방도 밝혀지겠지. 내가 과장을 만나, 보고하고 영장을 청구하겠다. 추적에 들어가면 얼마나 시일이 걸릴지 모른다. 모두 집에 들어가서 점심을 먹고 단단히 준비를 해서 오후 1시까지 수사본부로 나와라."

진우는 터미널에서 요원들을 집에 보낸 후 경찰서로 향했다.

수사본부장인 형사과장은 수사본부에 잘 붙어 있지 않았다. 영장을 청구하려면 과장과 서장에게 보고해야 하는데 경찰서에 바로 가는 것이 시간이 단축된다고 생각하였다.

서장에게 보고하여 과장과 함께 서부지청에 들러 현규에 대한 체포영장을 받아 들고 수사본부로 돌아오자, 오후 1시가 약간 넘었다. 수사요원들은 벌써 와서 진우를 기다리고 있었다.

"점심은 어떻게 하였나?"

"요 앞 식당에서 먹었습니다. 계장님은 식사하셨습니까?"

"과장님과 함께 영장을 발부받으러 갔는데 오면서 먹었다."

준비를 마친 진우는 요원들을 태우고 마산으로 달렸다. 현규의 행선지를 정확하게 집어낼 수는 없었지만, 앞뒤 승객 모두가 마산과 진주행을 매표하였고 또한 마산을 경유하기에 일단은 마산으로 가서 확인할 수밖에 없었다.

도로는 한산하여서 한 시간도 되지 않아 마산 고속버스터미널에 도착한 진우는 곧장 터미널을 관리하는 소장을 찾았다.

"소장님, 부산 해운대경찰서 형사계장 권진우입니다."

"아! 네. 무슨 일이십니까?"

진우가 일행들과 함께 소장 집무실에 들어가서 명함을 건네고 인사를 하자 오십 대 중반의 소장이 엉거주춤 일어나면서 반갑지 않게 물었다.

"구정 때 부산 해운대 용추계곡에서 살인 사건이 발생하지 않았습니까? 용의자를 쫓고 있는데 2월 5일 오전 10시에 부산 노포동 고속버스터미널에서 마산을 경유하여 진주가 종점인 천일 고속버스에 승차하였습니다. 협조를 부탁합니다."

"아! 저도 뉴스를 보았습니다. 고생이 많습니다. 그런 천인공노할 놈들은 꼭 붙잡아서 사형을 시켜야 합니다. 뭘 도와드리면 되겠습니까?"

진우가 찾아온 용건을 말하자 소장은 경계심을 풀었는지 너스레를 덜면서 어느 정도 친절하게 대했다.

"2월 5일 오전 10시에 부산 노포동 고속버스터미널에서 출발한 천일여객 소속 부산×× 자 ××62 차량이 마산을 경유하여 진주까지 운행하는 고속버스입니다. 우리가 찾는 살인 용의자가 이 차를 탔는데 마산에서 내렸는지 그렇지 않으면 진주까지 갔는지 알 수가 없습니다. 고속버스가 도착하는 곳에 CCTV가 있을 것 아닙니까? 녹화된 화면을 좀 보았으면 합니다."

"네. 협조를 해드리고말고요. 커피를 드시면서 잠깐만 기다리십시오. 기기실에 가보고 오겠습니다."

소장이 적극적으로 협조를 하겠다면서 시간이 적힌 쪽지를 들고 사무실을 나갔다. 진우와 일행들은 아가씨가 가져다주는 커피를 마시면서 느긋하게 기다리고 있는데 한참이 지나도 소장이 나타나지 않았다.

"아이구 계장님, 죄송합니다. 화면이 희미한 구형 CCTV를 설 연휴가 끝난 후 폐기하고 신형으로 교체를 하였습니다. 이거 정말 죄송합니다."

꽤 오랜 시간이 지난 후에 소장이 들어오더니 손을 비비면서 겸연쩍게 말하였다.

"뭐라구요? 대합실을 비추는 다른 CCTV도 전부 교체를 하였습니까?"

"네. 터미널에 모두 7대의 CCTV가 있는데 설치한 지 오래되어서 화면이 흐리고 녹화가 잘되지 않았습니다. 이번에 신형으로 전부 교체를 하였습니다. 도움을 주지 못해 죄송합니다."

어이가 없어 진우가 멍하게 앉아 있다가 벌떡 일어나면서 묻자, 소장은 죄를 지은 사람처럼 변명하기에 급급하였다.

"알았습니다. 화질이 좋지 않아 교체를 하였다는데 어쩌겠습니까. 협조해 주셔서 감사합니다."

이젠 진주 고속버스터미널에 가서 현규가 내렸는지 확인을 해보는 수밖에 없다고 생각한 진우는 요원들을 재촉하여 사무실을 나섰다.

마산 고속버스터미널을 나온 진우 일행은 지체하지 않고 남해고속도로를 따라 진주로 달렸다.

고속도로 양지받이에 있는 야생 매화나무는 어느새 빨간 꽃망울을 터뜨리고 있었다. 진우가 무심코 창문을 내리자, 꽃 내음은 맡을 수가 없고 차가운 바람만 코끝을 스쳤다. 진주 고속버스터미널에는 대합실과 매표구, 버스가 출발하는 곳과 도착하는 지점 등 7대의 CCTV가 설치되어 있었는데 비교적 화질이 깨끗하였다. 터미널 관리소장의 양해를 구한후 기기실에서 버스가 도착하는 지점을 비추는 CCTV부터 검색을 하였는데 현규로 보이는 용의자가 하차를 하고 있었다. 모자를 눌러 쓰고 있어 얼굴은 확인할 수 없었지만, 옷차림이 노포동에서 고속버스에 승차하던 그 차림새였다. 화면을 빠르게 돌려서 검색하여도 더 이상 현규가 보이지 않기에 대합실 CCTV를 검색하였다. 하차하여 바로 대합실로 나왔는지 현규가 한참 동안 의자에 앉아 있다가 밖으로 나가서 어디론가 사라졌다. 혹시 시외버스나 다른 고속버스로 바꿔 타고 다른 지방으로 이동을 하였는지 알 수가 없어 매표구를 비추는 CCTV를 빠르게 돌려서 확인하였지만 더 이상 현규가 보이지 않았다.

"현규가 진주에 내린 것이 확실하다. 현규 누나가 진주에 살고 있다 하였지? 한 형사는 모두 데리고 내 차를 타고 가서 현규가 왔는지 혹은 머물고 있는지 탐문을 해봐. 나는 시청에 가서 진주 인근에 사찰과 암자가 얼마나 있는지 조사를 할 테니까. 영장은 받았지만 아직은 용의자니까 가족들에게 티를 내지 말고. 소재가 발견되면 즉시 내게 연락해."

"다녀오겠습니다."

한 형사가 요원들을 인솔하여 떠나자, 진우는 서울에서 내려오고 있는 조 형사에게 전화를 하여 진주로 차를 돌리도록 하였다. 그리고 형사과장에게도 그간 수사한 사항을 간략하게 보고한 후 버스를 타고 시청을 찾았다.

"과장님, 우리가 쫓고 있는 살인 사건의 용의자가 부산에서 고속버스를 타고 진주에서 내렸습니다. 주변의 사찰이나 암자에 은신한 것 같은데 진주 일대에 사찰과 암자가 얼마나 있습니까?"

진주시청을 찾은 진우는 문화관광과장에게 신분증을 제시한 후 정중하게 협조를 요청하였다.

"네. 고생이 많습니다. 잠시만 기다려 주십시오."

오십 대 후반쯤 되어 보이는 과장이 나가서 지시한 후 들어왔다. 잠시 후 삼십 대 초반 아가씨로 보이는 직원이 약간 두툼한 대장을 들고 왔다. 과장이 받아서 넘겨주는 대장을 진우가 대충 훑어보니 한 장에 사찰한 곳을 기록해놓았는데 70장도 넘는 것 같았다.

"이렇게나 많습니까?"

"사찰에 딸린 작은 말사와 암자를 모두 합하면 100여 곳이 넘을 것인데 본사만 파악해 놓은 것입니다."

상상외로 사찰이 많은 것 같아 진우가 고개를 들면서 묻자, 과장이 보충 설명을 하였다. 진우는 사찰 이름과 주지 스님의 법명, 주소와 전화번호, 말사나 암자가 있는지 A4 용지에 자세하게 기록하였다.

"과장님, 산에 있는 사찰에 차가 들어갈 수 있습니까?"

"네. 비포장 임도가 많지만 대부분 차가 들어갑니다. 일부는 근처까지 차가 들어갈 수 있고 암자는 차가 들어가지 않는 곳이 많을 것입니다."

"과장님, 혹시 사찰이 표시된 지도가 있으면 한 장만 주십시오."

"잠깐만요."

진우는 과장이 내미는 관광 지도와 기록물을 손에 말아 쥐고 정중하게 인사를 한 후 밖으로 나왔다. 청사에서 시간을 많이 보냈기에 시청 주차장에는 서울에 갔던 조 형사 등 요원들이 모두 내려와서 한 형사들과 함께 있었다.

"고생하였다. 민성이에 대하여 수사는 잠정 중단하고 현규부터 검거를 하자. 현규가 누나 집에 들렀더냐?"

"주변을 탐문하여도 알 수가 없기에 직접 현규 누나를 만나 대화를 나누어 보았지만 오지 않은 눈치였습니다. 혹시나 해서 현규 누나에게 부탁하여 본가에 전화를 하였지만 거기에도 오지 않았답니다."

"알았다. 저녁때가 된 것 같은데 변두리로 나가서 민생고부터 해결하자. 어두워져서 사찰을 방문하면 실례. 오늘은 회의만 하고 방문할 곳을 분담해 보자."

진우는 시내 중심가를 벗어나서 골목에 있는 여관방 2개를 얻어놓고 수사요원들과 함께 식당을 찾아 나섰다. 여관을 조금 벗어나자, 돼지국밥을 파는 허름한 식당이 있었다. 육십 대 후반의 할머니가 주인인데 음식 맛은 괜찮아 모두가 게 눈 감추듯 국물까지 훌훌 마시고 여관으로 돌아왔다.

"좀 불편하겠지만 벽을 등지고 앉아라."

여관으로 돌아온 진우는 한 방에 요원들을 모두 불러 모았다.

"여기 진주시 관광 지도가 있다. 진주에는 사찰과 암자를 합치면 100여 곳이 넘는다고 한다. 그중에 시내에 있는 작은 사찰이 30여 곳이 된다. 시내에 있는 사찰에 현규가 은신할 가능성은 적어 보이지만 그래도 확인하지 않을 수가 없다. 산사에는 본사에 딸린 암자도 많다. 지도에는 사찰이 표기된 곳도 있고 빠진 것도 있다. 이 넓은 곳을 수사하려면 기동력이 필수인데 차는 두 대뿐이다. 내일부터 한 형사와 조 형사가 차를 운행하여 산사를 분담해서 수사한다. 현규를 발견하면 검거를 해야 하니 박 형사는 한 형사 조에, 최 형사는 조 형사 조에 붙어라. 나와 김 형사, 강 형사는 시내에 있는 사찰을 전화로 확인해서 의심스러우면 현장을 방문하겠다. 현규가 발견되면 무리하게 검거를 하려고 완력을 쓰지 말고 우선 나에게 보고하여라. 물론 도주를 하면 물리력을 행사해도 좋다. 될 수 있는 한 가까운 산사를 묶어서 담당을 정해봐라. 이상. 질문 있나? 아참! 그리고 어두워지면 사찰 방문은 중단하고, 식사를 한 후에는 영수증을 꼭 챙겨 와라."

"계장님, 민성이를 수사한 자료는 어떻게 합니까?"

진우의 지시가 끝나자, 서울에 가서 민성이를 추적하였던 조 형사가 물었다.

"내려오면서 과장에게 대충 보고를 하였겠지. 자료는 조 형사가 잘 보관하고 어디까지 추적하였는지 회의가 끝나면 구두로 내게 말하면 된다. 질문 없으면 좀 씻고 일찍 자자."

회의가 끝난 후 조 형사로부터 보고를 받은 진우는 휴대폰을 들고 여관 옥상으로 올라갔다.

형사과장에게 진주까지 와서 수사한 내용과 앞으로 어떻게 수사를 할 것인지, 또 조 형사가 내려오면서 전화를 하였겠지만 추가로 민성이에 대한 수사도 상세하게 보고를 하였다. 전화를 끊은 진우는 한참 동안, 이 사건의 피해자인 해리와 용의자인 현규, 민성이, 그리고 식도에서 혈흔이 발견된 제3의 용의자에 대하여 인과관계를 정립하면서 추리를 해보았다.

'현규와 죽은 해리는 서로 사랑하는 애인으로 추정되는데 왜 현규가 다른 사람과 공모하여 집단으로 윤간하려고 했을까? 그것도 검사나 판사가 되려고 고시 공부를 하는 사람이…. 우리가 용의자로 뒤쫓고 있는 민성이하고는 전연 어울릴 수 있는 사람이 아닌 것 같은데…. 그리고 베일에 가려져 있는 제3의 용의자는 누구일까? 만약에 해리 부모가 사귀는 것을 극렬하게 반대한다고 가장하여도 사랑하는 사람을 타인과 함께 윤간할 정도로 타락한 사람은 아닐 것인데…. 한이 많아 죽이거나 강간을 하여도 충분히 혼자서 할 수 있는데…. 또한 현규가 강간하려고 시도를 하였다 가정을 해보자. 충분히 공부를 하던 방에서 할 수가 있었을 것인데 이 추운 겨울에 왜 계곡에 있는 바위로 데려갔을까? 사랑하여 찾아온 해리가 결사적으로 반항을 하지도 않을 것인데…. 어떻게 현규가 다른 용의자들과 함께 윤간하려고 모의를 하였을까…. 이 사건은 뭔가 모르게 트릭이 숨어 있는 것 같다. 지금까지 많은 사건을 수사하였지만 이렇게 난해한 사건은 없었다. 이 사건은 파고들수록 법률적이나 상식적으로 이해를 할 수가 없다. 분명히 피살자는 현규를 찾아왔다가 변을 당했는데…. 현규를 만나서 함께 현장으로 갔던 것일까? 발자국은 해리를 제외하면 두 사람뿐인데…. 증거물은 현장에 세 사람이 있었다고 말하는데 한 사람은 어떻게 현장으로 갔을까? 도로에서 신발을 벗고 돌만 밟고 현장에 간 것은 아닌데…. 또한 공범은 어디에서 만난 것일까? 해리가 연락도 없이 불쑥 찾아왔는데 언제 공범을 만나서 모의를 할 수 있었단 말인가? 현장 부근에서 공범자들을 만나 집단 윤간을 하려다가 반항하니까 죽였단 말인가? 이것은 말이 되지 않는다. 무식한 사람도 아니고 사법 공부를 하는 젊은 법학도가 취할 행동이 절대 아니다. 범죄란 많이 배우고 법에 밝은 사람일수록 단독으로 범행을 저지르지, 여러 사람과 공모를 하지 않는다. 그런데 현규의 음모가 피살자의 음부에서 발견되었다. 부정할 수 없는 유력한 용의자임에는 틀림없는 것 같은데…. 정말 현규가 상식 이하의 행동을 하였을까? 이번 사건은 실타래가 엉킨 것처럼 난해하구나.'

멍하게 상념에 젖어 있다 내려와보니 모두가 꿈나라로 가 있었지만, 진우는 쉽게 잠을 이룰 수가 없어 한참 동안 뒤척였다.

자신도 모르게 깜빡 잠이 들었던 진우는 동녘이 훤하게 밝은 줄도 모른 채 코를 골고 있다가 조 형사가 흔들어 깨우는 바람에 벌떡 일어났다.

"응! 벌써 시간이 이렇게 되었나. 빨리 나가자. 뭘 좀 먹고 뛰어야지."

시계를 보니 아침 7시가 넘었다. 주위를 둘러보니 수사요원 모두가 나갈 준비를 하는 것 같은데 혼자만 늦잠을 잤기에 민망하였다. 세면실에서 대충 물만 찍어 바른 진우는 상의를 들고 아침밥을 하는 기사식당을 찾아 들었다.

"절에 가면 반드시 주지 스님을 만나고 암자까지 확인하라. 본사는 신도들의 왕래가 빈번하니까 조용한 암자를 선택하여 공부하고 있을 가능성이 크다. 바늘 끝만큼도 단서를 빠뜨리지 말고 세밀하게 훑어라. 틀림없이 현규는 이곳 어디엔가 은신하여 공부를 하고 있을 것이다."

"계장님, 걱정하지 마십시오, 우리가 어디 한두 번 수사합니까?"

아침밥을 먹을 때 진우가 노파심으로 강조를 하자 한 형사가 국물을 마시면서 심드렁하게 대꾸하였다.

"그래! 모두가 베테랑이니까 믿는다. 단, 이 사건은 상식적으로 이해가 가지 않으니까, 현규를 만나도 흉악범 취급은 하지 말고 인간적으로 대하라."

"알겠습니다."

"현규를 검거할 때까지 내려오지 말고 계속 이동하면서 수사를 하되 발견하면 나와 다른 조에 즉시 연락을 하라. 땅거미가 내리면 탐문을 할 수 없으니까, 수사를 중단하고 이 여관에 집결토록 한다."

유의점을 설명한 뒤 2개 조를 바로 내보낸 진우는 김 형사, 강 형사와 함께 여관으로 돌아왔지만, 그냥 기다릴 수가 없어 몇 개의 시내 사찰 전화번호를 넘겨받아 옥상으로 올라가서 다이얼을 돌렸다.

"스님, 부산 해운대경찰서 형사과 권진우 계장입니다. 지난 구정 때 관내에서 큰 사건이 발생하였습니다. 우리가 쫓고 있는 유력한 용의자가 진주 고속버스터미널에 내려서 사찰에 숨어든 것 같습니다. 혹시 젊은 남자가 설날이나 그 이튿날에 공부를 하러 오지 않았습니까?"

"글쎄요. 우리 절은 불당과 살림집이 붙어 있는 작은 사찰이라 공부할 방이 없습니다."

"혹시 젊은 사람이 공부하러 왔다가 마땅치 않아 돌아간 적도 없습니까?"

"네. 공부를 하려면 산사의 암자를 찾아가지, 번잡한 시내의 조그만 절에 오겠습니까? 그런 사람은 여태까지 한 사람도 없었습니다."

진우가 여러 가지를 물어보았지만, 진보사 보살은 설날이나 그 후에도 젊은 남자가 찾아온 적이 없다고 하였다.

"스님, 감사합니다."

전화를 끊은 진우는 상평동에 있는 가람사에 전화를 하였지만 받지 않아 반거동에 있는 한림사로 다이얼을 돌렸다. 전화 신호음이 끊어질 때쯤 되어서 보살이 전화를 받기에 주지 스님을 바꿔달라고 부탁을 하자 전화를 받은 여자가 본인이 주지라고 하였다. 진우는 정중하게 신분을 밝히고 용건을 물었지만, 한림사도 작은 절이라 신도들이 거처하는 방이 없다고 하였다.

진우는 뜨거워지는 뙤약볕을 피해 그늘에 움츠리고 앉아 가람사에 다시 전화를 하였지만 받지 않았다. 진우는 조금 있다가 전화를 해야지 생각하면서 그늘을 찾아 내려왔다. 어제저녁에 묵었던 방 앞을 지나가는데 방 안에서 김 형사와 강 형사가 사찰에 전화를 거는 목소리가 밖에까지 들렸다. 진우는 여관을 나와 주위를 둘러보다가 나무가 있는 공터가 멀리 보이기에 그쪽으로 걸어가면서 상념에 빠져들었다.

'20년이 넘도록 형사를 하면서 범인을 쫓아다녔지만, 이번 사건은 상식적으로 이해를 할 수가 없구나. 죽은 해리는 현규의 애인이 틀림없는 것 같은데…. 그런데 왜 다른 사람과 함께 윤간을 하려다가 죽였을까? 물론 사건의 정황으로 보아 처음부터 살인을 목적으로 하지는 않았겠지. 그렇지만 사랑하는 사람을 가지고 싶으면 혼자 관계를 하지, 다른 사람들과 합세하여 윤간을 한다는 것은 있을 수가 없는 일이다. 만약 강간이 목적이라면 승방이나 다른 호젓한 장소도 얼마든지 있는데…. 특히 주점 종업원인 민성이와는 아무리 가정을 하고 연관성을 찾아보아도 인과관계가 성립하지 않는데…. 어떻게 세 명이서 공모하여 윤간을 하려다가 죽인 것일까? 이 부분이 도저히 납득이 가지 않는구나. 그것도 판검사가 되겠다고 법을 공부하는 사람이…. 현장에 증거물이 너무 많아. 살인 사건은 우발적인 경우에는 유류물이 산재한 경우가 있지만 공모를 하거나 단독범일 경우에는 현장에 증거물이 거의 없는데 어떻게 이 사건은 유별나게 유류물이 많을까…. 그러면서도 제3의 용의자는 왜 자신의 흔적만 지우려고 그렇게도 노심초사하였을까? 다른 공범자가 검거되면 자신이 연루되었다는 것이 금방 탄로 날 것인데…. 그것도 법에 대하여 지식이 많은 용의자 같은데…. 아무리 추리를 하여도 현규가 주동하여 해리를 윤간하려다가 여의치 않자, 죽이고 증거를 인멸한 것 같지는 않은데…. 수사의 방향을 다른 데로 돌리려고 트릭을 쓴 것 같기도 하고…. 확실한 것은 식도에서 검출된 O형 혈액형의 용의자를 찾을 수가 없으니 답답하구나. O형의 용의자가 키스를 하려다가 혀를 물릴 수도 있고, 피살자가 고함을 지르니까 당황하여 손바닥으로 입을 막았다가 손가락을 물릴 수도 있을 것이다. 범인은 순간적으로 성질이 나서 피살자를 가격하였을 것이다. 아니면 합세하던 공범자가 해리의 고함에 놀라 구타를 할 수도 있고…. 피살자는 바위에 머리를 세게 부딪쳐 뇌진탕으로 즉사를 하였을 것이다. 죽은 피살자가 경직되면서 물고 있던 혀나 손가락을 더 꽉 물고 있자 범인들은 그것을 빼내기 위해서 소지하고 있던 흉기나 도구, 그런 것을 소지하고 있지 않았다면 뾰족한 돌로 치아를 쪼아서 물린 곳을 빼내었을 것이다. 이빨을 쪼을 때도 입술에 상처를 내지 않으려고 세심하게 주의를 한 것 같은데…. 이것은 범인이 피살자와 가까운 사이거나 아니면 애정이 있다고 추정할 수 있다. 현규가 공범자를 구하려고 이빨을 쪼았을까? 손가락 등에서 흘린 피를 지우기 위해 물에 적신 헝겊, 즉 없어진 피살자의 팬티나 손수건 등으로 입안의 혈흔을 지웠을 것이다. 그런데 물로 입안을 세척하다 보니 미량의 혈흔이 목구멍으로 넘어간 것 같은데…. 진범은 현규가 아닌 제3의 용의자 O형의 남자가 맞을 것 같은데…. 그리고 피살자가 적극적으로 반항하였다고 볼 수도 없을 것 같은데 이로 미루어 보면 범인은 가까운 사이가 확실한데…. 또한 다른 각도로 추리한다면 이들 세 명은 공모를 하지 않았고 시간대를 달리하여 현장에 있었으며 범행은 제3의 용의자 단독범 같기도 하고…. 현규를 검거해 보면 알겠지만, 진범이 아닌 것 같은데…. 제3의 용의자는 분명히 법의학에 상당한 지식이 있어 치밀하게 자신의 흔적을 지운 것 같은데 왜 공범은 방치를 하였을까?'

나무 그늘에 앉아 시간 가는 줄 모르게 여러 각도로 추리를 하다가 얼굴이 따가워서 정신을 차려보니 땡볕에 앉아 있었고 시간은 오후 네 시를 넘어서고 있었다. 진우는 쓴웃음을 짓다가 그늘로 들어가서 통화를 하지 못한 사찰에 확인을 하니 모두가 그런 사람이 오지 않았다고 하여 여관으로 향했다.

"어! 계장님, 어디 갔다 옵니까?"

"식사는 어떻게 하였습니까?"

"연락 안 되는 사찰에 갔다 오는 길이다. 그래, 점심은 먹었나?"

"전화를 하려다가 우리끼리 자장면을 시켜 먹었습니다."

"잘했다. 어느 정도 점검하였나?"

"오늘 중으로 다 확인이 되겠습니다."

"내가 가져간 것도 모두 점검을 하였지만 현규는 없었다."

진우는 거짓말을 한 것이 미안하여 점심도 거른 채 슬그머니 옥상으로 올라가서 또 상념에 젖어 들었다.

오후 8시가 다 되어 수사하러 갔던 요원들이 어깨가 축 처진 채 모두 돌아왔다. 배가 고파서 식당을 찾아 저녁밥부터 먹고 여관으로 들어와서 회의를 하였다. 조 형사와 한 형사가 각각 10여 곳의 사찰을 방문하여 탐문을 하였지만 성과가 없었다고 하였다.

"모두 고생이 많다. 남은 사찰은 내일 방문한다. 시내 사찰은 모두 확인하였으니, 내일은 분승해서 함께 움직인다. 모두 집에 전화를 해주고 오늘은 일찍 잠자리에 든다. 내일 아침 7시에 기상하여 아침밥을 먹고 다시 탐문에 나선다."

진우가 말을 끝나자, 형사들이 기다렸다는 듯이 세수를 한다, 양치질을 한다 부산을 떨더니 일다경도 되지 않아 모두가 곯아떨어졌다. 진우는 밖으로 나와 집에 전화를 하였다.

"집에는 몇 시에 들어와요?"

"오늘 못 들어간다. 왜, 무슨 일이 있나?"

전화를 받은 아내가 퉁명스럽게 말하기에 진우는 짜증이 섞인 목소리로 반문을 하였다.

"오늘이 돌아가신 어머니 기일인데 웬만하면 들어와서 절이라도 하고 가세요."

아! 어머니 기일이 음력으로 2월 말경인데 바로 오늘이구나. 바쁘게 쫓아다니다 보니까 날짜를 까맣게 잊어버렸구나. 그렇지만 요원들을 여기다 남겨두고 나 혼자 내려갔다 올 수는 없는 것. 작년에도 서울 출장으로 인해 제사를 모시지 못했는데 올해 또 불효를 저지르는구나 하는 생각이 들자, 가슴이 쓰라렸다. 진우는 어쩔 수 없이 아내를 타일렀다.

"여보, 미안해. 저번에 그 살인 사건을 수사하려고 직원들과 함께 지금 진주에 와 있다. 어쩔 수가 없다. 동생한테 설명을 잘하고 제사를 지내라. 집에는 언제 들어갈지 알 수가 없다. 동생이 옆에 있으면 좀 바꿔줘."

"알았어요. 식사는 거르지 마시고 건강을 조심하세요."

"그래, 수현이 아버지한테 내가 이야기를 하겠다."

본의는 아니지만 어머니 제삿날에 또 불참하였기에 미안한 마음이 앞선 진우가 제사를 지내러 온 동생을 바꿔달라고 하였다.

"형님, 접니다."

"그래. 아우야, 미안하다. 구정 때 발생한 살인 사건 때문에 수사요원들과 함께 진주에 와 있다. 내가 언제 집에 갔다가 다시 오겠니? 정말 면목이 없다. 이해를 하고 아우가 주관을 해서 제사를 좀 지내라. 형이란 작자가 제사 때마다 불효를 저지르는데 아우 보기가 정말 부끄럽구나."

"사건이 일어나면 어쩔 수가 없지요. 형님, 걱정하지 마십시오. 제사는 제가 알아서 할게요."

"그래! 고맙다."

전화를 끊고 난 진우는 눈을 감고 어머니를 생각하였다. 아버지가 일찍 돌아가신 후 혼자가 된 어머니는 자식 사랑이 유난히 극성스러웠다. 개가를 하지 않은 어머니는 시장에서 노점을 하면서도 나와 동생에게 원하는 것은 모두 다 해주었다. 남에게 지지 말라고 학원도 두세 곳을 다니도록 뒷바라지해 주셨고, 남들이 업신여기지 않게 철 따라 유행하는 옷도 곧잘 사주셨다. 특히 남한테 맞고 다니는 것을 보지 못했다. 초등학교 6학년 때 고등학교에 다니는 동네 형들이 담배 심부름을 하지 않는다고 구타를 많이 하였다. 그때 어머니가 그 집 부모들을 일일이 찾아가서 죽기 아니면 살기로 대판 싸움을 하셨다. 그 후 어머니는 남한테 맞고 다니면 안 된다고 진우를 억지로 태권도 도장에 집어넣었다. 덕분에 중학교를 졸업할 때는 또래 아이들에게 맞지도 않았고 동생을 지켜줄 수 있었다. 한두 살 많은 동네 형들도 건들지 않았다. 그런 어머니셨는데 돌아가시고 난 후 제사도 옳게 지내지 못하는 불효자를 용서해 주실지 진우는 콧등이 찡하였다. 소매로 눈 주변을 훔친 진우는 살며시 방으로 들어왔다. 코를 골면서 새우잠을 자는 동료들 틈에 끼어들었지만, 이것저것 생각하느라 쉽게 잠을 이룰 수가 없었다.

자는 둥 마는 둥 먼동이 트자 일찍 자리를 털고 일어난 진우는 요원들을 독려하였다. 식당에 들러 아침밥을 해결한 후 어제 남아서 시내에 있는 사찰을 수사하였던 두 형사를 조 형사 조에 붙여 주고 자신은 한 형사 조에 합류하였다. 내비게이션에 정광사를 찍어 비포장도로를 한참 동안 올라가니 길이 끊기고 약간 넓은 공지가 나왔다. 승용차 두 대가 있는 것을 보니 사찰에서 주차장으로 쓰는 것 같았다. 차에서 내리자 낙락장송 사이로 햇빛이 스며들었지만, 차가운 공기가 솜털을 돋게 하였다.

이른 봄이지만 산속 음지에는 아직도 고드름이 있었고 바람이 차가웠다. 주차장에서 꾸불꾸불한 좁은 산길을 돌고 돌아 50m쯤 올라가자 깎아지른 산비탈에 정광사가 날아갈 듯이 자태를 뽐내고 있었다. 대웅전에서 아침 예불을 올리는지 목탁 소리와 독경이 은은히 경내를 울리고 있었다. 진우는 불교 신도인 어머니가 생각나서 자신도 모르게 대웅전을 향해 합장하였다. 예불을 하고 있기에 바로 스님을 면담할 수 없어 경내를 둘러보고 있는데 목탁 소리가 끊겼다. 예불이 끝났다고 생각하면서 대웅전으로 가는데 육십 대 중반쯤의 스님이 장삼 자락을 휘날리며 섬돌로 내려서고 있었다.

"스님, 안녕하십니까. 부산 해운대경찰서 형사계장 권진우입니다. 저희 관내에서 큰 사건이 발생하였는데 범인을 쫓고 있습니다. 구정 때 혹시 이런 젊은이가 공부를 하러 오지 않았습니까?"

진우가 합장하면서 공손하게 인사를 한 후 신분증과 휴대폰에 저장된 현규의 사진을 보여주면서 물었다.

"글쎄요. 그런 사람은 여기 오지 않았습니다."

"스님, 정광사에 딸린 암자는 몇 군데나 있습니까?"

휴대폰 화면에 등산복 차림의 현규 사진을 물끄러미 바라보던 스님이 고개를 저으면서 합장하기에 진우가 다시 물었다.

"암자는 두 개 있지만 사람이 기거하지 않습니다. 그리고 주지 스님은 본사에 가셨습니다."

"그렇다면 스님, 주지 스님이 허락하셨는지 모르지 않습니까? 다른 스님에게 물어봐 주십시오. 흉악한 살인범입니다."

"다른 스님은 없고 일하는 보살이 두 명 있는데 조금 기다려 보세요."

진우가 공손하게 합장하면서 묻자, 스님은 잠시 생각하다가 공양간으로 내려가면서 말했다. 진우가 한참 동안 우두커니 서 있는데 스님이 문을 열고 나왔다.

"최근에 그런 사람은 오지 않았답니다. 형사 양반, 아침 공양을 안 하셨으면 좀 들고 가요."

"아침밥은 먹었습니다. 다른 사찰도 오늘 중으로 확인해야 합니다. 스님, 안녕히 계십시오."

진우가 합장하면서 정중하게 인사를 한 후 꾸불꾸불한 오솔길을 따라 주차장으로 내려오는데, 다람쥐 두 마리가 낙락장송을 타고 쪼르르 내려오더니 바위굴을 넘나들다가 입을 맞추면서 사랑을 속삭이고 있었다.

정광사를 내려온 진우가 유서 깊은 소현사를 찾아 주지 스님을 상대로 탐문을 하고 있는데 휴대폰이 울렸다. 주지 스님에게 양해를 구한 후 밖으로 나와 전화번호를 확인하니 조 형사 전화였다.

"조 형사, 찾았나?"

"네. 계장님, 현규를 검거하였습니다."

"그래. 어느 절이야?"

"소룡사에 딸린 암자입니다. 소룡사 주차장으로 연행할 테니까 그쪽으로 오십시오."

"알았다. 너무 심하게 다루지 말고 내가 갈 때까지 도주나 자해만 방지하여라."

전화를 끊은 진우는 주지 스님에게 합장을 한 후 바로 산을 내려와서 시내를 가로질러 반대편에 있는 소룡사로 달려갔다. 내비게이션에 소룡사를 입력하여 달려갔지만, 마음이 급했는지 갈림길에서 엉뚱한 길로 들어갔다. 산길이 좁아 차를 되돌릴 수가 없어 한참 동안 후진을 하는 등 곤욕을 치른 후 소룡사에 도착하였다. 소룡사 바로 아래 주차장이 있었는데 강 형사 차와 승합차 1대가 주차하고 있었다. 진우가 주차장으로 차를 넣자, 조 형사가 다가왔다.

"계장님, 묵비권을 행사하고 있어 아무것도 알아내지 못했습니다."

"수고했다. 차에 있나?"

"네. 독종은 아닌 것 같은데 눈물만 흘리면서 입을 열지 않습니다."

"알았다."

대답을 한 진우가 강 형사의 차로 다가가니 뒷좌석에 현규와 강 형사가 앉아 있었다. 현규는 그때까지도 소리 없이 눈물만 흘리고 있었다.

"강 형사, 수갑을 풀어주고 내려라."

진우가 지시하자 강 형사가 수갑을 풀어준 후 밖으로 나갔다. 현규는 수갑을 풀어주어도 미동도 없이 등받이에 몸을 기댄 채 눈을 감고 울고만 있었다.

"모두 차에 타라. 여기서는 조사를 하기가 적절하지 않다. 일단 우리가 묵었던 여관으로 간다."

"수사본부로 압송하는 것이 아닙니까?"

잠시 생각을 하던 진우가 지시하자 모든 수사요원이 의문에 찬 눈길로 바라보다가 박 형사와 김 형사가 동시에 물었다.

"시키는 대로 해라. 모두 출발한다."

그동안 수집한 증거물 등으로 추리를 해본 바 현규가 해리를 죽인 것이 이해가 되지 않았고 석연찮은 점이 너무 많았다. 수사본부로 압송하기 전에 이곳에서 조사할 필요성이 있다고 판단한 진우가 차에 오르면서 강한 톤으로 말했다.

과장에게 현규를 검거하였다고 보고를 하자 과장은 들뜬 목소리로 빨리 수사본부로 압송하라 지시하였다. 그렇지만 진우는 수사본부로 연행하기 전에 우선 진주에서 조사를 하겠다고 말하였다. 그러자 과장이 대뜸 허튼짓하지 말고 빨리 압송하라고 고함을 질렀다. 진우는 과장의 지시를 정면에서 거스를 수도 없고 또 구구절절하게 보고할 시간이 없기에 우선 알았다고 대답을 한 후 전화를 끊었다.

여관에 도착한 진우는 요원들을 밖에서 기다리게 한 후 현규와 단둘이 방으로 들어갔다.

"현규야, 해리가 죽었다. 그것도 사랑하는 너를 찾아왔다가 변을 당한 것이다. 해리의 몸에서 너의 음모가 발견되었다. 어떻게 된 것이니?"

"…"

현규는 방 안에 들어와서도 눈을 감은 채 눈물만 흘리면서 입을 다물고 있었다. 진우는 현규가 어느 정도 마음이 진정될 때까지 침묵을 지키다가 은근하게 물었지만 묵묵부답이었다. 진우는 그런 현규를 예의주시하면서 심경의 변화를 일으켜 입을 열 때까지 기다리기로 작정하였다.

"제가 죽였습니다. 살고 싶지 않으니 죽여주십시오."

"어떻게 죽였는지 말해봐라."

오랜 시간이 흐른 후에 현규가 눈을 뜨면서 처절하게 외치고 있기에 진우가 어깨를 두드려 주면서 차분하게 말했다.

"칼로 찔렀습니다. 살고 싶지 않으니 그만 저를 죽여주십시오."

"칼로 어디를 찔러 죽였니? 그리고 칼은 어디에 두었니?"

"몸 전신을 찔러 죽였습니다. 칼은 어디에 버렸는지 모르겠습니다."

"어디서 죽였는데?"

"…보덕사 앞 숲속입니다."

현규의 언행과 표정을 유심히 살피던 진우는 추리하였던 대로 현규가 범인이 아닌 것 같다고 생각하였다. 해리가 어디서 어떤 상태로 죽었는지도 모르는 것 같았고 자포자기한 심정으로 회한에 젖어 말하는 것 같았다. 그것도 범행에 대한 회한이 아니라 모든 삶을 포기한 사람처럼 처절하게 내심을 담아 절규를 하고 있었다. 진우는 지금 자백하는 현규의 말이 진실이 아니라고 생각이 되었기에 한동안 물끄러미 바라보고 있다가 어깨를 두드려 주면서 말을 이었다.

"현규야, 해리하고는 어떤 사이였지?"

"서로 사랑하였습니다. 그렇지만 해리 부모님이 사귀는 것을 반대하였습니다. 그래서 성공한 후 떳떳하게 청혼하기로 마음먹고 공부를 하고 있습니다."

"그래! 현규가 그렇게 사랑하였던 해리가 죽었다. 그것도 현규를 찾아왔다가 보덕사로 올라가는 용추계곡 바위에서 피를 흘린 채…"

진우는 흐느끼는 현규를 한참 동안 바라보다가 말을 끊었다가 이었다.

"사랑하는 해리가 죽었으니 현규가 마음 아프겠지. 그렇지만 진실은 숨긴다고 가려지는 것이 아니다. 모든 것은 백일하에 드러나는 것이 세상 이치다. 어떻게 죽였는지 솔직하게 말해봐라."

"사실대로 말한다고 저에게 씌워진 혐의를 벗을 수가 있겠습니까? 이미 유력한 증거가 발견되어 범인으로 몰리고 있는 것 같은데…. 그리고 저도 살기가 싫습니다. 더 이상 말하기 싫습니다. 저를 사형시켜 주십시오."

진우가 부드럽게 타이르자, 현규가 눈물을 줄줄 흘리면서 발작을 하듯 온몸을 흔들면서 절규하였다.

"현규의 음모가 죽은 해리의 음부에서 발견되었기에 유력한 용의자인 것은 분명하다. 그래서 영장을 발부받아 왔다. 그렇지만 아저씨가 생각할 때 상식적으로 이해를 할 수 없는 부분이 너무 많아 묻는 것이다. 현규가 범인이면 마땅히 벌을 받아야 하겠지만 범인이 아니라면 대신 벌을 받을 수는 없잖니? 현규가 대신 벌을 받는다면 진범은 장막 뒤에서 현규와 대한민국 경찰관을 비웃을 것 아니니? 현규를 수사본부로 압송하라는 지시가 있었다. 그렇지만 아저씨가 생각하는 의문점이 명쾌하게 풀리고 혐의가 없다고 판단이 되면 방면하려고 여기서 조사를 하는 것이다. 아저씨 마음을 이해할 수 있겠지?"

"아저씨, 제가 사랑하는 해리를 왜 죽이겠습니까? 맹세코 저는 죽이지 않았습니다. 해리 부모님의 반대가 심하였기에 찾아온 해리를 냉대하여 보냈지만, 서울로 잘 올라갔겠지 생각하였습니다. 그리고 해리가 또 찾아오면 저 자신이 무너질까 두렵기도 하고 가슴이 너무 아파 보덕사에서 공부를 계속할 수가 없었습니다. 해리에게 행적이 노출되었기에 보덕사를 떠나 이곳으로 왔습니다. 정말 해리가 죽은 줄도 몰랐습니다. 형사들이 찾아와서 말하기에 그때 알았습니다."

진우가 설득하듯 조용하게 타이르자, 눈물을 계속 쏟고 있던 현규가 주먹으로 가슴을 치면서 비통하게 말하였다.

"그럼, 조금 전에는 왜 칼로 난도질하였다고 말하였니?"

"해리가 살해당했다고 형사들이 말하였고 유력한 증거가 있다는데 구차하게 변명을 하고 싶지 않았습니다. 그리고 나를 찾아왔다가 변을 당했는데 간접적으로는 제가 죽인 것과 마찬가지가 아닙니까? 지금은 보잘것 없지만 사시에 합격하여 떳떳하게 청혼하리라 작정하고 있었는데…. 해리 가 죽었다니 이젠 삶에 대한 애착도 없고, 살기도 귀찮습니다."

"우선 마음을 차분하게 가라앉히고 밥부터 먹자. 아저씨도 산을 헤맸 더니 배가 등가죽에 붙었다."

진우는 현규가 도주나 자해를 할 우려가 없겠다 판단하고 밖으로 나 왔다. 요원들에게 식사를 하라 이른 후 아무거나 배달되는 음식을 두 그 릇 시켜달라고 하였다.

배달이 안 된다고 하였는지 윤 형사가 직접 돼지국밥 두 그릇을 들고 왔기에 억지로 현규에게 반 그릇쯤 먹이고 다시 질문을 하였다.

"현규야, 해리가 찾아온 시간부터 헤어질 때까지 구체적으로 진술을 해봐라. 대한민국 경찰은 진실을 밝히고 진범을 잡는 것이 사명이지, 혐 의가 있다고 억울한 사람을 무조건 범인으로 몰지는 않는다."

현규가 숟가락을 놓고 계속 비관을 하고 있기에 진우가 마음속에 있 는 의문점을 풀어내려고 어깨를 다독여 주면서 은근하게 채근하였다.

"제가 대학교 4학년 때 해리를 만났습니다. 그때 해리는 1학년이었습 니다. 만나자마자 우리는 사랑하였고 제가 졸업을 하면서 해리와 장래 를 약속하였습니다. 그런데 해리 부모님이 알고 결사적으로 반대를 하였 습니다. 저는 어쩔 수 없이 해리와 헤어져 사찰을 전전하면서 사법고시 를 준비하였습니다. 작년에 1차 시험에 합격하였지만, 마음이 심란하고 안정이 되지 않아 2차 시험은 치르지도 못했습니다. 보덕사에는 그전에 도 찾아가서 공부를 하였던 곳입니다. 성공할 때까지 해리를 만나지 않 으려고 거기에 갔습니다. 심란한 마음을 다스리면서 공부를 하고 있는 데 해리가 어떻게 알았는지 음력으로 그믐날 오후 3시쯤 찾아왔습니다. 해리를 만나지 않겠다고 수없이 다짐하였지만, 마음속으로는 반가웠습니다. 나를 찾지 말라고 마음에도 없는 말을 하면서 돌아가라고 하였습니다. 해리는 울먹이면서 부모님이 끝까지 반대하면 집을 나오겠다고 하였습니다. 저는 설득을 하고 해리는 고집을 피우면서 서로 끌어안고 울었습니다. 그러다가 임신을 하면 아버지도 어쩔 수 없이 허락을 할 것이라고 말하면서 해리가 옷을 벗고 관계를 갖자고 하였습니다. 그 말을 듣는 순간 해리의 말대로 저지르고 나면 해리 부모님도 어쩔 수 없이 허락을 할 것 같다는 생각이 들었습니다. 해리를 사귄 지는 3년이 넘었지만, 한 번도 잠자리를 같이한 적이 없습니다. 발가벗은 해리가 덤벼들자, 저도 흥분이 되어 관계를 맺으려고 하였는데 밖에서 스님의 기침 소리가 들렸습니다. 그 소리를 들은 저는 차가운 물을 뒤집어쓴 사람처럼 전율하였습니다. 정신이 번쩍 들자, 이건 아니다 싶은 생각이 들었고 해리에게 돌아가라고 타일렀습니다. 졸업을 하고 직장을 잡아 기다리고 있으면 사시에 합격하여 떳떳하게 청혼을 하겠다고 설득하였지만 해리는 한참 동안 고집을 피우다가 완강한 저의 태도에 울면서 뛰어나갔습니다. 너무 가슴이 아파 붙잡고 싶었지만, 마음이 약해질까 봐 방에서 나가지 않았습니다. 밤새도록 고민을 하다가 해리가 또 찾아오면 저 자신이 무너질 것 같아 설날 아침 일찍 공양간의 보살에게만 말하고 보덕사를 떠난 것입니다. 해리는 어떻게 죽었습니까?"

"정말 해리가 죽은 줄 모르고 있었나?"

현규의 진술 내용이 진실인지 거짓인지 얼굴에 나타난 표정과 태도를 유심히 살피면서 진우가 물었다.

"보덕사를 떠나서 바로 이곳으로 왔기에 뉴스도 접해보지 못했습니다. 아저씨는 다른 형사들처럼 저를 범인으로 단정을 안 하시기에 진실을 말씀드린 것입니다. 제가 왜 사랑하는 해리를 죽여야 합니까? 배신을 당한 것이 아니고 성공하여 해리와 결혼하려고 공부를 하고 있는데…. 그리고 제가 성공하면 해리 부모님에게 떳떳하게 인정을 받으리라 생각하고 있는데…. 사랑하는 해리를 내가 왜 죽여야 합니까? 함께하지 못해 한이 맺혀 있는데 어떻게 그런 범죄를 저지르겠습니까?"

"해리는 보덕사를 올라가는 용추계곡에서 강간을 당하지 않으려고 발버둥 치다가 타살되었다."

"현장 상황이 어떤지는 모르겠지만 용의자는 저 혼자입니까? 아니면 다른 사람도 있습니까?"

해리가 피살되었다는 말에 다시 눈물을 흘리던 현규가 법을 전공한 사람답게 예리하게 질문을 하였다.

"자네를 포함하여 세 사람의 흔적, 즉 유류물이 발견되었다."

진우는 잠시 생각을 하다가 현규가 진범인지 아닌지 가려야 하고 또한 진범이 아니면 수사에 도움이 되지 않겠나 싶어 사실대로 알려주었다.

"아저씨, 저의 음모가 왜 해리의 몸에서 발견되었는지 이해가 되실 것입니다. 그리고 어떻게 사랑하는 사람을 다른 사람과 합세하여 윤간을 하겠습니까? 사랑하는 사람을 그런 식으로 죽일 바보는 이 세상에 아무도 없을 것입니다. 아저씨, 범인을 잡아주십시오. 그래야 해리가 한을 풀 것이고 저도 속죄를 하는 것입니다."

"해리가 몇 시에 보덕사를 나갔나?"

"정확하게 시간은 알 수가 없지만 아마 오후 다섯 시쯤 되었을 것입니다. 해리가 떠난 후 곧 어두워졌으니까요."

"해리의 소지품은 뭐가 있었나?"

"파란색 핸드백을 들고 있었습니다."

"해리가 처음 찾아왔나?"

현규의 표정을 유심히 살펴보면서 진우는 계속해서 질문을 하였다.

"네."

"혹시 친구나 그 밖의 다른 사람들이 찾아온 적이 있었나?"

"지금까지 저를 찾아온 사람은 아무도 없었습니다."

"해리가 나간 후 찾아보았나?"

"아닙니다. 해리를 보면 마음이 약해져서 붙잡을 것 같아 방 안에만 있었습니다."

"해리의 남자 친구들은 몇 사람이나 있었나?"

"글쎄요. 해리가 남자 친구들과 만나는 것은 한 번도 보지 못하였습니다. 아마 학교 친구들은 있지 않겠습니까."

"혹시 이민성이라는 남자를 알고 있나?"

"이민성…. 이민성…. 민성이가 누굽니까? 처음 들어보는 이름인데."

"잘 생각해 보아라. 현장에는 민성이라는 사람의 음모와 소변이 있었다. 보덕사에서 조금 더 올라가면 하상천이라는 자연 마을이 있는데 그쪽에서 태어나 해운대에서 고등학교를 졸업하고 지금은 서울에 사는 것 같다. 구정 때 부모님을 만나러 왔다가 갔다."

"정말 처음 들어보는 이름입니다. 같이 학교에 다닌 것도 아닌데 제가 부산 사람을 어떻게 알고 있겠습니까?"

진우는 날이 어두워져 캄캄해질 때까지 몇 시간째 현규를 범인으로 가상하고 수사 기밀까지 유출하면서 대화를 나누었다. 그렇지만 해리의 음부에서 발견된 현규의 음모 외에는 범인으로 특정 지을 만한 추가 증거나 진술이 없었다. 현장의 족적도 현규가 신고 있는 운동화 문양과는 상이하였고, 사건을 추리하고 현장 상황을 냉정하게 분석하면서 해리의 몸에서 발견된 현규의 음모를 결부시켜 꿰맞추어도 범인으로 확정하기에는 도저히 앞뒤 정황이 맞지 않았다.

"현규야, 수사를 하는 형사들은 작은 단서라도 쉽게 포기를 할 수가 없는 것이다. 너를 찾으려고 한 달이 넘도록 전 수사요원이 동분서주하였다. 너의 음모가 해리에게서 발견되었기에 유력한 용의자로 특정되어 수사 규정상 영장을 발부받았고 검거하면 수사본부로 연행해야 한다. 그렇지만 아저씨가 현규의 인격을 믿고 네가 한 말을 진실이라 생각하고 연행하지 않겠다. 대신 이 사건이 해결될 때까지 다른 데 가지 말고 지금 있는 암자에서 계속 공부를 하고 있어라. 아저씨가 너에게 도움을 받아야 할 일도 생길 수 있고 또한 용의자로서 완전히 배제할 수도 없다. 그렇게 할 수 있겠나?"

"알겠습니다. 아저씨가 저를 믿어주시는데 심려를 끼쳐드리진 않겠습니다. 해리를 죽인 범인이 잡힐 때까지 소룡사 암자에서 한 발짝도 나가지 않겠습니다."

"알겠다. 현규 너를 믿는다. 그리고 너를 의지하고 있는 연로하신 아버지를 생각하더라도 다른 생각은 하지 말고 열심히 공부를 해라."

"네."

현규가 신고 있는 운동화 문양이 현장에 남아 있는 운동화 족적 문양과 상이하다. 그러니까 살인 현장에는 없었다. 현규가 해리를 죽일 만한 동기를 찾을 수가 없다. 특히 사랑하는 애인을 다른 용의자와 합세하여 윤간을 하려다 반항한다는 이유로 죽인다는 것은 어불성설이다. 현규의 음모가 해리에게서 발견된 것은 소명이 되었다. 사건을 수사하는 형사가 주관적으로 확신에 빠지면 진범을 놓치는 경우가 왕왕 있겠지만 모든 정황을 추리해본 바 범인이 아니라고 진우는 판단하였다. 한 형사와 조 형사가 일단 수사본부로 압송하자는 것을 진우가 한참 동안 고심한 끝에 과감하게 방면하기로 결정을 내렸다.

현규를 소룡사까지 태워다주고 부산으로 차를 돌렸지만, 진우는 마음이 착잡하고 무거웠다. 전례대로 한다면 당연히 수사본부로 압송해야겠지만 현규의 진술과 태도, 현장 상황 등 모든 것이 범인이 아니라고 확신을 주고 있었다. 진우는 무리하게 살인범의 용의자로 연행하는 것은 지양해야 한다고 생각하였다. 수사를 하다 보면 일부 수사요원들이 공명심에 젖어 무리한 수사를 하다가 국민들로부터 불신과 지탄을 받아 매스컴을 장식하는 경우가 왕왕 있었다. 진우는 '열 사람의 범인을 놓치더라도 한 사람의 억울한 사람을 만들어서는 안 된다, 수사는 과학적으로 해야 한다'는 신념이 확고하기에 용단을 내려 방면을 하였지만 서장과 과장에게 엄청나게 잔소리를 듣겠다고 생각하니 기분이 씁쓰름하였다.

용의자를 조사하였지만, 살인 사건과는 일말의 연관성이나 혐의점이 없어 방면하였다고 보고하였기에 밤이 오래되어 부산에 도착하였지만, 수사요원 전원이 서장실로 불려 갔다.

수사본부장인 형사과장을 배석시킨 채 서장실에서 요원들이 2열 횡대로 줄을 서서 말뿐인 수사 회의가 열렸다. 서장과 과장은 진우가 지시를 어기면서 독단적으로 사건을 처리하였다고 핏대를 올려 추궁과 질타를 하였다. 진우를 비롯한 수사요원들은 한마디 변명도 할 수가 없어 침통하게 낯빛만 굳히고 있었다.

"권 계장, 영장까지 발부받은 용의자를 검거하였으면 당연히 압송해야지 어떻게 독단적으로 판단하여 풀어준단 말인가. 만약에 그 용의자가 범인이라면 어떻게 할 거야?"

"권 계장이 어련히 판단하여서 방면하였겠지만 그래도 수사본부까지는 연행하는 것이 수사의 기본 수칙 아니에요? 압송하라는 지시를 어기고 용의자를 마음대로 처리하는 것은 월권행위예요."

"서장님, 그리고 과장님, 현규와 독대하여 몇 시간을 심문하였지만 현규는 현장에도 없었고 또한 증거물과 모든 상황이 해리를 죽인 진범이 아닌 것으로 확신하였습니다. 그래서 사랑하는 사람을 잃고 실의에 빠져 있는 무고한 사람을, 살인 용의자로 연행할 수가 없었습니다."

"그게 틀렸어. 수사요원들을 모두 배제한 채 혼자서 심문하고 마음대로 판단하여 용의자를 방면하는 행위를 어디서 배운 거야. 서장과 과장은 안중에도 없는 거야? 권 계장이 그렇게 유능해?"

"혐의점이 있고 없고는 서장님과 과장이 판단하는 거예요. 권 계장 혼자서 북 치고 장구 치고 노래 부르면 서장님과 과장은 뭐가 되는 것이오?"

현규를 수사본부로 연행하지 않고 방면할 때 어느 정도 잔소리는 예상하였지만, 서장과 과장이 경쟁이라도 하듯 인격적으로 모욕을 가하자 진우는 속에서 슬그머니 화가 끓어올랐다. 특히 서장은 책상 위에 있던 서류철을 진우에게 집어던지다가 그래도 화가 풀리지 않는지 눈을 부릅뜨고 손바닥으로 몇 번이나 가슴을 밀쳤다.

"서장님, 그리고 과장님, 현규가 범인이 아니라는 것을 제가 한 번 더 구체적으로 설명을 하겠습니다. 첫째는 해리를 죽일 동기가 없습니다. 그것도 젊은 혈기에 몇 년을 사랑하면서도 순결을 지켜주면서 성공하면 떳떳하게 결혼하겠다고 마음먹고 있는 애인을, 다른 사람과 공모하여 윤간한다는 것은 비현실적이고 이치에 맞지 않습니다. 둘째는 피해자의 음부에서 발견된 현규의 음모는 좀 전에 보고한 대로 보덕사에서 관계를 가지려고 할 때 빠진 것입니다. 셋째는 현장에 있던 족적입니다. 현규는 구두는 아예 없었고, 신고 다니던 운동화 문양은 현장에 있던 운동화 문양과 일치하지 않았습니다. 또한 현장의 족적은 피해자를 제외하면 두 사람의 발자국입니다. 그렇다면 현규는 살인 현장에 없었다는 것이 증명됩니다. 넷째는 다른 용의자를 검거하지 못한 현 상태에서 단정은 할 수가 없지만 그 용의자들과 현규를 결부시킬 수가 없습니다. 즉, 인과관계가 성립하지 않습니다. 특히나 현규는 와신상담 사법고시 공부를 하고 있는데 주점 종업원과 공모하여 자기 애인을 윤간한다는 것은 상상도 할 수가 없습니다. 사랑하는 사람을 다른 사람과 공모하여 윤간하려다가 반항한다고 죽이고, 보란 듯이 현장에 증거를 남긴다는 것은 상식선에서 생각하여도 있을 수가 없습니다. 이런 추리와 현장 상황, 증거물, 진술할 때의 언행 등 여러 가지를 종합해서 추리하고 판단하였기에 수사본부로 연행하지 않았습니다. 만약에 사건의 진실이 밝혀지지 않은 상태에서 살인 용의자로 수사본부에 연행된 것이 언론에 보도되면 현규는 어떻게 되겠습니까? 영장을 받은 용의자지만 그것은 무고한 사람을 두 번 죽이는 것이고 죄인처럼 연행한다는 그 자체가 불법이 됩니다. 그리고 현규는 이 사건의 진범이 검거될 때까지 공부를 하고 있는 소룡사 암자를 떠나지 않을 것입니다. 또한 범인을 검거할 수 있도록 적극적으로 수사에 협조를 하겠다고 약속을 하였습니다."

"그렇다면 누가 범인이라는 거야?"

"이 사건은 목격자를 찾는 등 원점에서 광범위하게 다시 수사를 하겠습니다. 소변과 음모가 일치한 B형 용의자인 민성이를 쫓고 있지만 어쩌면 범인이 아닐 수도 있습니다. 진범은 피살자의 식도와 위에서 발견된 O형 용의자로 추정합니다. 법에 관한 지식을 어느 정도 갖췄고 증거를 인멸하였지만 식도에서 발견된 혈흔은 생각하지 못하였을 것입니다. 용의주도하게 잠적한 이 용의자를 모든 수사력을 동원하여 검거하는 데 주력해야 한다고 생각합니다. 그렇지만 저의 소견으로는 민성이와 O형 용의자가 모의하였다고 판단하는 것도 무리라고 생각합니다. 왜냐하면 민성이는 현장에 많은 증거물을 남길 정도로 법에 대한 지식이 일천한데, O형 용의자는 법의학에 대하여 아주 해박합니다. 신체의 일부분을 물려서 피가 피살자의 입안에 흘렀겠다고 판단하여 깨끗하게 세척을 한 것이 이를 증명합니다. 이로 미루어 보면 두 사람이 공모를 하지 않았습니다. 공모를 하였다면 현장에서 소변을 보는 짓은 절대로 하지 않았을 것입니다. 만약 피살 사건이 발생하기 전에 공범이 소변을 보았더라도 흔적을 지웠을 것입니다. 제가 모든 상황을 종합하여 추리하고 판단하기로는 O형 용의자가 진범으로 추정됩니다. 그렇지만 수사에는 변수가 있으니까, 모든 가능성을 열어놓고 민성이와 O형 용의자를 검거하는 데 최대한 노력하겠습니다."

"사건이 발생한 지 두 달이 넘었는데 기껏 검거한 용의자도 풀어주고 밑바닥에서 맴돌고 있는데 언제 범인을 검거한다는 거야?"

"서장님, 그리고 과장님, 이번 사건은 증거가 많아서 쉽게 범인을 잡을 것이라고 예상하셨겠지만 저는 처음부터 쉽지 않겠다고 생각하였습니다. 사건 현장은 상식적으로 이해를 할 수 없을 정도로 엉성하면서도 한편으로는 치밀한 것 같아 감을 잡을 수가 없었습니다. 분명 트릭이 숨어있는 것 같았습니다. 수사요원들과 열심히 뛰면 곧 범인을 잡지 않겠습니까. 노여움을 거두어 주십시오."

구체적으로 설명을 하여도 서장과 과장이 얼굴을 붉히면서 노발대발 폭력까지 행사하기에 진우는 수사도 모르는 서장과 과장이 한심하다는 생각이 들었다. 그렇지만 입장을 바꿔놓고 지휘관으로서 사건을 조명한다면 그럴 수도 있겠다 싶어 꾹꾹 참고 좋은 말로 범인을 곧 잡겠다고 하였다.

서장이 눈살을 찌푸리면서 말없이 한참 동안 쏘아보다가 해산을 명하기에 진우는 수사요원들과 함께 서장실을 나섰다. 진우는 고생한 요원들에게 집에 들어가서 잠을 자고 내일 아침 9시까지 수사본부로 출근하라 지시한 후 씁쓸한 기분으로 귀가하였다.

2.

끝없는 추적

이튿날 오전 9시, 요원들이 한 사람도 빠짐없이 수사본부에 출근하였다. 오랜만에 집에 들어가서 샤워도 하고 잠을 푸근하게 자서 그런지 요원들의 얼굴에는 생기가 감돌고 있었다.

"한 형사는 부산에 남아서 처음부터 다시 수사를 한다는 각오로 목격자가 있는지 탐문하고 현장 주변을 재조사하라. IC에서 복사해 온 CCTV 자료도 검토를 해보고, 나머지는 나와 함께 서울로 간다. 일단 용의선상에 나타난 민성이를 추적하고 피해자 주변을 탐문해보자."

"계장님, 초동수사는 모두 하였는데 굳이 그럴 필요가 있겠습니까? 모두 서울로 가서 민성이를 쫓는 것이 급선무라고 생각합니다."

진우가 뜬눈으로 밤을 지새우면서 생각하였던 수사 방향을 지시하자 한 형사가 이의를 달고 나섰다.

"그래! 한 형사 말에도 일리가 있다. 그렇지만 천려일실이라 우리가 간과한 것이 있는지 검토하는 차원에서 현장과 목격자 탐문수사를 병행하라는 것이다. 어제 서장실에서 내가 한 말을 모두 들었겠지만, 우리가 주목할 용의자는 피살자의 식도에서 발견된 O형 혈액형을 가진 자다. 그렇지만 그자는 오리무중이고 베일에 가려져 있다. 사건 현장은 증거의 보고란 말도 있듯이 한 형사는 초심으로 돌아가 폭 넓게 현장과 그 주변을 다시 탐문하라는 것이다. 특히 용의자가 타고 온 것으로 추정되는 차량을 목격한 사람과 구두, 운동화 족적의 문양도 광범위하게 수사를 병행해야 한다. 이 사건을 미제로 남긴다면 우리 강력1팀의 수치다."

"알겠습니다. 계장님, 초동수사를 다시 한다는 마음으로 최대한 증거자료들을 수집하겠습니다."

"기동력이 있어야 하니까 나와 강 형사가 차를 가지고 올라간다. 한 형사는 추가로 증거가 발견되면 내게 연락해라. 저번에 조 형사가 올라가서 수사를 하다가 내려왔지만, 이번 출장은 단시일 내에 끝나지 않을 것 같다. 그러니까 지금 집에 들어가서 속옷과 세면도구들을 좀 챙겨 와라."

"알겠습니다."

요원들을 내보낸 진우는 집으로 차를 돌렸다. 외출 준비를 하던 아내는 일찍 들어오는 남편을 이상한 표정으로 바라보았다.

"여보, 사건이 해결되었어요?"

"아니. 서울 출장이다. 언제 집에 들어올지 모르겠다. 속옷을 좀 챙겨 가려고 들어왔다."

"여보, 허구한 날 사건을 쫓아다니는 형사보다 지구대장을 하면 지역에서 유지 대접을 받고 편하다는데 왜 고집을 피워요? 누가 알아주지도 않는데…."

남편의 심정을 이해하지 못한 아내가 불만을 쏟아놓고 있었지만, 말다툼할 기분이 아니어서 진우가 직접 서랍을 열고 속옷과 양발을 끄집어 내었다.

"이리 나오세요. 챙겨주기 싫어서 그런 말을 한 것이 아니에요. 당신이 너무 고생을 하기에 애잔해서 한 말이에요. 좀 편한 부서로 옮기면 우리도 마음 졸이지 않고 얼마나 좋겠어요. 몇 벌이나 챙기면 되겠어요?"

"다섯 벌 정도만 챙겨라. 모자라면 빨아서 입으면 된다."

아내가 챙겨주는 등산용 가방을 들다가 진우는 말없이 아내를 끌어안고 등을 다독거려 주었다. 집을 나서는 진우는 아내 말처럼 누구한테도 칭찬은 받지 못하고 질타만 돌아오는 이런 생활을 꼭 해야 하는지 회의가 들었다. 남들처럼 편안한 부서로 자리를 옮긴다고 하여도 자신과 고생한 요원들의 명예가 걸려 있는 이번 사건만은 반드시 해결한 후 떠나리라 결심하였다.

　종학이가 최종 면접시험에 합격하여 경기도 고양에 있는 사법연수원에 입교한 지 한 달이 되었다.

　그동안 마음고생이 심하여 하루하루를 무의미하게 보내면서 방황하였는데 최근에서야 겨우 안정을 찾아가고 있었다. 그 원동력은 자신이 사건 현장에 흔적을 전혀 남기지 않아, 아니 완벽하게 지워서 관련이 없는 것으로 판단하였기에 가능하였다. 심지어 그날 신고 갔던 운동화도 흔한 것이지만 족적을 지우지 않았기 때문에 처분하였다. 현장에 유류된 증거물이 다른 사람의 것으로 판명되어 수사도 그 사람들을 용의자로 지목하여 추적하는 것 같아 마음이 한결 가벼워졌다. 또한 아버지의 조언이 큰 몫을 하였으며 현실을 직시하지 않을 수도 없었다. 해리를 마음속에 담아놓고 하루라도 생각하지 않을 때가 없었다. 해리를 죽인 손을 잘라버리고 싶을 정도로 회한과 후회가 하루에도 수십 번 가슴을 때렸다. 그렇지만 아버지 말씀대로 모두가 사는 이 길을 선택하였기에 덤으로 사는 생이다 생각하고 모든 일에 최선을 다하리라 각오를 굳게 가졌다. 해리 부모님을 나의 부모님이라고 생각하면서 자주 찾아뵙고 효도를 다하며, 또한 판사가 되어서는 가난하고 힘없는 서민의 편에 서서 공정하게 판결하리라 마음을 고쳐먹으니, 공부가 잘되었다.

　오늘은 금요일이어서 오전에만 수업이 있었다. 빨리 해리 집으로 가봐야겠다고 생각하면서 외출복으로 갈아입는데 원장이 불렀다.

　"원장님, 강종학입니다. 부르셨습니까?"

　부속실을 거쳐 원장실에 들어가니 육십 대 초반으로 보이는 원장이 웃으면서 일어나기에 종학이가 고개를 꾸벅 숙이면서 인사를 하였다.

　"오! 종학 군, 어서 와요. 자. 편하게 앉아요."

　"무슨 하실 말씀이라도…?"

잘못한 것도 없는데 갑자기 호출을 하자 약간 불안한 마음이 든 종학이가 엉거주춤 서서 물었다.

"갑자기 불러서 미안한데 편하게 앉아요. 며칠 전에 강 의원을 만났는데 종학 군이 연수원에 있다기에 궁금해서 불렀어요."

"네…. 갑자기 부르시기에 좀 놀랐습니다."

종학이가 한 번 더 고개를 숙인 후 자리에 조심스레 앉자, 원장이 인터폰으로 차를 주문하였다.

"그래! 연수원 생활은 적응이 되었어요?"

"네. 열심히 공부하고 있습니다."

"강 의원과는 대학교 동문이고 내가 1회 선배예요. 강 의원이 정계로 진출하였어도 간혹 만나요."

"아버지가 말씀을 안 하셔서 저는 전연 몰랐습니다. 원장님, 말씀을 낮추십시오. 듣자니 민망합니다."

그때 종학이를 부르러 왔던 부속실의 아가씨가 차를 들고 왔기에 대화가 잠깐 끊어졌다가 원장이 자연스럽게 말을 이었다.

"말을 놓아야 하겠지. 강 의원이 걱정을 많이 하던데 괜한 기우였군. 이렇게 훤칠하고 똑똑한 친군데 뭘 그렇게 걱정하는지…."

"아닙니다. 아직도 많이 부족하여 앞가림도 제대로 못 합니다."

해리 사건으로, 종학이가 마음속으로 괴로워한다는 것을 알고 있는 아버지가 걱정이 되어서 동문인 원장에게 넌지시 관심을 가져달라고 부탁을 한 것 같았다.

차를 마시면서 원장과 30분쯤 대화를 나누다가 밖으로 나오자, 민지가 현관에서 기다리고 있었다. 민지는 같은 S대학교 1년 후배였다. 이번 사법고시에 합격하여 함께 교육을 받고 있는데 종학이를 많이 챙겨주고 있었다.

"선배, 원장실에 불려 갔다던데 무슨 일이에요?"

"어! 아직도 집에 안 갔어?"

"네. 좀 걱정이 되어서…."

"원장님도 S대를 나왔고 아버지와 1년 선후배인가 봐. 궁금해서 부른 것 같아."

"괜히 걱정하였네요. 나가서 커피 할 시간은 있죠?"

"안 돼. 3시까지 집에 들어가서 아버지와 어데 가기로 약속하였어."

해리를 닮은 민지를 보면 마음이 끌리다가 자신도 모르게 움츠러들기에 종학이는 시계를 보는 척하면서 거절하였다.

"선배는 맨날 맨날 바쁘다고 하네. 벌써 3번이나 퇴짜 맞았어요."

"어! 내가 그랬어? 미안. 다음에 내가 근사하게 저녁 살게."

"선배 약속하였어요. 고마워요."

연수원 정문에서 민지와 헤어진 진우는 전철역으로 가면서 해리 집부터 들러야 한다고 생각하였다.

요원들을 이끌고 서울로 달려가면서 민성이의 휴대폰으로 몇 번이나 전화를 하였지만 꺼져 있었다.

진우는 서울에 도착할 즈음 강 형사에게 전화를 하여 바로 민성이의 소재를 탐문토록 지시한 후 소담동으로 차를 돌렸다. 조 형사와 이 형사를 피해자 집 주변을 탐문토록 내려주고 혼자 삼성지구대를 찾았다. 저번에 조 형사가 조사를 하였지만 추가적으로 자료가 더 있는지, 또한 협조를 받기 위해서는 관할 지구대의 도움이 절실하였다.

"지구대장님, 안녕하십니까? 부산 해운대경찰서 형사계장 권진우입니다. 구정 때 저희 관내에서 발생한 살인 사건을 수사하고 있습니다. 저번에 수사하다가 다른 용의자를 쫓는다고 잠시 중단하였는데 도움을 받고자 찾아왔습니다."

"고생이 많습니다. 그렇지 않아도 2팀장이 보고해서 알고 있습니다. 오늘 2팀이 야간 근무입니다. 필요한 것이 있으면 말씀하십시오."

진우가 도움을 부탁하자 정년이 다 되어 보이는 지구대장이 반기는 표정으로 의자를 권하면서 말하였다.

"감사합니다. 저번에 왔을 때 민성이의 소재를 발견하지 못하였는데 그 후 혹시나 파악이 되었는지 궁금합니다."

"민성이는 지난 연말 강남역 앞에서 발생한 폭력 사건에 연루되어 경찰서 형사들도 찾고 있습니다. 아직 소재 파악이 안 된 것으로 알고 있습니다."

"어느 팀이 담당하고 있습니까?"

"폭력3팀에서 취급하는 것으로 알고 있습니다."

"혹시 자체적으로 파악해 놓은 자료가 더 있습니까?"

"글쎄요. 직원 개개인에게 물어봐야 알겠지만, 관내 우범자도 아니고 전체적인 자료는 없습니다. 경찰서는 자료가 많지 않겠습니까?"

"네, 감사합니다. 폭력3팀이라 하였지요. 제가 팀장에게 전화를 해보겠습니다."

지구대장의 배려로 진우가 경비 전화를 돌리자, 어제 야근을 하고 아침에 퇴근하였다고 말하였다. 할 수 없이 휴대폰 번호를 물어서 전화를 하였더니 이내 받았다.

"팀장님. 부산 해운대경찰서 형사계장 권진우입니다. 구정 때 저희 관내에서 발생한 살인 사건의 용의자가 이민성인데 자료를 좀 얻을까 해서 전화를 드렸습니다. 바쁘시지 않다면 잠시 만나고 싶습니다. 자세한 것은 뵙고 말씀을 드리겠습니다."

"그럼 30분 후에 강남경찰서로 오십시오. 제가 사무실로 나가겠습니다."

전화를 끊은 진우가 지구대장에게 인사를 한 후 바로 경찰서로 달려갔지만, 집이 가까운 곳에 있는지 팀장이 먼저 와서 기다리고 있었다.

"우리가 갖고 있는 자료는 빈약합니다. 지난 연말에 강남역에서 발생한 폭력 사건에 민성이가 연루된 것으로 추정하기에 쫓고 있습니다."

"관내 큰 사건이 있었습니까?"

"큰 것은 아니고 나이트클럽 종업원들이 이권 문제로 패싸움을 하였습니다. 그때 민성이가 적극적으로 폭력에 가담하지는 않았지만 현장에서 지휘를 하고 있었다는 상대 종업원들의 진술이 있었습니다. 그런데 이 녀석이 잠수를 탔는지 그 후에는 나타나지 않습니다. 사건은 쌍방 합의를 하여 모두 불구속 처리되었습니다."

눈매가 매섭게 생긴 사십 대 후반의 폭력3팀장은 큰 사건이 아니라고 말하면서 그 당시에 수사하였던 사건 파일을 가지고 왔다.

"어느 나이트클럽입니까?"

"잠깐만요. 아! 여기 있네요. 민성이는 강남역 뒤쪽에 있는 항도 나이트클럽 멤버입니다."

최 팀장이 서류철을 뒤적이다가 진우의 물음에 대답하면서 사건 대장을 살펴보라고 내밀었다. 진우가 서류철을 받아 한장 한장 넘기면서 민성이에 대하여 다른 자료가 있는지 확인하였지만 이름과 나이, 연락처, 근무처만 기록되어 있었다.

"그 당시 폭력을 행사하였던 사람들은 이 녀석들입니까?"

"네. 여기 이강호, 변현수, 강재성, 한인규가 항도 나이트클럽 종업원이고 김찬호, 박재권, 조명찬, 한상구가 강남역 맞은편에 있는 황제 나이트클럽 종업원인데 손님 쟁탈전을 한 일종의 기세 싸움입니다."

최 팀장이 상세하게 설명하기에 진우는 폭력을 행사한 젊은이들의 인적 사항과 연락처를 수첩에 모두 메모하였다.

"민성이가 폭력 전과자입니까?"

"경미한 것으로 모두 불구속 처리된 폭력 전과 2범입니다."

"혹시 민성이가 조폭이거나 우범자로 특별 관리는 하지 않습니까?"

"우리가 파악하기로는 조폭에 가입하지 않았습니다. 또한 그러한 조직도 만들지 않았습니다. 계장님도 알다시피 민성이는 실형을 산 것도 아니고 사소한 벌금형 폭력 전과 2범인데 우범자 대상이 되지 않습니다."

진우는 혹시 다른 자료가 더 있는가 싶어 물었지만, 최 팀장은 경미한 범죄는 우범자로 편입하지 않는다고 말하였다.

"최 팀장님, 민성이는 폭력 사건에 크게 연루된 것도 아니고 쌍방 간에 합의를 하였는데 왜 잠적하였을까요? 우리가 한 달 넘게 쫓고 있지만 종적이 묘연합니다."

"글쎄요. 우리가 취급한 폭력 사건은 별것 아닌데 다른 큰 사건을 저질렀는지 현재로서는 알 수가 없습니다."

"협조해주셔서 감사합니다. 의문 나는 점이 있으면 다시 찾아뵙겠습니다."

최 팀장에게 꼬치꼬치 물어보아도 정보를 더 알고 있는 것이 없기에 진우가 일어나면서 인사를 하였다.

밖으로 나온 진우는 조 형사와 강 형사에게 강남 전철역 4번 출구에 집결하도록 전화를 하였다. 도로가 정체되어 조금 늦게 전철역에 도착한 진우는 차를 공영주차장에 넣고 잰걸음으로 도착하니 모두가 기다리고 있었다.

"차가 밀려서 내가 좀 늦었다. 뭐가 좀 있더냐?"

"흔적도 발견하지 못하였습니다."

"저번에 조 형사가 진주로 내려오는 바람에 수사를 중단한 것인데 민성이의 근무처가 발견되었다. 강남역 뒷골목에 있는 항도 나이트클럽 멤버라는데 아직도 거기에 있는지 아니면 완전하게 꼬리를 말았는지 알 수가 없다. 이 근처에 항도 나이트클럽이 있다는데 조별로 흩어져서 찾아봐라. 나는 여기 있겠다."

진우가 형사들을 보내놓고 과장에게 그간의 수사 사항을 보고하고 있는데 이 형사가 달려왔다.

"계장님, 바로 이 뒷골목에 있습니다."

"그래! 다들 연락하여 거기로 집결토록 해라."

진우가 전화를 끊고 이 형사가 나왔던 골목으로 꺾어 들어가자 저만큼 소방도로에 조 형사가 서성이고 있었다. 아직 영업할 시간이 되지 않았는지 12층 건물의 지하 항도 나이트클럽은 간판에 네온사인도 켜지 않았고 주변은 한산하였다. 진우가 항도 앞을 살피고 있는데 이내 요원들이 모여들었다.

"지금은 영업시간이 되지 않아 민성이나 종업원들이 없을 것 같다. 여기서 진을 치고 있을 순 없으니까, 영업을 시작하면 오는 것이 좋겠다."

진우가 생각을 해보니 영업을 시작할 때 들어가야 혹시라도 민성이가 근무하고 있으면 검거를 할 수 있고, 없으면 종업원에게 추궁을 해보는 것이 효과적이라는 생각이 들었다. 진우는 요원들과 함께 지하 전철역 구내 쉼터를 찾아 작전을 구상한 후 여섯 시가 조금 넘어 다시 항도 앞으로 갔다.

아직 땅거미가 내리지도 않았는데 유흥가답게 거리는 온갖 네온사인으로 선남선녀들을 유혹하고 있었다. 진우는 후문이 있는지 주변을 살핀 후 작전대로 조 형사와 이 형사를 항도 입구에 배치하고 나이트클럽으로 향했다.

"에이. 나이 많은 선생님들은 여기 오시면 안 됩니다. 영계들만 노는 곳인데 다른 데로 가시죠."

진우가 일행들과 함께 지하로 내려가려고 하자 출입문 주변에 있던 이십 대 중반쯤의 체격이 건장한 어깨 두 명이 막아서면서 은근히 위협하였다.

"이 자식을 보래. 지금 누구를 막아서고 있는 거야?"

"이 아저씨들이 미쳤나. 늙다리들이 초저녁부터 시비를 걸고 있어. 밑에 애들 불러올려라."

최 형사가 나서서 두 녀석의 어깨를 톡톡 치면서 말하자 그중 덩치가 큰 녀석이 대항을 하였다.

"최 형사, 애들 심하게 대하지 말고 신분증을 보여줘라."

"어! 형사 아저씨들입니까? 저번 일은 합의하였는데…."

진우가 점잖게 말하자 어깨들이 금방 꼬리를 내리면서 의아한 눈으로 바라보았다.

"너희들 민성이 알지. 지금 홀에 있나?"

"멤버 형은 지방에 갔습니다. 그 후에는 연락이 없습니다."

"네가 현수지? 거짓말할래. 다 알고 왔는데."

"네. 현숩니다. 그런데 민성이 형은 아직 돌아오지 않아서 멤버도 강호 형이 보고 있습니다."

진우가 넘겨짚으면서 으름장을 놓자, 덩치는 자기들에게는 볼일이 없다는 것을 알았는지 여유를 찾으면서 대답하였다.

"지배인 있지? 최 형사, 애들 데리고 들어와."

진우가 지하로 내려가면서 강한 톤으로 지시를 하였다.

"아! 미치겠네. 저번에도 민성이 형 때문에 형사들이 지랄…."

현수와 덩치가 마지못해 따라 들어오면서 구시렁거리다가 박 형사가 팔꿈치로 옆구리를 가볍게 치면서 째려보자 황급히 손바닥으로 입을 가렸다.

홀에는 아직 손님이 없었다. 진우는 강 형사와 박 형사에게 홀 입구를 지키도록 하고 지배인을 찾았다.

"지배인 되십니까? 부산 해운대경찰서 형사계장 권진우입니다. 민성이가 여기 근무하는 줄 알고 왔습니다. 협조를 부탁합니다."

"네. 그런데 무슨 일로 찾습니까? 민성이는 그만두었는데…."

사십 대 후반쯤 되어 보이는 지배인에게 진우가 신분증을 보여주면서 협조를 요청하자 난처한 표정으로 일을 하지 않는다고 하였다.

"사건 때문에 그러는데 언제 그만두었습니까?"

"이번에 설을 쉰 후부터 나오지 않습니다."

"확인해 봐도 되겠습니까?"

어차피 영업소에 들어왔는데 민성이가 있는지 아니면 지배인 말처럼 그만두었는지 확실하게 알아야 하겠기에 진우가 약간은 고압인 자세로 말하였다.

"영업시간인데 이러시면 곤란합니다. 우리 애들에게 물어보십시오. 민성이는 정말 그 후로 나오지 않습니다."

"민성이가 언제부터 여기에서 일을 하였습니까?"

지배인의 말이 거짓이 아닌 것 같았지만 진우는 홀 입구에 팔짱을 끼고 서 있는 강 형사에게 눈짓을 한 후 계속 말을 이었다.

"한 2년 정도 됩니다. 처음에는 수석 웨이터로 일하다가 일 년 전부터 멤버가 되었습니다."

"다른 업소로 옮겼습니까?"

지배인의 표정을 유심히 살피면서 진우가 계속 질문을 하였다.

"확실한 것은 모르지만 다른 업소로 옮긴 것 같지는 않습니다."

"왜 그렇게 생각합니까?"

"보통 이런 데 일하는 멤버들은 그만두면 마음이 맞는 애들을 데리고 나가는데 민성이는 혼자 나갔습니다."

진우가 생각할 여유를 주지 않고 계속 질문을 하였지만 지배인은 거침없이 대답하였다.

"그것은 민성이가 다른 종업원과 별로 친하지 않으니까 혼자 나간 것 아닙니까?"

"민성이는 리더십도 있고 화끈하여 애들이 많이 따릅니다."

"어디로 옮겼는지 짐작 가는 곳이 있습니까?"

"글쎄요. 애들 말로는 지방에 가서 머리를 좀 식히다가 온다고 하였답니다."

"여기서 오랫동안 일을 하였다면 민성이가 어떤 사람인지 지배인이 잘 알겠네요. 인간성이라든가 성격 등이 좋지 않았겠지요?"

진우는 지배인의 표정을 은연중에 관찰하면서 계속 질문을 하였다.

"아닙니다. 애가 리더십이 엄청 좋습니다. 주먹도 어느 정도 쓸 줄 알고 의리가 있어 종업원들이 많이 따르는 것 같았습니다."

"혹시 민성이가 어디 사는지 집을 알고 있습니까?"

"글쎄요. 밖에 방을 얻었다는 소리는 못 들었는데…. 뒤쪽에 방이 하나 있지만 주로 애들하고 이 홀에서 자던데…."

"그 방을 한번 보여주시겠습니까?"

지배인을 따라 무대 뒤로 돌아가니 창고 같은 방이 하나 있는데 온갖 잡동사니가 널브러져 있어 진우가 재빨리 훑어보고 돌아섰다.

"살인 사건의 용의자로 찾고 있습니다. 혹시 연락이 오면 바로 전화를 주십시오. 숨겨주시면 같이 처벌을 받습니다."

"알겠습니다."

반 시간이 넘도록 이것저것 질문을 하여도 민성이의 소재지를 알 수가 없었고 손님들이 연이어 들어오고 있었다. 종업원을 분리하여 룸을 조사하였던 강 형사와 박 형사도 수확이 없는지 고개를 젓기에 진우는 철수하였다.

"홀 안은 모두 뒤져 봤지만 없습니다. 강호 말로는 민성이에게 애인이 있는데 그 애인이 차를 가지고 있답니다. 멀리서 몇 번 봤다는데 애인 이름도 모르고 차 번호도 모르고 있습니다. 차는 은색인데 구형 소나타인지 아반떼인지 잘 모르겠답니다."

잡아놓은 숙소로 돌아오자, 강호를 조사하였던 강 형사가 민성이에게 애인이 있고 그 애인이 자가용을 가지고 있다는 것을 보고하였다.

"그래! 좋은 단서를 입수하였군. 내일 추적을 하자."

석회 때 조 형사도 특별한 것을 발견하지 못하였다고 보고하기에 진우가 그만 쉬자고 하자 모두 피곤하였던지 제대로 씻지도 않고 잠자리에 들기가 바쁘게 코를 골고 있었다.

이튿날 정오, 황제 나이트클럽의 지배인과 웨이터들을 만나서 탐문을 해봐도 민성이에 대하여 아는 것이 별로 없었다. 진우는 한참 동안 사건에 대하여 추리를 하였지만 민성이가 진범이 아닌 것만 같았다. 현장에 남아 있는 증거물에 의하면 베일 속에 숨어 있는, 혈액형이 O형인 제3의 용의자가 진범으로 추정이 되지만 검거가 요원하다는 생각이 들었다. 현재까지는 제3의 용의자와 민성이가 범인으로 압축되었지만, 진우의 촉은 강하게 민성이를 부정하고 있었다. 그렇지만 범행 현장에 있었다는 것은 유류물을 통하여 확실하니 만나서 대화를 나누어봐야 진범인지, 아니면 O형인 제3의 용의자와 공모하였는지, 현규처럼 혐의가 없는지 알 수가 있을 것인데 행방을 감췄으니 찾을 길이 막연하였다.

'이 녀석이 범행에 연관성이 있어 잠수한 것일까? 도대체 어디에 숨어 있단 말인가. 이 녀석을 만나 진술을 들어봐야 공모를 하였는지 아니면 혐의가 없는지 알 수가 있을 텐데… 어디 가서 찾는단 말인가. 살인범이라면 버젓하게 현장에 증거물을 남기지는 않았을 것인데… 만날 수가 없으니 실로 난감하구나. 이젠 휴대폰도 완전히 불통인 것을 보면 쫓는다는 것을 눈치채고 잠수를 탄 것이 확실한 것 같은데…'

"일단 조 형사는 민성이의 주소지 주변을 탐문하라. 김 형사는 삼성동 중대본부에 들러 민성이에 대하여 자료를 더 입수하라. 그리고 강 형사는 구청에 가서 주점 주변의 방범 CCTV를 훑어라. 은색 소나타나 아반떼가 주점 앞에 주, 정차하여 민성이가 타고 내렸는지 확인을 해봐라."

한참을 생각하다가 요원들을 내보낸 진우는 어제 인사할 때 받아놓았던 명함을 보고 항도 나이트클럽 지배인에게 전화를 하였다.

"누가 전화를 하는 거야?"

"아! 주무실 텐데 전화드려서 죄송합니다. 어제 찾아뵈었던 부산 해운대경찰서 형사계장 권진우입니다. 잠깐 좀 뵈었으면 하는데 시간이 되겠습니까?"

세 번 정도 전화를 하자 잠결에 전화를 받는지 짜증스럽게 말하기에 진우가 애써 명랑한 목소리로 부탁하였다.

"지금은 어렵고 오후 2시쯤 되어서 다시 전화하세요."

"죄송하지…."

다시 간청을 하려는데 일방적으로 전화를 끊어버렸다. 어이가 없어 화를 삭이다가 다시 전화를 걸었지만 꺼진 상태였다. 괘씸한 생각이 들었지만 늦게 잠을 잤기에 그럴 수도 있겠다고 자위하면서 강호에게 전화를 걸었다. 항도 나이트클럽의 웨이터들을 1대 1로 만났을 때, 강호를 만난 김 형사가 차량 외에도 뭔가 숨기는 것이 있는 것 같다고 말하였기에 추궁하리라 마음을 먹었다.

"누군데 전화를 하는 거야?"

강호도 야간 근무를 한 후 잠을 자고 있었는지 몇 번이나 전화를 한 끝에 받더니 대뜸 짜증부터 내었다.

"어제 찾아갔던 해운대경찰서 형사계장입니다. 이른 아침에 전화를 걸어서 죄송한데 잠시 만났으면 합니다."

"어제 이야기를 다 하였는데 뭐 때문에 또 불러냅니까? 밤새 근무하고 이제 막 잠이 들었는데…."

"오래 붙잡고 있지 않을 테니 잠깐만 시간을 내주면 됩니다."

"알았습니다. 항도 앞으로 오십시오."

진우가 강압적으로 말을 하자 심드렁하게 전화를 받던 강호가 마지

못한 듯 승낙을 하기에 서둘러 나섰다.

"강호 너는 민성이하고 제일 친하잖아? 너하고는 연락을 주고받는다고 다른 애들이 이야기하던데 거짓말할래?"

항도 나이트클럽 앞에서 강호를 만난 진우는 가까운 커피숍으로 데리고 갔다. 이런 곳에 종사하는 애들의 생리를 잘 알기 때문에 기선을 제압하려고 자리에 앉자마자 똑바로 강호를 바라보면서 날카롭게 물었다.

"누가 그런 말을 하였습니까? 민성이 형하고는 친한 것은 사실이지만 떠난 후에는 한 번도 전화를 주지 않았습니다."

진우가 추궁하자 강호가 맞은편 의자에 앉으려다가 벌떡 일어나면서 거칠게 항의하였다.

"민성이가 항도에 있을 때 강호 너를 잘 봐줬잖아? 그래서 민성이가 돌아올 때까지 임시로 멤버를 맡고 있잖아? 다 알고 묻는데 계속 오리발을 내밀래? 좋은 말 할 때 솔직하게 말해봐라."

"그건 맞습니다. 그렇지만 설 연휴가 끝나자 갑자기 지방에 가서 머리를 식힌다고 떠난 후에는 일체 연락이 없습니다. 믿어주십시오."

진우가 계속 의도적으로 유도 질문을 하였으나 강호도 미리 생각을 한 사람처럼 조리 있게 대답을 하고 있어 만만치가 않았다.

"민성이 애인은 이름이 뭐야? 그리고 어데 살고 있나? 차를 타고 몇 번 나이트에 왔잖아. 넘버가 어떻게 되나?"

"소개를 시켜주지 않아서 이름은 모릅니다. 차를 타고 우리 업소 근처에서 내리는 것을 두 번인가 봤지만, 사는 곳은 모릅니다. 대부분 밤늦게 영업을 마치기에 민성이 형도 숙소에서 잠을 잘 때가 많습니다. 차는 멀리서 얼핏 봤는데 번호는 모르겠고 은색 소나타나 아반떼로 보였습니다. 그 외는 민성이 형에 대하여서는 잘 모릅니다."

"그래! 강호 너하고는 제일 친해서 터놓고 말한다던데…. 서로 연락을 주고받고 있지? 민성이가 사건과 관계가 있는지 없는지 확인만 하면 된다. 이렇게 계속 도망만 다닐 수는 없잖아?"

"제가 한 말은 거짓말이 아닙니다. 떠난 후에도 전화는 할 줄 알았는데 아무 소식이 없어 저도 섭섭합니다. 그런데 민성이 형이 무슨 사건을 저지른 것입니까?"

"부산 해운대 용추계곡에서 살인 사건이 발생하였다. 그 사건과 민성이가 관련이 있는지 없는지는 알 수가 없다. 그렇지만 민성이가 현장에 있었던 것은 확실하다. 사건이 어떻게 된 것인지 본인에게 물어봐야 알겠기에 찾는 것이다."

녹록지 않게 강호가 반문하기에 진우는 잠시 생각하다가 왜 찾는지 가르쳐주면 수사가 용이할 것 같아 어느 정도 이야기를 하였다.

"거듭 말하지만, 떠난 후에는 일체 연락이 없습니다. 민성이 형이 찾아오거나 전화를 하면 연락을 드리겠습니다."

"강호야, 사람이란 자기가 한 행동에 책임을 져야 하고 또한 잘못하였으면 죗값을 치르는 것이 불변의 진리야. 그리고 죄를 짓지 않았으면 적극적으로 해명을 해야 한다. 무조건 도망을 다닌다고 해결되는 것은 절대 아니다."

강호가 강하게 부정하지만 진우는 민성이와 만나거나 연락을 주고받는다는 느낌이 들기에 설득조로 이야기를 하였다.

"민성이 형은 의리가 있고 화끈하여 인기 짱입니다. 절대 큰 사고를 칠 사람이 아닙니다. 형사님이 뭘 잘못 알고 있을 것입니다."

진우가 부드럽게 말하자 강호가 오히려 민성이를 두둔하면서 살인 사건에 연관이 없을 것이라고 호언장담하였다.

"글쎄. 민성이가 연루되었다고 말하지는 않았다. 그것도 살인 사건에…. 그렇지만 현장에 있었던 것은 분명하다. 사건에 연관이 있는지 없는지는 누구보다도 본인이 잘 알고 있을 것이다. 한데 만나지를 못하니까 확인할 수가 없잖아?"

"알겠습니다. 민성이 형이 찾아오거나 전화를 하면 바로 연락을 드리도록 하겠습니다. 그렇지만 절대로 그런 사건에 관련이 없을 것입니다."

"그것은 아저씨가 민성이를 만나서 물어보면 확실하게 알 수 있다. 강호는 어떻게 해야 진정으로 민성이를 위하는 길인지 잘 생각해 봐라."

민성이가 범인이 아니라고 강호가 부정하지만, 진우는 틀림없이 두 사람이 만나거나 전화를 한다고 생각하여 여운을 남겼다.

"알겠습니다. 가도 되겠습니까?"

"그래. 가서 심사숙고해 봐라. 틀림없이 아저씨 말이 맞을 거다."

강호가 나가는 것을 멀거니 바라보고 있자니 틀림없이 두 사람이 연락을 주고받는다는 느낌을 지울 수가 없었다. 진우는 어떻게 해야 강호가 자진해서 입을 열 수 있는지 그 방법을 생각한다고 한참 동안 상념에 빠져 있었다.

수사를 하러 나갔던 조원들에게 전화로 독려를 한 진우는 근처를 맴돌면서 사건에 대하여 추리를 하였다. 문득 시계를 보니 오후 2시가 다 되어가기에 지배인에게 전화를 하였다.

"오전에 전화하였던 해운대경찰서 형사계장 권진우입니다. 시간을 좀 내주시면 감사하겠습니다."

"아! 네. 어디십니까? 지금 바로 나가겠습니다."

오전처럼 또 거절을 할까 봐 진우가 정중하게 말하자 지배인이 미안했던지 공손하게 전화를 받았다.

"네. 항도 앞에 있습니다. 지금 나오실 수 있습니까?"

"네. 바로 나가겠습니다."

전화를 끊고 난 진우가 사건 현장과 그 주변에서 수사하고 있을 한 형사에게 전화를 걸었다.

"난데, 새로운 단서라도 찾았나?"

"계장님, 발이 부르트도록 돌아다녀도 소득이 없습니다."

"그래! 고생한다. 한 번 더 세밀하게 훑어라. 그래도 나오지 않으면 서울과 부산의 IC에서 복사해둔 CCTV 자료를 집중적으로 검색해라. 서울 방면에서 출발하여 부산으로 진입한 차량을 확인하라. 그중에 용의 차량을 추려서 차적 조회를 하고 내가 전화하면 그 자료를 가지고 올라와라. 여기도 지금까지 별 진전이 없다."

"알겠습니다. 과장님한테는 어떻게 보고할까요?"

"부산에서 수사한 것만 보고를 해라. 나머지는 내가 알아서 하겠다."

전화를 끊은 진우는 항도 지배인을 기다리면서 사건에 대하여 상념에 빠져들었다.

'그런데 민성이가 제3의 용의자와 공모하여 해리를 강간하려다가 죽인 것이 맞는 것일까? 그렇다면 제3의 용의자는 증거를 은폐하려고 입안의 혈흔까지 지웠는데 왜 민성이는 현장에 소변과 음모를 보란 듯이 남겼을까? 민성이는 무식하고 제3의 용의자는 법의학에 밝아서 그런 것일까? 만약에 모의를 하였다면 제3의 인물, 즉 식도에서 발견된 혈흔의 용의자가, 공범이 현장에 소변을 보도록 가만히 내버려 두지는 않았을 것인데… 술에 취해서 무심코 소변을 보았다 하여도 제3의 용의자가 깨끗하게 지웠을 것인데… 두 사람이 현장에 있었던 것은 분명한데… 이질적인 두 사람이 어떻게 공모를 할 수 있었을까? 아니면 제3의 용의자가 수사에 혼선을 주려고 민성이의 소변과 음모를 가져다 놓는 등 트릭을 쓴 것일까? 이것은 인과관계가 성립되지 않고 가능성이 1%도 안 되는 것 같은데… 그나저나 민성이 이 녀석을 만나야 사건에 대하여 전말을 알 수 있을 텐데… 그동안 살인 사건을 비롯하여 강력 사건을 많이 취급하였지만, 처음부터 이렇게 복마전처럼 얽히고설켜 추리를 할 수 없는 사건은 처음이구나. 그렇지만 이 세상에는 어떤 범죄건, 완전범죄는 없는 것이다. 트릭이 있다면 그것을 깨고 철저하게 과학적인 방법으로 수사를 한다면 결국에는 범인이 표면에 떠오르는 것이다. 범죄자는 모든 이를 속이려고 교묘하게 위장과 은폐를 하지만 결국에는 우리 수사 경찰관의 머리싸움과 정의에 지는 것이 불변이다. 지금까지 내가 맡은 사건은 한 건도 미궁에 빠지지 않았다. 잡아야 한다. 천인공노할 범인을 내 손으로 검거하여 법의 심판대에 세워야 한다.'

"계장님, 일찍 나오셨습니까?"

진우가 항도 나이트클럽 앞을 오가면서 추리를 하고 있는데 언제 왔는지 지배인이 코앞에서 인사를 하였다.

"아! 지배인님. 뭐 좀 생각을 한다고 미처 몰랐습니다."

"몇 번이나 불렀습니다. 점심 전이면 같이 식사나 하십시다."

"조금 전에 밥을 먹고 왔습니다."

점심을 먹지 않았지만, 신세를 질 수 없다고 생각하였다. 또한 민성이에 대한 어떤 단서라도 찾았으면 좋겠다는 생각이 앞섰기에 진우는 거짓말을 하였다.

"그러시다면 들어가서 커피라도 한잔하십시다."

"네. 감사합니다."

지배인이 항도 문을 열고 들어가서 불을 켜는데 홀 안에는 영업 전이라 아무도 없었다. 지배인은 성큼성큼 주방으로 들어가더니 커피를 두 잔 들고나왔다.

"조금 전에 결례를 범했는데 너그럽게 봐주십시오. 사실 새벽에 영업을 마치고 정산을 하다 보면 어느 때는 동녘이 밝아 옵니다. 원래는 휴대폰을 꺼놓고 자는데 너무 피곤하였는지 잊어버리고 잔 것 같은데 나도 모르게 짜증이 났습니다."

"아닙니다. 조급한 마음에 배려도 없이 전화를 한 것 같습니다. 사실 지배인님을 뵙자고 한 것은 민성이가 쓰던 물건이 어떤 것이 있는지 방을 조사해 보면 수사에 도움이 될 것 같아서 전화를 드린 것입니다."

지배인이 가져온 커피는 고급 원두커핀지 은은하게 향을 풍기고 있었다. 지배인이 전화를 끊은 것에 대하여 미안함을 표하기에 진우가 손을 내저으면서 전화를 건 용건부터 끄집어내었다.

"그런데 계장님, 민성이가 살인 사건의 범인이 맞습니까?

"현재로서는 범인이라고 단정할 수는 없지만 현장에 있었던 것은 분명합니다. 즉, 용의자입니다. 본인을 만나 몇 가지 확인만 하면 되는데 만날 수가 없으니까 이렇게 부탁을 하는 것입니다."

"일을 마치면 종업원들과 함께 그 방에 잘 때도 있지만 거의 홀에서 잡니다. 어제 보다시피 그 방에는 민성이뿐만 아니라 다른 종업원들의 소지품도 많이 있어 좀 곤란합니다. 그리고 민성이가 떠날 때 본인 소지품을 모두 챙겨 가지 않았겠습니까?"

"다른 종업원들을 참여시켜서 조사를 해보면 어떻겠습니까?"

지배인이 정중하게 거절하기에 진우가 웃으면서 간청하였다.

"그것은 더 곤란합니다. 민성이를 범인 취급하는 것이 될 뿐만 아니라 데리고 있는 종업원들에게도 저의 체면이 구겨져서 허락할 수가 없습니다. 정식으로 영장을 가져오십시오."

"민성이가 결백하다면 오히려 혐의를 벗는 일이 될 수도 있지 않겠습니까? 이렇게 도망을 간다고 해결되는 것은 아닙니다."

"글쎄요. 여자가 강간을 당하려다가 죽었다고 하던데 제가 생각할 때는 민성이처럼 화끈한 애가 저지를 범죄는 아닌 것 같습니다. 민성이는 훤칠하게 잘생기고 의리도 있어 따르는 영계들이 많지만 절대 건드리지 않는 걸로 알고 있습니다. 애인도 있는 것으로 아는데 뭐가 아쉬워서 강간을 하려다가 죽이겠습니까? 뭔가 모르게 수사에 혼선이 오지 않았나 생각합니다. 민성이는 제가 보장합니다."

진우가 아무리 좋은 말로 부탁을 하여도 지배인은 오히려 민성이를 두둔하면서 요지부동이었다.

"이렇게 큰 업소에서 지배인 직책을 맡고 있으면서 경찰이 하는 일에 협조를 전혀 하지 않으니 섭섭합니다. 사장님을 만나서 부탁하면 되겠습니까?"

"사장님은 경찰과 악연이 있어 대면조차 안 하십니다. 형사님들이 자꾸 찾아오면 영업에 지장이 많습니다. 민성이는 그런 범죄를 저지를 애가 아닙니다. 다른 용의자가 있으면 그쪽으로 수사를 하십시오. 민성이는 리더십도 좋고 성격도 쾌활한데 강간을 하려다가 여자를 죽일 사람은 절대 아닙니다."

지배인이 적반하장으로 진우를 설득하려는 것처럼 말하고 있기에 더앉아 있을 수가 없어 일어났다.

숙소로 돌아온 진우는 아무도 없는 방에서 상념에 빠져들었다.

'민성이가 현장에 있었던 것은 분명한데 어째서 모두가 감싸는 것일까? 주변에 여자들이 많이 따르고 애인도 있는데 강간하려다가 반항하니까 죽였다…. 좀 억지스러운 것은 맞지만 그래도 현장에 있었던 것은 확실한데…. 민성이도 현규처럼 관련이 없는 것일까…. 제3의 용의자는 법의학에 해박한 지식이 있는 사람인데 어떻게 무지한 민성이와 함께 윤간을 하려다가 살인을 저지른 것일까? 두 사람이 우연히 만나서 의기투합한 것일까? 해리를 유인하여 강간하려다가 반항하니까 죽이고 제3의 용의자 본인의 증거만 완전히 인멸하고 꼬리를 감춘 것일까? 이것은 상식에 부합되지 않는데…. 그렇지만 이 사건에 연관이 없으면 민성이가 잠수를 타지 않았을 것인데…. 이 녀석을 어디 가서 찾는단 말인가. 지배인의 언행을 유심히 관찰한 바 민성이가 어디로 튀었는지 모르는 것 같지만 강호는 뭔가 숨기고 있는 것 같은데…. 강호를 어떻게 설득하여야 하나. 흔히 어깨들이 의리를 지킨다고 감싸주는 경향이 많은데 쉽게 입을 열 것 같진 않아. 정말 이 사건은 처음의 선입감처럼 단순하지가 않아. 잘 짜인 각본처럼… 체모가 발견된 현규는 범인이 아닌 것이 확실하고…. 그렇다면 현장에 있었던 두 사람이 해리를 강간하려다가 죽인 것인데…. 한 사람은 범행 후 증거를 남기지 않으려고 혈흔까지 지우는 등 치밀하게 행동하였다. 그런데 민성이는 무슨 이유로 소변과 음모를 현장에 남겼을까? 음모는 자신도 모르는 사이에 몸에서 떨어졌다 하여도 소변을 본 것은 자의적인 행동인데…. 무의식적으로 실수를 한 것일까? 지각이 있는 사람이면 현장에 보란 듯이 증거를 남기지는 않을 것인데 혹시…. 현규처럼 민성이도 이 사건에 전연 관련이 없는 것일까? 혈흔이 검출된 범인이 단독으로 범행을 저지르고 민성이에게 전가하려고 트릭을 쓴 것일까? 그나저나 민성이를 만나야 확인할 것인데 이렇게 허송세월만 하다가 미제로 남을 수도 있다. 정식으로 영장을 발부받아 민성이가 기거하였던 방과 휴대폰, 강호의 휴대폰까지 사용 내역을 조사해 보자. 민성이의 소재가 파악되지 않았지만 어쩔 수 없다. 영장을 받아 정공법으로 치고 들어가자. 부산에 남아서 탐문을 하는 한 형사도 성과가 없는 것 같은데 여기서 더 머뭇거릴 시간이 없다.'

"어! 계장님, 어두운데 불도 켜지 않고 뭘 합니까?"

한참 추리를 하고 있는데 강 형사와 김 형사들이 돌아와 문을 열다가 어두운 방 안에 진우가 우두커니 앉아 있자 놀라면서 스위치를 올렸다.

"고생하였다. 그래! 뭐가 좀 나오더냐?"

"특별한 것이 없었습니다."

"구청에 가서 CCTV를 모두 돌려봐도 발견하지 못했습니다."

"좀 씻어라. 모두 들어오면 저녁밥을 먹으러 가자."

진우는 일어나 밖으로 나와서 한 형사에게 전화를 걸었다.

"새로운 것이 좀 있나?"

"아닙니다. 여태까지 탐문을 하다가 조금 전에 본부로 돌아왔습니다.

지금 IC에서 복사해 온 CCTV를 돌려보고 있습니다."

"민성이가 거주하였던 업소를 수색해야 하겠다. 그리고 민성이와 친한 이강호의 휴대폰도 영장을 받아야겠다. 주소하고 휴대폰 번호를 불러줄 테니까 함께 영장을 받아 갖고 와라. 그리고 영장을 발부받을 때 기간을 좀 넉넉하게 잡아라. 한 달 정도 받으면 더욱 좋고."

"알겠습니다."

진우가 수첩을 펴들고 민성이가 근무하였던 항도 나이트클럽의 주소와 휴대폰 번호, 강호의 휴대폰 번호를 불러주고 있는데 조 형사가 들어왔다.

"어때? 뭐가 좀 있나?"

"죄송합니다. 흔적이 없습니다."

전화를 끊은 진우가 조 형사에게 묻자 겸연쩍게 웃으면서 맥없이 보고하기에 어깨에 힘이 빠졌다.

"고생하였다. 씻어라. 밥이나 먹으러 가자."

근처 식당에 가서 저녁밥을 먹은 일행은 다시 모텔로 돌아와서 수사회의를 열었지만 뾰족한 수가 없었다. 한 형사가 영장을 발부받아 올라올 때까지 내일도 계속해서 오늘처럼 수사하기로 결정하고 잠자리에 들었지만, 진우는 가슴이 답답하였다.

이튿날 아침, 조별로 요원들을 내보낸 진우는 정오가 조금 지나서 강호를 불러냈다. 더 할 말이 없다면서 만나지 않겠다는 것을, 비협조적으로 나오면 업소에 찾아가서 며칠간 죽치고 있겠다고 위협을 하자 마지못해 나왔다.

"강호야, 민성이가 죄를 지었는지 그렇지 않은지 확실하게 알 수는 없다. 그렇지만 살인 사건의 현장에 민성이가 있었던 것은 분명하다. 이렇게 도망을 다닌다고 문제가 해결되는 것은 아니다. 남자라면 떳떳해야 하는 것 아니니? 이렇게 계속 도망을 다닌다는 것은 살인을 저질렀다고 인정하는 것과 마찬가지다. 언제까지 도망을 다닐 것 같니? 표적이 되어 쫓기는 것보다 차라리 나타나서 진실을 밝히는 것이 현명하다고 생각한다."

아직 점심을 먹지 않았다고 말하기에 근처 돼지갈빗집에 들러 함께 밥을 먹으면서 타이르듯이 감정에 호소하였다.

"형사님, 저번에도 말씀드렸듯이 민성이 형은 싸움이라면 몰라도 그런 식으로 살인을 하지 않습니다. 그것도 여자를 강간하려다 죽였다는데 절대 아닙니다. 민성이 형은 우리 업소뿐만 아니라 다른 업소 영계들도 많이 따르는데 애인 외에는 쳐다보지도 않습니다. 믿어주십시오."

"죄를 짓지 않았다면 당당하게 나타나서 결백을 증명하면 되잖아? 왜 도망을 다니는데…. 강호 네가 생각하여도 이상하지 않나?"

"우리나라가 민주주의 같지만, 유전무죄 무전유죄입니다. 우리 같이 힘없는 사람은 한번 걸려들면 죄를 뒤집어쓸 수도 있고 빠져나오기가 상당히 어렵습니다. 그런 것을 많이 당해봤기에 민성이 형이 피한 것입니다."

진우가 계속 설득하자 강호는 뭔가 알고 있는 느낌을 풍기면서도 경찰을 부정하면서 실토를 하지 않았다.

"그것은 강호 네가 잘못 알고 있는 것이다. 우리나라도 건국 초기나 군인들이 통치할 때는 그런 일도 있었다. 그렇지만 요즘에는 경찰도 민주주의가 되었다. 고문이나 강압적인 수사는 절대 하지 않는다. 오로지 과학적인 방법으로 증거를 수집하고 또한 증거에 의해 범인을 처벌하는 것이다."

"때에 따라서는 그 증거도 조작될 수도 있습니다. 무고한 사람을 잡아넣고 필요하면 억지로 죄를 뒤집어씌운 적이 어디 한두 번 있었습니까? 어찌 되었든 민성이 형은 살인을 하지 않은 것은 확실합니다. 제가 보증합니다."

천천히 점심을 먹으면서 설득하고 타일러 봐도 강호는 자신이 억울한

2. 끝없는 추적   115

일을 당한 사람처럼 경찰을 불신하면서 입을 열지 않았다.

"좋다. 그러면 다른 것을 물어보자. 부산에는 민성이 혼자 내려갔나? 아니면 다른 사람도 함께 갔나?"

"명절 때는 손님이 많습니다. 지배인이 허락하지 않았는데 억지로 민성이 형 혼자 고향에 갔다 왔습니다. 누가 같이 갈 그런 상황이 아니었습니다."

"혹시 민성이 친구나 아는 사람 중에 법을 잘 알고 있는 사람이 있나? 법대를 나왔다거나 아니면 감방 생활을 오래 해서 들은 풍월이 많은 그런 사람 말이야."

"민성이 형과 친분이 있는 사람들은 주로 업소에서 종사하는 사람들이 대부분입니다. 높은 학교를 나온 사람이 어떻게 이런 일을 하겠습니까? 그리고 민성이 형은 교도소에 한 번도 가지 않았습니다."

"그래! 강호 네가 협조를 해주면 쉽게 확인을 할 수 있겠는데 너무 아쉽다. 그렇다고 민성이를 대면하지 못하는 것은 아니다. 다만 시간이 걸릴 뿐이다. 잘 생각해 보고 전화를 해다오."

"…."

"시간을 내줘서 고맙다. 그만 들어가 보아라."

점심도 다 먹었고 더 이상 붙잡고 있기가 난감하였다. 강호를 멍하게 바라보다가 어쩔 수 없이 가라고 하자 녀석은 기다렸다는 듯이 재빨리 음식점을 나갔다. 진우가 집요하게 회유하여도 소신 있게 말하는 강호를 보내면서 민성이가 참 대단한 녀석이라는 생각이 들었다.

하루 이틀 날이 가고 달이 가자, 종학이는 완전하게 안정을 되찾았다. 가슴속 깊은 곳에 해리를 묻어놓고 항상 참회하는 마음으로 해리 부모님에게 최선을 다하고 있었다. 그리고 부모님이 그토록 열망하시는 법관으로서의 꿈도 포기하기가 싫었다. 모든 일에 최선을 다하고 훌륭한 법관이 되어 명성을 날리다가 죽어 저승에 가면 해리에게 용서를 빈다고 작정하니 하루하루가 새로웠다.

'그래! 해리야. 훌륭한 법관이 되어서 힘없는 사람들에게 빛과 희망을 주다가 너에게로 갈게. 그때가 언제인지는 모르지만 기다려다오. 항상 참회하면서 아저씨와 아주머니를 내 부모님처럼 모시면서 너의 몫을 다 할게. 그런 후 너를 찾아가서 무릎을 꿇고 사죄할게. 해리야, 미안하다. 정말 미안하다.'

저녁때가 되자 종학이는 한우갈비를 한 세트 사 들고 해리 집을 찾았다. 그동안 몇 번 찾아뵈었지만, 해리 아버지를 만나기가 어려워서 집에 계시면 모시고 나와 저녁밥을 대접하고 싶었다.

"어머니, 안녕하세요."

"어서 오너라. 공부하기도 바쁠 텐데 자주 오지 않아도 괜찮다."

해리 어머니를 보는 순간 마음이 아팠지만 애써 태연한 표정으로 인사를 하자 반갑게 맞아주었다.

"청장님은 아직 퇴근을 안 하셨습니까?"

"요즘 행사 때문인지 날마다 늦게 들어오신단다. 마음이 편치 않으실 텐데… 거기 앉아라. 아직도 어수선하다. 김천댁, 뭐 마실 것 좀 내와요."

해리 어머니가 종학이에게 자리를 가리키면서 도우미 아주머니에게 말했다.

"종학이 학생 왔구먼. 이젠 학생이 아닌데 입에 올라서 자꾸만 학생이라 부르네."

"이모님, 안녕하세요."

해리가 이모라고 불렀던 김천댁은 종학이가 어렸을 때부터 해리 집에서 일을 하였는데 먼 친척이라고 하였다. 어렸을 때 종학이가 놀러 가면 떡볶이를 만들어 주고 해리와 함께 동물원도 구경시켜주는 등 자상하게 대해주셨다.

"어머니, 청장님께 전화를 한번 해보세요. 오늘은 제가 맛있는 것 사드릴게요. 바람 쐬러 가요."

"오늘도 늦는다고 전화가 왔다. 그리고 마음이 편치 않아서 밖에 나가는 것도 싫고 사람들을 만나는 것도 짜증이 나고 귀찮다."

이모가 가져온 포도 주스를 마시면서 종학이가 외출을 권해도 해리 어머니는 만사가 귀찮은지 일언지하에 거절하였다.

"웬만하면 저랑 나가서 바람도 쐬고 아들이 사드리는 맛있는 것도 좀 드세요. 그러면 기분 전환이 되지 않겠습니까?"

"언니, 종학이가 권하는데 그렇게 하세요. 저는 집에 있다가 형부 들어오시면 맞이할게요."

"오늘은 나가고 싶은 마음이 없다."

종학이와 이모가 권해도 해리 어머니는 수심이 가득한 표정으로 거절하기에 난감하였다.

"그러면 어머니, 내일은 어떠세요? 저희 어머니랑 함께 모시러 올게요."

"종학아. 네 마음은 고맙지만, 해리가 변을 당한 후 밖에 나가기가 싫다. 그러니 내일 오지 마라."

해리 어머니가 한사코 거절하기에 종학이는 벙어리가 냉가슴 앓듯 가슴이 찢어지는 것 같았다. 해리 아버지에게 인사를 하려고 기다렸으나 너무 늦는 것 같아 집으로 돌아왔지만 종학이는 마음속으로 통곡하였다.

부산에서 늦게 출발하였는지 오후 9시가 되어서야 한 형사가 도착하였다. 늦은 시간이지만 진우는 곤히 자는 수사요원들을 모두 깨웠다. 진우가 있던 방에 수사요원 전원이 벽에 기대고 앉자, 수사본부를 통째로 옮겨놓은 것 같았다.

"올라온다고 고생이 많았다. 저녁밥은 어떻게 하였나?"

"휴게소에 들러 대충 때웠습니다."

"영장은 발부해 주더나?"

"당직 윤 검사가 깐깐하게 나오는 것을 사정하여 영장 기한을 넉넉하게 만든다고 생쇼를 하였습니다."

한 형사가 고개를 흔들면서 대답하는데 진우는 보지 않아도 검사의 고압적인 태도가 눈에 선했다.

"IC에서 복사해 온 CCTV는 모두 판독하였나?"

"네. 서울 방면에서 출발하여 부산으로 진입한 차량 중에 우리가 찾는 용의 차량은 대략 1,300여 대쯤 됩니다. 이 중에 혼자 차를 끌고 온 젊은 사람들, 그리고 차주가 젊은 사람 등을 세분해본 바 500여 대가 조금 넘었습니다. 차적 조회를 해서 그 자료를 가지고 왔습니다."

진우가 묻자, 윤 형사가 조회한 프린트물을 내놓으면서 대답하였다.

"그 자료는 일단 한 형사가 보관하여라. 민성이를 검거하고 나면 차량 수사를 해야 하니까. 내일 조 형사와 강 형사가 나와 함께 항도에 가서 민성이가 거주하였던 방을 수색한다. 한 형사와 김 형사는 삼성이나 LG 이동통신사에 가서 민성이와 강호의 휴대폰 사용 내역을 조사한다. 이상 질문 있나?"

"항도에 종업원도 많고 너저분한 잡동사니도 옮겨야 하는데 더 가야하지 않습니까? 지배인이나 종업원이 저항할 수도 있는데…"

진우가 지시하자 김 형사가 걱정스럽게 반문하였다.

"그것은 걱정할 필요가 없다. 내일 관할 지구대에 가서 정복 경찰관을 지원받으려고 한다."

"그러면 문제가 없겠습니다."

"서장과 과장이 성질을 많이 내지?"

"말도 마십시오. 지금 우리 경찰서는 사건이 빨리 해결되지 않아 초상집 분위기입니다. 계장님이 없으니까, 과장이 날마다 들들 볶아대서 정신이 하나도 없었습니다."

진우가 말을 돌리자, 한 형사가 경찰서 분위기를 전하면서 고개를 살래살래 흔드는데 잔소리를 많이 들은 것 같았다.

"날마다 보고를 하는데…. 하긴 벌써 몇 달이 흘렀는데도 이러고 있으니 답답하겠지. 수사비가 넉넉하지 않아 방을 더 얻을 수가 없었다. 좀 불편하겠지만 양쪽으로 나누어 자자."

진우가 말을 마치자, 부산에서 올라온 한 형사와 윤 형사는 씻는다고 목욕탕으로 가고 각 방의 막내 형사는 베개와 이불을 더 얻으려고 1층 카운터로 내려가는 등 부산을 떨었다.

이튿날 오전, 한 형사와 김 형사를 먼저 내보낸 진우는 지배인과 종업원이 출근한 오후에 영장을 집행하려고 정오쯤 되어 역삼동지구대를 찾았다. 지구대장이 쉬는 날이라 팀장을 만났다. 팀장은 정년이 다 되었는지 앞머리가 시원하게 벗겨진 오십 대 후반으로 안경을 끼고 있었다.

"팀장님, 부산 해운대경찰서 형사계장 권진우입니다. 협조를 좀 받으려고 찾아왔습니다."

"웬일로 이 먼 곳까지 출장을 왔습니까. 좀 앉으십시오."

"구정 때 관내에서 살인 사건이 발생하였는데 우리가 추적하고 있는 용의자가 항도 나이트클럽 종업원입니다. 현재 잠수를 타고 없는데 그가 기숙하였던 방을 수색하려고 여기 압수수색 영장을 받아 왔습니다. 혹시 반항할 수 있으니까 정복 경찰관을 지원해 주시면 고맙겠습니다."

"아! 용추계곡에서 발생한 사건? 신문에서 떠들었는데 아직 해결이 안 되었군요. 고생이 많습니다."

팀장이 사건을 알고 있기에 수월하게 순찰차를 지원받을 수 있었다.

커피를 마시면서 범죄가 날로 흉악하고 지능화되어가는 사회 추세 등 이런저런 대화를 나누다가 오후 1시쯤 항도로 향했다. 출발하기 전에 조 형사가 미리 연락하였기에 항도 나이트클럽 앞에는 지배인과 종업원이 반갑지 않은 얼굴로 나와 있었다.

"지배인님, 자꾸 번거롭게 해드려서 죄송합니다. 여기 영장을 가져왔습니다. 그렇게 많은 시간이 걸리지 않으니까 협조를 부탁합니다."

"알겠습니다. 법대로 하는 것을 어찌 거부할 수 있겠습니까? 곧 영업을 해야 하니까 될 수 있는 한 빨리 끝내주세요."

진우가 영장을 제시하면서 협조를 부탁하자 지배인이 마지못해 승낙은 하면서도 얼굴에는 불쾌한 기색이 역력하였다.

"그러면 박 경위는 주변에서 대기하고 있다가 우리가 지원을 요청하면 즉시 출동을 좀 해줘요."

"영장 집행에 반항하면 즉시 연락을 주십시오."

분위기가 지배인과 종업원이 제지할 것 같지 않아 순찰차를 돌려보내면서 운전석에 앉아 있는 박 경위에게 부탁하였다.

"자, 들어갑시다."

기선 제압이 되었기에 진우가 지배인과 요원들에게 말한 후 앞장서서 나이트클럽 안으로 들어갔다.

"지배인님, 민성이가 쓰던 소지품은 어느 것입니까?"

침실로 사용하던 내실 방문을 열자 이불과 가방, 간이 옷장 등 여러 가지 잡동사니와 물건들이 흩어져 있어 진우가 물었다.

"옷장은 같이 사용하였고 민성이 형이 갈 때 소지품이 든 가방은 가져갔습니다. 저기 있는 것은 우리들 것입니다."

진우가 지배인을 돌아보면서 묻자, 강호와 함께 들어온 덩치가 인상을 쓰면서 시큰둥하게 대답하였다.

"모두 들어가서 수색을 해봐. 소지품을 밖으로 들어내야 하니까 강호와 현수, 너희들은 시키는 대로 협조를 해라."

"알겠습니다."

조 형사와 강 형사 등 모두가 방으로 들어가 수색하면서 종업원들의 소지품을 밖으로 들어내게 하였다. 강호와 현수 등 종업원들이 책상과 소지품을 밖으로 들어내면서 못마땅한지 계속 구시렁거렸다. 진우가 옆에서 지켜보다가 녀석들의 기를 꺾어놔야 되겠다고 생각하여 방 안에 있는 가방을 드는 척하다가 권총을 슬쩍 바닥에 떨어뜨렸다.

"어! 이게 와 떨어지노!"

진우가 약간 호들갑을 떨면서 태연스럽게 권총을 주워 탄약 집을 열었다 닫은 후 방아쇠에 손가락을 걸고 서너 바퀴 빙그르르 돌리다가 깔끔하게 권총집에 찔러 넣었다. 구시렁거리던 종업원들이 멈칫 놀라면서 눈을 크게 뜨고 지켜보다가 입을 다물었다. 그 뒤로는 녀석들이 눈치를 보면서 적극적으로 협조를 하는 것 같았다.

"조 형사, 구석구석을 자세히 수색해 봐라. 애인 전화번호나 차량 번호가 있는지. 여기서 추적할 수 있는 단서를 찾아야 한다."

"네. 그렇게 하고 있습니다."

세밀하게 수색하였지만 민성이를 추적할 수 있는 단서는 나오지 않았다. 수색을 끝낸 후 근처 음식점에 들러 자장면으로 늦은 점심을 때웠다.

"조 형사와 강 형사는 한 형사와 합류해서 민성이와 강호 휴대폰, 그와 통화를 많이 하였던 지인들 휴대폰 등 될 수 있는 한 사용 명세서를 많이 뽑아서 오라. 나는 숙소로 돌아가서 검토를 해볼 테니까."

"민성이가 O형의 용의자와 함께 도주하였을까요?"

"글쎄. 이번 사건은 복마전 같아서 신중하게 접근하고 있다. 민성이가 도망간 것을 보면 어느 정도 냄새는 풍기는데…. 또 한편으로 추리해 보면 꼭 범인이라고 단정하기에도 뭔가 찜찜하고…. 하여튼 판단을 할 수가 없다. 그렇지만 현장에 민성이의 유류물이 있었으니 수사를 안 할 수도 없고…. 민성이와 제3의 용의자와는 인과관계가 없을 것 같은데 둘이 함께 도망을 친 것은 아닌 것 같다. 일단 휴대폰 명세서를 뽑으면 뭔가 실마리를 잡을 수 있겠지."

음식점을 나온 진우는 조 형사와 강 형사를 한 형사에게 보내고 숙소로 돌아와서 그간의 경과를 과장에게 보고하였다.

과장에게 보고한 진우는 무언가 빠뜨린 것이 있는지 옥상에 올라가서 상념에 빠져들었다.

'이 사건은 정말 난해하다. 민성이와 흔적도 없는 제3의 용의자가 공모하여 범행을 하였다고 추리하기에는 현장 상황이 너무나 부합되지 않는다. 현규도 가장 유력한 용의자였지만 해리의 죽음과는 전연 상관이 없지 않았던가? 만약에 민성이가 제3의 용의자와 공모하였다면 두 사람의 인과관계는 어디에서 찾을 수 있을까? 둘의 인과관계가 어떻게 되기에 함께 범행을 저질렀을까? 그리고 한 녀석은 증거를 은폐하려고 용의주도하게 행동하였는데 왜 민성이는 날 잡아보란 듯이 현장에 많은 증거물을 남겼을까? 상식선에서 추리해도 두 사람이 공모하였다면 증거물을 남기지 않았어야 하는데…. 정말 추리가 불가능할 정도로 미스터리하구나. 이 사건은 뭔가 모르게 트릭이 있는 것 같다. 민성이는 왜 도망을 친 것일까? 이 사건에 뭔가 연루가 되었기에 도망을 친 것은 아닐까? 사건에 연관이 없다면 이렇게 주변 사람들이 흔적을 알 수 없을 정도로 잠수를 타지는 않았을 것인데…. 민성이와 제3의 용의자가 의기투합하여 강간을 하려다가 해리를 죽인 것은 아닌 것 같은데 어떻게 해서 현장에 유류물이 있는 것인지…. 이 사건은 상식선에서 도저히 추리할 수가 없구나. 민성이는 자가용이 없으니까 고속버스를 타고 고향에 갔을 것이다. 그렇다면 용추계곡에서 U턴을 한 차량을 끌고 왔던 사람은 식도에서 발견된 O형 혈액형이고, 진범이 틀림없을 것이다. O형의 용의자는 민성이와 달리 법에 대한 지식이 해박한 것 같은데 어떻게 해서 민성이와 인과관계가 형성되었을까? 공모를 하였다면 두 사람 모두 현장에 증거물을 남기지 않았어야 하는데…. 서울에서 함께 차를 타고 부산에 온 것 같지는 않은데…. 일단 차량 수사는 접어두고 민성이 검거에 올인해야 한다. 민성이를 검거하면 모든 것이 밝혀지겠지. 휴대폰 명세서를 확인해 보면 뭔가 단서가 나올 것이다. 틀림없이 애인과 함께 동거하면서 나이트클럽이나 주점에서 일을 하고 있을 것이다. 녀석들 말로는 지방에 갔다고 하지만 그것은 연막일 수 있다. 지방에는 인맥이나 연고가 없을 것이고 낯설어서 애인과 함께 도피하기가 쉽지 않다. 그렇다면 서울에 있을 것이다. 틀림없이 서울 변두리나 번화가에 숨어들어 동종 업소에서 일을 하고 있을 것이다.'

"계장님, 다녀왔습니다."

"계장님, 소득이 있습니다."

진우가 한참 추리를 하다가 옥상에서 내려오는데 한 형사를 선두로 휴대폰 수사를 하러 갔던 요원들이 우르르 들어왔다.

"그래! 수고했어. 뭐가 좀 있더냐?"

"계장님, 민성이와 전화를 자주 한 휴대폰 번호를 찾았습니다. 개설자는 주소가 인천으로 되어 있는데 여자입니다. 민성이의 애인으로 추정되는데 1991년생 유선혜입니다. 1년 동안 전화한 것을 모두 뽑아보니 민성이와 통화한 것이 수백 번이 넘는데 사건 이후로는 한 번도 없습니다. 그런데 최근에 유선혜가 강호에게 십여 번 넘게 전화를 하였고, 강호도 어제 두 번이나 선혜에게 전화하였습니다."

진우의 물음에 한 형사가 휴대폰 명세서를 건네면서 의기양양하게 보고하였다. 진우가 검토를 해보니 한 형사 말이 틀림없었다. 드디어 수사의 실마리가 풀리는 것 같아 진우는 한 형사의 어깨를 다독이면서 고생하였다고 치하를 하였다.

"오다가 지구대에 들러 조회를 해보니 선혜 명의로 차도 있었습니다. 은색 소나타인데 번호가 51 서 ×3×7번입니다. 항도의 강호가 이야기한 것과 차종이 일치합니다. 주소는 인천시 동구 구월동 35×-×6번지입니다."

"음, 이제야 꼬리를 잡았군. 모두 고생하였다. 아직 저녁을 안 먹었지? 일단 민생고부터 해결하고 회의를 하자."

"그렇지 않아도 배가 등가죽에 붙었습니다. 오다가 보니까 오리구이 집을 개업하던데 그렇게 비싸지 않은 것 같았습니다. 그리로 가시지요."

진우가 밥부터 먹자고 하자 한 형사가 일어나면서 말했다. 진우는 멀지 않다기에 요원들과 함께 음식점으로 걸어갔다. 걸어가면서 가만히 생각해 보니 요원들이 안쓰러웠다. 용의자를 쫓아 서울까지 와서 편안하게 잠도 못 자고 배부르게 먹지도 못한 채 동분서주하는데, 위에서는 하루가 멀다 할 정도로 들들 볶아대니 누구를 위해 종을 울리는 것인지 회의가 들었다.

개업을 한 식당은 그렇게 멀지 않았다. 개업 첫날이라서 그런지 시설도 깨끗하였고 음식도 푸짐하였다. 오랜만에 소주를 반주 삼아 저녁을 먹고 숙소로 돌아온 진우는 수사 회의를 열었다.

"한 형사가 휴대폰 명세서를 조사해본 바 민성이는 애인으로 추정되는 유선혜와 함께 인천에 은신하고 있을 확률이 높다. 그리고 최근까지 강호와 선혜가 계속해서 통화를 하고 있다. 추리를 해보면 민성이는 선혜의 휴대폰을 사용하고 있든지 그렇지 않으면 선혜를 매개체로 하여 우리의 수사 사항을 모두 알고 있다. 강호가 수사 사항을 알려주고 있는데 부인을 하니 강제로 입을 열게 할 방법이 없다. 옛날처럼 잡아다 족치면 술술 불겠지만, 인권이 강화된 요즘에는 꿈도 꿀 수 없다. 우리가 발로 뛰는 수밖에 없다. 추적할 수 있는 단서를 포착하였으니 곧 민성이를 검거할 수 있을 것 같다. 내일은 모두 인천으로 간다. 일단 선혜의 주소지에 가서 주민을 상대로 현재 거주를 하고 있는지 차량이 어디에 있는지 추적을 한다. 그 결과에 따라 다시 지시를 하겠다. 아마 인천 시내에 있는 나이트클럽을 모두 수색한다는 각오를 해야 할 것이다. 오늘은 일찍 자고 내일 아침에 인천으로 출발한다. 조금만 더 힘을 내자. 이상. 질문 있나?"

"계장님, 휴대폰을 개설한 주소와 차량을 등록한 주소, 주민등록증 주소도 같은데 틀림없이 선혜의 본가 같습니다. 제 추측으로는 민성이가 여기에 있지는 않을 것 같습니다."

수사 회의에서는 여러 말들이 많이 쏟아져 나왔지만, 진우가 결론을 내리면서 지시를 하자 한 형사가 조심스럽게 의견을 제시하였다.

"그것도 생각하였다. 내가 소방서에 가서 위치 추적을 할 테니까 염려하지 마라. 틀림없이 인천으로 나올 것이다."

"아까 오면서 소방서를 보았습니다. 늦고 해서 내일 가보려고 하였는데 제가 갔다 오겠습니다. 먼저 주무십시오."

피곤하겠다고 생각한 진우가 요원들을 배려하자 윤 형사가 위치를 알고 있으니 갔다 오겠다고 말하면서 벌떡 일어났다.

"모두 뛰어다닌다고 피곤할 것이다. 나는 과장에게 보고도 해야 하니 소방서에 갔다 올 테니까 먼저 자라."

"계장님이 먼저 주무십시오. 제가 다녀오겠습니다."

"아니다. 나는 잠도 오지 않으니까 나갔다 오겠다. 내일은 바쁠 것이다. 모두 일찍 자고 아침에 인천으로 출발하자."

윤 형사를 제지하고 밖으로 나온 진우가 민성이를 추적할 수 있는 단서를 수집하였다고 간단하게 과장에게 보고하면서 차로 향했다. 소방서가 어디 있는지 모르기에 내비게이션에 강남소방서를 찍어서 출발하였다. 이 형사 말처럼 소방서는 가까운 곳에 있었다.

"부산 해운대경찰서 형사계장 권진우입니다. 관내 살인 사건이 발생하였는데 협조를 좀 받으려고 들렀습니다."

"고생이 많습니다. 무엇을 도와드리면 되겠습니까?"

당직실을 찾은 진우가 신분증을 제시하면서 협조를 요청하자 오십 중반의 당직관이 자리를 권하면서 물었다.

"여기 이 휴대폰 번호를 영장을 받아 압수수색을 하였습니다. 통화를 한 곳이 인천으로 추정되는데 자세한 위치를 알고 싶습니다."

진우가 압수수색 영장과 민성이와 선혜, 강호의 휴대폰 통화 명세서를 제시하면서 협조를 요청하였다.

"알겠습니다. 차를 드시면서 좀 기다려 주세요. 장 소방경, 잠시 좀 보자."

진우가 내미는 서류를 당직관이 받아 잠시 훑어보더니 무전기 앞에 앉아 있는 근무자를 부르면서 일어났다.

"무슨 사건인데 계장님이 직접 수사를 하러 서울까지 왔습니까?"

진우가 커피를 마시면서 골똘하게 생각에 잠겨 있는데 지시를 한 당직 관이 돌아와서 물었다.

"구정 때 해운대 용추계곡에서 살인 사건이 발생하였습니다. 용의자가 서울에 있는 것 같아 수사요원 전원이 와서 추적하고 있습니다."

"아! 여대생이 피살되었다는 그 사건 말이죠? 저도 구정 때 신문에서 보았습니다."

"그렇습니다. 사건이 좀 복잡해서 머리가 아픕니다. 형사 생활을 오래 하였지만 이번처럼 난해한 사건은 처음입니다. 그래서 수사팀 전원을 이 끌고 와서 지휘를 하고 있습니다."

용추계곡에서 발생한 사건에 관하여 언론 기사를 보았는지 당직관이 아는 체하기에 진우가 적당히 맞장구를 쳐주었다.

"요즘에는 기상천외한 범죄도 자주 발생하지요? 고생이 많습니다."

"과장님, 여기 자료를 뽑아 왔습니다."

한참 동안 당직관과 대화를 나누고 있는데 근무자가 A4 용지를 내밀 면서 말했다.

"여기 있습니다. 수사에 도움이 되었으면 좋겠습니다."

당직관이 서류를 받아 읽어보지도 않고 바로 넘겨주기에 진우가 잠시 훑어보다가 일어났다.

"협조해 주셔서 감사합니다."

"좋은 결과가 있길 바랍니다."

인사를 하고 나오자, 당직관이 친절하게 배웅하면서 건투를 빌었다. 고마운 마음이 든 진우가 한 번 더 고개를 숙인 후 숙소로 돌아와 차 안에서 한참 동안 분석을 하였다.

이튿날 오전 5시, 진우를 비롯한 요원들 모두 일찍 일어나서 그동안의 숙박비를 계산하고 인천으로 향했다. 분승하여 시청역에 도착하자 오전 7시가 되지 않았다. 아침밥부터 먹어야 하겠기에 아무 곳이나 문을 열어 놓은 식당을 찾아다녔다. 다행히 시청 뒷골목에 택시 기사들을 상대로 영업을 하는 식당이 있었다. 이른 아침이라 식당에는 손님이 별로 없었지만, 우거짓국은 그런대로 괜찮았다.

"어젯밤에 소방서에 들러서 위치 추적을 하였다. 민성이의 휴대폰은 사건 발생 후 현재까지 사용을 하지 않았다. 이로 미루어 본 바 당분간 정지를 시켰거나 그렇지 않으면 전화기를 폐기한 것 같다. 선혜의 휴대폰 위치 추적을 한 바 인천시 동구 구월동 36×-18번지 기지국으로 확인되었다. 선혜의 주소가 동구 구월동 35×-×6번지니까 집에서 강호와 연락을 주고받은 것 같다. 그리고 남구 주안동 29×-7번지 기지국에서도 선혜의 휴대폰이 잡혔다. 인터넷 검색을 해보니 이곳은 주점도 많고 오피스텔도 많은 번화가다. 틀림없이 선혜의 직장이 있거나 민성이가 은신해 있을 확률이 높다. 민성이와 선혜는 동거를 하는지 아니면 애인으로 사귀는지 알 수가 없다. 그렇지만 두 사람은 자주 만날 것이다. 조별로 나누어서 민성이의 소재와 선혜 차량, 집 주변 등을 탐문하라. 집 주변에 잠복하다가 선혜가 외출하면 은밀히 미행하되 절대 노출을 하지 마

라. 노출이 되면 또 잠수를 탈 것이다. 또한 선혜의 차가 어디에 있는지, 직장이 어디인지 세세하게 탐문을 해야 한다. 한 형사는 김 형사와 함께 선혜의 집 주변에서 잠복하다가 외출을 하면 미행하라. 조 형사와 강 형사는 주안동으로 가라. 주안동 29×-7번지 기지국에서 선혜의 휴대폰이 잡혔으니까, 주변에 민성이가 은신하고 있든지 아니면 선혜의 직장이 있든지 분명히 연고가 있을 것이다. 도착하면 각자 흩어져서 주변을 빠짐없이 탐문하라. 이미 우리가 서울에 와서 뒤를 쫓고 있다는 것을 민성이가 알고 있을 것이다. 다른 곳으로 숨어들기 전에 검거를 해야 한다. 절대로 노출을 하지 말고 은밀하게 행동하라. 선혜나 또는 차가 발견되면 즉시 나와 다른 조에 연락하라. 나는 동구청에 들러 수사 자료를 더 찾아보고 오후 1시쯤 연락을 할 테니까 그때 모여서 수사 방향을 다시 의논하자. 이상 질문 있나?"

아침밥을 다 먹었고 먼저 와서 밥을 먹던 손님이 나가고 없기에 진우가 즉석에서 지시하였다.

"없습니다."

"아침 시간대에 차가 움직일 수도 있다. 바로 출발해라."

요원들을 독려하여 내보낸 진우가 구청에 가서 선혜의 가족 사항과 차량 등 여러 가지를 알아봐야 한다고 생각하면서 일어나는데 주인 여자가 커피를 들고 왔다.

"사장님, 커피 한잔 드세요."

"아! 네. 고맙습니다."

그렇지 않아도 커피를 한잔하였으면 하는 마음이 있었기에 진우는 일어나다가 도로 앉아 커피잔을 받았다.

"형사님이세요?"

"네."

"부산 말씨 같은데 고생이 많습니다. 큰 사건이 생겼어요?"

손님이 아무도 없자 오십 대 초반의 주인 여자가 호기심이 발동하였는지 슬그머니 앞에 앉으면서 물었다.

"네. 구정 앞날 해운대에서 여대생이 죽었습니다. 그 범인을 잡으려고 서울을 거쳐 인천까지 왔습니다."

"쯧쯧. 세상이 어떻게 되려고…. 형사 양반들이 못 할 짓이구먼."

커피값을 해야 되겠기에 진우가 적당히 대꾸하자 주인 여자는 혀를 차면서 세상을 한탄하였다. 커피를 마시면서 주인 여자와 세상 돌아가는 이야기를 하다 보니 8시 반이 다 되어가고 있었다. 진우는 음식값을 결제한 후 구청으로 향했다.

"아버지, 어머니. 서울에서 랍스터를 제일 잘하는 집입니다."

종학이가 몇 번이나 해리 집을 찾아가서 설득하였고 아버지의 지원 사격으로 랍스터 요리를 잘하는 무교동의 유명한 식당으로 모실 수 있었다. 아버지와 몇 번 왔던 곳이기에 예약을 해놓고 종학이가 달려가서 해리 부모님을 모시고 약속 장소로 온 것이다.

차를 타고 올 때부터 해리 부모님은 종학이를 칭찬하기에 여념이 없었다. 그렇지만 종학이를 칭찬하고 있는 해리 부모님의 얼굴에는 수심이 가득하였다. 종학이는 그런 해리 부모님을 보고 있자니 가슴이 찢어지는 것 같아 마음속으로 용서를 빌고 또 빌었다.

"제가 아버님과 어머님께 맛있는 것도 사드리고 해리 몫을 다하겠습니다. 앞으로는 아들이라고 생각하십시오."

"벌써 연수원에 입교하였다고 들었네. 강 의원을 어제 만났는데 말하지 않더군. 좋은 일은 함께 나누어도 되는데…. 정말 장하네."

해리 아버지는 옆에 앉아 있는 종학이의 어깨를 가볍게 두드리면서 칭찬하고 있었지만, 말의 여운이 허전하게 느껴졌다.

"아버지와 어머니가 곧 도착하신다고 전화가 왔습니다. 아들이 생겼다 생각하시고 근심 걱정을 잊으십시오."

"그래! 고마우이."

"저기 오십니다."

종학이가 입구 쪽을 바라보니 정장을 한 부모님이 들어오면서 음식점 주인의 인사를 받고 있었다.

"아버지, 먼저 모셨습니다."

"그래! 잘했다. 설 청장, 조금 늦었네."

"우리도 조금 전에 왔네. 앉게나."

종학이가 마중하면서 인사를 하자 아버지가 반가운 얼굴로 해리 아버지에게 손을 내밀었다.

"아우, 얼굴이 많이 축났다."

"언니, 어서 오세요."

어머니와 해리 어머니가 서로 인사를 나누고 있는데 사장이 직접 종업원들을 지휘하여 음식을 내왔다.

"아버지, 제가 한잔 올리겠습니다."

프랑스에서 수입한 35년산 와인을 특별 주문하였기에 종학이가 병뚜껑을 따고 해리 아버지에게 먼저 권하였다.

"아버지도 한잔 드십시오. 어머님들도 한 잔씩만 드세요. 향이 아주 좋습니다."

"자네도 한잔하게나."

해리 아버지를 비롯하여 아버지와 두 분 어머니에게 술을 따라드린 후 술병을 상위에 올려놓자, 해리 아버지가 술병을 들면서 말했다.

"아버지, 한 잔만 받겠습니다."

"오늘 보니까 종학이가 자네 아들 같구먼."

"자네 오기 전에 내 아들 하겠다고 약속하였네."

종학이가 무릎을 꿇고 공손하게 술잔을 받자, 아버지가 넉살 좋게 덕담을 하였고 해리 아버지도 흐뭇해하면서 맞장구를 치고 있었다. 좌석은 화기애애한 분위기 속에서 와인을 더 주문하여 오랫동안 대화를 나누면서 천천히 식사를 하였다. 식사를 하는 동안 종학이는 사죄하는 마음으로 해리 부모님에게 아들로서 최선을 다하리라 다짐하고 또 다짐하였다.

9시가 조금 넘어 동구청에 도착한 진우는 직원에게 호적 과장을 만나러 왔다고 말하자 휴가를 갔다고 하기에 계장을 찾았다.

"계장님, 처음 뵙겠습니다. 부산 해운대경찰서 형사계장 권진우입니다."

"네. 웬일로 오셨습니까?"

진우가 신분증을 내밀면서 인사를 하자 사십 대 후반쯤으로 보이는 계장이 떨떠름한 표정으로 물었다.

"계장님께 협조를 좀 받으려고 찾아왔습니다."

"네. 무슨 일인지 잘 모르지만 이리 들어오십시오. 커피 하시겠습니까?"

"국산 차를 한 잔 주시면 감사하겠습니다."

이른 아침에 형사가 찾아온 것이 반갑지 않았지만, 내칠 수가 없다고 판단하였는지 계장이 내실로 안내하였다.

"이번 구정 때 부산 해운대 용추계곡에서 살인 사건이 발생하였습니다. 용의자를 쫓다 보니 서울을 거쳐 인천까지 오게 되었습니다. 현재 용의자는 눈치를 챘는지 잠적을 하였습니다. 용의자의 애인으로 추정되는 유선혜라는 여자가 있는데 가족관계를 좀 알고 싶습니다."

"아! 여대생 피살 사건 말이죠? 신문에서 보았습니다."

"네. 맞습니다. 용의자의 애인과 서로 전화를 주고받고 만나는 것으로 추정하고 있습니다. 살고 있는 집과 자가용까지 파악하였는데 가족관계는 어떻게 되는지 모르고 있습니다."

"그렇지만 경찰에서도 알다시피 요즘에는 개인정보를 누출할 수가 없습니다. 과장님이 계시지 않는데, 내 마음대로 한다는 것이…"

진우가 부탁하자 사건을 알고 있는 계장이 협조를 잘하겠다고 생각하였는데 의외로 곤란한 표정으로 말끝을 흐렸다.

"계장님, 이것을 좀 보십시오. 영장을 받아 수사를 하지만, 곳곳에서 벽에 부딪힙니다. 이만한 일로 언제 부산에 가서 영장이나 협조공문을 받아 오겠습니까? 다른 데 사용하는 것도 아니고 살인 사건을 수사하는 것입니다. 현재 수사요원 전원이 인천에 와서 추적하고 있습니다. 협조를 좀 부탁합니다."

"알겠습니다. 잠시만 기다려주세요."

진우가 압수수색 영장을 보여주면서 사정을 하자 호적계장이 한참 동안 생각을 하다가 밖으로 나갔다. 메밀차를 마저 마시고 신문을 뒤적이고 있는데 10여 분쯤 지나서 계장이 들어왔다.

"가족관계는 단출합니다. 호적에는 아버지가 사망으로 되어 있고, 어머니와 남동생이 한 사람 있습니다. 구월동주민센터에 전화를 해보니 모두 이 주소로 등재가 되어 있습니다."

"계장님, 수고스럽지만 다른 가족들도 자가용을 가지고 있는지 좀 알아봐주십시오. 그리고 인천 시내 지도를 한 장만 크게 복사를 해주십시오."

계장이 건네는 A4 용지를 받아서 훑어보니 수기로 부 유창복 사망, 모 최정숙 57세, 남동생 유택근 26세로 적혀 있기에 진우가 다시 부탁하였다.

"조금만 기다리세요."

진우가 공손하게 거듭 부탁하자 계장이 마지못한 듯 대답을 하고 나가더니 이내 들어왔다.

"최정숙 명의로 자가용이 한 대 있습니다."

"감사합니다. 수사에 많은 도움이 될 것입니다."

계장이 내미는 메모지를 받아서 확인해보니 41 × 86×9 은색 아반떼로 적혀 있기에 고개를 숙이면서 인사를 하였다. 인천 시내가 그려진 8

절지 약도를 받아 구청을 나오면서 진우는 정말 쉬운 것이 하나도 없다는 생각이 들었다.

구청을 나온 진우는 한 형사에게 전화를 하여 선혜의 모친 명의로 되어 있는 은색 아반떼 넘버를 불러주고 다른 형사들에게도 전파하도록 지시하였다. 그리고 가족들의 휴대폰 번호를 알아보려고 선혜가 가입한 휴대폰 회사에 전화를 하여 인천지사를 물었다. 앞에 발부받은 영장을 보여주면서 사정하면 협조를 해주지 않겠나 싶었다. 인천지사는 남구 용현동에 있다고 하기에 내비게이션을 찍어 찾아갔다.

"지사장님, 부산 해운대경찰서 형사계장 권진우입니다. 지사장님께 도움을 받고자 이렇게 찾아왔습니다."

선객이 있기에 한참 동안 기다렸다가 지사장을 만난 진우가 신분증을 제시하면서 협조를 부탁하였다.

"부산의 형사 양반이 여기까지 무슨 일로 찾아왔습니까?"

지사장은 오십 대 후반쯤 되어 보였는데 진우의 방문이 반갑지 않다는 표정으로 퉁명스럽게 물었다.

"금년 구정 때 부산 해운대 용추계곡에서 살인 사건이 발생하였습니다. 피해자는 서울에 사는 여대생인데 용의자를 쫓다 보니 인천까지 오게 되었습니다."

"아! 그래요! 좀 앉으시죠."

"지사장님, 이렇게 영장을 받아 수사하는 과정에서 용의자를 숨겨주고 있는 여자가 새롭게 부상하였습니다. 용의자의 애인으로 추정하고 있는데 어디에 숨겨놓았는지 오리무중입니다. 지금 수사본부 요원 전원이 용의자를 추적하고 있는데 이 여자가 어디로 전화를 하였는지 또 가족들이 휴대폰을 가졌는지 꼭 필요합니다. 어렵겠지만 협조를 좀 해주시면 감사하겠습니다."

진우가 자리에 앉자마자 소지하고 있던 영장과 통화 내역이 기록된 서류를 제시하면서 간곡하게 부탁하였다.

"글쎄요. 형사 양반도 아시겠지만, 요즘에는 법이 강화되어 공문서나 영장 없이는 개인정보를 함부로 유출할 수가 없습니다."

영장을 유심히 들여다보던 지사장이 진우를 건너다보면서 일언지하에 난색을 표명하였다.

"지사장님, 그것을 제가 왜 모르겠습니까? 그렇지만 지금 살인 용의자를 쫓고 있는 긴박한 상황인데 언제 부산에 가서 협조공문서나 압수수색 영장을 받아 오겠습니까? 그 틈에 용의자는 다른 곳으로 도주하거나 또 다른 범죄를 저지를 수도 있습니다. 지사장님, 개인 용도로 사용하는 것이 아닙니다. 협조를 부탁합니다."

"사정이 급한 건 알겠는데…. 이것 참 곤란합니다."

"지사장님, 영장을 받아 살인범을 검거하는 데 사용할 것입니다. 상황이 긴급합니다. 청구서에 저의 신분증을 복사하여 첨부한다면 지사장님께 문책이 돌아오지 않을 것입니다. 편리를 좀 봐주십시오. 이렇게 간청합니다."

지사장이 거절하면 선혜와 그의 모친에 대하여서는 자료를 알 수가 없기에 다급한 심정으로 진우가 열변을 토했다.

"알았습니다. 사정이 그러하니 편리를 봐드리겠습니다. 대신 살인 사건 수사상 필요하다고 자필로 청구서를 써주십시오."

"지사장님, 감사합니다. 범인을 검거한다면 전적으로 지사장님의 공입니다. 정말 감사합니다."

"범인을 꼭 잡으십시오. 살인을 저지르는 인간 말종들은 반드시 붙잡아서 사형시켜야 합니다."

지사장이 A4 용지를 가져왔기에 진우는 2019년 2월 5일 해운대 용추 계곡에서 발생한 살인 사건을 수사한다. 수사용으로 유선혜와 그 가족의 휴대폰 사용 명세서를 청구한다고 기록한 후 맨 하단에 날짜와 서명 날인을 해서 신분증과 함께 내밀었다.

"이해를 하십시오. 몇 달 전에 우리 직원이 개인정보를 누출하여 회사가 큰 곤욕을 치렀습니다. 공무상 필요한 것은 협조해야 마땅하지만, 절차상 공문서나 영장이 없기에 이렇게 편법을 쓰는 것입니다."

"아닙니다. 상황이 긴급하기에 서류를 미처 갖추지도 못한 채 무리한 부탁을 하였습니다. 지사장님, 정말 감사합니다."

지사장이 신분증과 청구서를 가지고 나가더니 10분쯤 후에 돌아와서 명세서를 건네주기에 거듭 감사하다고 인사를 하였다. 명세서를 잠시 훑어보고 지사장실을 나서는 진우는 발걸음이 가벼웠고 기분이 하늘로 날 것만 같았다. 있었다. 명세서에는 민성이를 추적할 수 있는 단서가 있었다. 선혜의 모친 명의로 설 연휴가 끝난 직후 또 하나의 휴대폰이 개설되어 있었고 대부분이 선혜와 통화를 한 것으로 나타났다. 선혜 모친이 무슨 사업을 하는지는 알 수가 없지만 사건이 있고 난 직후 휴대폰이 있는데도 신규로 개설하였다는 것은 용도가 의심스럽지 않을 수가 없었다. 틀림없이 선혜가 모친과 의논하였든지 그렇지 않으면 모친 모르게 휴대폰을 개설하여 민성이에게 주었지 않았나 하는 추리가 가능하였다.

시계를 보니 어느덧 12시 반을 가리키고 있었다. 진우는 한 형사와 조 형사에게 전화하여 탐문과 잠복 결과를 물어보니 선혜는 아직 움직임이 없고 민성이 소재도 탐지하지 못하였다고 하였다.

진우는 점심도 거른 채 동구소방서로 달려갔다. 서장을 만나 사건을 설명한 후 선혜와 그녀의 모친 최정숙이의 휴대폰 위치를 추적하였다. 자료를 입수한 진우는 선혜의 집 주변에서 잠복하고 있는 한 형사에게 차를 돌렸다.

"소득이 좀 있나?"

"집에 사람이 있는지 없는지 알 수가 없을 정도로 기척이 없습니다."

"집 안에 주차장이 없는 것 같은데 주변을 모두 훑어도 우리가 쫓는 차는 발견하지 못하였습니다."

한 형사와 김 형사가 번갈아 대답하였다.

"점심은?"

"교대로 먹었습니다. 저기 옥상에 노란 물탱크가 있는 단독주택이 선혜의 집인데 주변을 수사하여도 차량을 발견할 수가 없었습니다."

진우가 한 형사를 바라보면서 묻자, 손을 들어 20여 미터쯤 전방에 있는 2층 양옥을 가리키면서 설명하였다.

"선혜 모친 명의로 차가 있는 것을 요원들에게 전파를 하였지? 이 차들이 언제 움직일지 모르니까 자세히 살펴봐라. 나는 뭘 좀 먹고 오겠다."

선혜를 감시하는 것이 민성이를 검거하는 초석이 된다는 것을 한 형사와 김 형사에게 강조한 후 눈에 띄는 건너편 식당으로 갔다. 점심을 먹고 돌아온 진우는 한 형사와 김 형사를 불렀다.

"휴대폰에 입력은 나중에 하고 중요한 것은 수첩에 적어라. 선혜의 가족관계는 아버지는 사망하였고 모친 최정숙 57세, 남동생 유택근 26세가 있다. 또한 조금 전에 말했듯이 모친 명의로 41 × 86×9 은색 아반떼 승용차가 있다. 그리고 최정숙 명의로 휴대폰이 한 대 더 있다. 구정 연휴가 끝난 뒤에 개설하였는데 번호는 010-97××-××85번이다. 선혜가 구월동의 자기 집과 주안동에서 이 번호로 전화를 많이 하였다. 그런데 이 전화번호는 서울 서대문구 신촌동 4××-5×번지 기지국에서 잡혔고 어저께도 다섯 통화를 하였다. 이로 미루어 추측하건대 선혜의 모친 명의로 개설한 이 휴대폰은 민성이가 가지고 있을 확률이 높다. 민성이는 신촌의 동종 업소에서 일을 하든지 그렇지 않으면 은신해 있을 것이다. 선혜 모친이 원래 가지고 있던 010-58××-××21은 선혜가 간혹 전화를 하는데 대부분 집에서 받는 것으로 확인되었다. 나는 조 형사, 강 형사와 함께 신촌으로 가서 기지국을 중심으로 민성이를 추적하겠다. 한 형사와 김형사는 계속 여기서 잠복하다가 선혜가 집을 나서면 즉시 미행을 해라. 자가용으로 외출하면 틀림없이 민성이를 만날 것이다. 강 형사 차를 두고 갈 테니까 절대로 들키지 않게 교대로 미행만 하여라."

"주안동은 완전 철수를 하는 것입니까?"

"내가 생각할 때는 주안동은 선혜의 직장이 있을 확률이 높다. 민성이는 신촌에 직장을 잡아서 은신하고 있을 것 같다. 젊은 연인들이 전화만 할 수는 없는 것. 곧 만날 것이다. 선혜를 절대로 놓쳐서는 안 된다."

"알겠습니다."

"유념할 것은 절대로 비노출을 해야 한다. 민성이는 우리가 쫓는다는 것을 강호를 통해서 이미 알고 있다."

"염려하지 마십시오."

"그러면 고생해라."

진우는 한 형사와 김 형사에게 지시한 후 조 형사와 강 형사를 불러 신촌으로 달려가면서 상황을 설명하였다.

신촌에 도착한 진우는 차를 주차할 수가 없어 주변을 몇 번이나 돌다가 신촌지구대를 찾았다. 신촌 일대를 얼마나 헤매야 할지 모르기에 아무 곳이나 주차할 수가 없어 지구대장에게 양해를 구한 후 지구대 주차장 한쪽 구석에 차를 박아놓고 거리로 나섰다. 기지국이 있는 4××-5×번지는 까마득히 높은 건물로서 주점, 피자집, 식당 등 별별 간판이 다붙어 있었다.

"기지국을 중심으로 반경 500m를 조사해야 하니까 이 일대 전부라고 볼 수 있다. 조별로 나누어서 나이트클럽이나 대형 주점을 파악해 보자."

"네. 부산 촌닭이 모처럼 신촌 번화가에 오니까 어디가 어딘지도 모를 정도로 어리벙벙합니다."

"저는 저쪽을 파악하겠습니다."

"반복되지 않게 대략 약도를 그려놓고 주점을 표기해라."

"알겠습니다."

강 형사와 박 형사를 길 건너편으로 보내고 조 형사와 함께 기지국 건물인 신명빌딩을 중심으로 천천히 걸으면서 주점을 표기하는데 대형 주점이 제법 많았다. 한참 동안 거리를 돌아다니면서 파악하고 있는데 휴대폰이 울렸다. 번호를 확인해 보니 경찰서 형사과 전화번호였다.

"과장입니다. 진 계장 고생이 많소."

"아! 네. 과장님, 면목이 없습니다. 이제 겨우 단서를 잡아 민성이의 소재를 어느 정도 파악하여 추적하고 있습니다. 서장님에게 그렇게 보고를 좀 해주십시오."

"고생을 하는데 내가 뭐라고 위로해야 할지 모르겠소. 그렇지만 반드시 검거를 해야 합니다."

"걱정하지 마십시오. 곧 검거할 것 같습니다."

전화를 끊은 진우는 또 서장이 빨리 검거하지 못한다고 잔소리를 하였구나 하는 생각이 들었다. 과장은 심하게 잔소리를 할 수가 없으니까 독려차 전화를 한 것이고…. 낯선 서울에 와서 발이 부르트도록 돌아다니면서 온갖 고생을 하고 있는데, 서장이나 과장은 책상에 앉아 잔소리만 하고 있으니 아내 말처럼 편한 부서로 옮기고 싶은 마음이 간절하였다.

"과장입니까?"

"그래! 서장이 들들 볶는지 독려 전화다."

전화를 끊자, 조 형사가 묻기에 진우가 쓴웃음을 지으면서 대답하였다.

"높은 놈들이 하는 잔소리를 귀담아듣지 마소. 미친개가 짖는다고 생각하면 마음이 편합니다."

과장의 전화를 받은 진우가 시무룩한 표정을 짓자, 조 형사가 분위기를 바꾸려는 듯 웃으면서 말했다. 그때였다. 또 휴대폰이 울리기에 받아

보니 한 형사였다.

"뭐가 있나?"

"선혜가 집을 나와서 택시를 탔습니다."

진우가 급하게 묻자, 한 형사가 여유롭게 대답하였다.

"눈치를 채지 않도록 교대로 미행을 해라. 절대 놓치면 안 된다."

"염려하지 마십시오. 교대로 따라붙을 테니까 놓칠 일은 없을 것입니다."

"그래! 선혜가 목적지에 도착하면 바로 보고를 해라."

"알겠습니다."

"집에서 나왔답니까?"

전화를 끊고 회심의 미소를 짓고 있는 진우에게 이 형사가 옆에서 물었다.

"응. 집을 나와서 택시를 타고 주안동 방향으로 가고 있는 모양이야. 한 형사와 김 형사가 미행하니까 놓칠 염려는 없을 것이다. 이 시간대는 선혜가 직장에 가는 것이 틀림없을 것이다."

"두 대로 미행을 하는데 한 형사와 김 형사가 어떤 사람인데 놓치겠습니까. 그런데 우리도 그쪽으로 이동을 해야 되지 않겠습니까?"

"목적지가 어디인지 아직 밝혀지지 않았다. 그리고 민성이는 틀림없이 이곳 신촌에 은신하고 있을 것이다."

조 형사가 물었지만, 진우는 급하게 서두르지 않아도 되겠기에 나머지 주점들을 파악하고 있는데 30분쯤 후에 한 형사에게서 전화가 다시 왔다.

"계장님, 선혜가 주안동 사거리 지하에 있는 장안 나이트클럽으로 들어갔습니다. 어떻게 할까요?"

"따라 들어가지 말고 밖에서 동정을 살펴라. 십중팔구 선혜의 근무처가 맞겠지만 혹시나 민성이가 그곳에 있을 수도 있다. 또한 다른 데로 이동할지 알 수가 없다. 주변에서 철저하게 감시를 해라."

"알겠습니다."

전화를 끊은 진우가 우두커니 서서 조만간에 민성이를 검거할 수 있겠구나 생각에 잠겨 있다가 문득 옆을 보니 아무도 없어 잰걸음으로 따라붙었다.

사법연수원에서 교육을 받고 있는 종학이는 해리에게 속죄하는 길은 훌륭한 법관이 되는 길뿐이라 생각하고 밤낮없이 책에 매달렸다. 그렇지만 마음 한구석에는 어떻게 수사하고 있는지 약간은 불안하였다.

'손가락에서 흘린 피가 혹시 입안에 남아 있을까 봐 해리 팬티까지 물에 적셔 와서 깨끗하게 지우고 확인까지 하였다. 그렇지만 어딘가 모르게 찜찜하였는데 현재까지 수사의 손길이 미치지 않는 것을 보면 혈흔을 확실하게 지운 것 같았다. 나는 증거를 남기지 않은 것이 확실하다. 또한 신문에서 보았듯이 용의자는 두 사람이라고 하지 않았던가. 틀림없이 내가 현장을 빠져나간 사이에 누군가 두 사람이 다녀갔고 흔적을 남긴 것이다. 만약 그렇다면 나는 완전범죄가 되는 것이다. 그 사람들에게는 미안한 일이지만 나 대신 죄를 뒤집어쓸 것이다. 해리 몸을 훼손하였다면 마땅히 벌을 받아야 한다. 내가 사랑하였던 해리인데 비록 죽었지만, 그 어떤 놈도 손을 대어서는 안 된다. 본의 아니게 해리를 죽였지만, 속죄하는 마음으로 훌륭한 법관이 되어 법조계와 가문을 빛낼 것이다. 또한 해리 부모님이 돌아가실 때까지 지극정성으로 모실 것이다. 그 길만이 속죄하는 길이고 숙명이다. 그래야 죽어서 해리를 만나도 떳떳할 것이다.'

"선배, 뭘 그렇게 생각하세요?"

종학이가 강의를 듣다가 멍하게 허공을 바라보면서 상념에 젖어 있자 옆자리의 민지가 옆구리를 살짝 찌르면서 속삭였다.

민지를 처음 보았을 때 눈이 크고 볼우물이 파이는 것이 해리를 많이 닮았기에 깜짝 놀랐다. 연수원에 입교했을 때 스쳐 지나가는 민지를 보고 해리로 착각을 한 종학이가 한참이나 멍하게 바라보았다. 그 뒤로 자연스럽게 대화가 오갔고 종학이의 향학열과 의젓함에 민지가 마음을 주었는지 항상 옆에 붙어 있었다. 방과 후에는 한잔의 커피를 앞에 놓고 진로를 토론하는 등 이젠 종학이가 유일하게 마음을 열어놓고 대화를 하는 후배 연수생이었다. 물론 처음부터 마음을 연 것은 아니었다. 해리의 일로 번민하고 괴로워하다가 마음을 추스르고 난 후 속죄한다는 의미로 조금씩 마음을 열었다. 그렇지만 종학이는 얼룩진 과거 때문에 호감이 가는 감정을 애써 억누르면서 어느 정도 거리를 두었다.

"아! 미안. 친구를 생각한다고…"

민지가 옆구리를 찌르는 바람에 정신을 차린 종학이가 겸연쩍게 웃으면서 얼버무렸다. 종학이는 해리만 생각하면 현규가 함께 떠올랐다. 첩첩산중 산골에서 명문 S대에 그것도 경쟁률이 엄청난 법학과에 장학생으로 합격할 정도의 수재였고 무엇보다도 의리가 있는 녀석인데 해리의 죽음에 충격을 받지 않았을까 하는 마음이 가득하였다.

문득 현규를 만났을 때가 생각났다.

제대 후 복학을 신청한 종학이가 처음 등교하던 날, 교문에서 수십만 원의 외상값을 갚지 않은 학생으로 오인한 상인들에게 봉변을 당하고 있었다. 그때 현규가 나타나서 뛰어난 임기응변으로 위기를 모면케 해준 후 둘은 단짝이 되었다. 그 후 의기투합하여 대학을 졸업할 때까지 항상 붙어 다녔고 남달리 우애가 좋았기에 급우들의 시샘을 많이 받았다. 현규가 해리를 사랑한다고 고백할 때 가슴속에서 피눈물을 쏟았지만, 내색을 하지 않고 양보하지 않았던가. 그런데 해리 부모님의 결사반대로 둘은 가시밭길을 걷다가 결국 이렇게 되고 말았다. 해리 부모님에게 죄를 지었지만, 죽마고우 같은 현규에게도 몹쓸 짓을 한 것이기에 정신을 수습하고 난 후 종학이는 한참 동안 방황하였다. 부모의 강압에 해리와 헤어진 현규는 충격을 받았는지 2차 시험장에 나타나지도 않았다. 그런 현규를 위로하려고 찾아갔던 길이었는데…. 현규야, 미안하다. 정말 미안하다. 부디 모든 것을 잊고 열심히 공부하여 이곳으로 오기 바란다.

"선배, 강의 끝났어요. 식사하러 가요."

강의가 끝난 줄도 모른 채 생각에 빠져 있던 종학이가 주위를 둘러보니 강의실에는 아무도 없었고 민지만 책을 가슴에 안은 채 곁에 서 있었다.

"어! 알았어."

"뭘 그렇게 생각하세요?"

"대학 다닐 때 죽마고우 같은 친구가 있었는데 그 친구는 2차 시험에 응시하지 않았어. 그 친구를 생각하고 있었어."

"내일 일찍 종강하니까 만나서 격려를 해주세요."

종학이가 의식적으로 뒤통수를 긁적거리면서 일어나자, 민지가 자상하게 책을 집어주면서 조언을 하였다.

"글쎄. 그런데 언제 모두 나갔지. 우리도 어서 식사하러 가자."

그러고 보니 마지막 수업 시간이기에 종학이가 책을 받아 앞장서서 식당으로 향했다. 민지는 뒤따라오면서 무슨 말인가를 하려는 것 같았지만 종학이는 애써 모른 척하였다.

대형 주점과 나이트클럽을 모두 파악한 진우는 조 형사와 강 형사에게 영업시간 중에 업소에 들어가서 민성이가 근무를 하고 있는지 탐문 수사를 지시하고 인천으로 달려갔다. 차를 끌고 가면서 한 형사에게 전화를 하니 선혜는 업소에 들어가서 현재까지 나오지 않는다고 하였다.

"계장님, 여깁니다."

장안 나이트클럽 앞에 진우가 도착하여 두리번거리자, 한 형사가 슬그머니 옆으로 다가오면서 나지막이 말했다.

"상황은 어때?"

"네. 들어간 후로는 한 번도 나오지 않았습니다. 여기 윤 형사가 몰래 찍은 선혜 사진입니다. 아주 선명하게 잘 찍었습니다."

"그렇군! 하긴 윤 형사가 눈치가 빠르고 재치가 있지. 차는 어디에 주차했나?"

"이 업소 뒤에 주차해 놓고 교대로 감시하고 있습니다."

"여기는 윤 형사에게 잠시 맡기고, 차로 좀 가자. 알려줄 사항도 있고."

진우는 주차해둔 차로 와서 그동안 수사하였던 내용들을 한 형사 등 모두에게 말한 후 다시 내보냈다.

"계장님, 이번 사건만 해결되면 다른 부서로 옮길까 생각합니다. 이렇게 동분서주하는 내 모습이 어느 땐 한심스럽기 짝이 없습니다. 좀 편한 부서로 옮겨서 마음에 여유도 갖고 친척이나 친구들 모임에도 나가고 사람답게 살고 싶습니다."

진우가 피곤하여 등받이에 상체를 기대자, 김 형사가 넋두리를 하였다. 아니, 넋두리가 아니라 지쳐서 심중에 있는 말을 하는 것 같았다.

"그래! 사람이란 어떤 일을 하건 보람을 느껴야 하는데 우리가 하는 일이 허구한 날 못 볼 것만 보고 핀잔만 들으니 나도 회의가 들 때가 많다. 와이프도 지구대에 근무하면 좋겠다고 노래를 한다. 참! 저녁밥은?"

"계장님이 오신다니까 기다리고 있었습니다."

"자리를 비울 수가 없으니까 반씩 나누어서 저녁밥을 먹고 안으로 들어가 보자. 한 형사에게 전화하여서 먼저 밥을 먹는다고 해라."

현재로서는 선혜가 유일하게 민성이를 검거할 수 있는 매개체이기에 절대로 소홀하게 다룰 수가 없어 반씩 나누어 근처에 있는 식당을 찾아 들었다. 모두 배가 고팠는지 게 눈 감추듯 먹고 교대를 하였다.

"선혜가 지금까지 나오지 않는다는 것은 이 업소 종업원일 확률이 많다. 민성이도 같이 일을 할 수 있겠지만 그것은 희박하다. 민성이는 틀림없이 신촌에 있을 것이다. 일단 들어가서 상황을 한번 보자."

모든 요원이 민생고를 해결한 후 진우는 만약을 대비하여 김 형사와 최 형사를 업소 입구에 남겨두고 나머지는 안으로 들어갔다. 홀은 100평도 넘는지 굉장히 넓었고 시설도 어마어마하였다. 전면에는 무대가 있었고 무명 가수들이 밴드에 맞춰 요즘 인기가 있는 대중가요를 부르고 있었다. 무대 아래에는 수십 명의 남녀들이 어우러져 춤을 추고 있었으며 홀에는 많은 사람들이 테이블에서 술을 마시고 있었다.

"굉장하군. 이 어두운 데서 어떻게 찾나. 일단 빈 좌석을 찾아 앉자."

"저기 중앙에 자리가 비었습니다."

진우가 두리번거리면서 중얼거리자, 윤 형사가 좌측 중간쯤의 빈자리를 가리키면서 말했다. 모두 어슬렁거리면서 자리에 앉자 이내 웨이터가 다가왔다.

"일단 기본만 가지고 와라. 물 좋으면 더 놀다 갈 것이고…."

"인천에서는 여기가 제일 좋습니다."

"둘이 나가서 찾아보고 이리로 와라."

웨이터가 주문을 받고 돌아간 후 진우가 무대를 바라보면서 지시하자 두 사람이 민첩하게 흩어졌다.

"샅샅이 훑어봐도 보이지 않습니다. 나가지는 않았는데…."

"어디에 짱 박혔는지 없습니다."

진우도 사방을 두리번거리면서 젊은 여자들을 예리하게 훑어보았다. 그러나 사진으로 보았던 여자를 찾기란 쉽지 않았다. 찾기를 포기하고 가져온 맥주를 한잔 마시고 있는데 10여 분쯤 후 한 형사와 윤 형사가 돌아와서 보이지 않는다고 하였다.

"맥주 한 잔씩 하고 다시 찾아봐라. 밖으로 안 나갔으면 이 안에 있지, 하늘로 날아갔겠나."

웨이터가 가져다 놓은 맥주를 마시고 있는데 조명이 바뀌면서 날씬한 아가씨 3명이 무대에 등장하였는데 사회자가 소개를 하고 있었다.

"계장님, 저기 가운데 분홍색 드레스를 입은 아가씨가 맞는 것 같습니다. 가까이 가서 자세히 보고 오겠습니다."

맥주잔을 입으로 가져가던 윤 형사가 진우에게 황급하게 말한 후 일어서자, 한 형사도 잔을 놓고 따라 나갔다.

"맞습니다. 선혜가 틀림없습니다. 이곳에 전속가수로 일하는 것 같습니다."

"화장을 하였지만 휴대폰 사진과 일치합니다."

진우가 그 자리에 서서 아무리 살펴보아도 거리가 멀고 조명이 밝지 못해 분간을 못하고 있는데 무대 아래에서 확인을 하고 돌아온 두 사람이 이구동성으로 선혜가 틀림없다고 하였다.

"자, 확인하였으니 들고 나가자."

요원들과 함께 밖으로 나온 진우는 한 형사, 김 형사에게 선혜를 감시토록 지시를 한 후 다시 신촌으로 차를 돌렸다.

신촌에 도착한 진우는 조 형사와 강 형사를 찾았다. 선혜의 동향을 설명한 후 다시 흩어져 업소를 훑었다. 진우는 조 형사와 함께 나이트클럽과 주점에 가서 민성이가 근무를 하는지 살펴보아도 알 수가 없었다. 자정이 넘도록 돌아다녔지만, 비슷한 사람도 찾을 수가 없었다. 하긴 머리형이나 스타일을 바꾼다면 누가 저 사람이 민성이라고 가르쳐주지 않는 한 찾지 못할 것 같았다. 그렇다고 웨이터들을 상대로 공개적으로 민성이를 수소문할 수가 없고 눈으로 찾으려 하니 애로사항이 많았다. 새벽 4시가 되자 하나둘 영업을 마치는 업소가 늘어나기에 철수하였다.

한 형사 쪽 상황이 어떻게 변할지 알 수가 없어 차를 길가에 이동시켜 놓고 다섯 명이 차 안에 앉아서 졸고 있는데 휴대폰이 울렸다. 번호를 확인해 보니 한 형사였다.

"어떻게 되었어?"

"영업이 끝나자, 택시를 타고 바로 집으로 들어갔습니다. 어떻게 할까요?"

"선혜를 놓치면 절대 안 된다. 언제 빠져나갈지 알 수 없으니까 교대로 잠복하면서 쉬어라. 민성이의 소재를 탐문하는 것도 쉽지 않다. 둘이 만나는 현장을 덮쳐야 할 것 같다. 우리도 조금 전에 철수를 해서 시간이 어중간하여 차에서 쉬고 있다."

"알겠습니다."

전화를 끊은 진우는 창문에 상체를 기댄 채 꿈나라에 빠진 요원들을 보니 마음이 아팠다. 하루빨리 민성이를 검거하여야 이 고생을 면할 것인데 생각하니 조바심이 났다. 이런저런 생각을 하다가 깜빡 잠이 들었는데 깨어보니 날이 훤하게 밝았다. 요원들은 그때까지도 세상모르게 코까지 골면서 자고 있었다. 진우는 좀 더 자도록 내버려 두고 싶었지만, 오가는 행인들이 이상한 눈으로 쳐다보기에 어쩔 수 없이 깨웠다.

"자. 모두 일어나라. 어디 가서 뜨끈한 해장국으로 배부터 채우자."

진우가 요원들을 깨워놓고 밖으로 나와 체조로 몸을 풀자 모두 따라 나와 몸을 흔들어 댔다. 더위가 시작되는지 아침부터 후덥지근하였다. 24시간 영업을 하는 해장국집으로 몰려가서 뜨거운 국물을 마시니 어느 정도 속이 풀렸다. 아침밥을 먹은 후 요원들을 찜질방 앞에 내려놓고 진우 혼자 소방서로 달려갔다. 선혜의 어머니가 신규 개설한 휴대폰이 어디에 있는지 위치를 확인해야 되겠다고 생각하였다.

"부산 해운대경찰서에 근무하는 형사계장 권진우입니다. 구정 때 관내 용추계곡에서 살인 사건이 발생하였습니다. 한 달 전부터 용의자를 쫓아 서울에 왔는데 협조를 부탁합니다."

관할 소방서를 찾은 진우가 당직관에게 압수수색 영장과 자료들을 보여주면서 도움을 요청하였다. 오십 대 중반으로 보이는 당직관이 고생한다면서 시원하게 협조를 해주어 민성이와 선혜, 선혜의 모친 신규 휴대폰 위치를 추적하였다. 추적 결과 선혜의 휴대폰은 주거지 주변인 인천시 동구 구월동 35×-×6번지 기지국에서 잡혔고 신규 개설한 선혜의 모친 휴대폰은 변동 없이 서울 서대문구 신촌동 4××-5×번지에서 잡혔다. 이로 미루어 보아 민성이는 이곳 신촌 은신처를 벗어나지 않았다는 것을 확인할 수 있었다.

진우는 두 사람이 어제도 전화를 하였는지 이동통신사 LG 서부지사를 찾았다. 지사장에게 신분증과 민성이의 체포영장, 소방서에서 확인한 휴대폰 위치 추적한 것을 제시하면서 현재 살인 용의자가 신촌에 숨어 있다, 지금 소재를 파악하고 있는데 어제 통화를 하였는지 확인이 꼭 필요하다고 간청하였다. 오십 대 대머리 지사장은 한참 동안 망설이다가 신분증을 복사하고 열람 청구서를 받아 가더니 어제 오후 7시 35분, 9시 41분, 금일 새벽 2시 5분, 4시 1분에 서로 통화를 하였다고 구두로 알려 주었다. 진우는 수첩에 받아 적은 후 거듭 인사를 하고 지사를 나서자마자 한 형사에게 전화를 걸었다.

"한 형사, 아침밥은 좀 먹었나?"

"네. 계장님, 해장국으로 아침을 때우고 계속 교대로 감시하고 있는데 움직임이 없습니다."

"조금 전에 소방서와 LG 휴대폰 서부지사에 들렀는데 민성이와 선혜가 통화를 하였다. 어제 오후 7시, 9시, 금일 새벽 2시, 4시에 통화를 하였는데 조만간에 만날 것 같다. 여기도 나이트클럽을 중심으로 수사를 하고 있지만 민성이를 발견하기가 쉽지 않다. 선혜가 외출하면 고생이 되더라도 은밀히 미행하여라. 절대 놓쳐서는 안 된다."

"알겠습니다."

전화를 끊고 찜질방으로 돌아온 진우는 요원들에게 전파를 하고 뜨거운 물에 들어갔다가 땀을 뺀 후 꿈나라로 달려갔다.

피곤하였는지 정신없이 잠을 자고 일어나 벽에 걸려 있는 시계를 보니 오후 5시를 가리키고 있었다. 너무 많이 잤다고 생각하면서 멍한 머리를 흔드는데 조 형사가 다가왔다.

"머리가 아픕니까?"

"좀 멍한데 뭐 괜찮겠지."

"한 형사한테서 전화가 왔는데 선혜가 조금 전에 집을 나와서 나이트 클럽으로 들어갔답니다."

"내가 너무 깊이 잠들었군. 특이 동향은 없고?"

"네. 바로 근무처로 갔답니다."

"좀 씻고 나가자."

다시 탕에 들어간 진우는 대충 씻고 요원들과 함께 찜질방을 나섰다. 근처 식당으로 옮겨 점심 겸 저녁을 먹고 어제와 같은 조를 짜서 나이트 클럽으로 향했다.

"절대 노출은 하지 말고 눈여겨보면서 찾아라. 냄새를 맡고 또 잠수를 타면 검거하기가 힘들다."

"알겠습니다."

강 형사에게 지시를 한 진우는 조 형사와 함께 어제 들른 한강 나이트 클럽으로 들어갔다. 아직 이른 시간이라 손님도 몇 사람 되지 않아 한 바퀴 휘둘러보면서 웨이터들을 관찰하고 나왔다. 웨이터들이 눈치를 챌 수 없도록, 아는 듯 모르는 듯 은근슬쩍 관찰하기가 쉽지 않았다. 그렇다고 포기를 할 수가 없어 자정이 넘도록 돌아다녔지만, 종적이 묘연하였다. 새벽 4시가 가까워져 오자 철수를 하려는데 휴대폰 벨이 울렸다. 받아보니 한 형사였다.

"계장님, 선혜가 근무를 마치고 집으로 들어갔습니다. 오늘도 특별한 동향은 없었습니다."

"알았다. 우리도 지금까지 돌아다녔지만 발견하지 못했다. 선혜가 민성이를 만난다면 낮에 근무하러 가기 전에 만날 확률이 높다. 그렇지만 야간에도 가능성이 있으니까 교대로 감시를 해라. 놓치면 절대 안 된다."

"알겠습니다."

한 형사에게 지시를 한 진우는 한참 동안 생각하다가 강 형사에게 전화를 걸어 찜질방으로 철수를 시켰다.

"계장님, 자꾸 들락거리니까 웨이터들이 곱지 않은 시선으로 보는 것 같은데 이러다가 눈치를 채고 잠수를 타는 것은 아닙니까?"

찜질방으로 돌아온 요원들과 함께 뜨거운 물에서 피로를 푸는데 강 형사가 낮은 소리로 소곤대었다.

"나도 그것을 염려하고 있다. 만약에 눈치를 챘다면 말짱 도루묵이다. 오늘 고생이 많았다. 한숨 자고 생각을 좀 해보자."

진우가 들어보니 강 형사 말이 맞는 것 같아 내일부터는 어떤 방법으로 탐문을 해야 하나 고민을 하였다.

"혹시 변장을 하고 근무하는 것은 아닐까요?"

"그렇게 할 개연성이 농후하지만 확실하게 얼굴을 모르니까 찾을 수가 없잖아. 일단 좀 자고 나서 생각해 보자. 아직도 머리가 좀 무겁다."

진우가 대답하면서 어제 잠을 잤던 구석진 자리로 가자 모두 뒤따라오면서 저마다 생각을 하는지 침묵을 지켰다.

"계장님, 선혜가 집을 나서고 있습니다. 김 형사와 교대로 미행하겠습니다."

찜질방에서 잠을 자고 있는데 휴대폰이 울렸다. 급하게 받아보니 한 형사인데 선혜가 집을 나왔다는 보고였다. 시계를 보니 정오를 막 넘기고 있었다.

"눈치를 챌 수 없도록 은밀하게 따라붙어라. 이 시간이면 직장에 갈 시간이 아니다. 틀림없이 민성이를 만나려고 나갈 것이다. 조 형사, 모두 불러 모아라. 선혜가 집을 나섰다."

"드디어 접선하는군요."

진우가 전화를 끊고 탈의실로 가면서 말하자 옆에 누워 있던 조 형사가 만면에 화색을 띠면서 벌떡 일어났다.

"계장님, 강 형사가 몸살이 난 것 같습니다."

"강 형사가! 많이 아프나?"

진우가 옷을 갈아입는데 박 형사가 옆에 와서 소곤거리듯 말하기에 피로한 기색이 완연한 강 형사에게 다가가면서 물었다.

"괜찮습니다. 견딜 만합니다."

"많이 아프면 여기 남아 있어라."

"땀을 빼고 나니까 좋아졌습니다."

가까이 다가오는 강 형사를 바라보니 얼굴이 핼쑥하였다. 출동에 무리가 있겠다 싶어 진우가 남으라고 하자 재빨리 옷을 갈아입으면서 괜찮다 하였다. 진우가 잠시 생각해보니 어디로 출동할지도 모르겠고 민성이를 검거하면 바로 부산으로 갈 수도 있으니까 더 말리지 않았다.

"한 형사, 어디로 가고 있나?"

"택시를 타고 공영주차장으로 들어갔습니다."

"절대 놓치면 안 된다. 방향이 정해지면 수시로 보고하라. 우리도 지금 그쪽으로 출동할 테니까."

"알았습니다. 저기 나오고 있습니다. 아! 그런데 41 × 86×9 은색 아반떼입니다. 맞습니다. 선혜 모친 찹니다."

"알았다. 눈치채지 않도록 교대로 잘 따라붙어."

"염려하지 마십시오."

차를 출발하기 전에 한 형사에게 전화를 한 진우는 일단 인천 방향으로 가는 것이 맞겠다 싶었다. 내비게이션에 인천 동구 구월동을 찍고 모두가 휴대폰을 들을 수 있도록 잭을 차에 연결했다. 찜질방을 나와 사거리에서 우회전을 하는데 저만큼 약국이 보였다.

"강 형사, 저기 약국이 있다. 감기약을 사서 먹어라."

"정말 괜찮습니다."

"하루분만 지어 와서 먹어라. 몸이 말을 듣지 않으면 동료들에게 짐이 된다. 빨리 갔다 와."

"괜찮은데. 박 형사가 괜히 쓸데없는 말을 해서…."

진우가 약국 앞 가장자리에 차를 붙이고 강압적으로 말하자 강 형사가 마지못해 내리면서 구시렁거렸다.

"선혜가 민성이를 만나야 할 텐데…."

"그동안 만나지 않았으니까 틀림없이 만날 것입니다."

다시 차를 출발시키면서 진우가 혼잣말로 중얼거리자, 조수석에 앉아 있던 조 형사가 단정적으로 말하였다.

"나도 선혜가 민성이를 만나러 간다고 생각하는데…. 죽이 되건 밥이 되건 오늘은 결판을 내야지. 만나기만 하면 무난하게 검거할 수 있겠지."

이젠 이 지긋지긋한 추적을 마무리하겠다고 생각한 진우는 가속페달을 힘주어 밟았다.

"계장님, 부평 전철역입니다. 역 앞에 차를 세웠는데 밖에 나와서 누군가를 기다리는 것 같습니다."

한강 다리를 건너는데 한 형사가 전화를 하였다.

"틀림없이 민성이를 만날 것이다. 우리도 가고 있으니까 눈치를 챌 수 없도록 미행을 잘해."

"알겠습니다."

진우는 전화기를 조수석에 앉은 조 형사에게 넘겨주고 운전에만 전념하였다. 조 형사가 재빨리 부평 전철역을 내비게이션에 입력하자 진우는 수납함에 있는 경광등을 꺼내어 차량 지붕에 얹도록 지시를 한 후 조금 더 속도를 높였다.

"계장님, 젊은 남자를 한 사람 태웠는데 선글라스를 끼고 있어 얼굴을 알아볼 수가 없습니다."

"그래! 선혜는 날마다 민성이에게 전화를 하는데 다른 애인은 없을 것이다. 민성이가 맞을 것이다. 우리가 가지고 있는 사진과 일치하지 않을 수도 있다. 미행을 계속하면서 수시로 보고해라."

"알겠습니다. 출발합니다. 끊겠습니다."

전화를 끊은 후 부천을 향해 10여 분쯤 달리는데 또 벨이 울렸다.

"어디로 방향을 잡았나?"

"김포 쪽으로 가고 있습니다. 그쪽으로 오십시오."

"알았다."

조수석에 앉은 조 형사는 전화가 끊기자마자 재빨리 내비게이션에 김포시청을 입력하였다.

"김포 한성주유소를 지나왔습니다. 교외로 빠지는 것 같습니다."

"알았다."

한 형사로부터 전화가 오면 조 형사가 재빨리 휴대폰 스위치를 켜고 전화가 끝나면 내비게이션에 지명을 입력하기를 몇 번이나 반복하였다.

"계장님, 김포 알뜰충전소를 지나왔습니다."

"알았다."

"계장님, 하성면 성탄리 2×6-×3번지로 오십시오. 삼거리 길인데 좌회전을 하였습니다. 미행을 눈치챌까 봐 나는 뒤로 처지고 김 형사를 앞세웠습니다."

"알았다."

한 시간을 넘게 과속으로 달리면서 미행을 하는 한 형사, 김 형사와 수십 번이나 통화를 한 끝에 만난 곳은 모텔과 한우 전문집, 바비큐 전문집 등 고급 음식점이 즐비하게 늘어져 있는 산속 계곡이었다.

"저기 보이는 '백마강 한우갈비' 집에 들어갔습니다. 김 형사와 최 형사가 따라 들어갔습니다."

한 형사와 윤 형사가 고풍스럽게 지은 2층 청기와 집 담장 옆에 있다가 진우가 다가가자, 손가락으로 음식점을 가리키면서 말했다.

"퇴로가 있는지 주변의 지형지물을 숙지하였나?"

"올라가 봤는데 막혔습니다. 퇴로는 없고 차도로 가려면 다시 내려가야 합니다. 보다시피 음식점은 담장이 높아서 쉽게 뛰어넘지 못할 것입니다. 김 형사가 선혜가 끌고 온 차 옆에 차를 바싹 붙여놓고 안으로 들어갔습니다."

"좋다. 조 형사와 이 형사는 내 차를 빼서 내려가는 저쪽 모퉁이에 박아놓고 길목을 지켜라. 한 형사와 윤 형사는 저곳에서 위로 올라가는 길에 차를 세워놓고 막아라. 나와 강 형사, 박 형사는 음식점 출구를 맡겠다. 민성이가 나와서 차를 타려고 할 때 뒤따라 나온 김 형사와 최 형사, 강 형사, 박 형사가 차를 빼는 척하면서 덮친다. 만에 하나 실패하면 나와 한 형사, 윤 형사가 지원한다. 민성이는 살인 용의자로 잠수를 탄 자니까 극렬하게 저항을 할 것이다. 만약에 포위망을 뚫고 아래로 도주하면 최종적으로 밑에 있던 조 형사와 이 형사가 검거한다. 이상 질문 있나?"

"없습니다."

"그럼, 각자 배정받은 위치로 가라. 우리가 가지고 있는 사진과는 약간 다르겠지만 민성이가 틀림없다. 필히 검거해야 한다."

요원들을 배치한 진우는 음식점 안에 들어가 있는 김 형사에게 전화를 걸어서 잠시 나오도록 하였다.

"민성이가 맞지?"

"사진과는 약간 다르지만, 맞는 것 같습니다."

"안에 상황은 어떻게 돌아가나?"

"두 사람이 오랜만에 만났는지 바싹 붙어 앉아 고기를 먹여주면서 작은 소리로 속삭이는데 정신이 없습니다."

김 형사가 밖으로 나왔기에 진우가 민성이의 동정을 물으니, 눈치를 챈 것 같지는 않다고 하였다.

"안에 손님은 얼마나 있나?"

"다섯 테이블에 열네 명 있습니다."

"좋다. 민성이가 나오면 따라 나와라. 차를 바싹 붙여놨기에 선혜가 차를 뺄 수가 없을 것이다. 그때 대기하고 있던 강 형사와 박 형사가 함께 덮치면 무난하게 검거할 수 있을 것이다. 올라오는 길목에는 조 형사 조가, 음식점 위로 가는 길목에는 한 형사 조가 길목을 차단하고 있다."

"그게 좋겠습니다."

음식점을 빙 둘러보니 출구를 제외한 모든 울타리가 청기와를 얹은 담장인데 높이가 2m 정도는 되어 보여서 쉽게 뛰어넘을 수 없다고 판단하였다. 독 안에 든 쥔데 업주나 손님들에게 피해를 주면서까지 무리하게 검거할 필요가 없다고 생각한 진우가 김 형사에게 들어가라고 손짓하였다.

줄담배를 피우면서 현관문이 열릴 때마다 주시하고 있는데 두 시간이 지나서야 선혜와 민성이로 추정되는 인물이 나왔다.

김 형사와 최 형사도 자연스럽게 바싹 그 뒤를 따르고 있었다. 진우는 한 형사와 조 형사에게 손을 들어 사인을 보낸 후 강 형사, 박 형사와 함께 대문을 등지고 마당으로 접근하였다.

핸드백에서 키를 꺼내든 선혜가 차 옆으로 갔지만 운전석 문을 열기가 곤란하자 뭐라고 하면서 뒤를 돌아보았다. 그때 뒤따라 나온 김 형사가 다가가면서 이민성이라고 이름을 크게 불렀다. 그러자 조수석으로 가던 민성이가 반사적으로 고개를 돌려 김 형사와 주변을 둘러보는데, 튈 낌새였다. 강 형사가 재빨리 수갑을 꺼내 들고 조심스럽게 접근하면서 미란다

원칙을 고지 하자, 민성이는 뒤로 물러서면서 악다구니를 하였다.

"이럴 줄 알았어. 개좆 같은 대한민국 경찰이 엉뚱한 사람 잡으러 다닐 줄 알았어. 진짜 범인은 잡지 않고 생사람 잡으러 다닐 줄 알았다고. 그렇지만 내가 안 죽였어. 진짜 안 죽였어."

"좋다. 네가 안 죽였으면 같이 가서 해명을 해라. 이렇게 도망 다닌다고 해결이 되는 것은 아니다."

"짜바리 새끼들, 좆 같은 소리 하고 있네. 없는 죄도 만들어내는 세상인데 내 말을 믿어주나."

진우가 조금 처져서 설득을 하고 김 형사와 최 형사, 강 형사와 박 형사가 포위망을 좁혀가자, 악을 쓰던 민성이가 갑자기 선혜 자가용 위로 가볍게 뛰어올랐다.

당황한 요원들이 우르르 몰려가서 다리를 붙잡으려 하자 민성이는 오른발로 맨 앞에 있는 강 형사의 어깨를 강타하면서 사뿐히 요원들 뒤로 뛰어넘어 땅바닥으로 내려섰다. 강 형사가 쓰러지고 최 형사, 김 형사, 박 형사가 반사적으로 돌아서자, 민성이는 전광석화같이 오른손 주먹으로 박 형사의 명치를, 왼손 팔꿈치로 최 형사의 후두부를 강하게 내려치자 두 형사가 비명을 지르면서 그대로 땅바닥에 거꾸러졌다. 민성이는 재빠르게 주위를 둘러보더니 다시 선혜 차 위로 뛰어올라 손으로 담장을 짚고 밖으로 훌쩍 뛰어넘었다. 민성이가 요원들 세 명을 쓰러뜨리고 담장을 뛰어넘어 사라지는 것이 순식간에 일어났다.

"담장을 넘어갔다. 잡아라."

민성이의 날렵한 행동에 진우는 잠시 멍하게 있다가 고함을 지르면서 김 형사와 함께 밖으로 뛰어나왔다. 민성이가 비호처럼 아래로 달려가고 한 형사와 윤 형사가 10m 정도 뒤에서 따라가고 있었다. 민성이가 뛰어가는 전방 약 20m 앞 모퉁이에 조 형사와 이 형사가 길을 막아서고 있었다. 요원들이 길을 막아서자, 민성이는 달려 내려가는 속도 그대로 높이가 4m나 되어 보이는 길 아래 논바닥으로 몸을 날렸다. 허공으로 몸을 띄운 민성이는 체조 선수처럼 공중에서 몸을 웅크려 한 바퀴를 돌아 가뿐하게 논바닥에 착지를 하더니 도로를 향해 쏜살같이 내달리고 있었다. 위에서 달려 내려오던 한 형사와 윤 형사가 언덕이 낮은 논으로 뛰어내려 뒤를 쫓았고, 조 형사와 이 형사는 밑에서 논둑을 가로질러 추격을 하고 있었다. 진우는 천신만고 끝에 다 잡은 민성이를 놓치겠다 싶어 총을 빼어 들면서 고함을 쳤다.

"이민성, 계속 도망가면 쏜다."

진우는 이대로 놓칠 수가 없다는 강박관념으로 권총을 빼 들고 공포탄을 한 발 발사하면서 낮은 논두렁으로 뛰어내렸다. 총소리가 울려 퍼지자 죽으라고 달아나던 민성이가 우뚝 서서 뒤를 돌아다보면서 고함을 질렀다.

"씹 새끼들, 내가 안 죽였어. 정말 안 죽였단 말이야."

"네가 안 죽였으면 도망가지 마라."

거리가 20m가 넘는 것 같았지만 진우가 총을 겨누면서 고함을 쳐도 민성이는 도로를 향해 논두렁을 뛰어넘어 아래쪽으로 달렸다. 진우가 주위를 둘러보니 좌우에서 요원들이 쫓고 있었지만 거리가 점점 멀어지는 것 같았다. 민성이가 도로에 나가서 아무 차나 뺏어 타고 잠적한다면 여태까지 공들여 쌓은 탑이 무너진다는 생각이 들었다. 이젠 거리가 30m가 넘을 것 같았지만 진우는 논두렁에 서서 뛰어가는 민성이의 왼쪽 허벅지를 향해 연속으로 두 발을 발사하였다. 총성이 울리고 탄환이 주변에 박히자 민성이가 놀랐는지 주춤하기에 나머지 두 발을 정조준하여 발사하였다. 총성이 울리고 탄환이 명중하였는지 뛰어가던 민성이가 비명을 지르면서 앞으로 쓰러졌다. 진우는 민성이가 일어나지 않기에 빗나가서 상체에 맞지 않았나 걱정하면서 가까이 다가가니 왼쪽 허벅지에서 피를 흘리고 있었다.

"씨발. 짜바리 새끼들, 생사람 잡지 마. 내가 죽이지 않았단 말이야."

"민성이, 살인 용의자로 체포한다. 공무집행방해죄도 추가되었다. 변호사를 선임할 수 있고…"

"정말 안 죽였는데 생사람을 살인범으로 몰아? 썩을 새끼들."

"빨리 지혈을 시키고 업어라. 병원부터 가자."

진우가 미란다원칙을 고지 하자 이내 도착한 이 형사가 반항을 하는 민성이에게 수갑을 채웠다. 윤 형사는 자신의 바지 뒷주머니에서 손수건을 끄집어내더니 잠시 머뭇거렸다. 그것을 보고 있던 진우가 상의를 벗으려고 하자, 윤 형사가 재빨리 러닝셔츠를 벗어 피가 흐르는 상처를 동여매고 있었다. 진우가 한 번 더 민성이의 몸을 세밀하게 훑어보았지만, 총상은 무릎 위 허벅지 한 군데뿐인 것 같아 마음속으로 안도의 한숨을 내쉬었다.

"검거조들은 왜 보이지 않습니까?"

"이 친구한테 한 방씩 맞고 다운되었다. 한 형사가 올라가 보아라. 많이 다쳤는지 모르겠다. 그리고 선혜에 대해서도 일단 조사를 해라."

최일선에서 직접 검거하기로 한 형사들이 아무도 보이지 않자, 조 형사가 궁금하여 묻기에 진우가 민성이를 가리키면서 대답하였다.

"민성아, 이젠 그만해라. 여기서 반항하면 너 자신이 더 비참해지고 추해진다. 떳떳하다면 가서 사실대로 진술하면 된다. 네가 저지르지 않았다면 내가 책임지고 풀어준다."

지혈을 시켜도 민성이가 계속 반항을 하기에 진우가 어깨를 다독이면서 부드럽게 말하자 그때서야 포기를 하였는지 이 형사에게 업혔다.

진우는 휴대폰으로 과장에게 검거 보고를 하면서 최 형사들이 내려오나 살피는데 언덕길에는 총소리를 듣고 몰려나온 이십여 명의 남녀들이 구경을 하고 있었다.

민성이를 부천의 뉴한성종합병원으로 즉시 후송하여 치료케 하였다. 민성이는 왼쪽 허벅지에 탄환이 한 발 박혀 있었고 그 외는 이상이 없어 바로 제거 수술을 하였다. 후두부를 가격당한 최 형사가 어지럽고 목을 돌리지 못하겠다고 말하기에 CT를 찍어보았다. 결과가 나온 걸 보니 후두부에 약간의 뇌출혈이 있었고 경추 1번 뼈가 어긋나 있었다.

"선생님, 즉시 수술을 해야 합니까? 아니면 이대로 부산에 가서 치료받아도 되겠습니까?"

"지금 수술을 하는 것이 좋습니다. 부산에 가서 수술하여도 생명에는 지장이 없겠지만 고통이 심할 것입니다. 그리고 이 상태로 목을 잘못 움직이면 완전 탈골이 되어서 위험합니다."

"총상을 입은 환자는 어떻습니까?"

"탄환을 제거하였고 2차 감염도 없습니다. 지혈이 잘되어 수혈을 하지 않아도 되니까 부산으로 가서도 큰 무리는 없을 것입니다."

"알겠습니다. 의논해서 말씀을 드리겠습니다."

원장실을 나온 진우는 민성이를 감시하는 이 형사를 제외한 모든 요원을 불러서 중지를 모았다. 의논 결과 모두가 이구동성으로 즉시 수술을 하는 것이 좋겠다 하였고 진우의 뜻과도 부합하였다. 시계를 보니 오후 8시가 넘어가고 있었다.

"조 형사, 최 형사가 수술하면 언제 퇴원할지 모른다. 공집(공무집행방해죄)에 필요하니 간단하게 진술조서를 받아라. 그리고 김 형사가 남아서 수발을 좀 들어라."

"알겠습니다."

민성이를 수사본부로 압송해서 조사를 해야 하겠기에 머무를 수가 없었다. 할 수 없이 같은 조를 이뤄 손발을 맞춰온 김 형사를 남도록 하였다. 병원까지 따라온 선혜는 민성이를 도피시킨 혐의가 농후하였지만 추후 출석통지서를 보낼 수 있으므로 우선 방면을 하고 민성이를 퇴원시켰다.

"계장님, 민성이를 송치하고 나면 차량 수사를 해야 하는데 그러면 또 서울에 와야 하지 않습니까? 자료를 가져왔으니까, 저와 윤 형사가 남아서 수사를 계속하는 것이 어떻겠습니까?"

"수사는 효율적일지 몰라도 너무 피곤해서 안 된다. 우린 쇠로 만든 인간이 아니다. 함께 내려가서 민성이를 송치하고 숨이나 좀 돌리고 올라오자."

한 형사가 남아서 차량 수사를 계속하겠다고 말하기에 진우가 공감은 하였지만 너무 혹사시키는 것 같아 모두 내려가자고 하였다.

"민성아, 너에게 가격당한 최 형사는 목뼈가 어긋났고 뇌출혈이 있어 수술을 해야 한다. 네가 차 안에서 난동을 부린다면 모두가 위험하다. 규정상 수갑을 차고 가야 하니 이해를 해라. 알겠나?"

"죄 없는 사람을 잡으려고 하니까 도망을 가야지요. 반장님, 몇 번이나 말씀을 드리지만 저는 사람을 죽이지 않았습니다."

수술할 때 풀어준 수갑을 진우가 다시 채우면서 이해를 구하여도 민성이는 여전히 흥분하여 고함을 쳤다.

"조사를 해보면 알 수가 있다. 여기서는 조사를 할 수 없으니까 반항하지 말고 일단 부산으로 가자."

"씨발. 내가 안 죽였어. 정말 안 죽였어. 왜 사람 말을 그렇게 못 믿어. 이러니까 짜바리 새끼라고 하지."

진우가 아무리 좋게 타일러도 민성이는 흥분을 하였는지 병원이 떠나갈 듯이 고래고래 고함을 치고 있었다.

"민성아, 네가 살인을 하지 않았다고 치자. 그렇지만 현장에는 너의 음모와 소변이 있었는데 당연히 조사를 해봐야 하지 않겠니? 그러니까 지금은 조사 단계이고 너는 용의자다. 네가 사람을 죽이지 않았다면 조서를 받을 때 상세하게 해명을 해라. 혐의가 없다고 판명되면 즉시 방면을 하겠다."

"씨발. 말한다고 믿어주나."

"안 믿어주면 어떡할래? 경찰관이 법으로 하는데 의심을 받는 네가 이길 것 같나? 네가 살인을 저지르지 않았다면 자진해서 협조를 해야지 이렇게 욕을 하고 대든다고 해결이 되나? 너는 네 마음대로 하고 아저씨는 아저씨 마음대로 해볼까? 인간적으로 점잖게 대우를 해주니까 아주 기고만장이군."

기가 죽지 않고 불만을 쏟아놓는 민성이를 조수석 뒷좌석에 태우면서 진우가 일갈을 가하자 그제야 잠잠하였다. 총상을 입은 왼쪽 다리를 옆으로 뻗게 하고 진우가 운전석 뒷좌석에 민성이를 마주 보면서 앉았다. 운전은 노련한 조 형사가 맡았고 조수석에는 박 형사가 등받이를 민성이 앞으로 조금 밀어 옆으로 앉아 주시하면서 부산으로 달렸다. 한 형사와 나머지 요원들은 뒤를 따라오면서 만일의 사태에 대비하였다.

"민성아, 너 운동 좀 하였나?"

흥분을 가라앉히려고 일갈을 내지른 것이 효과가 있었는지 민성이가 잠잠하기에 진우는 사무적인 이야기부터 대화를 이어 나갔다. 물론 민성이 모르게 휴대폰의 녹음 스위치를 슬쩍 누른 후였다.

"좀 하였습니다. 덕분에 군에 가서 교관을 하였습니다."

"무슨 운동을 하였는데 그렇게 주먹을 잘 쓰나?"

"유도와 태권도를 하였습니다."

"너는 자가용이 없나?"

"네. 없습니다. 운전면허는 있는데 차를 운전하기가 싫습니다."

"왜?"

"군에서 교통사고를 낸 뒤로는 운전을 하지 않습니다."

"선혜는 네 애인이니?"

"네. 결혼을 약속하였고 선혜 모친도 허락하였습니다."

"사건에 연루된 것을 선혜도 알고 있겠지?"

진우는 서두르지 않고 민성이를 직시하면서 서서히 핵심으로 들어갔다.

"내가 죽이지 않았다는 것을 굳게 믿고 있습니다."

"민성아, 네가 안 죽였다면서 어떻게 사건을 잘 알고 있니?"

"방 얻을 돈을 달라고 하였더니 아버지가 없다고 하여 설날 아침 일찍 서울로 가려고 내려오다가 마당바위에서 형사들이 조사하는 것을 보았습니다."

"그런데 왜 너의 음모와 소변이 그곳에 있었지?"

"구정 전날인 그믐날 내려갔는데 해운대에 있는 친한 친구를 만나 맥주를 한잔하였습니다. 친구와 함께 밤을 새우려다가 아버지에게 돈 이야기를 꺼내야 되겠기에 걸어서 집으로 갔습니다. 산길을 따라 올라가는데 어렸을 때 친구들과 놀던 기억이 떠올랐습니다. 나도 모르게 마당바위에 올라가서 옛날 생각을 하고 있는데 맥주를 먹어서 그런지 소변이 마려웠습니다. 주변에 아무도 없기에 바위 끝에서 소변을 본 것입니다. 믿어주십시오."

"그때 시간이 어느 정도 되었니?"

"시계를 보지 않아서 정확한 시간은 모르겠습니다. 골짜기에 산그늘이 내렸지만 어두워지지는 않았습니다."

"집에까지는 꽤 먼데 어떻게 걸어가려고 생각을 하였지?"

"지배인이 바쁘다고 집에 가지 말라는 것을 억지로 내려왔는데 일 보고 빨리 올라가야 하지 않습니까? 오랜만에 만난 친구가 반갑기는 하였지만 얼굴도 보았고 술도 한잔하였고 또 같이 있으면 계속 술을 먹어야 하는데 취한 모습으로 돈 이야기를 어떻게 하겠습니까? 그래서 술도 깨고 아버지를 어떻게 설득할까, 생각도 할 겸 걸어서 갔습니다."

"그 친구 이름은 어떻게 되노?"

"공민철입니다. 휴대폰 번호가 010-×8×5-×2×0번인데 확인해 보시면 금방 알 것 아닙니까?"

"그동안 어디에 있었나?"

"신촌의 작은 바에서 근무하고 있었습니다."

"부산에 가는데 부모님에게 연락을 해야 되겠지?"

"부모님이 걱정하실 텐데 절대로 연락하지 마십시오."

"그래! 알았다. 내려가면 병원에 입원해야 하는데 부모님에게 연락하고 싶으면 언제라도 전화를 해라."

"효도는 못 할망정 걱정을 끼쳐드릴 수는 없습니다. 절대 연락하지 마십시오."

혹시라도 민성이가 차 안에서 난동을 피울 수 있기에 그것을 미연에 방지하고, 무엇보다도 범인의 최초 진술은 준비된 거짓말이 아니기에 수사 자료로 활용할 수 있어 진우는 부산에 도착할 때까지 계속 대화를 나누었다.

부산에 도착하니 새벽 1시가 넘었다. 서장이 퇴근을 하지 않고 과장과 함께 기다리고 있기에 그간의 검거 경위를 보고하였다.

"그런데 어떻게 하였기에 떼거리로 몰려가서 범인에게 맞은 거야? 그래! 최 형사는 좀 어때?"

"수술을 해야 되기 때문에 같이 못 내려왔습니다. 김 형사가 남아 있는데 가족에게 연락을 해주어야 하지 않겠습니까?"

"상태가 위험하나?"

"그 정도는 아닌 것 같습니다. 후두부에 뇌출혈이 있고 목뼈가 어긋났습니다. 수술을 하면 괜찮다고 의사가 말하였습니다."

"가족에게 연락하는 것은 아침에 재론하기로 하자."

"총상을 입은 용의자는 탄환을 제거하였지만 그래도 병원에 입원시켜야 되지 않겠습니까?"

"병원에 전화를 해놓았으니까, 날이 밝으면 입원을 시켜야지. 그런데 범인을 숨겨준 애인은 왜 풀어주었어?"

진우가 상처를 입은 두 사람이 걱정되어 심각하게 말하여도 서장은 선혜를 연행하지 않은 것을 추궁하였다.

"조사를 해본 바 범행에 가담하거나 적극적으로 범인을 도피를 시킨 것이 아니라서 강압적으로 연행할 명분이 없었습니다. 그리고 민성이는 현재까지 용의자입니다."

고생하였다는 말은 한마디도 없이 일을 잘못 처리하였다고 핀잔을 주는 것 같아 진우가 퉁명스럽게 답변하였다.

"제3의 용의자는 추적해 보았나?"

"모든 요원이 민성이를 쫓는다고 손이 돌아가지 않았습니다."

"조사는 한두 사람이면 충분하니까 나머지는 제3의 용의자를 추적해."

"알겠습니다."

서장실을 나서면서 기분이 몹시 상한 진우가 뭐 저런 서장이 있나 생각하면서 형사당직실로 가고 있는데 뒤에서 과장이 헐레벌떡 달려왔다.

"권 계장, 너무 고깝게 듣지 말아요. 오늘 서장님이 지방청에 들어갔는데 사건을 빨리 해결하지 않는다고 청장에게 닦이고 왔어요. 권 계장이 이해를 하세요."

"그래도 그렇지. 고생하였다는 말은 한마디도 없이 놀고 온 사람처럼 핀잔이나 주고…. 일할 맛이 나지 않습니다."

"기분 풀어요. 오랫동안 출장을 가서 고생을 많이 하였는데 요원들과 함께 집에 들어갔다가 아침에 나와서 조사를 해요."

"알았습니다. 그렇지 않아도 팀원들을 좀 쉬게 해야 되겠습니다."

형사과장이 위로를 하였지만 진우는 가슴속에서 치솟는 울분이 쉽게 풀어지지 않아 시큰둥하게 대답하면서 발걸음을 빨리하였다.

집에 들어온 진우는 다쳐서 병원에 있는 요원들에게 미안한 마음이 들었지만 편안하게 자고 이른 아침에 목욕탕에 갔다. 열탕과 냉탕을 오가면서 피로를 좀 풀고 9시가 넘어서 수사본부로 출근하였다. 사무실에는 요원들이 모두 나와서 진우를 기다리고 있었다.

"모두 집에 들어갔다 왔나?"

"네. 마누라한테 눈도장을 찍고 나왔습니다."

"최 형사한테 전화 안 해봤지?"

"조금 전에 전화하였습니다. 수술하였는데 경과가 좋아 목에 깁스를 하고 내려오겠답니다."

진우가 의자에 앉으면서 요원들을 보고 말하자 조 형사가 대답하였다.

"아무리 경과가 좋다 하여도 그렇게 빨리 퇴원해도 될까? 목에 깁스를 하여도 함부로 움직이면 안 되는데⋯."

"최 형사 말로는 부산에 가서 계속 치료를 받는다고 하였습니다. 그래서 가족에게 연락을 하지 않았습니다."

"그래! 수술을 하였으니 일단 내려와서 계속 치료를 받으면 되겠고⋯. 민성이는 어느 병원에 입원시켰나?"

"아침 일찍 경찰서 뒤에 있는 장산외과에 입원시켰고 강력 2반 형사들이 지키고 있습니다."

"알았다. 일단 과장을 만나고 와서 이야기하자."

"그렇지 않아도 조금 전에 과장이 찾았습니다."

진우는 요원들을 대기시켜 놓고 경찰서로 달려갔다. 형사과장이 손바닥으로 턱을 받쳐 들고 깊은 생각에 빠져 있다가 고개를 들었다.

"권 계장, 중앙지에 대문짝만하게 실렸어요. 그리고 좀 전에 기자들이 다녀갔고 지방청에서는 언론에 흘렸다고 질책이 심해요."

"언론에 누가 제보를 하였다고 그럽니까? 추측 기사겠지요."

과장이 내미는 신문을 보니 사회면에 '살인범 실탄을 쏴 검거'란 제목으로 이 형사가 민성이를 업고 논에서 나오는 사진이 크게 실려 있었다.

민성이를 검거할 때 길에서 많은 사람이 구경하고 있었는데 그들 중에 누군가 휴대폰으로 사진을 찍어서 신문사에 제보를 한 것 같았다.

"아! 과장님, 검거할 때 많은 사람이 구경하고 있었습니다. 그들 중에 누군가 휴대폰으로 사진을 찍어 제보를 한 것 같습니다. 우리는 도주하는 민성이를 검거한다고 정신이 없었습니다."

"나도 그런 것 같아서 변명을 하였어요. 요원들 입단속을 시키고 한 조는 검거한 용의자를 빨리 조사하여 송치하고 다른 조들은 제3의 용의자를 추적해요. 이건 서장님의 지시 사항이요."

"알겠습니다."

수사본부로 돌아오면서 진우는 자신도 모르게 울화가 치솟았다. 모든 책임을 발로 뛰는 요원들에게 덮어씌우면서 어떻게 숨 쉴 틈도 주지 않고 몰아붙이는지… 가만히 앉아서 부하 직원들을 들들 볶는다고 사건이 해결되고 수사가 저절로 이루어지나? 어디 형사는 사람이 아니고 쇠로 만들어진 로봇인가? 성질대로 할 것 같으면 당장 사표를 쓰고 싶었다.

"한 형사는 나와 함께 민성이를 조사하고 강 형사는 현장 주변을 좀 더 넓게 조사하면서 목격자를 탐문하라. 조 형사는 한 번 더 USB를 돌려보고 용의 차량을 재검토하고 운동화 문양을 광범위하게 수사하라. 어제 서장이 지방청 참모 회의에 들어가서 왕창 깨졌는지 지랄을 한다. 또 중앙지에 대문짝만하게 보도되어 우리 서 분위기가 좋지 않다. 모두 나가자."

진우가 요원들을 독려하여 조 형사와 강 형사를 내보내고 한 형사, 윤 형사와 함께 병원으로 향했다.

"민성아, 아침밥은 먹었나?"

"네. 먹었습니다. 빨리 조사를 끝내고 보내주십시오. 나는 정말 안 죽였습니다. 하늘에 대고 맹세합니다."

병실에 들어간 진우가 2반 형사들을 돌아가게 한 후 옆에 앉으면서 말을 붙이자, 민성이는 계속 죽이지 않았다고 하소연하였다.

"수사의 공정성을 기하기 위해 변호사를 선임하여 입회시킬래? 아니면 국선변호사나 누구 친한 사람, 애인도 괜찮다."

"나는 그런 것은 모릅니다. 그리고 내가 죽이지 않았는데 총상을 입으면서 잡혀 올 이유가 없습니다. 공정하게 조사를 한다니까 빨리 끝내고 보내주십시오. 정말 미치겠습니다."

진우가 노트북을 켜면서 부드럽게 말하여도 민성이는 한결같이 죽이지 않았다고 강변하고 있어 수사 기법을 바꾸어야 하겠다고 생각하였다.

"민성아, 네가 형사들을 때려눕히고 도망가기에 총을 쏜 것이다. 네가 도망가지 않고 대화를 하였다면 내가 왜 총을 쏘겠니. 안 죽였다고 주장만 하지 말고 입장을 바꿔놓고 보면 너는 어떻게 하겠니? 그것도 체포영장이 떨어진 살인 용의자를 가만히 보고만 있어야 하겠나?"

"하여튼 나는 죽이지 않았습니다. 죽은 사람이 누군지도 모릅니다."

"그래! 조사를 해보면 알겠지. 우선 흥분하지 말고 진정을 해라."

"…"

진우가 직시하면서 어깨를 다독거리자 어느 정도 진정이 되었는지 아니면 체념을 하였는지 민성이가 눈물을 흘리면서 창밖으로 고개를 돌렸다.

"윤 형사는 민성이 친구 민철이를 만나서 참고인 조서를 받아 와라. 여기는 한 형사만 있어도 되겠다."

진우가 부산으로 올 때 차 안에서 진술한 민성이의 진술이 맞는지 확인을 하기 위해 윤 형사에게 민성이 친구 전화번호를 주면서 말했다.

"자. 진정이 되었으면 시작해 보자. 이름은?"

"그건 반장님이 잘 알고 있을 것 아닙니까?"

"민성아, 너는 조서를 처음 받는 것이 아니잖니? 왜 매사에 반항적으로 언행을 하는 거냐? 내가 네 이름을 알고 있지만 네가 진술하지도 않는데 내 마음대로 조서를 만들면 네가 억울하잖니? 내가 마음대로 조서를 작성한다면 너는 범인이 되는 것이다. 그러면 너는 하소연을 어디다 하겠니? 내가 묻는 말에 네가 답변하면 나는 가감 없이 그대로 작성하는 것이다. 다시 한번 묻겠다. 이름은?"

"이민성입니다."

"주민등록증 번호는?"

"9×03×8에 1×1×4×6입니다."

"주소는?"

"서울시 강남구 삼성동 ×8×번지입니다."

"부산에 언제 내려왔나?"

"설 앞날 내려왔습니다."

진우는 서두르지 않고 외곽에서부터 서서히 핵심으로 접근하는 방식을 선택하여 조서를 작성하였다.

"부산에 몇 시쯤 도착하였지?"

"오후 세 시쯤 부산역에 도착하였습니다."

"부산에 도착하여서 바로 집으로 갔나?"

"아닙니다. 해운대에서 민철이를 만나 한잔하였습니다."

"사건 현장에는 갔었지?"

진우는 서두르지 않고 서서히 사건 현장으로 민성이를 끌고 가야 되겠다는 생각으로 변죽을 울린 후 물었다.

"네. 갔습니다."

"그때가 몇 시쯤 되었나?"

"시계를 안 봐서 정확하게 몇 시가 되었는지는 모르겠습니다. 골짜기에 산그늘이 내렸지만 어두워지지는 않았습니다. 마당바위에서 어렸을 때 놀던 추억을 생각하다가 바로 나와서 집으로 갔습니다."

"네가 말하는 마당바위가 소변을 본 바위를 말하는 것이냐?"

"네. 우리가 어렸을 때 거기서 많이 놀았는데 마당바위라고 불렀습니다."

"거기에 얼마나 있었지?"

"그렇게 오래 머물지는 않았습니다. 어렸을 때 친구들과 놀던 때를 생각하다가 소변을 보고 바로 나왔으니까요."

진우는 잠시 숨을 몰아쉰 후 민성이를 똑바로 직시하면서 계속 질문을 하였다.

"누구랑 그 바위에 갔는데?"

"혼자 갔습니다."

"신발은 구두를 신었나? 아니면 운동화를 신었나?"

"지금 신고 있는 이 구두입니다."

"그곳에서 무엇을 하였는지 상세하게 이야기를 해봐라."

"잠시 옛날 생각을 하고…. 집에 가서 아버지에게 돈 이야기를 어떻게 꺼내야 할지 뭐 그런 생각을 하였습니다."

"그때 옆에 누가 있었나?"

"아무도 없었습니다."

"혹시 인근이나 길에도 사람이 없었나?"

"네. 주변에 사람이라곤 아무도 없었습니다."

"네가 소변을 본 그 바위 위에서 살인 사건이 발생하였다. 너는 그것을 어떻게 알았나?"

"설날 아침에 서울로 가려고 내려오다가 형사들이 마당바위에서 죽은 사람을 들것에 담아서 밖으로 나오는 것을 보았습니다."

진우는 민성이가 생각할 여유를 주지 않으려고 계속해서 질문을 하였다.

"그때 경찰이 현장에서 조사를 하면서 오가는 사람들을 통제하였는데 어떻게 지나갔나?"

"멀리서 보고 아차 하는 생각이 들어 내려오지 않고 숨었습니다."

"왜 아차 하는 마음이 들었나?"

"어제저녁 마당바위에서 소변을 봤던 것이 켕겼습니다. 서울에서 싸움을 하지 않았는데 옆에 있었다는 이유로 두 번이나 끌려갔는데 결국은 폭력범으로 몰려 벌금을 물었습니다. 재수가 없으면 덤터기를 쓴다는 것을 알고 있었기에 말려들지 않으려고 피한 것입니다."

"네가 사람을 죽였기에 아침 일찍 서울로 도망가려다가 형사들이 조사를 하고 있으니까 피한 것이잖아? 솔직하게 이야기하자. 네가 죽이지 않았다면 아무도 모르는 곳으로 직장을 옮기지도 않았을 것이고 그렇게 숨어서 지낼 필요도 없었잖니? 또 형사들에게 중상을 입히면서까지 도망치려고 하겠나? 이런 행위는 범죄자의 전형적인 수법이다."

진우는 민성이의 얼굴을 예리하게 훑어보면서 핵심을 찔렀다.

"반장님, 저는 정말 죽이지 않았습니다. 사건에 말려들면 경찰은 무조건 죄인 취급을 하지 결백을 믿어줍니까? 지금 반장님도 제 말은 안 믿고 죽였을 것이다 생각하면서 범인으로 몰아붙이지 않습니까?"

"민성아, 너무 흥분하지 말고 우리 차근차근히 생각해보자. 그리고 마음을 열어놓고 솔직하게 대화를 나눠보자."

민성이가 엉덩이를 들썩거리면서 격하게 흥분하기에 진우가 노트북을 덮고 어깨를 다독거리면서 진정을 시켰다.

병실에서 우동을 시켜 다 함께 먹고 있는데 휴대폰이 울렸다. 받아보니 과장이 점심을 먹자고 하였다. 간단하게 음식점에서 시켜 먹는다고 하여도 서장이 찾는다면서 나오라고 하였다.

"서장님께 점심을 먹었다고 말하십시오. 그리고 요원들이 없어서 여기를 비울 수가 없습니다."

"서장님이 11시쯤 말하였는데 내가 깜빡 잊었어요. 웬만하면 나오세요."

"수사를 하러 나간 직원들이 언제 돌아올지 모릅니다. 한 형사와 있는데 나갈 수가 없습니다. 두 분이 하세요."

전화를 끊고 나니 괜히 찜찜하였다. 홧김에 거절하는 것으로 오해하여 미운털이 박히겠구나 하는 생각이 들었다. 그렇지만 높은 놈에게 아부를 할 필요가 없다고 판단한 진우는 괘념치 않았다 국물까지 시원하여 훌훌 마시고 있는데 또 전화가 울렸다. 받아보니 최 형사였다.

"계장님, 지금 경주를 통과하였는데 한 시간 안에 도착이 되겠습니다."

"상태는 좀 어때?"

"목을 움직이지 말고 안정을 취하라고 그랬는데 일을 하겠습니다. 한가하게 병원에 드러누워 있겠습니까?"

"수술을 하였어도 후유증이 있을 것이고 교정시킨 목뼈도 정상으로 자리를 잡기 전에 함부로 목을 놀렸다가는 평생 고생을 한다고 의사가 말했다. 내가 과장에게 보고해서 병원을 잡아놓을 테니까 바로 입원해라."

"알았습니다. 일단 경찰서로 가겠습니다."

"그래. 알았다."

진우는 전화를 끊고 점심을 다 먹은 후 한참 동안 민성이를 관찰하다가 노트북을 열고 중단하였던 조서를 재개하였다.

"민성아, 고집부리지 말고 사실대로 진술하여라. 너에게 맞은 최 형사는 수술을 하고 목뼈를 교정해서 내려오고 있는데 입원해야 되겠다. 그러니 너도 협조를 좀 해라."

"그건 미안한데요. 진짜 제가 안 죽였습니다. 죽은 사람이 누군지도 모르고 또 죽일 이유도 없습니다."

진우가 살살 타일렀지만 민성이는 일관되게 해리를 죽이지 않았다고 항변하였다.

"민성아, 너는 살인 현장에 있었다는 것은 증명이 되었고 또한 시인하였다. 너는 결백을 주장하지만 사건 발생 후 지금까지 직장을 바꿔가면서 행방을 감추었다. 또한 검거 직전 경찰관을 폭행하여 상해를 입힌 후 도주하다가 체포되었다. 그렇다면 아저씨가 믿을 수 있도록 알리바이를 제시해 보아라."

"…"

"남자란 그 어떤 환경이 닥쳐도 떳떳해야 한다. 자기가 한 짓을 비겁하게 남에게 전가하거나 변명하는 것은 남자가 아니다. 민성이 너는 자신이 생각할 때 남자라고 생각하겠니?"

"반장님, 자신 있게 알리바이를 댈 수는 없지만 저는 떳떳한 남자입니다. 절대로 치졸한 인간이 아닙니다. 제가 죽였으면 저는 이렇게 도망치지도 않았을 것입니다."

"그래! 죄를 짓지 않았으니까 당연히 도망을 가야 한다는 민성이 너의 말과 행동을 누가 믿겠니? 어린아이도 뭔가 이상하다고 고개를 좌우로 흔들 것 같다."

"…"

한참 동안 조사를 하다가 서장을 만나려고 병실을 나서면서 진우는 눈짓으로 한 형사를 밖으로 불러내었다.

"한 형사, 민성이가 저렇게 한결같이 안 죽였다고 오리발을 내미니 머리가 아프다. 인간적으로 양심에 더 호소해 봐라. 그렇다고 물리력을 가하면 절대 안 된다. 나는 서장을 좀 만나고 오겠다."

"알겠습니다. 다녀오세요."

진우는 최 형사가 고집을 부려도 완치될 때까지 입원시켜야 한다. 과장에게 결원이 된 수사요원을 보강시켜달라고 건의해야지 생각하면서 경찰서로 갔다.

서장실로 바로 들어가려다가 과장을 먼저 찾았다. 과장은 기자와 전화를 하고 있는지 범인이 틀림없다면서 호언장담하고 있었다. 자리에 앉아 10여 분쯤 기다리자 과장이 상기된 표정으로 전화를 끊었다.

"권 계장, 구속영장을 청구해야 하는데 자백하였어요?"

전화를 끊자마자 과장이 진우를 돌아보면서 물었다. 진우는 고민을 하다가 지금까지 민성이를 검거하여 조사한 과정을 모두 설명한 후 조심스레 의견을 개진하였다.

"아닙니다. 검거할 때부터 지금까지 아무리 달래고 감정에 호소해도 한결같이 결백을 주장하면서 자백을 하지 않습니다. 민성이를 수사할 때부터 제 직감과 현장 상황을 토대로 냉정하게 추리하면 범인이 아닐 수도 있습니다."

"지금 무슨 말을 하는 거요? 현장에 그만큼 증거가 있는데 권 계장이 자백을 못 받아내요? 어떻게 하든 오늘 중으로 마무리를 지어요."

"한 형사와 교대로 조사를 하고 있지만…. 알겠습니다. 일단 거짓말 탐지기를 사용하겠습니다."

"살인범인데 순순히 자백하겠어요? 약간은 유도적인 방법을 사용하더라도 반드시 자백을 받아내세요."

조사를 받고 있는 민성이의 언행을 진우가 사실대로 보고하여도 과장은 대수롭지 않게 생각하고 범인으로 몰아붙였다.

"최선을 다하겠습니다. 지금 최 형사가 수술을 받고 내려오는데 병원에 입원시켜야 하지 않겠습니까?"

"서장님과 의논하여 병원에 전화를 하였어요."

"최 형사가 입원하면 당분간 일선에서 뛰지 못할 것입니다. 수사요원을 보강해주십시오."

"그 문제는 서장님께 보고를 드리겠어요."

그때 노크 소리와 함께 최 형사와 김 형사가 들어왔다. 최 형사는 목을 움직이지 못하도록 깁스를 하였는데 모든 행동이 부자연스러웠다.

"과장님, 죄송합니다."

"좀 괜찮아?"

"이젠 통증이 많이 가셨습니다. 서류 정리나 전화는 받을 수 있습니다."

"삼성외과에 입원해라. 권 계장, 우리 다 함께 서장님을 뵈러 갑시다."

목에 깁스를 두른 최 형사가 고개를 숙이지도 못한 채 인사를 하자 과장이 어깨를 다독거리다가 진우를 돌아보고 동의를 구하였다. 2층에 있는 서장실에 올라가니 외부 손님이 있기에 부속실에서 한참을 기다렸다.

"다 나을 때까지 병원에서 꼼짝 말고 있어. 쯧쯧. 어떻게 대처하였기에 강력반 형사들이 세 명이나 나가떨어지나."

"죄송합니다. 방심을 하는 바람에…."

손님이 돌아간 후 들어가자, 서장이 혀를 차면서 핀잔을 주는데 최 형사가 손을 비비면서 변명하였다. 진우는 과장에게 인원 보강 문제를 말하였기에 거북한 자리에 더 있을 필요가 없을 것 같아 서장 눈치를 보다가 최 형사와 김 형사를 데리고 나왔다.

"집에 연락은 하였나?"

"아직 안 했습니다."

"나도 서울에 남아서 수사를 한다고만 말했지 다쳤다는 말은 안 했다. 집에 들어가서 안심시키고 바로 병원에 입원해라. 김 형사도 집에 들어가서 좀 쉬고 내일 아침에 출근해라."

"알겠습니다."

김 형사와 최 형사를 집으로 보낸 진우는 한 형사가 어떻게 조사를 하고 있는지 급히 병원으로 갔다.

"계장님, 공민철이를 만났는데 민성이가 한 말이 사실입니다. 오후 4시쯤 만나서 소주 2병과 맥주 3병을 나누어 마신 후 일찍 헤어졌답니다."

"그래! 민성이가 거짓말을 하는 것 같지는 않더라."

병실에 들어가자, 민성이 친구를 만나러 갔던 윤 형사가 조서를 내밀면서 작은 소리로 말하기에 진우가 고개를 끄덕이면서 수긍하였다.

한 형사와 민성이는 서로 천정을 쳐다보면서 담배를 피우고 있었다. 서로의 얼굴이 상기되어 있는 것을 보면 민성이가 자백을 하지 않자, 한 형사가 화를 낸 것 같았다. 진우는 묵묵히 두 사람을 바라보다가 한 형사를 불렀다.

"한 형사, 내가 할 테니까 이리 나와라. 최 형사가 내려왔으니 우선 공집부터 영장을 청구하도록 준비해라."

"입원을 해야 할 텐데 어디 갔습니까?"

"집에 잠시 들렀다가 삼성외과에 입원할 것이다. 여기는 나와 윤 형사가 맡을 테니까 나가서 준비해라."

"알겠습니다."

한 형사를 내보낸 진우가 윤 형사가 건넨 조서를 검토해보니 서울에서 내려올 때 차 안에서 민성이가 한 말과 일치하였다. 우선 공집부터 영장을 쳐서 시간을 갖고 천천히 조사를 해야지 급하게 다그친다고 자백을 할 민성이가 아니라고 판단하였다. 그리고 한편으로는 현규처럼 범인이 아닐 수도 있다는 예감도 들었다. 현장에 떨어져 있던 음모나 소변은 정황증거지 직접증거가 될 수 없다. 그리고 정상적인 사고력을 가진 사람이라면 범행 현장에 보란 듯이 소변을 보지는 않았을 것이다. 또한 식도에서 발견된 O형의 혈액형을 가진 제3의 인물과 공모하여 범행을 저지르지는 않았을 것이다. 그렇게 증거를 없애려고 치밀하게 행동을 한 제3의 용의자와는 너무나 이질적인데 어떻게 범행을 함께할 수 있단 말인가? 만약에 우발적으로 범행을 저질렀다 하여도, 피살자의 입안에 있던 자신의 피를 제거하여 증거를 완전하게 말살하려 한 제3의 용의자가 공범이 소변을 보도록 그대로 두는 바보가 있을까. 무심코 민성이가 소변을 보았어도 흔적을 모두 지웠을 것이다. 그렇지만 공집으로 민성이를 구속시켜 놓고 계속 캐봐야 한다. 민성이의 진술이 신빙성이 없는 것은 아니지만 오판을 하여서는 안 된다. 진우는 한 형사가 나간 후 잠시 생각을 하다가 노트북을 열어보았다. 그러나 조서는 진우가 조사한 것 외에는 아무 내용도 없었다.

"민성아, 아저씨도 네 말이 진실인지 거짓인지 헷갈리는데 검사나 판사가 믿어주겠나? 여자는 바지와 팬티가 모두 벗겨진 채 죽어 있었고 현장에는 너의 음모와 소변이 있었다. 네가 한 짓이 아니라고 말하면 어느 누가 믿겠나? 생각을 좀 해봐라. 아저씨 말이 틀리는지 맞는지…."

"반장님, 그래서 저도 미치겠습니다. 하늘에 맹세컨대 제가 죽이지 않았습니다. 저는 여자들을 데리고 잘 것 같으면 하루에 한 명씩은 바꿀 수 있습니다. 그리고 제가 죽였으면 현장에 소변을 보겠습니까? 범죄 현장에 증거를 남기지 않아야 한다는 것은 삼척동자도 상식으로 알고 있을 것입니다. 저는 변태도 아니고 그렇게 세상 물정에 어둡지 않습니다."

"민성아, 네 말은 앞뒤가 안 맞는다. 네가 결사적으로 도망친 것은 범죄를 저질렀기에 그런 것이지 결백하다면 네 스스로 수사에 협조하였을 것 아니냐?"

"반장님 말씀도 옳습니다. 그렇지만 저는 아무 죄도 없이 경찰에 두 번이나 잡혀가서 고초를 당했습니다. 이렇게 범인으로 몰리게 될까 봐 두려웠습니다. 그래서 도망을 친 것이고 그동안에 진짜 범인이 잡힐 것이라고 생각하였습니다."

"아저씨도 네가 도망을 치지 않고 우리에게 순순히 잡혔다면 이렇게 의심을 많이 하지도 않았을 것이다. 그런데 너는 형사들을 때려눕히고 죽기 아니면 살기로 도망을 쳤잖아? 이것은 범인들이 상투적으로 하는 행동이다."

"잡히면 또 죄 없이 고초를 당하겠구나 생각하니 눈앞이 캄캄하여 앞뒤 분간을 못했습니다. 형사님에게 미안합니다. 많이 다친 것 같던데…."

진우가 민성이의 표정과 언행을 유심히 살피면서 감정에 호소하여도 한결같이 범행을 부인하였다.

"민성이 네가 그 장소에 있던 시간대와 여자가 죽은 시간대가 비슷하다. 그리고 너는 알리바이가 일체 없다. 우발적으로 일어난 일이라면 참작을 많이 할 수가 있다."

"반장님, 진짜 제가 죽이지 않았고 죽은 여자가 누군지도 모릅니다. 신문에서 기사를 읽어본 것이 전부입니다. 반장님도 제 말을 믿어주지 않으니까 재판을 받겠지요. 그렇지만 저는 안 죽였다는 말밖에 더 할 말이 없습니다."

진우가 눈을 직시하면서 질문을 하여도 민성이는 두려움이나 거리낌도 없이 당당하게 말하였다. 그리고 표정에도 범죄자의 위축된 모습이나 거짓을 찾아볼 수가 없었다.

"상처는 좀 어떻니?"

"가만히 누워 있으니까 통증도 없고 괜찮습니다."

"그래. 알았다. 좀 쉬어라."

"반장님, 제 말을 믿어주십시오. 저는 많이 배우지는 못했어도 열심히 살고 있습니다. 고생은 되지만 몸으로 부딪치면서 의리 있게 살았고 남의 것을 탐하지도 않았습니다. 선혜의 엄마가, 결혼하면 집에 들어와서 같이 살자고 하였지만 처가살이가 싫어서 방을 얻으려고 내려온 것입니다. 세파에 부대끼면서 살다 보면 제 직업상 싸움은 할 수 있겠지요. 그렇지만 강간을 하려다 살인을 저지른다는 것은 상상도 할 수 없습니다. 제 주변에는 손만 내밀면 안길 애들이 많습니다. 그렇지만 저는 선혜 외에는 쳐다보지도 않습니다. 반장님이 저를 믿어주지 않으시면 결국에는 법정에 서겠지만 하늘에 맹세하건대 이 사건과는 무관합니다."

"알았다. 좀 쉬어라. 아저씨도 생각을 해봐야 되겠다."

진우가 노트북을 덮으면서 민성이의 말처럼 범인이 아닐 수도 있겠다는 생각이 들었지만, 현규처럼 확신할 수가 없어 뒷골이 당겼다.

'민성이의 말처럼 죄 없는 사람을 잡아넣는다는 것은 절대로 안 되는데…. 거짓말 탐지기도 양성으로 나오지 않았는데…. 그렇지만 민성이는 구두를 신고 현장에 갔으며 음모와 소변이 있었다. 이것은 민성이도 시인을 하였다. 피살자의 사망 시간도 비슷한 시간대고…. 알리바이가 없는 용의자를 풀어준다는 것은 수사 기법상 있을 수 없는 일인데…. 잘못 판단하면 범인도 놓치고 무능하다는 오명도 뒤집어쓸 것이다. 그렇다고 간접증거로 범인이라 단정하는 것은 있을 수 없다. 일단 공집으로 영장을 청구해 놓고 서서히 감정에 호소하자. 직접적인 증거가 없는 상태에서 진술에 의존해야 하는데 민성이는 검거할 때부터 지금까지 범행을 부인하고 있다. 그리고 제3의 용의자와 공범으로 보는 것도 무리가 있다. 현규처럼 범인이 아닌데도 우연의 일치로 용의자가 될 수도 있다. 조급하게 범인으로 몰아가면 안 된다. 이성에 호소하여도 끝까지 결백을 주장한다면 어떻게 할 수가 없다. 뭔가 확실한 증거가 있어야 하는데 정황증거만 가지고는 살인범으로 구속할 수가 없는데…. 그렇지만 서장과 과장님에게는 뭐라고 보고를 해야 하나.'

진우는 서장과 과장 보기가 부담스러웠지만 보고하지 않을 수가 없어 형사과장을 먼저 찾았다.

"과장님, 피살 사건에 대하여서는 자백을 받아내지 못했습니다. 민성이는 처음부터 끝까지 결백을 주장합니다. 또한 직접적인 증거가 없고 정황증거만 있는 상태에서 공범으로 몰기에도 무리가 있습니다. 그리고 현규처럼 우연의 일치로 현장에 유류물을 남겨 용의선상에 올랐을 수도 있습니다. 일단 공집으로 영장을 청구해서 구속시켜 놓고 마음을 움직여 자백을 받아내는 방법을 쓰겠습니다."

"민성이가 그렇게 독종이오?"

"독종이라기보다는 한결같이 결백을 주장하는 것을 보면 범인이 아닐 수도 있습니다. 또한 거짓말 탐지기도 양성으로 나오지 않았습니다."

"권 계장, 민성이는 수사가 시작되자 감쪽같이 잠적하였고 검거할 때도 사력을 다해 도망치려고 하였는데 범인이 아니면 그러겠어요? 범인들의 지능적인 수법에 말려들지 말고 강력하게 추궁하시오. 권 계장은 강력범들을 많이 다뤄본 베테랑인데 어떻게 범인들의 상투적인 거짓 진술에 넘어가서 그런 말을 하는 거요."

진우가 수사에 대하여 의견을 개진하자 과장은 민성이를 범인으로 확신하는 듯 단정적으로 말하였다.

"현규처럼 현장에 증거물을 남긴 것이 우연의 일치라고 볼 수도 있지 않습니까? 그것도 직접적인 증거는 되지 않습니다. 도주를 한 것은 경찰에 대한 피해의식이 만연하고 또한 불신합니다."

"마음 약한 소리 하지 말고 빨리 자백을 받아봐요."

"교대로 조사를 하고 있지만 어려울 것 같습니다. 피살 사건은 시간을 두고 천천히 조사를 하겠습니다. 우선 공집에 대하여 영장을 청구하겠습니다. 저와 함께 검사를 만나러 가십시다. 피살 사건에 대하여 혐의점을 상세하게 적시하여 구속이 되도록 이해를 시켜야 합니다."

"알았어요."

진우가 설명하자 한참 동안 생각을 하던 과장이 승낙하기에 보고하려고 서장을 찾았다.

"권 계장, 자백을 하였나?"

"조금 전까지 심문을 하다가 왔는데 끝까지 결백을 주장합니다. 자백을 받아내기가 쉽지 않습니다."

서장은 진우를 보자마자 반색하면서 민성이가 자백을 하였는지 묻기에 사실대로 보고하였다.

"아니! 권 계장이 그까짓 송사리 한 마리를 요리하지 못한단 말이야?"

"어쩌면 범인이 아닐 수도 있습니다. 우선 공집부터 영장을 청구하겠습니다. 구속을 시켜놓고 천천히 양심에 호소하는 방법을 택하겠습니다."

"지금 무슨 소리를 하는 거야? 현장에 증거가 많이 있었는데…."

"정황증거일 뿐입니다. 직접적인 증거가 없는데 자백을 하지 않으면 영장을 청구하기가 어렵습니다. 또한 O형의 용의자와 공모를 하였다고 볼 수도 없습니다."

범죄 수사와 영장 청구에 대하여 구체적으로 무엇을 갖추어야 하는지 아무것도 모르는 서장이 얼굴을 붉히면서 역성을 내기에 진우가 차분하게 설명하였다.

"저번에도 용의자를 풀어주더니 이번에는 총을 쏴서 검거한 용의자를 진범이 아니라서 구속을 할 수 없다. 그렇다면 어느 세월에 범인을 잡겠다는 거야?"

"제가 생각할 때는 피해자의 식도에서 혈흔이 발견된 제3의 용의자가 진범이라고 추측합니다."

"말만 하지 말고 잡으란 말이야. 벌써 몇 달이 지났는지 알기나 알아?"

"죄송합니다. 곧 검거하겠습니다."

서장실을 나온 진우는 호통만 치면 범인이 절로 잡히나, 형사들을 들볶는다고 수사가 저절로 이루어지나, 예나 지금이나 높은 놈들은 앉아서 들들 볶고 지랄만 떤다고 생각하였다. 그렇지만 이 사건은 임장할 때부터 쉽지 않겠구나 하는 느낌이 들었는데 더 조사를 해봐야 알겠지만 민성이는 공범이 아닌 것 같고, 진범인 제3의 용의자를 검거하는 것도 매우 어려울 것 같았다.

최 형사의 진단서와 진술조서 등 영장 청구 서류를 들고 과장과 함께 동부지청 당직 검사를 찾아갔다. 당직인 정 검사는 40대 후반으로 깐깐하였다. 진우는 검사의 질문에 서류를 하나하나 적시하면서 설명하였다.

용추계곡에서 발생한 강간살인 사건을 수사하고 있다. 현장에서 음모와 소변을 발견하였는데 그 용의자를 수개월의 추적 끝에 실탄을 쏘아 검거하였다. 그런데 검거 과정에서 경찰관이 용의자에게 피습을 당해 뇌출혈과 경추 1번 목뼈가 어긋나는 등 중상을 입어 병원에서 치료 중이다. 또한 용의자도 수술을 받고 입원 중인데 살인 사건에 대하여 자백을 하지 않고 극구 부인한다. 알리바이가 없는 용의자에 대하여 계속 조사할 필요성이 있다. 공집으로 구속영장을 발부하면 살인 사건은 보강수사를 하여 송치하겠다는 등 구체적으로 설명을 하였다.

"알았어요. 공집은 인정하였으니까 영장을 받아 오겠어요. 그렇지만 살인 사건은 확실한 증거와 자백이 있어야 합니다."

진우가 상세하게 설명을 하자 검사는 사족을 달더니 민성이가 시인한 공집사건 서류를 들고 나가더니 한참 후 돌아와서 구속영장을 내밀었다.

"민성아, 우리 터놓고 이야기해 보자. 범죄는 계획적인 범죄가 있고 우발적인 범죄가 있는데, 계획적인 범죄는 형이 무겁고 우발적인 범죄는 재판할 때 정상참작을 많이 한다. 지금까지 결백을 주장하지만 네가 경찰관 같으면 그 말을 믿겠나? 아저씨가 고개를 끄덕일 수 있도록 해명을 해봐라."

영장을 들고 동부지청을 나선 진우가 민성이를 찾아가서 양심에 호소를 하는 형식으로 심문하였다. 어찌 되었든 주어진 시간 안에 민성이가 공모하였는지, 그렇지 않으면 억울하게 혐의를 받고 있는지 진실을 밝혀내야 한다는 각오로 추궁하였다.

"반장님, 저는 더 드릴 말씀이 없습니다. 반장님이 믿어주건 안 믿어주건 저는 지금까지 진실을 말하였습니다. 거짓말 탐지기는 어떻게 나왔습니까?"

"아직 결과가 안 나왔다. 그리고 민성아, 네가 주장하는 것이 보통 사람이면 믿을 수 있겠구나 그런 생각이 들어야 하는데 좀 황당하다. 경찰관뿐만 아니라 일반 사람 그 누구도 믿기가 어려울 것이다. 이 사건에 다른 사람이 그런 말을 하면 민성이 너는 믿겠니?"

"제가 마당바위에 간 것은 분명하지만 그때는 살아 있거나 죽었거나 사람이라곤 없었습니다. 아무도 없었는데 무엇을 죽입니까? 그 무엇도 죽이지 않았고 보지도 못하였습니다. 반장님 말씀처럼 확실하게 알리바이를 제시하지 못해 저도 답답합니다. 더 어떻게 드릴 말씀이 없습니다."

설득을 하던 진우도, 시원하게 해명을 못 하는 민성이도 답답하기는 마찬가지여서 한동안 침묵이 감돌았다. 그 침묵을 깬 것은 민성이었다.

"반장님, 실적 때문에 저를 범인으로 몰고 간다면 벗어날 길이 없습니다. 제가 그것을 겪어보았는데 무슨 재주로 빠져나가겠습니까? 그대로 검찰에 넘기십시오. 그렇지만 저는 검사나 판사 앞에서도 진실을 주장할 것입니다. 더 이상 저에게 시간 뺏기지 마십시오. 지금 이 순간에도 진짜 범인은 완전범죄를 하였다고 웃고 있을 것입니다."

"민성아, 아저씨도 심사숙고해볼 테니 너도 깊이 생각해봐라. 그리고 사나이라면 진실을 외면하지 말아라."

비장하게 말을 끝낸 민성이가 눈을 감으면서 귀찮다는 식으로 돌아눕기에 진우는 뼈 있게 한마디 한 후 창밖을 멍하게 바라보다가 일어났다. 민성이가 하는 말이 진실이라면 내가 지금 진범을 검거하지 못한 채 간접적인 증거로 무고한 사람을 범인으로 몰아간다는 느낌이 들었다.

'그래! 민성이도 현규처럼 우연찮게 연루된 것일 수도 있다. 식도에서 발견된 O형의 혈액형을 가진 자가 진범이 확실한데 두 사람이 공모하였다고 추정하기에는 뭔가 모르게 이치에 맞지 않는다. 내가 분석해본 바 해리의 식도에서 발견된 O형의 용의자와 민성이는 성격과 학식 등 모든 것이 극과 극이라고 추리를 할 수 있는데 공모를 한다는 것은 있을 수가 없다. 만약에 즉흥적으로 공모를 하였어도 현장에 증거를 남긴다는 것은 있을 수가 없다. 제3의 용의자가 민성이를 진범으로 만들고 본인은 완전범죄를 바란다고 하여도 민성이가 검거되면 그 자체가 증인이 되지 않는가. 이것은 가상할 수가 없다. 아! 어렵다. 어려워. 제3의 용의자만 검거하면 모든 내막을 알 수 있을 텐데 베일 속에 숨어 있으니 찾을 수가 없고…. 정말 이 사건은 뭔가 모르게 처음부터 비비 꼬이고 트릭이 숨어 있는 것 같았는데 역시 내 예감이 맞는 것 같구나. 그나저나 서장에게 또 들볶이겠군!'

진우는 조사를 그만두고 병원을 나서면서 한참 동안 상념에 빠져들었지만, 민성이의 진술을 부정할 만한 증거도 발견하지 못하였고 자백을 받아낼 뾰족한 방법도 생각나지 않았다. 또한 민성이의 진술이나 언행, 표정이 거짓이 아닌 것 같아 무고한 사람을 괴롭히는 것 같기도 하고….

진우는 민성이의 진술을 100% 믿을 수가 없지만 또한 간접증거를 가지고 범인으로 몰아간다는 것도 있을 수 없다. 구속 기간이 만료될 때까지 유력한 증거를 찾지 못하면 풀어주어야 한다고 생각하였다.

빨리 범인을 잡으라고 추상같이 독촉하던 서장이 과장의 건의를 받아들였는지 인원을 한 사람 보강해 주었다. 이튿날 진우는 수사를 전환해야 되겠다고 생각하여 전체 요원들을 수사본부로 불러 모았다.

"민성이는 누가 감시를 하는데 다 나왔습니까?"

"당직을 하는 2팀에서 지원받았다. 병원에 있는 최 형사는 당분간 뛸 수가 없다. 그래서 모두가 잘 알고 있는 형사 2팀의 마 종길 경사가 왔다. 마 형사는 김 형사와 조를 이룬다. 모두 그렇게 알고 앉아라."

조 형사가 묻기에 진우가 대답하면서 마 형사를 소개한 후 요원들을 모두 자리에 앉게 하였다.

"강 형사, 현장 주변을 재수사하고 목격자가 있는지 탐문한 것은 뭔가 수확이 있더냐?"

"아무것도 찾아내지 못하였습니다."

"조 형사는?"

"타이어 흔 수사는 IC에서 복사해 온 CCTV를 검토하고 있지만 뚜렷한 것을 발견하지 못했습니다. 운동화는 너무 광범위하여 아직 손을 못 댔습니다."

진우가 묻자, 강 형사와 조 형사가 그동안 수사하였던 것을 보고하는데 뭔가 수면으로 떠오르는 것이 없는 것 같았다.

"고생하였다. 나도 민성이를 그렇게 달래고 양심에 호소하였지만, 끝까지 결백을 주장하고 있다. 현재 공집으로 민성이를 구속하였지만, 현규처럼 범인이 아닐 확률이 높다. 물론 옛날 방식대로 한다면 범인으로 몰아갈 수도 있다. 그렇지만 내가 지향하는 것은 과학수사로 억울한 사람을 만들어서는 안 된다는 생각이다. 그 이유는 직접적인 증거가 하나도 없기 때문이다. 또한 민성이도 끝까지 죽이지 않았다고 일관되게 진술하고 있으면 그 언동이나 표정도 살인을 저지른 자의 위축된 모습이 아니다. 그리고 거짓말 탐지기에도 양성 반응이 나오지 않았다. 내가 생각하여도 민성이가 제3의 용의자와 공모하였다는 개연성은 희박하다. 남은 기간 동안 나와 한 형사가 최대한 조사를 하겠다. 각자 조를 이뤄 탐문을 계속하라. 민성이의 진술을 뒤집을 수 있는 목격자나 증거물을 찾는 것이 유일한 출구다. 그리고 식도에서 혈액이 발견된 제3의 용의자가 확실한 범인이다. 운동화 족적과 타이어 흔, 목격자 탐문에 모든 수사력을 집중하라. 우리가 고생하고 있지만 이 사건을 해결하지 못하면 보람이 없을 뿐만 아니라 비난을 면치 못한다. 모두 옷을 벗을 각오로 뛰어라. 이상. 의문 나는 점이 있으면 말하라."

"계장님, 현장 주변을 샅샅이 훑었지만 어두울 때 발생한 사건이라 목격자도 없을뿐더러 민성이에 대하여서도 더 이상 뭐가 나오지 않습니다. 제가 생각할 때는 모두 서울에 가서 피해자 주변과 차량을 수사하는 것이 좋을 것 같습니다."

진우가 지시를 하자 차량 흔적과 운동화 문양을 다시 수사한 조 형사가 뭔가를 생각하는 듯 조심스레 의견을 제시하였다.

"조 형사 말도 일리가 있다. 그렇지만 지금 조사를 하고 있는 민성이에 대하여서도 총력을 쏟아야 한다. 죄 없는 사람을 범인으로 몰면 안 되지만 반면 죄 있는 사람이 법망을 빠져나가서도 안 된다. 나와 한 형사가 구속 기간이 만료될 때까지 민성이를 조사한다. 모두가 비장한 각오로 현장 주변을 좀 더 탐문하고 목격자와 증거를 최대한 수집해야 한다. 강 형사와 김 형사는 현장으로 가고 조 형사는 타이어 흔과 운동화에 대하여 단서를 찾아라. 이상."

"알겠습니다."

"모두 나가서 발로 뛰어라. 단, 무리한 수사는 하지 말고 강 형사와 김 형사는 현장 주변을 최대한 확대하라."

조 형사를 비롯하여 모든 요원이 우렁차게 대답하기에 진우는 짧게 지시하였다. 요원들이 썰물처럼 빠져나가자, 진우는 한 형사와 함께 병원으로 향했다.

병원에 도착한 진우는 새로운 방법으로 심문해야 되겠다고 작정하고 노트북을 열어놓은 채 아무런 말도 없이 민성이를 바라보고 있었다. 한참 동안 서로가 마주 보면서 눈으로 대화를 나누다가 민성이가 슬그머니 돌아누웠다. 진우는 그런 민성이를 묵묵히 바라보다가 말문을 열었다.

"민성아, 일어나 앉아봐라. 아저씨하고 대화를 나눠보자."

"반장님, 저를 잡아넣고 싶으면 마음대로 하십시오. 아무리 제가 저항을 해도 반장님을 이길 수는 없습니다. 그렇지만 거짓으로 자백하기는 싫습니다. 왜냐하면 제가 범인이 되면 진짜 범인은 영원히 잡을 수 없을 것 아닙니까? 그러니까 반장님 마음대로 하십시오."

"그것이 아니다. 내가 너를 도와줄게. 정말로 네가 범인이 아니면 유력한 증거를 한 가지만 제시해 봐라. 아저씨도 무슨 근거가 있어야 너를 봐줄 것 아니니?"

진우는 직접적인 증거가 없는 상황에서 양심에 호소하는 방법밖에 없기에 이해를 한다는 뉘앙스를 풍기면서 대화를 이끌어내었다.

"저는 아무것도 모릅니다. 돌아가는 상황이 제게 불리한 것뿐입니다. 그렇다고 제가 범인이 아니라고 유력한 물증이나 알리바이를 제시할 수도 없습니다. 다른 형사님과는 달라서 반장님에게는 마음을 열어놓고 말하였습니다. 그런데 반장님마저 제 말을 믿어주지 않는다면 제가 더 뭐라고 말씀을 드리겠습니까? 그냥 검찰로 넘겨주십시오."

"아저씨가 의문스럽게 생각하는 것은 네가 사건 현장에 소변을 봤고 또한 음모가 떨어져 있었다. 공교롭게도 비슷한 시간대에 살인 사건이 발생하였다. 네가 경찰관이면 어떻게 하겠니? 그것도 사건 발생 후 행방을 감춘 사람을 붙잡았는데 세밀하게 조사를 해봐야 안 되겠니? 물론 네가 주범이라고는 생각을 안 한다."

"반장님은 정상적인 가정에서 올곧게 학창 시절을 보냈겠지만 저는 그 산동네에서 해운대까지 초등학교와 중학교, 고등학교를 걸어서 다녔으며 공부는 뒷전이었습니다. 어렸을 때 여름이면 마당바위에서 친구들과 놀았기에 추억이 많습니다. 오랜만에 고향을 찾았기에 그곳을 지나치다가 옛날 생각이 나기에 나도 모르게 가봤습니다. 바위에 올라가서 이런저런 생각을 하고 있는데 맥주를 먹어서 그런지 소변이 마려웠습니다. 주변을 둘러보니 아무도 없기에 바위에서 소변을 본 것입니다. 범인이면 현장에서 소변을 보고, 그때 신었던 구두를 계속 신고, 옷도 그대로 입고 다니겠습니까? 검찰에 넘겨주십시오. 지금 저의 처지는 반장님의 발밑에 있는 벌레와 같습니다. 반장님의 판단 여하에 따라 저는 죽기도 하고 살 수도 있습니다. 무엇이든지 꼬투리만 있으면 빠져나가지 못한다는 것은 익히 알고 있지만, 아닌 것은 절대로 아닙니다. 구워 먹든 삶아 먹든 반장님 마음대로 하십시오."

"그때 도로에는 사람이나 차가 지나가지 않았나?"

"네. 제가 마당바위에 있을 때 근처에는 사람이 없었고 산길에도 차량이 없었습니다. 그리고 집에 올라갈 때까지 차나 사람을 만난 적이 없습니다."

"민성이 네게 유리한 진술은 한 가지도 없으니…. 아저씨도 답답하다."

"증거를 제시하지는 못하지만, 지금까지 반장님에게 한마디도 거짓말을 하지 않았습니다."

"설날 집에 올 때 지금 입고 있는 옷을 입은 거니?"

"네. 선혜가 사준 옷이기에 아껴두었다가 외출할 때만 입습니다. 설 때도 이 옷을 입고 왔습니다."

"세탁은 하였겠지?"

"아닙니다. 설 이후 몇 번 안 입었기에 아직 세탁을 하지 않았습니다."

"그래! 거짓말은 아니지?"

"제가 이 옷을 입고 집에 온 것을 광호, 현수 등 우리 애들도 알고 민철이와 어머니도 봤는데 어떻게 거짓말을 하겠습니까?"

"음…. 좋다. 네 옷을 잠시 내게 빌려줄 수 있겠나?"

"네. 옷장에 있으니 가져가십시오."

민성이의 진술이 사실인지 한참 동안 관찰을 하던 진우는 조용히 노트북을 덮고 옷장에 있는 검정색 신사복과 구두를 꺼내 들고 병실을 나섰다.

민성이의 태도가 거짓이 없는 것 같았지만 최선을 다해야 하겠기에 한 형사에게 민성이의 옷을 분실에 가서 정밀 감식을 하라고 지시하였다. 윤 형사를 병원에 남겨두고 수사본부로 돌아온 진우는 한참 동안 생각하였다.

'살인을 한 민성이의 언행과, 살인과는 전연 상관이 없는 민성이의 언행으로 나누어서 심층 분석을 해보았지만, 현규처럼 명확하게 판단할 수가 없었다. 직접증거가 없기에 진술에 의존해야 하는데 처음부터 죽이지 않았다고 일관성 있게 진술을 하고 있다. 그 진술을 무너뜨릴 반증을 한 가지도 발견할 수가 없는데…. 공명심으로 무리하게 범인으로 몰아가면 절대 안 된다. 비록 현장에 유류물이 있었지만, 현규처럼 우연의 일치라고 볼 수도 있고…. 해리가 죽을 때 피를 많이 흘렸으니까, 민성이도 모르게 비산한 핏방울이 옷에 묻을 수가 있다. 세탁을 하지 않았다고 하니 찾아낼 수 있을 것이다. 이것도 안 되면 마지막 방법을 써보자. 그래도 태도나 심경에 변화가 없다면 범인이 아닌 것이다.'

진우는 범죄 현장으로 갔다. 민성이를 데리고 와서 어떻게 하면 심경의 변화를 일으키게 할 수 있을까 바위에 앉아 골똘하게 생각하다가 수사본부로 돌아오니 한 형사가 와 있었다.

"벌써 왔나?"

"지급으로 감식을 요청하였습니다."

"결과는?"

"전연 없습니다."

진우는 한 형사로부터 민성이의 소지품을 받아 들고 병원으로 향했다. 윤 형사와 민성이는 노트북을 가운데 두고 서로를 노려보다가 진우가 들어가자 슬그머니 눈길을 돌렸다.

"민성아, 조금은 걸을 수 있겠나?"

"네. 상처는 거의 다 아물었습니다."

진우가 노트북을 덮으면서 묻자, 민성이가 다리를 굽혔다 펴면서 말했다.

"왜 여자 친구, 아니 애인은 한 번도 찾아오지 않고 전화도 없니?"

"찾아와도 만날 수가 없지 않습니까? 그리고 통화는 날마다 합니다. 내가 나갈 때까지 기다리고 있을 것입니다."

"음…. 민성아, 환자복 갈아입고 아저씨랑 밖에 좀 나갔다 오자."

"나가도 됩니까?"

"아저씨하고 나가는데 괜찮다."

한 형사를 수사본부로 보낸 진우는 민성이를 조수석에 태우고 혼자 운전하여 용추계곡으로 향했다. 민성이는 어디로 데려가는지 차를 탈 때부터 궁금한지 진우를 안 보는 척하면서도 몇 번이나 곁눈으로 보고 있었다.

"어! 우리 집에 가는 길인데…. 반장님, 집에는 왜 갑니까? 가기 싫습니다."

"너희 집에 안 간다. 마당바위에 간다."

차가 용추계곡으로 접어들자, 민성이가 놀라서 고함을 지르기에 진우가 느긋하게 살인 현장으로 간다고 말했다.

"민성아, 마당바위에서 죽은 그 학생이 자꾸 꿈에 나타난다. 그것도 피를 흘리고 울면서…. 그래서 너와 함께 가보려고 한다."

"…"

"자, 다 왔다. 내리자."

"…"

"걸을 수 있겠지?"

"네. 천천히 걸을 수 있습니다."

마당바위가 보이기에 진우가 타고 온 차를 산기슭에 바싹 붙여놓고 내리면서 말하자 민성이도 말없이 조수석 문을 열고 내렸다. 진우는 민성이가 따라오건 말건 신경을 쓰지 않고 앞장서서 마당바위로 다가갔다.

"민성아, 구정 앞날 초저녁에 이 마당바위에서 S대학교 4학년인 설해리가 강간을 당하지 않으려고 반항하다가 구타를 당해 죽었다."

마당바위 앞에 선 진우는 뒤따라온 민성이를 관찰하면서 비통한 표정으로 말했다.

"반장님, 저는 여기에 서서 소변을 본 죄밖에 없습니다. 저는 진짜 아닙니다. 다른 사람이 분명히 있을 것입니다. 반장님은 저를 죄인 취급도 하지 않고 인격적으로 대해주어서 제가 죽였다면 양심에 가책이 되어서라도 벌써 자백하였을 것입니다."

민성이는 바위 앞으로 바투 붙어 손바닥으로 소변봤던 곳을 치면서 절실하게 말하고 있었다. 진우는 그런 민성이의 표정이나 언행을 유심히 관찰하였지만 달라진 것이라곤 아무것도 없이 당당하였다. 표정도 변화가 없었고, 말도 떨림이 없을 뿐만 아니라 행동도 아주 자연스러워 위축된 범죄자의 혐의점은 그 어디에도 찾아볼 수가 없었다.

"민성아, 그만 가자."

"반장님, 정말입니다. 죽은 학생이 불쌍하지만 저는 정말 아닙니다. 맹세합니다. 믿어주십시오."

민성이의 표정과 언행을 유심히 관찰하던 진우가 범인이 아니라고 판단을 내려 돌아서자, 민성이는 뒤따라오면서 계속 결백을 주장하였다.

"그래! 알았다. 네가 하지 않았다고 아저씨가 믿는다. 살인 사건에는 무혐의다. 앞으로 더 조사하지 않겠다. 그렇지만 다친 최 형사는 아직도 병원에 있다. 그것에 대하여서는 재판은 받을 것이다. 그때 떳떳하게 또 진실하게 설명을 잘하면 벌금 정도는 나올 것이다."

이런저런 이야기를 하면서 민성이와 함께 병실로 돌아왔다.

"민성아, 너는 조사가 끝났고 살인범이 아니라고 아저씨가 확실하게 믿는다. 아저씨는 서장님께 보고하러 가야 한다. 그동안 마음고생을 많이 하였다. 경찰에 연행된 것은 잊어버려라. 경찰관을 상처 입힌 것은 별도로 보상을 청구하지 않겠다. 앞으로는 이 일로 인해 민성이 너를 다시 찾지 않겠다. 사회에 복귀하면 열심히 살아라."

수사요원들이 백방으로 뛰어도 직접증거를 찾을 수 없고 한결같이 결백을 주장하기에 진우는 민성이의 어깨를 두드려 주다가 형사들이 올 때까지 혼자 있으라고 말한 후 경찰서로 향했다.

"뭐라고! 영장 청구를 포기하겠다고? 그럼, 살인범이 아니란 말이야?"

구속 기간이 다 되어가기에 진우가 민성이에 대하여 살인 사건에 대하여서는 영장을 청구할 수 없다고 보고하자 서장이 버럭 성질을 내면서 노려보았다.

"지금까지 전 요원들이 밤잠도 설친 채 보강수사를 하였지만 처음에 발견한 간접증거 외에는 더 찾을 수가 없습니다."

"현장에는 소변과 음모가 있었잖아? 영장을 청구해."

얼굴을 붉힌 서장이, 마치 진우가 무능해서 살인범을 구속하지 못하고 풀어준다고 생각하였는지 뚫어질 듯이 쏘아보면서 고함을 질렀다.

"서장님, 그것은 정황증거지 살인을 하였다는 직접증거가 되지 못합니다. 더욱이 심문하면서 양심에 호소하여도 일관되게 부인하는데 범인이라고 단정할 수가 없습니다."

"쯧쯧. 강력 사건의 베테랑이라고 알려진 권 계장이 자백을 받아내지 못한다니 이해를 할 수 없군. 피라미 같은 애송이에게 놀아난 거야, 뭐야?"

"거짓말 탐지기까지 동원하였지만, 이상이 없습니다. 일단 공집으로 송치한 후라도 수사는 계속하겠습니다."

과장에게 먼저 보고하자 난색을 짓더니 서장에게 직접 보고하라고 떠밀었다. 어쩔 수 없이 진우가 서장에게 수사 결과를 상세하게 보고하자, 아니나 다를까 속이 뒤틀릴 정도로 삿대질을 하면서 면박을 주었다.

"나가봐. 구워 먹든 삶아 먹든 마음대로 해."

"씨발. 더러워서 못 해 먹겠네. 범인으로 조작하란 말인가? 지금이 어느 땐데 목에 힘주고 지랄하노."

서장이 고함을 치면서 길길이 날뛰기에 설득할 수가 없다고 판단한 진우가 혼잣말을 씹어대면서 서장실을 나섰다. 수사본부로 돌아오니 요원들이 침통한 표정으로 모여 있었다.

"초상집 아니다. 모두 얼굴 펴라. 지금 민성이 혼자 병원에 있으니 조 형사는 민성이를 검찰에 송치하고 나머지는 좀 쉬어."

"혼자 놔두면 어찌합니까?"

"서장에게 많이 까였지요?"

"도망갈 애가 아니다. 서장 잔소리는 미친개 짖는다고 생각하면 된다. 조 형사는 민성이를 송치한 후 집에 들어가서 쉬고, 한 형사는 차량에 대한 수사 자료를 챙겨놔라. 내일부터 모두 서울로 출장을 가야 한다."

서장의 성질을 잘 아는 한 형사가 송구스러운 듯 묻기에 진우가 멋쩍 게 말한 후 요원들을 내보냈다.

종학이는 강의가 일찍 끝나는 금요일은 만사 제쳐놓고 해리 집을 찾았 다. 어느 때는 속죄하는 마음으로 자기 집보다 해리 집을 먼저 찾았다. 갈 때마다 빈손으로 가지 않고 과일이며 고기를 사 들고 갔다. 며칠 전 에 해리를 죽인 범인이 총을 맞고 검거되었다는 기사를 보았다. 일면식 도 없는 그 사람에게는 미안하지만 이젠 안심해도 되겠다는 마음이 들 었다.

"선배, 집에 가는 거예요?"

금요일 오후 점심을 먹은 종학이가 빨래할 속옷을 배낭에 챙겨 넣고 숙사를 나서는데 민지가 현관에 있다가 화사하게 볼우물을 지으면서 물 었다.

"응. 민지도 집에 가려고?"

키도 크고 몸매도 날씬한 민지가 핑크색 원피스를 단정하게 차려입고 나타나자, 천사처럼 아름답게 보였다.

"공부한다고 외출을 안 했더니 어머니가 딸년 얼굴 잊어버리겠다고 하 도 성화를 부려서 저도 집에 가려고요."

민지와 항상 붙어 다니면서 강의를 듣다 보니 모두가 두 사람을 커플로 보고 있었다. 하지만 종학이는 해리의 환상을 가슴에 안고 있었기에 특별하게 마음이 가거나 끌리지는 않았다. 그렇지만 민지는 항상 곁에서 이것저것 많은 것을 챙겨주면서 은연중 애정을 표시할 때가 많았다.

"그렇게 입고 외출하면 깡패들의 표적이 될 텐데…"

"그런 걱정은 안 하셔도 됩니다. 덤벼들면 모조리 때려눕혀서 혼을 내주면 됩니다. 오늘 선배와 맥주 마시고 싶어요."

종학이가 반농담으로 걱정하자 민지가 까르르 웃으면서 은근히 데이트를 신청하였다.

"글쎄. 몇 군데 들러야 하고 아버지가 워낙 바쁘셔서 언제 집에 오실지 알 수가 없는데…. 오늘은 안 되겠어."

해리 집에도 가봐야 하고 아버지도 만나야 하는데 집에 계시는지 알수가 없어 종학이가 잠시 생각하다가 난색을 표하였다.

"그럼, 토요일이나 일요일에는 시간이 어떻게 되세요?"

"오늘 저녁에 내가 전화할게. 지금은 어떤 약속도 할 수가 없어."

민지 집이 수원이라고 들은 것 같은데 약속을 하였다가 지키지 못하면 신의 없는 사람이 되겠다 싶어 종학이가 전화를 하겠다고 얼버무렸다. 이야기를 하다 보니 어느새 정문에 도착하였다. 두 사람은 어깨를 부딪치면서 전철역을 향해 천천히 걸었다. 전철역에 도착하자 민지가 커피를 한잔하자고 말하였다.

커피숍에 들어가서 마시면 시간이 오래 걸릴 것 같아 자판기에서 우유를 뽑아 마주 보면서 마셨다. 종학이는 볼우물을 지으면서 종이컵을 감싸들고 맛있게 우유를 먹고 있는 민지가 해리로 보였다. 고등학교에다닐 때 해리도 꼭 민지처럼 저렇게 종이컵을 감싸 쥐고 볼우물을 지으면서 맛있게 우유를 먹었는데…. 순간적으로 해리를 생각한 종학이는 앞에서 우유를 마시고 있는 민지가 해리였으면 얼마나 좋을까 생각하니 자신도 모르게 콧등이 찡하였다.

'해리야, 미안하다. 사랑하는 너를 해칠 마음은 조금도 없었는데 결과적으로 내가 너를 죽이고 말았구나. 해리 너를 대신하여 너의 부모님을 내 부모님처럼 생각하면서 최선을 다해 모실게. 그런 후 너를 찾아가서 용서를 빌게. 해리야, 그때까지 잘 있어.'

민지와 헤어져 전철을 타고 해리 집으로 가면서도 종학이는 마음속으로 눈물을 삼키면서 용서를 빌고 또 빌었다.

3.
사냥꾼의 본능

"사건이 해결되었어요?"

그동안 사건을 수사한다고 코끝도 보이지 않던 진우가 해가 빠지려면 아직도 멀었는데 집에 들어가자 아내가 반색하면서 물었다.

"밥 먹듯이 쉽게 해결이 되겠나? 면도기하고 칫솔 좀 챙겨라. 목욕탕에 가서 피로를 좀 풀어야 하겠다."

진우가 퉁명스럽게 말하자 곁눈질로 표정을 살피던 아내가 말없이 목욕 가방을 챙겨주기에 집을 나섰다.

'현규도 그렇고…. 민성이도 범인이 아닌 것 같고…. 그렇게 양심에 호소하면서 조사를 하였는데 한결같이 죽이지 않았다고 눈물까지 흘리는 것을 보면 범인이 아니다. 또한 사건 현장에서 보여준 민성이의 표정이나 언행은 진실이었다. 그리고 제3의 용의자와 완전히 이질적인데 공모를 하였다고 볼 수도 없었다. 정말 우연의 일치가 이렇게 공교로울 수가 있단 말인가? 몇 달 동안 헛발질을 한 것이다. 어디에서부터 잘못된 것일까? 현장 주변을 요원들이 그렇게 면밀히 수사하고 탐문을 하였지만 다른 증거나 목격자가 나오지 않았다. 이젠 운동화 족적과 차량, 피해자 주변에 올인해야 하는데 과연 제3의 용의자가 부각이 될까? 이 사건은 처음부터 트릭이 있는 것처럼 예감이 좋지 않았는데…. 정말 난해하구나. 현장에서 뭔가 나와야 하는데…. 혹시 단서가 될 만한 것을 간과한 것은 아닐까. 목격자도 전연 없고…. 운동화 족적 문양도 그렇고…. 차량도 특별하게 진전이 없고…. 서장과 과장은 현장에 증거물이 많아 쉽게 범인을 검거할 수 있다고 호들갑을 떨면서 몰아붙이는데…. 정말 내가

무능한 것일까?'

결국은 범인을 잡지도 못하고 진우를 비롯한 강력1팀은 바보가 되었으니 은근히 속에서 화가 치솟았다.

"어! 지나쳤네."

생각을 하면서 무심코 걷다 보니 단골로 다니던 목욕탕을 한참이나 지나쳤다. 진우가 무심코 하늘을 쳐다보니 너무나 청명하였고 장산 꼭대기에는 뭉게구름이 한가롭게 흘러가고 있었다. 줄지어 선 벚나무는 하얀 꽃비를 날리고 이파리 사이사이로 햇살이 눈부시게 쏟아지고 있었다. 벌써 꽃이 지는데 자신은 아직도 겨울 잠바를 걸치고 있어 쓴웃음을 지으면서 목욕탕을 찾아 들었다.

'운동화는 고가지만 시중에 많이 팔려 흔한 것이기에 추적하는데 쉽지 않다. 여태까지 강력 사건을 많이 취급하였지만, 족적은 범인을 추적하는 데 그렇게 도움이 되지 않았고 범인을 특정한 후 대조하는 데 필요하였다. 민성이가 신고 있는 구두는 현장의 구두 족적과 일치하였다. 운동화 족적은 제3의 용의자가 신었던 신발이 틀림없지만 수백만 족이 유통된 것인데 어디서 찾는단 말인가. 수사를 하다 중단하였지만, 범인이 타고 왔을 것으로 추정하는 차량도 정말 찾기가 쉽지 않고…. 찾아도 정황 증거밖에 되지 않는다. 죽은 해리의 식도에서 발견된 O형의 혈액형을 가진 자가 진범이 확실한데…. 현재까지 아무런 단서를 포착하지 못했는데 어디 가서 DNA가 똑같은 사람을 검거한단 말인가? 정말 난감하다. 그렇지만 내일부터는 서울로 올라가서 차량에 대하여 수사를 재개하고 피해자의 주변을 세밀하게 다시 탐문해 보자. 그리고 부산에 사는 신도들이 차량을 끌고 보덕사에 갔을 수도 있다. 절에 가다가 범행을 저지른 후 바로 돌아갔을 수도 있다. 현장 주변에 뭔가 단서가 있을 것인데…. 그렇다고 내가 남아서 수사를 한다고 할 수도 없고…. 모두 서울에 올라갈 필요가 없다. 부산에서도 차량 수사와 현장 주변을 병행 수사하여 목격자를 찾아야 한다. 베일 속에서 경찰을 비웃고 있을 범인을 검거하여 법정에 세워야 한다. 무너진 자존심을 회복하고 억울하게 죽은 해리의 영혼을 달래주기 위해서도 필히 검거하여야 한다.'

뜨거운 물에 몸을 담근 채 지그시 눈을 감고 시간 가는 줄 모르게 추리하던 진우는 가슴속에서 뜨거운 피가 끓어오르는 것 같았다.

밤새 뒤척이면서 어떻게 수사를 할지 생각을 거듭하던 진우가 새벽녘에 깜빡 잠이 들었다.

형체가 불분명한 젊은 남자가 하얀 이를 드러내면서 H사의 고급 승용차를 타고 도망가기에 추적하였다. 진우가 엑셀 레이더를 바닥에 닿도록 밟아도 따라가지 못하고 거리가 점점 멀어졌다. 조급한 마음으로 감속하지 않고 교차로를 돌다가 다른 차량과 충돌하면서 화재가 발생하였다. 차 안에서 어떻게 빠져나왔는지 모르겠지만 불길을 피해 도로를 뛰어가면서 비명을 지르는데 누군가 몸을 세차게 흔들었다. 놀라서 벌떡 일어나 보니 꿈이었다.

"여보, 범인을 잡는 것도 좋지만 당신 몸도 챙기세요."

이마에 식은땀을 흘리면서 멍하게 앉아 있자 아내가 수건으로 땀을 닦아주면서 애잔하게 잔소리를 하였다.

"지금 몇 시고?"

"9시가 다 되어가요."

"깨우지 않고 뭘 했어?"

"새벽녘에 겨우 잠이 드는 것 같아 좀 자라고 깨우지 않았어요."

진우가 수건을 빼앗아 땀을 닦으면서 책망하자 아내가 재빨리 부엌으로 나가면서 변명하였다.

"늦었지만 밥을 좀 들고 가소. 모처럼 당신이 좋아하는 대구탕을 끓였는데…."

세수도 하지 않고 현관으로 나가자, 주방에서 식사를 준비하던 아내가 뛰어나와 붙잡으면서 말했다.

"됐다. 전부 나와서 기다리고 있을 텐데…. 한 그릇 사 먹을게."

벌써 출근해서 자신을 기다리고 있을 요원들을 생각하니 한가하게 밥을 먹고 있을 수가 없어 뿌리치고 나왔다. 수사본부에는 전원이 출근하여 사건에 관하여 토론하면서 진우를 기다리고 있었다.

"늦잠을 자는 바람에 내가 좀 늦었다. 전화 온 데는 없었나?"

"네. 없었습니다."

진우가 자리에 앉으면서 겸연쩍게 묻자, 한 형사가 담배를 끄면서 대답하였다.

"자. 모두 편하게 앉아라. 담배 피울 사람은 피우고."

진우가 자리에 앉아 담배를 끄집어내면서 요원들에게 말하자 모두 자리에 다시 앉았다.

"한 형사는 차량을 조사한 자료를 조 형사에게 인계하고 김 형사, 윤 형사, 마 형사와 함께 현장 주변을 좀 더 폭넓게 조사해라. 즉 용추계곡으로 들어가는 입구까지 확대하여 수상한 용의자나 차량을 탐문하라. 부산에 거주하고 있는 사람이 보덕사에 가다가 우발적으로 범죄를 저지를 수도 있으니까 목격자 탐문과 족적 수사를 병행하라. 나머지는 나와 함께 서울로 가서 중단하였던 차량과 피해자 주변을 수사한다. 그리고 마 형사는 최 형사가 복귀하면 교대하도록. 이상. 질문 있나?"

"계장님이 부산에 남으세요. 제가 올라가겠습니다."

진우가 지시를 한 후 요원들을 둘러보면서 묻자, 한 형사가 대신 올라가겠다고 말하였다.

"며칠이 걸릴지 모르는데 내가 가는 것이 맞다. 한 형사는 부산에서 현장 주변을 세밀하게 훑어보고 목격자와 차량, 운동화에 대해서도 간과한 것이 있는지 재수사하라."

"알겠습니다."

"전화를 해도 되겠지만 내가 들어가서 보고하고 나올 테니 서울 갈 사람들은 준비하고 기다려라."

진우는 진범을 검거하지 못해 미안한 마음도 들었지만, 인격적으로 들들 볶는 서장과 과장을 대면하기가 싫어 전화로서 보고하려다가 그래도 부하인데 대면 보고를 하려고 수사본부를 나섰다.

아침 겸 점심을 먹은 진우는 서울로 향했다.

정원 다섯 명이 다 타서 그런지 차가 잘 빠지지 않았지만, 간밤에 꿈이 사나워 조심스레 운전하였다. 서장과 과장에게 서울 출장을 보고하자 과장은 고생한다면서 격려하는데 서장은 뭐가 그렇게 불만인지 뚱한 표정으로 콧방귀도 뀌지 않고 외면하였다. 몇 달이 지나도록 진범을 잡지 못한 나의 무능이라 생각하면서 입술을 깨물었지만, 상종 못 할 서장이라는 생각이 들었다. 갈아입을 옷을 챙기러 집에 들어가지도 않았고 바로 출장을 가기에 아내에게 알려 주어야 되겠다는 생각으로 전화를 걸었다.

"난데 서울 출장 간다. 언제 들어갈지 모르겠다. 애들 잘 챙기고 문단속 잘해라."

"아침밥도 안 드셨는데 뭘 좀 들었어요?"

"그래! 한 그릇 사 먹었다."

"집 걱정은 하지 마시고 조심해서 다녀오세요."

"알았다. 전화 끊자."

"예. 밤에 잠도 못 주무시는 것 같았는데 무리하지 말고 때가 되면 밥은 꼭 챙겨 드세요."

"알았다."

전화를 끊고 나니 잭이 연결되어 있어 스피커로 전화 내용을 모두 들은 요원들이 웃음을 참는다고 쿡쿡거렸다.

"뭐가 우스워서 그러는데?"

"형수님한테 부드럽게 전화하지 왜 무뚝뚝합니까?"

"요새 그런 식으로 사모님 위에 군림하면 당장 쫓겨납니다. 계장님은
간 큰 남자입니다."

진우가 영문을 몰라 요원들에게 묻자, 조 형사와 강 형사가 웃음을 참
으면서 한마디씩 하였다.

"여자는 오냐오냐해 주면 남편 머리 위에 올라간다."

"그러다가 계장님이 쫓겨나면 책임지지 않습니다."

"우리들은 직업상 빵점 가장이고 집시처럼 방랑자인데 아내 비위를 잘
맞춰주어야 가정이 화목할 것 아닙니까?"

진우가 강경론을 펼치자 비교적 나이가 많은 조 형사와 강 형사가 반
기를 들었고 요원들도 동조하였다.

"서울에 도착하면 나와 강 형사는 피해자 주변을 수사하겠다. 조 형사
는 이 형사, 박 형사와 함께 부산에 내려갔던 차량을 분담해서 수사하
라. 필히 차량 소유주를 직접 만나 왜 부산에 갔는지 진술을 들어봐라.
의심스러운 사람이 있으면 슬기롭게 모발을 입수하라."

"알겠습니다."

"이동은 각자 전철을 이용하고 식사도 본인이 해결한 후 영수증을 가
져와라. 이번 사건으로 인해 범인을 검거하지 못한 상태에서 수사비를
너무 많이 쓰고 있다. 분에 넘치는 호식을 하면 절대 안 된다. 잠잘 때는
모두 모인다. 숙소는 추후 알려 주겠다."

"알겠습니다."

"간밤에 잠을 설쳤는데 졸리고 머리가 아프다. 조 형사가 운전을 좀
해라."

대구를 통과한 후 반 시간쯤 되었는데 마침 졸음 쉼터가 나오기에 진

우가 차를 넣으면서 말했다. 조 형사에게 운전대를 맡긴 진우는 흔들리는 조수석에서 꾸벅꾸벅 졸다가 자신도 모르게 꿈나라로 달려갔다.

"계장님, 다 왔습니다."

"어. 내가 깊이 잠들었던 모양이군. 여기가 어디고?"

운전대에 앉아 있던 강 형사가 흔들어 깨우는 바람에 눈을 뜬 진우가 부스스한 얼굴로 물었다.

"D구청 앞입니다. 구청장을 만나 보시겠습니까?"

"글쎄. 이래 가지고 어떻게 만나겠나. 집 주변부터 탐문을 해보자. 그런데 다 어데 가고 강 형사가 운전하는데?"

"네. 저번에 수사하던 자료를 가지고 뿔뿔이 흩어졌습니다. 계장님이 단잠에 빠져 있기에 깨우지 않았습니다."

"피로가 풀리질 않는군. 이젠 나도 은퇴할 때가 되어 가는 것 같다. 단서가 나올지 모르니까 일단 피해자 집 주변을 탐문하자."

"서울은 너무 복잡하여 몇 번 갔던 곳도 못 찾아갑니다. 그때도 번지를 찍어서 찾아갔었는데…"

강 형사가 차를 도로변에 붙여놓고 내비게이션에 해리의 집 주소를 입력하면서 혼잣말처럼 중얼거렸다.

해리 집은 D구 소담동인데 전형적인 부촌이었다. 햇볕이 내리쬐는 정원은 어림잡아도 50평이 넘게 보였다. 건물은 2층인데 1층은 양옥이고 2층은 지붕에 청기와를 입혀 한옥처럼 보였다. 마치 사찰처럼 날아갈 듯이 고풍스러웠는데 처마에 풍경이 걸려 있어 더욱 운치 있어 보였다.

"차를 적당한 곳에 대봐라. 해리 아버지가 이곳의 토박이라지. 주민들에게 물어보면 원한을 가진 사람이 있거나 뭔가 단서를 찾을 수 있을 거다."

차에서 내린 진우가 주변을 살펴보자, 소방도로는 깨끗하였고 길을 가는 사람도 보이지 않았다.

"이쪽은 전부 주택이고 한참 내려가야 상가도 있고 사람들이 왕래를 합니다. 좀 더 내려가십시다."

"아니 일단 통장을 만나 보자. 담당 통장이라면 해리 아버지가 구청장인데 어느 정도 알고 있지 않겠나."

골목에 차를 세워놓고 두 사람은 통장 집을 찾았다. 통장 집은 해리의 집처럼 2층 반 양옥이었고 정원도 꽤 넓었다. 초인종을 누르자 누구냐고 물어서 신분증을 CCTV에 보여주고 용건을 말하였다. 잠시 후 귀태가 흐르는 오십 대 중반의 여자가 문을 열어 주었다.

"부산 해운대경찰서 형사계장 권진우입니다. 통장님을 뵈러 왔습니다."

"제가 통장입니다. 그런데 무슨 일로 찾아오셨습니까?"

진우가 들고 있던 신분증을 잘 보이도록 한 번 더 보여주면서 인사를 하여도 통장은 경계심이 들었는지 달갑지 않게 물었다.

"젊은 여사분이 이런 대단한 동네에 통장을 다 하시고 정말 존경스럽습니다."

"내년이 환갑인데 젊긴요."

"주름살도 없고 잘해봐야 쉰 정도밖에 안 보이는데요."

"형사 양반이 농담도 잘해서."

"빈말이 아닙니다. 꾸미고 밖에 나가면 새댁이라고 해도 곧이듣겠습니다."

"호호호. 능청이 심하서. 들어와서 차를 한잔하세요."

대문간에서 진우가 은근히 추켜세우자, 통장은 기분이 나쁘지 않은지 비켜서면서 안쪽으로 손짓하였다. 거실에 들어가니 으리으리하였다. 각종 골프에 대한 사진과 상장이 벽에 걸려 있었고 골프용품이 진열되어 있었다. 창가에는 한눈에 보아도 값비싼 피아노가 있었는데 외제 같았다.

"저기 상장을 받는 분이 통장님 같은데 처녀 때는 골프로 이름을 날렸군요. 골프 선수입니까?"

거실 벽에 상장을 받는 사진이 한눈에 들어오기에 진우가 아부를 떨었다.

"아마추어입니다. 그리고 그 사진은 내가 쉰 살 때 서울시 아마골프 대회에서 2등을 하였는데 그때 받은 상장입니다."

"와! 진짜 나이를 바겐세일 하셨네요. 처녀라 해도 곧이듣겠습니다."

"앉으세요. 차는 무엇으로 하시겠어요?"

"통장님이 주시는 것은 아무것이나 잘 먹겠습니다."

"정선댁, 손님이 왔는데 설향차를 좀 내와요."

진우가 은근히 추켜세우자, 통장이 인터폰을 누르면서 지시하였다.

"통장님, 설향차라고 말씀하셨습니까?"

"네. 설향차를 알고 있어요?"

"네. 향이 천리를 간다고 하여 멀리 있는 연인이 보고 싶을 때 그 차를 마시면 연인이 차 향기를 맡고 달려온다는 차 중의 차 아닙니까? 중국 흑룡강 설원에서 소량 생산되기에 너무 귀해서 옛날에는 황실에서만 먹었다는 그 설향차를 말씀하시는 것이지요?"

"네. 맞습니다. 형사 양반이 차에 대하여 너무나 해박하시네요. 우리 바깥양반이 중국에 갔을 때 어렵게 조금 구해왔어요."

"통장님, 영광입니다."

"설향차는 이슬로 찻물을 해야 하고 천천히 우려내야 제맛이 나는 것인데 이슬을 구할 수가 없어 약수를 쓰고 있어요. 잠깐만 기다리세요."

진우가 비위를 살살 맞춰주면서 곰살맞게 말하자 통장이 정원을 가로질러 대문간에 있는 아래채로 내려갔다. 강 형사와 10여 분쯤 대화를 나누고 있는데 통장이 앞서고 사십 대 중년 여자가 찻상을 들고 따라왔다.

"통장님, 이 귀한 차를 주셔서 감사합니다."

"설향차는 시중에 널리 유통되는 것이 아니라서 접하기가 어려운데 형사 양반이 이 차를 잘 알고 있어 오히려 제가 감사합니다."

"저도, 이 귀한 차는 두 번째 접합니다. 영광입니다."

진우는 차를 음미하면서 한 시간이 넘도록 통장과 세상 살아가는 이치를 담론하였다. 이야기 도중에 간간이 지나가는 말로 해리 집에 대하여 많은 것을 물었지만 사건에 대하여 단서가 될 만한 것은 찾을 수가 없었다.

통장 집을 나서자, 땅거미가 내리고 있었다.

진우가 시계를 보다가 상가는 방문할 수 있겠다 싶어 가게가 있는 소방도로로 내려와 이곳저곳을 기웃거렸다. 장사를 오래 한 사람에게 물어봐야 해리 집에 대하여 무엇인가 알고 있을 것 같아서 나이 많은 할머니가 있는 작은 슈퍼에 들어갔다.

"아주머니, 안녕하세요. 담배 한 갑 주세요."

"무슨 담배를 드릴까?"

진우가 만 원짜리 지폐를 꺼내 들고 익살스럽게 말하자 할머니가 담배 진열대를 바라보면서 물었다.

"에세 한 갑 주세요. 아주머니, 소싯적에 동네 총각들 많이 울렸겠습니다. 얼굴에 주름살도 없이 처자처럼 곱습니다."

"그랬었지. 우리 집 앞에 총각들이 줄을 섰고 바깥 영감이 결혼해 달라고 목을 매었어. 그때만 해도 고왔는데 이젠 쭈그렁 할망구가 다 되었어."

진우가 거스름돈을 받으면서 추켜세우자, 할머니는 벽에 걸려 있는 작은 거울을 은근슬쩍 보면서 눈웃음을 쳤다.

"에이. 아주머니, 이제 예순 살 정도쯤 보입니다. 피부도 곱고 주름이 별로 없는데요."

"칠십이 넘었구랴. 그런데 안 늙었다고 하니까 기분은 좋구먼."

"아닙니다. 분단장하고 나가면 예순 살도 안 보겠습니다. 밖에 나가면 나이를 훨씬 적게 보지요?"

"그건 그려. 나가면 전부 내 나이를 안 봐."

"아주머니, 돌아다녔더니 목이 마릅니다. 우유 2개만 주세요."

"젊은 사람들이 꽃구경 갔다 왔는감?"

진우가 우유를 받아 강 형사에게 한 개를 건넨 후 한 모금 마시면서 말하자 할머니가 진우를 훑어보면서 물었다.

"통장도 만나 보고 동네를 몇 바퀴나 돌았습니다. 도둑놈이나 불한당들이 있는지 골목골목을 모두 훑었습니다."

"내가 여기서 20년이 넘도록 구멍가게를 하였는데 어쩐지 낯설다 싶었는데 형사구랴. 이 동네는 파출소에서 순찰을 자주 하여 조용하구먼."

"그런데 왜 부산에 가서 그런 변을 당했는지…."

동네에 오래 살았으면 구청장의 딸이 죽은 것을 알고 있겠다 싶어 진우가 슬쩍 운을 떼 보았다.

"그려! 어떤 몹쓸 놈이 그런 짓을 저질렀는지…. 사모님이 두문불출하고 있는데 얼마나 가슴이 아플꼬…. 쯧쯧."

아니나 다를까 진우의 중얼거리는 말에 할머니는 가슴이 미어지는지 혀를 차면서 눈시울을 붉혔다.

"할머니, 죽은 학생을 알고 있어요?"

"그럼. 단발머리 아이 때부터 우리 가게 단골인데. 이름이 헤리야. 커서도 자주 왔고 또 인사성은 얼마나 밝은데…. 지금도 눈앞에 선한데."

"구청장이나 그 집 사모님하고 원수진 사람이 그랬을까요?"

"구청장을 하기 전부터 그 집 사람들을 잘 알아. 호인이고 또 사모님은 얼마나 후덥고 깔끔한데…. 원수진 사람은 없을 거야."

"높은 자리에 있으면 원한 사는 일도 더러 있지 않겠습니까?"

슈퍼 주인 할머니가 완전하게 걸려들었다고 생각한 진우가 자못 심각한 표정을 지으면서 물었다.

"그렇지 않아. 이 동네 사람들이 얼마나 구청장을 칭송하는데… 사업을 하다가 구청장을 하였는데 벌써 두 번째 하고 있어."

"무슨 사업을 하였습니까?"

"형사도 알겠구먀. 한강건설이라고 아파트를 짓는다지. 회사가 강남에 있었는데 몇 년 전에 부천으로 옮겼어."

"혹시 불만이 있는 회사 사람들이 그랬나…?"

"그것은 모르겠구만."

진우의 페이스에 말려든 가게 할머니는 알고 있는 모든 것을 자진해서 시원하게 말하였다.

"해리가 S대학교에 다녔는데 품행이 어땠습니까?"

"법대를 다니는 학생답게 예의가 바르고 단정했어. 지난겨울에 어떤 남학생하고 집에 올라가기에 사모님에게 누구냐고 물어봤지. 그런데 우리 지역구 국회의원 아들이래. 두 집안은 오래전부터 친하대."

"이놈을 빨리 잡아서 감옥에 처넣어야 하는데 어디에 숨어 있는지 코끝도 보이지 않으니…. 억울하게 죽은 해리의 원혼을 달래줘야 하는데…."

"꼭 그래 주먀. 그런 놈은 재판도 받을 필요 없이 사형을 시켜야 혀."

가게 할머니와 한 시간이 넘도록 이야기를 하면서 피해자 주변에 대하여 정보를 수집하였지만, 단서가 될 만한 것은 없었다. 진우는 다음에라도 이곳에 오는 걸음이 있으면 들리겠다고 말한 후 가게를 나섰다. 한참을 걸으면서 곰곰이 생각해 보았지만, 피해자 주변에 범인이 있을 것 같지 않아 내일은 졸업한 동급생들을 상대로 탐문을 하리라 작정하였다.

밤 9가 넘어서 마포의 오래된 여관방에 모두 모였다.

조금 웃돈을 주고 큰방을 얻었기에 그런대로 다리를 뻗고 잠은 잘 수 있을 것 같았다. 대충 씻고 벽에 등을 기대고 둘러앉아 회의를 하였다.

"오늘 수사한 사항을 조 형사부터 말해 봐라."

"양천구청을 비롯하여 3개 구청을 방문하였습니다. 전화번호 등 세밀하게 자료를 발췌하여 일곱 사람을 만났습니다. 모두 알리바이가 있었고 직접 확인까지 하였습니다."

"다음 박 형사는?"

"저는 동작구청을 비롯하여 4개 구청을 방문하였습니다. 전화번호 등 자료를 확보하여 오늘 여섯 사람을 만났습니다. 모두 혐의점이 없었습니다."

박 형사의 보고가 끝나자, 이 형사가 몇 사람을 만났지만, 용의자로 추정할 수 있는 사람들이 없었다고 하였다.

"나와 강 형사는 피해자가 살고 있는 동네의 통장과 상가 주인을 만나서 탐문을 하였지만 소득이 없었다. 내일은 나 혼자 S대학교를 찾아가서 수사할 테니까 강 형사도 차량 수사에 가세를 해라."

"알겠습니다."

"제3의 용의자가 진범이 확실하다. 그리고 단독범이고 아주 지능적이다. 서울에서 부산에 갔을 수도 있다. 그렇다면 해운대에 연고가 있다고 봐야 한다. 물론 이때 이동 수단은 자가용이다. 초동수사 때 살인 현장에서 발견한 타이어 흔적이 유력하다. 서울에서 출발하였다면 면식범이다. 젊은 사람을 상대로 수사를 하되 해리와의 연고를 집중 질문하여 이상한 점이 있나 없나 관찰하라. 부산에 남아 있는 한 형사가 현장 주변을 탐문하고 차량에 대하여 수사를 하고 있을 것이다. 며칠 내로 단서를 찾아야 하니 열심히 뛰기를 바란다. 언제까지나 서울에 있을 수가 없다. 피곤할 텐데 그만 자자. 내일은 일찍 서둘러서 한 사람이라도 더 만나라."

진우가 말을 끝낸 후 제일 안쪽으로 가서 눕자 모두 부산하게 움직이더니 이내 드러누웠다.

"계장님, 사모님에게는 퉁명스럽게 전화하더니 통장이나 가게 주인에게는 어쩜 그렇게도 비위를 잘 맞춰주는지 놀랐습니다."

"강 형사, 살인범을 잡는 일이다. 첩보를 얻기 위해 탐문을 할 때는 고개를 숙이고 간지러운 데를 긁어 주어야 자신도 모르게 속에 있는 말을 하는 거다."

"통장이 주는 설향차가 그렇게도 좋은 찹니까? 저는 이름조차도 생소하였고 처음 먹어 보았습니다."

"나도 처음 먹어 보았다. 부자들이 무게 잡으면서 으스댄다고 생색을 내는 것인데 별맛도 모르겠더라."

"계장님은 설향차를 알고 있었네요?"

"책에서 읽은 기억이 생각나기에 적당히 맞장구를 쳐 주었다. 덕분에 통장의 입을 열었잖니? 그만 자자. 내일도 발바닥에 땀이 나도록 돌아다녀야 한다."

오늘 진우가 통장과 슈퍼 주인에게 자연스럽게 대화를 나누는 것을 본 강 형사가 부러운 듯 말하기에, 사람을 만나 탐문을 할 때 참고하라고 대충 설명을 해준 후 잠을 청하였다.

이튿날 아침 7시경.

식당을 찾아 아침밥을 먹은 진우는 요원들에게 지시한 후 혼자 전철을 이용하여 S대학교로 달려갔다. 9시가 되지 않아 학교에 도착하였기에 자판기에서 커피를 뽑아 천천히 음미하면서 상념에 젖어 들었다.

'최 형사는 후유증이 없을까? 총탄에 맞은 민성이는 완치가 되었을까? 민성이는 살인 사건의 범인이 아닌 것 같고…. 공집으로 구속은 하였지만 실형을 받지 않고 풀려나야 생업에 종사할 텐데…. 해리의 식도와 위에서 발견된 O형의 용의자가 살인범이 확실한데 면식범일까? 아니면 주변의 불량배일까? 서울에서 부산에 연고가 있어 내려간 것일까? 그것도 아니면 부산에 거주하는 사람이 보덕사에 가다가 우발적으로 저지른 것일까? 우리 요원들이 현장 주변을 그렇게도 샅샅이 훑었지만, 단서가 나오지 않으니 정말 난감하구나. 뭔가 현장 주변에 목격자나 단서가 될 만한 것이 분명히 있을 것인데…. 현규를 찾아간 해리가 마음에 상처를 입고 보덕사를 나가서 변을 당했는데…. 범인은 멀리 있는 것이 아닌데…. 주변의 불량배, 걸어서 보덕사나 상계, 하상천 마을로 가던 사람이거나 혹은 등산객, 피해자와 면식이 있는 사람, 현장에서 발견된 타이어 흔적의 자가용을 타고 보덕사나 자연마을로 가던 사람, 이 사람 중에 분명히 범인이 있을 것이다. 그런데 보덕사나 상계, 하상천 마을은 버스가 다니는 시내에서 멀리 떨어져 있어 걸어서는 가기가 쉽지 않다. 그렇다면 자가용을 타고 가다가 해리를 발견한 용의자가 음심을 품고 강간하려다가 반항하니까 죽인 것이고 증거를 인멸하였다. 당황한 범인은 보덕사나 상계, 하상천 마을에 가지 못하고 차를 돌려서 도주하였다. 그런데 도로에서 넓은 바위까지 끌려간 것은 아닌데…. 끌려갔으면 반항한 흔적이 남아야 하는 것인데…. 아니 설날 전후는 날씨가 화창하였지만, 칼바람이 불어 추웠는데 굳이 거기까지 데리고 갈 필요가 있었을까? 따뜻한 자가용 안에서 강간하기가 더 쉬울 것인데…. 그렇다면 면식범이 틀림없을 것이다. 처음에는 강간을 목적으로 하지 않았다가 나중에 음심이 발동하였을 것이다. 그래! 이 시나리오가 맞을 것이다. 틀림없을 것이다. 피해자 주변이나 차량 소유주를 수사하면 뭔가 단서가 나올 것이다.'

한참을 생각하다가 무심코 시계를 보니 9시가 넘었다. 진우는 식어 빠진 커피를 단숨에 마신 후 잰걸음으로 학교를 향했다.

"행정실장님을 좀 뵈러 왔습니다."

지나가는 학생에게 행정실을 물어서 찾아갔다. 진우가 열린 문으로 들어가도 모두 집무에 여념이 없었다. 용무를 묻는 사람이 아무도 없기에 제일 가까운 곳에서 컴퓨터 작업을 하는 직원에게 물었다.

"어디서 오셨어요?"

"부산 해운대경찰서에서 발생한 살인 사건 전담 수사본부장입니다. 실장님께 드릴 말씀이 있어 찾아왔습니다."

웬 학부형이 아침부터 찾아왔는가 하는 경계의 눈초리가 안경 너머로 보이기에 진우가 신분증을 제시하면서 일부러 고압적인 자세로 말하였다.

"아! 네. 저를 따라오세요."

진우의 말이 끝나자 삼십 대 초반의 아가씨는 눈을 크게 뜨면서 놀라더니 앞장서서 안내하였다. 사무실 안쪽에 행정실 표찰이 붙은 방으로 들어간 아가씨가 이내 나오더니 들어가라고 손짓하였다. 진우가 의젓하게 문지방을 넘어가자, 정장 차림의 오십 대 대머리 남자가 다가오면서 먼저 인사를 하였다.

"고생이 많습니다. 제가 실장입니다."

"처음 뵙겠습니다. 부산 해운대경찰서 형사계장 권진우입니다. 해리 씨 살인 사건의 수사를 맡고 있습니다."

"좀 앉으시죠. 커피를 하시겠습니까?"

진우가 경찰 공무원증을 제시한 후 시트에 앉자, 실장이 커피포트가 있는 창가로 가면서 물었다.

"오다가 먹었습니다. 국산 차를 한 잔 주시면 감사하겠습니다."

"잠깐만요."

실장이 직원에게 시키지 않고 직접 커피포트에 스위치를 올려놓고 일회용 차 봉지를 찻잔에 담는 등 준비를 하는 동안 진우는 안 보는 척하면서도 사방을 훑어보았다. 사무실 공간이 30평은 족히 되는지 진우가 살고 있는 주택보다 훨씬 넓어 보였다.

"드시죠."

"네. 감사합니다. 설해리 학생이 부산에 내려갔다가 해운대 용추계곡에서 변을 당했습니다. 아시죠?"

실장이 국화차를 가져왔기에 진우가 찻잔을 살살 돌리면서 학교에서도 알고 있는지 물었다.

"네. 참 똑똑하고 예의가 바른 학생이었는데 너무 안타깝습니다. 저번에 범인을 잡았다고 알고 있는데 아직 사건이 해결되지 않았습니까?"

"아직 완전하게 해결이 되지 않았습니다. 전담 요원들이 전부 서울에 와서 수사하고 있는데 협조를 받을 일이 있어 찾아왔습니다."

"무엇을 도와드리면 되겠습니까?"

진우가 메밀차를 한 모금 마신 후 서두를 끄집어내자, 실장이 당연한 듯 말하고 있어 마음이 놓였다.

"현장과 외곽수사는 마무리가 되었고 모든 요원이 서울에 와서 또 다른 범인을 쫓고 있습니다. 설해리 학생이 변을 당한 것을 같은 반의 급우들은 알고 있지 않겠습니까? 그네들을 만나서 누구와 사귐이 있었고 평소 언행은 어떠하였는지 주변 사람들의 말을 들어보려고 그럽니다. 해리와 친한 동급생들의 이름과 연락처를 좀 주십시오."

"음…. 누구와 친하게 지냈는지는 잘 모르겠습니다. 개인 비밀은 가르쳐 줄 수가 없지만 수사상 필요하다니까 같은 반 학생들의 이름과 연락처를 뽑아 드리겠습니다. 그렇지만 수사가 끝나면 바로 폐기해 주십시오."

"그것은 염려하지 마십시오. 회사의 판매사원도 아닌데 수사 외의 다른 용도로는 쓸 일이 없습니다."

진우가 협조를 요청하자 잠시 뜸을 들이던 실장이 마지못해 승낙은 하면서도 은근히 개인 비밀이라는 것을 강조하였다. 몸을 사리는 행정직 공무원의 생태를 잘 알기 때문에 진우는 속으로 웃음이 나왔다. 용도 외에 외부 유출이 절대로 없다고 장담을 하자 실장이 밖으로 나가면서 잠시만 기다려 달라고 하였다. 차를 마신 뒤 신문을 뒤적거리고 있는데 20여 분쯤 후 실장이 들어와서 A4 용지를 내밀었다. 진우가 용지를 받아 재빨리 훑어보니 삼십여 명의 남녀 학생 성명과 휴대폰 번호가 수기로 적혀 있었다.

"이 학생들 중에 해리와 가까이 지낸 친구가 누구인지 혹시 실장님이 알고 있으며 가르쳐 주십시오."

"학생들이 한두 명이 아니라서 그것까지는 잘 모르겠습니다. 죽은 학생이 현직 구청장의 딸이라는 것만 알고 있습니다."

"네. 감사합니다."

도움을 주어서 감사하다고 정중하게 인사를 하고 실장 집무실을 나선 진우는 조금 전에 안내하였던 아가씨에게도 묵례하였다.

교정 밖으로 나온 진우는 명단을 끄집어내어 다시 훑어보았다.

여학생만 체크하였더니 모두 아홉 명인데 이중 연락이 닿는 두세 명만 만나면 되지 않겠나 생각하면서 같은 성을 가진 학생에게 먼저 전화를 걸었다.

"안녕하세요. 권보영 씨, 저는 부산 해운대경찰서 형사계장 권진우입니다. 해리 씨 사건을 조사하고 있는 수사본부장입니다. 잠깐 만나서 대화를 나누고 싶은데 시간이 어떻게 되나요?"

한참 벨이 울려도 받지 않아 끊고 다른 급우에게 해야겠다고 생각하는데 뒤늦게 받았다. 진우는 신분을 밝히고 해리 문제로 만나서 대화를 나누었으면 좋겠다고 정중하게 부탁하였다.

"지금은 근무 중이라 만나기가 어렵고 퇴근 후에는 시간을 내겠습니다."

"몇 시에 어디로 가면 되겠습니까? 부산에서 왔기 때문에 서울 지리를 잘 모릅니다. 찾기 쉬운 곳에서 만나면 좋겠습니다."

"직장이 여의도에 있는데 인근에 의사당 지하철역이 있습니다. 6시 반에 3번 출구에서 뵐게요. 초행길이라도 찾기가 쉬울 거예요."

보영이가 조금은 망설이는 것 같았지만 퇴근 후에 만나자고 하기에 고마운 마음이 들어 친한 친구가 더 있는지 물었다

"해리 씨하고 친하게 지낸 친구는 누구누구가 있습니까?"

"소현이, 혜주하고도 친하게 지내는 것 같았어요."

"보영 씨, 협조해 주어서 고마워요. 그럼, 그때 봐요."

전화를 끊은 진우는 시계를 보았다. 6시 반까지는 시간이 많이 남아 있어 보영이가 말한 소현이나 혜주에게 전화하려고 명단을 확인해 보니 있었다.

"원소현 씨, 아저씨는 부산 해운대경찰서에 근무하는 형사계장 권진우입니다. 해리 씨가 해운대에서 변을 당했는데 알고 있죠? 그 사건을 수사하는 본부장입니다. 해리 씨에 대하여 몇 가지 물어볼 것이 있는데 시간을 좀 내주실 수 있겠습니까?"

소현이에게 전화하자 이내 받기에 진우는 신분을 밝히고 사건에 대하여 협조를 부탁하였다.

"집에 손님이 오셔서 나갈 수가 없습니다. 전화로 물으시면 제가 답변을 할게요."

"만나서 대화를 나누었으면 좋은데 저녁때는 어떻습니까? 보영 씨하고 6시 반에 만나기로 약속하였는데 괜찮다면 그때 함께 만나도 좋은데…"

만나서 대화를 나누어야 언행에서 진실인지 아니면 거짓말을 하는지 알 수가 있는 것이기에 경계심을 풀어 주려고 보영이와 약속한 것을 슬쩍 흘렸다.

"어머 그래요! 어디에서 만나기로 하였어요?"

"보영 씨 직장이 여의도에 있다고 하기에 의사당 전철역 3번 출구에서

만나기로 하였습니다."

"그러면 그때 저도 나가겠어요."

"소현 씨 고마워요. 그럼 이따가 봐요."

보영이와 만날 약속이 되어 있다고 말하자 소현이도 친구가 보고 싶은지 선뜻 약속하였다. 전화를 끊은 진우는 내친김에 혜주에게 전화를 돌렸다. 앞서 두 사람에게 이야기하듯 신분을 밝히고 해리 문제로 대화를 나누고 싶다 하였더니 첫마디에 승낙하였다.

청파 지하철역에 내린 진우는 대학생으로 보이는 행인에게 청파도서관을 물었다.

혜주가 도서관에 와서 전화하면 나가겠다고 하여 역에서 멀지 않았기에 가리키는 대로 걸어서 찾아갔다. 3층 건물의 도서관 앞에는 삼삼오오 남녀 학생들이 많았고 나이 지긋한 사람들도 출입하고 있었다. 진우는 현관에서 전화하였다. 이내 전화를 받은 혜주에게 위치를 말하자 잠시만 기다려 달라면서 전화를 끊었다.

"경찰 아저씨?"

현관문 앞에 팔짱을 끼고 서서 뭔가 단서가 나왔으면 얼마나 좋을까 하는 상념에 빠져 있는데 청바지에 파란색 티를 걸친 아가씨가 진우 앞으로 다가오면서 물었다.

"혜주 씨?"

"네."

"반가워요. 저쪽 벤치에 가서 좀 앉을까요?"

화사하게 만개한 장미꽃 담장 아래 벤치가 있기에 진우가 발걸음을 떼어 놓으면서 말했다.

"좀 전에도 말씀드렸듯이 부산 해운대경찰서 형사계장 권진우입니다. 해리 씨 사건을 수사하고 있습니다. 공부하는데 시간을 많이 빼앗기는 않을게요."

"네. 저도 해리가 죽은 것을 신문을 보고 알았어요. 너무 가슴이 아파요."

혜주가 조금이라도 신분에 대하여 의구심이 있을까 봐 진우는 벤치에 앉자마자 경찰 공무원증을 보여주면서 말했다.

"해리 씨의 학교생활이나 성격은 어떠했습니까?"

"제가 볼 때 해리는 차분한 성격이고 공부밖에 모르는 애였어요. 우리들 중에 톱을 달렸으니까요."

"남자 친구들이 있었습니까?"

"또래의 남자 친구는 없었고 해리가 오빠라고 부르는 우리 학교 선배들이 있었어요. 그 선배들하고 한 번씩 어울리는 것 같았어요."

"학교 선배라면 혜주 씨도 알고 있겠네요?"

"네. 종학이 선배하고 현규 선배를 자주 만나는 것 같았어요."

"현규는 아저씨도 아는 사람인데 종학이는 누굽니까?"

혜주가 새로운 이름을 들먹이자, 진우는 사건에 실마리가 풀리나 하는 기대감이 들어 급히 물었다.

"종학 선배는 국회의원 강명찬 씨 아들이에요. 현규 선배하고 단짝인데 사시에 합격하여 연수원에 있다고 들었어요."

"음…. 그래요! 또 다른 사람은 없습니까?"

현규 친구로서 사시에 합격한 사람이고 또한 아버지가 국회의원이라 하기에 살인 사건과는 관련이 없겠다고 생각한 진우가 다시 물었다.

"제가 알기로는 없는 것 같아요. 해리는 공부만 파고들어서 특별히 친하게 지내는 동급생이나 남자들은 없었어요. 그렇다고 잘난 체하면서 남을 무시하는 것도 아니고 그저 조용하고 차분하였어요."

"해리 씨가 휴대폰이 없던데 친구들과 어떻게 연락을 해요?"

"미리 약속을 하거나 급할 땐 집으로 전화를 해요. 해리는 공붓벌레가 되어 거의 집에 있거든요."

진우가 해리 주변을 수사할 때 휴대폰이 나오지 않기에 의문스러워 묻자, 혜주는 당연한 것처럼 대답하였다.

"해리 씨 아버지가 D구청장이라는 것을 알고 있었어요?"

"해리가 말은 안 했지만, 주변의 친구들은 모두 알고 있었어요."

"시간 내 주어서 고마워요. 다음이라도 해리 씨에 대하여 생각나는 것이 있으면 연락을 주십시오."

"참 좋은 앤데 너무 안됐어요. 아저씨, 누가 그랬는지 빨리 범인을 잡아 주세요."

"조만간에 잡을 수 있을 것입니다."

진우가 명함을 주고 일어나자, 혜주도 따라 일어나는데 얼굴에 슬픈 표정이 역력하였다. 진우는 범인을 검거하지 못한 자신이 죄인 같아 혜주의 어깨를 가만히 토닥이다가 돌아섰다.

의사당 지하철역에 도착하니 약속 시간보다 한 시간이나 남아 있었기에 진우는 저녁을 먹은 후 해리 친구들을 만나기로 작정하였다. 점심도 간단하게 국수로 때웠기에 배도 출출하였다. 어디 싼 곳이 없나 생각하면서 주변의 음식점들을 기웃거리다가 동태찌개를 하는 식당으로 들어갔다. 진우는 밥을 먹으면서 한없이 상념에 빠져들었다.

'해리 주변에는 특별하게 의심할 만한 사람이 없는 것 같다. 좀 있다가 두 사람을 만나 보면 확실한 것을 알겠지만 혜주 말처럼 혐의점을 둘 만한 사람은 없는 것 같은데…. 현규는 혐의점이 없는 것으로 확인되었고, 종학이는 현직 국회의원의 아들이고 사시에 합격하여 연수원에서 교육받고 있다는데 하류 잡배들처럼 파렴치한 범죄를 저지를 사람이 아니고…. 제3의 인물이 드러나지 않는다면 피해자 주변 수사도 공염불에 그칠 것 같은데…. 차량 수사는 어떻게 돼 가고 있을까? 무엇이든 혐의점을 둘 만한 사람을 찾아내야 하는데…. 형사로 근무하면서 살인 사건과 강도 사건 등 강력 사건을 십여 건을 넘게 해결하였지만 이렇게 오래 걸리지도 않았고 헤매지도 않았는데…. 이번 사건은 복마전 같아 계속 헛발질만 하고 있으니 범인을 언제 잡는단 말인가. 아! 정말 답답하구나.'

한참 생각을 하다가 정신을 차려보니 밥은 한 숟갈도 뜨지 않은 채 무의식적으로 국물만 다 먹었기에 진우는 쓴웃음을 지으면서 시계를 보았다. 약속 시간이 20여 분쯤 남아 있어 밥을 씹는 둥 마는 둥 서둘러 먹고 일어났다. 약속 장소에 도착한 진우는 주변을 둘러보아도 바쁘게 오가는 사람들뿐 보영이나 소현으로 보이는 아가씨가 없어 시계를 보니 2분 전이었다. 진우가 3번 출구에 서서 막연하게 지하도에서 올라오는 사람과 인도를 오가는 사람들을 살피고 있는데 의사당 방향에서 두 아가씨가 팔짱을 낀 채 재잘거리면서 다가오고 있었다. 둘 다 날씬하고 미모가 상당하기에 총각들에게 인기가 많겠다고 생각하다가 가까이 다가오기에 혹시나 싶어 진우가 한 발짝 다가가면서 물었다.

"혹시 보영 씨와 소현 씨예요?"

"네. 맞아요. 오전에 전화하였던 형사 아저씨?"

진우의 물음에 두 아가씨가 앞에 멈춰 서더니 왼쪽의 긴 생머리 아가씨가 반문하였다.

"그렇습니다. 제가 수사를 맡고 있는 형사계장 권진우입니다. 바쁜데 이렇게 시간을 내주어서 고맙습니다."

"나는 형사라면 엄청 무서운 사람인 줄 알았는데 아저씨는 하나도 안 무섭네."

"애는! 어디 좀 들어가자. 이곳은 네가 잘 아니까 적당한 곳을 찾아봐."

오른쪽의 안경 낀 아가씨가 생머리 아가씨를 잠시 흘겨보다가 어깨를 치면서 말했다. 진우가 생각할 때 안경 낀 아가씨가 소현이 같고 생머리 아가씨가 보영이 같았는데 둘 다 발랄하게 생기가 넘쳐흘렀다.

"해리 씨의 성격은 어떠하였습니까?"

보영이의 안내로 2층 커피숍 창가에 앉아 차를 주문한 후 진우가 두 사람을 번갈아 쳐다보면서 물었다.

"내성적이고 차분하였어요."

"맞아요. 해리는 항상 말이 없고 조용하였어요. 휴대폰도 없이 공붓벌레가 되어 항상 톱을 달렸어요."

"공부를 잘하였으면 주변에 남자 친구들이 많았겠네요?"

진우가 은근슬쩍 넘겨짚으면서 물었다.

"우리 학교 선배들을 만나는 것 같았어요. 둘 다 오빠라고 불렀지만, 현규 선배는 사귀는 애인 같았어요. 내 말이 맞지?"

"응. 말은 안 했지만, 그런 것 같았어."

"두 사람이라고 하였는데 한 사람은 누구예요?"

보영이가 말한 후 동의를 구하자, 소현이도 고개를 두어 번 끄덕이면서 맞장구를 쳤다. 그때 알바생으로 보이는 아가씨가 커피를 가져왔기에 진우가 잠시 말을 끊었다가 이었다.

"종학 선배예요. 지금은 사시에 합격하여 연수원에서 교육을 받는다고 하던데…. 아버지가 국회의원이라고 하는 것 같았는데 내 말이 맞지?"

"응. 나도 그렇게 들었어."

"국회의원 강명찬 씨 아들을 말하는 거죠?"

"맞아요. 어! 형사 아저씨가 알고 있네요. 누구를 만났어요?"

"오전에 혜주 씨를 만났어요."

소현이가 약간 놀라는 듯 묻기에 혜주를 만났다는 것을 알려주어도 상관없겠다 싶어 진우가 이야기를 하였다.

"혜주도 공붓벌레인데 도서관에 처박혀 있죠?"

"걔는 독한 데가 있어 이번에는 합격할 거야."

"해리 씨에게 다른 남자 친구는 없었어요?"

대화가 엉뚱한 데로 흘러가는 것 같아 진우가 분위기를 바꾸면서 물었다.

"해리는 남학생들은 쳐다보지도 않고 공부만 하였어요. 말은 안 하지만 두 선배는 계속 만나는 것 같았어요."

"말을 안 하는데 어떻게 알 수 있어요?"

"뭐가 잘 안되는지 어느 때는 넋을 잃고 고민하는 것을 봤고 또 느낌으로도 알 수 있어요. 무슨 일이 있느냐고 물어도 말은 안 하였어요."

"혹시 다른 남자들로부터 위협을 당하거나 불안해한 적이 있던가요?"

"그런 것은 없었어요. 만약 해리를 괴롭히는 사람이 있었다면 현규 선배나 종학 선배가 그냥 두겠어요. 또 해리 아버지도 구청장인데…. 참 해리 집과 종학 선배 집은 부모님들도 잘 아는 사이인 것 같았어요."

"혹시 종학 선배가 해리 씨를 사랑한 것은 아닐까요?"

현규와 종학이가 서로 삼각관계에 있었지 않나 하는 생각이 불현듯 들기에 진우가 두 사람의 표정을 관찰하면서 슬쩍 물어보았다.

"글쎄요. 종학 선배와 현규 선배는 학교 다닐 때 수재였고 단짝이라고 들었는데 설마 친구 애인을 사랑하겠어요? 그건 말도 안 되죠."

"종학 선배는 무슨 차를 끌고 다녔어요?"

차량 타이어 흔적에 대하여 생각이 나기에 종학이가 무슨 차를 타고 다니는지 지나가는 말투로 물었다.

"모르겠어요. 차를 가지고 학교 오는 것을 한 번도 못 봤어요."

"해리 씨가 술을 한 잔씩 하였어요?"

"걔는 술은 잘 못했어요. 어쩌다가 맥주를 한 잔 정도 하였어요. 그러면서도 우리에게 술은 잘 샀어요."

"오늘 고마웠어요. 해리 씨에 대하여 생각나는 것이 있으면 제게 전화

주세요."

"해리가 참 안됐어요. 형사 아저씨, 빨리 범인을 잡아 주세요."

"얼마나 착했는데…. 꼭 범인을 잡아 주세요."

"조만간에 검거할 수 있을 거예요."

커피를 마신 지 오래되었고 또 더 물을 것이 없기에 진우가 두 사람에게 명함을 주고 일어났다. 보영이와 소현이도 따라 일어나면서 빨리 범인을 잡으라고 하기에 곧 검거한다고 장담은 하였지만 가슴은 바위를 얹어 놓은 것처럼 무거웠다.

오후 10시쯤 되자 요원들이 지친 몸으로 하나둘 숙소에 모여들었다. 요원들의 표정을 보니 소득이 없는 것 같았지만 독려하는 차원에서 수사 회의를 열었다.

"모두 수고하였다. 뭔가 의심스러운 사람을 찾았나?"

"일곱 명이나 만나 봤지만, 피해자와는 인과관계가 전연 없었습니다."

진우가 요원들을 둘러보면서 묻자, 조 형사가 먼저 대답하였다.

"렌터카나 임시번호판을 달았거나 특이한 차량은 알리바이를 철저하게 확인해야 한다."

"그렇지 않아도 친구 차를 빌려서 부산에 간 사람을 만났습니다. 청량리에 큰 빌딩을 가지고 있는데 임대 사업을 하는 사십 대 강만식입니다. 이 사람은 자기 자가용 벤츠가 있는데도 에쿠스를 빌려서 부산에 갔습니다. 그런데 부산에서 무엇을 하였는지 말을 하지 않고 자꾸 번복합니다. 처음에는 부산에 간 적이 없다고 오리발을 내밀다가 증거를 제시하자 바람 쐬러 갔다, 친구를 만나러 갔다는 둥 알리바이가 분명하지 않았습니다. 그래서 머리카락을 두 가닥 얻어 왔는데 내일 국과수에 다녀오겠습니다."

진우가 독려하자 박 형사가 수사한 사항을 상세하게 보고하면서 수첩

사이에 끼워 놓은 머리카락을 제시하였다.

"국과수에는 내가 갔다 올 테니까 박 형사는 계속 수사를 하라. 강 형사는 오늘 몇 사람이나 만났나?"

"아홉 명을 만났습니다. 모두 알리바이가 있었습니다."

강 형사의 보고가 끝나자 진우가 이 형사를 바라보니 자기도 몇 명의 차주를 만나 조사를 하였지만 알리바이가 모두 확실하였다고 말하였다.

"나는 오늘 S대학교에 들러 해리와 같은 과 급우들 명단과 연락처를 입수하여 여자 친구 세 명을 만났다. 특별하게 의심이 가는 사람을 발견하지 못했다. 내일은 D구청에 가서 해리 아버지를 만나려고 한다. 모두 고생하는데 우리가 범인을 검거하지 못하면 돌아오는 것은 비난뿐이다. 각오를 단단히 하고 열심히 뛰어주기를 바란다. 피곤할 텐데 그만 자자."

요원들에게 수사 사항을 보고 받은 진우는 박 형사에게 머리카락을 넘겨받아 수첩 갈피에 끼워 넣고 안쪽 잠자리로 가자, 세면장으로 가는 사람, 이불을 펴는 사람 등 모두가 부산을 떨었다.

잠자리에 든 진우는 피곤하였지만 잠은 오지 않고 해리 부모를 만나는 것에 대하여 은근히 부담스러웠다. 범인을 잡았으면 떳떳하게 만날수가 있는데… 이렇게 몇 개월이 흐르도록 범인의 윤곽조차 파악을 못했는데 물으면 뭐라고 대답해야 하나 걱정부터 앞섰다. 종학이 아버지 강명찬 의원도 D구가 지역구다. 구청에 들어가면 집에 무슨 차가 있는지 확인을 해봐야지 생각하면서 억지로 잠을 청했다.

아침을 먹고 요원들을 독려해서 내보낸 진우는 국과수로 달려갔다.

산적한 일이 많다면서 머리카락을 놔두고 가라는 것을 사정을 하여한 시간 만에 감정을 하였지만 제3의 용의자와 DNA가 일치하지 않았다. 국과수를 나서는 진우는 허탈하였지만, 박 형사에게 결과를 알려준후 전철역으로 향했다.

D구청에 도착하니 구청장이 출타를 하고 없었다. 시계를 보니 벌써 11시가 다 되어가고 있었다. 언제 들어오느냐고 물어보니 강명찬 의원과 함께 어린이집 개관식에 갔는데 알 수가 없다 하였다. 진우는 구청장의 휴대폰 번호를 물어서 수첩에 적은 후 구청 세무과장을 찾았다.

"과장님, 부산 해운대경찰서 형사계장 권진우입니다. 구청장 따님 사건을 수사하고 있습니다."

"네. 고생이 많습니다. 저번에 범인을 잡았다고 신문에 크게 났던데 아직 해결이 안 됐습니까?"

"네. 그 사람은 범인이 아니었습니다."

"그래요! 총을 쏘아서 잡았다는데 범인이 아니라고요? 그럼, 그 사람은 왜 도망을 다녔지요?"

"글쎄요. 조사를 해보니 폭력 사건에 연루되어 있었지만, 이번 사건과는 무관하였습니다. 구청장님을 뵈려고 부산에서 일부러 올라왔는데 안 계시네요."

"오늘 관내 행사가 있습니다. 한 시간 전쯤 강명찬 의원님과 함께 나가셨습니다."

그때 직원이 차를 가져왔기에 잠시 말을 중단하다가 커피를 한 모금 마신 후 말을 이었다.

"과장님, 구청장님의 평은 어떻습니까? 구청 일을 처리하다 보면 혹 원한을 사거나 정적이 있을 것 아닙니까?"

"우리 구청장님은 호걸입니다. 모든 직원이 존경하고 구민들에게 호평을 받고 있습니다. 지금 두 번째 하고 있는데 국회의원을 하셔도 손색이 없을 것입니다. 그렇지만 강 의원님하고는 관포지교 같은 사이라서 출마를 접었다고 들었습니다."

진우가 대화를 사건 쪽으로 은연중 몰아가면서 물었지만, 세무과장은 구청장을 칭찬하기에 바빴다.

"구청장님에게는 자녀가 죽은 해리뿐인데 낙심이 크겠습니다. 하루빨리 범인을 잡아야 하는데…. 우리 수사요원들이 큰 죄를 짓고 있습니다."

"요즘 구청장님의 얼굴이 어둡습니다. 그 일이 있고 난 후부터 웃는 얼굴을 한 번도 본 적이 없습니다."

"수사를 하는 저희가 면목이 없습니다. 외곽 수사는 마무리를 하였고 현재는 피해자 주변을 수사하고 있습니다. 구청장님의 집에는 어떤 자가용이 있습니까?"

"에쿠스 차량이 있을 것입니다."

"한 대뿐입니까?"

"확실히는 잘 모르겠습니다. 알아보고 오겠습니다."

"과장님, 나가시는 김에 강 의원님 댁에는 어떤 자가용이 있는지 그것도 좀 파악해 주십시오."

과장이 일어서기에 진우가 강명찬 의원 집에 어떤 자가용이 있는지 지나가는 말투로 슬쩍 흘렸다. 과장이 나간 후 진우가 잠시 생각하고 있는데 이내 들어왔다.

"여기 있습니다. 구청장님은 늘 타고 다니는 에쿠스 한 대뿐이고 강 의원님 댁에는 벤츠와 BMW가 있습니다."

A4 용지에 수기로 동글동글한 글씨체로 적은 것을 보니 에쿠스는 구청장, 벤츠는 강 의원, BMW는 김명숙 명의로 되어 있는데 성이 다른 것으로 보아 강 의원의 부인으로 추정되었다.

"이 차 외에 혹시 금년 초에 차를 구입하였거나 중고차로 판매한 것이 있습니까?"

"BMW가 올해 상반기에 구입한 것이고 그 외는 기록이 없었습니다."

진우가 과장을 직시하면서 혹시나 하는 마음으로 물어봤지만, 과장은 그런 기록은 없다고 하였다.

"구청장님을 꼭 뵈어야 하는데 언제쯤 들어오실까요?"

"글쎄요. 알 수가 없는데 부속실에 물어볼까요?"

"아닙니다. 부속실에 갔다 왔는데 거기서도 확실히 모르고 있었습니다. 구청장님의 휴대폰 번호가 있으니까 좀 기다려 보다가 안 오시면 제가 전화를 하겠습니다."

"네. 그렇게 하세요."

"오늘 고마웠습니다."

"빨리 범인이 잡혀야 구청장님의 한이 조금이라도 풀릴 것인데⋯. 하여튼 고생이 많습니다."

"네. 우리 수사요원들이 더 열심히 뛰겠습니다."

인사를 하고 밖으로 나와 시계를 보니 정오를 가리키고 있었다. 점심 시간에 전화를 한다는 것은 실례가 될 것 같았다. 진우는 민생고를 해결한 후 기다려 보다가 안 오면 그때 전화를 하기로 작정하면서 D구청을 나왔다.

점심을 먹고 와서 오후 3시까지 구청 로비에서 기다렸지만, 구청장이 나타나지 않기에 전화를 걸었다. 두 번이나 하였지만 종료 멘트가 나올 때까지 전화를 받지 않아 잠시 끊었다가 또 하였다. 구청장은 전화가 끝날 때쯤 받았다.

"구청장님, 부산 해운대경찰서 형사계장 권진우입니다. 이번 사건을 수사하고 있는 부본부장입니다. 청장님을 뵙고자 구청에 왔는데 기다리다가 전화를 드렸습니다. 시간을 좀 내주시면 감사하겠습니다."

"범인을 잡아야지, 왜 날 만나러 와요. 총을 쏴서 잡은 범인도 풀어 주고⋯. 도대체 어떻게 수사를 하는 거요?"

"죄송합니다. 모든 요원이 열심히 뛰고 있습니다. 조만간에 범인을 잡겠습니다."

"알았어요. 조금 기다리세요. 잠시 후에 들어갈 것 같아요."

"네. 기다리고 있겠습니다."

부속실에 올라가서 청장님과 만나기로 약속하였다고 말한 후 한 시간을 넘게 기다리자, 그때서야 설 구청장이 나타났다.

"구청장님, 처음 뵙겠습니다. 해운대경찰서 형사계장 권진우입니다."

구청장으로 보이는 사람이 두 사람의 호위를 받으면서 부속실로 들어서기에 진우가 재빨리 일어나 고개를 숙이면서 인사를 하였다.

"들어와요."

진우가 인사를 하여도 구청장은 그대로 지나가면서 찬 서리가 내릴 정도로 냉랭하게 말하였다. 진우는 큰 죄를 지은 사람처럼 어깨를 축 늘어뜨린 채 구청장의 집무실로 따라 들어갔다.

"수사의 진척 상황을 통보받았어요. 저번에 총을 쏴서 잡은 범인을 풀어 주었다고 하는데 어떻게 수사를 하고 있기에 그 모양이에요? 벌써 몇 달이 흘렀는데 어느 세월에 범인을 검거하겠어요?"

"죄송합니다. 나름대로 열심히 뛰고 있습니다. 곧 검거하겠습니다."

구청장이 의자에 앉지도 않고 질책하기에 진우도 엉거주춤 서서 잘못한 학생처럼 고개를 조아리면서 변명하였다.

"화를 내어서 미안해요. 거기 좀 앉으세요."

"네. 감사합니다."

"자식이라곤 그 애뿐이었는데…. 눈에 넣어도 아프지 않을 녀석이 그렇게 되고 보니 내가 죽고 싶어요. 하루하루 사는 게 사는 것이 아닙니다. 자식을 잃은 부모 마음이 어떠한지 당해보지 않은 사람은 이해할 수 없을 거예요."

인터폰으로 차를 주문한 구청장이 화가 나는지 진우에게 범인을 잡지 못한 질타와 푸념을 섞어서 몰아붙였다.

"정말 죄송합니다. 그리고 구청장님의 마음을 충분히 이해합니다."

"그래! 무슨 일로 나를 보자고 하였어요?"

"네. 현재 수사요원 전원이 서울에서 수사하고 있습니다. 범인은 조만간에 검거할 것입니다. 구청장님께 위로의 말씀과 수사 상황을 알려 드리려고 찾아뵈었습니다."

격앙된 마음을 가라앉혔는지 구청장이 약간은 차분한 목소리로 묻기에 진우는 정작 묻고 싶은 것은 입도 벙긋 못한 채 활동 상황을 말하면서 위로를 하였다.

"하여튼 수고가 많아요. 그런 흉악한 범인은 제2, 제3의 범행을 저지를 수도 있어요. 범죄를 미연에 방지한다는 의미에서도 하루빨리 검거해야 합니다."

"여부가 있겠습니까. 현재 전 수사요원들이 총력전을 펼치고 있습니다. 범인은 곧 검거될 것입니다. 심려를 놓으십시오."

가져다 놓을 때 향이 구수하게 나던 커피가 다 식을 때까지 구청장 집무실은 긴장과 비통함이 감돌고 있어 진우는 커피잔에 손을 댈 수가 없었다. 남자 친구가 있는지 친구들하고는 어떻게 연락을 하는지 등 해리의 언행에 대하여 몇 가지를 물어보려다가 역성만 살 것 같아 죄지은 사람처럼 인사를 하고 물러나는 진우는 가슴이 답답하였다. 빨리 범인을 잡아야 실추된 명예도 회복하고 비명에 죽은 해리의 원혼과 구청장의 한도 풀어 줄 것인데 이렇게 수사가 답보 상태에 빠져 있으니, 한숨이 절로 나왔다.

D구청을 나온 진우는 숙소인 여관으로 돌아왔다. 과장에게 그간의 수사 상황을 보고하고 부산에 남아 있는 한 형사에게 전화를 걸었다.

"한 형사, 뭐가 좀 나왔나?"

"계장님, 고생이 많습니다. 그렇지만 여기도 소득이 없습니다. 하상천과 상계마을, 보덕사를 찾아가서 세밀하게 훑어도 아무것도 나오지 않습니다. 죄송합니다."

"여기도 아직까지 뚜렷하게 단서가 나오지 않는다. 어쨌건 백사장에서 바늘 찾는다는 각오로 탐문을 계속해라."

"알겠습니다."

전화를 끊은 진우는 턱을 괴고 앉아 상념에 빠져 있다가 날이 어두워지기에 저녁을 해결하려고 여관을 나섰다. 행인에게 시장을 물어서 찾아갔지만, 부산에서 즐겨 먹던 돼지국밥을 파는 식당이 보이지 않았다. 할 수 없이 된장찌개를 시켜서 소주 반병을 반주 삼아 마셨다. 오랜만에 알코올이 들어가자, 위가 놀랐는지 찌르르한 것이 취기가 금방 올라왔지만, 가슴속에서 치미는 울분은 가셔지지 않았다. 천천히 마시고 숙소로 돌아오니 오후 8시가 거의 다 되었다. 요원들은 차량 수사에 동분서주하고 있는지 아무도 들어오지 않았다. 진우는 대충 씻고 옥상으로 올라가서 담배를 꺼내 물었다.

'수사 방향이 틀린 것일까? 현장에 남아 있는 단서나 유류물을 추적하는 것이 수사 기법상 맞는데 왜 이렇게 안 풀릴까? 제3의 용의자가 누구인데 베일 속에 숨어서 꼬리를 드러내지 않는 것일까? 차량 수사에서 뭐가 나와야 하는데…. 오늘 해리 아버지를 만난 자리에서 죄인이 되어 고개를 들지 못했다. 이렇게 가다가는 미제 사건이 될 수도 있는데…. 어떤 방법으로 수사를 해야 하나. 특별한 대책이 없을까? 전기를 마련해야 하는데….'

한참 동안 이런저런 생각을 하다가 9시가 되어 내려왔지만, 그때까지도 요원들이 들어오지 않았다.

진우는 잠시 생각하다가 밖으로 나와 통닭을 한 마리 주문하고 슈퍼에 들러 소주 세 병을 구입하여 돌아왔다. 9시 반이 되자 요원들이 하나둘 모여들었다. 통닭이 배달되고 10시쯤 되자 모든 요원이 돌아왔다. 대충 씻은 후 방 안에 빙 둘러앉아 통닭을 가운데 놓고 소주잔을 돌렸다.

"모두 오랜만일 것이다. 한 잔씩하고 회포를 풀면서 회의를 하자."

"이래서 계장님이 짱이라고 한다 아입니까. 카! 좋다."

소주잔을 채워 주자 강 형사가 목구멍에 털어 넣은 후 엄지손가락을 내밀면서 진우를 추켜세웠다.

"오늘도 헛고생만 하였제?"

"소득이 없었습니다."

"면목이 없습니다."

진우의 물음에 조 형사가 대답하였고 다른 요원들은 미안한 표정으로 소주잔을 들고 있었다.

"아까 전화한 대로 박 형사가 수거한 머리카락은 DNA가 일치하지 않았다. 오늘 해리 아버지를 만났는데 피해자 주변에도 특별히 의심 가는 사람이 없었다. 그런데 해리 집에 에쿠스가 있었다. 그리고 해리가 자주 만났던 종학이라는 학교 선배가 있는데 여당 국회의원인 강명찬의 아들이다. 집에는 벤츠와 BMW가 있었다. 내가 넘버를 적어 왔는데 사건 발생 때 이 차량이 혹시 부산에 내려갔는지 전체 차량 명단을 내게 주면 대조를 해보겠다."

"전체 차적 조회를 한 것은 가져오지 않았습니다. 우리가 가지고 있는 것은 용의선상에 있는 차량 명단입니다."

"그래! 부산에서 수사를 하고 있는 한 형사에게 물어보면 되겠군."

조 형사가 전체를 가져오지 않았다고 하기에 진우는 차량 번호를 적은 메모지를 꺼냈다가 다시 주머니에 넣었다.

"부산에서 수사를 하고 있는 한 형사도 특별한 것을 발견하지 못한 것 같다. 지금까지 차량 소유주를 만나지 못한 차가 몇 대나 남아 있나?"

"분담해서 만나고 있지만 며칠은 더 뛰어야 할 것 같습니다."

"그렇습니다. 출장 등으로 자리를 비운 사람도 많습니다. 또 시간이 맞지 않아 만나는 것이 쉽지 않습니다."

"그래 티끌만 한 단서도 놓치지 말고 알리바이를 명확하게 확인하라.

차량 수사에서 뭐가 나오지 않는다면 이젠 운동화 족적인데 이 운동화는 시중에 많이 유통된 것이라 구매한 사람 중에서 범인을 찾는다는 것은 어렵다. 그리 알고 차량 수사에 올인한다는 각오로 뛰어라."

"알겠습니다."

진우의 지시에 모든 요원이 고개를 끄덕이면서 수긍하였다. 한 잔씩 먹다 보니 안주와 소주가 금방 동이 났다.

"조금 아쉽지만, 피로를 풀 정도는 되었으니까 빨리 치워라. 한숨 자야 내일도 뛸 것 아니가."

모든 요원이 부산하게 치우고 잠자리에 들었지만, 진우는 오랜 시간 잠을 이루지 못하고 뒤척이다가 새벽녘에야 겨우 눈을 감았다.

이튿날 수사요원들을 내보낸 진우는 상념에 빠져들었다.

'혹시 해리가 차를 가지고 부산에 가지 않았을까? 그것은 아닌데…. 해리 부모님이 상시 사용할 것인데 해리 마음대로 부산에 끌고 갈 수는 없을 것이다. 특히나 감시를 당하고 있었는데…. 현규와 친한 종학이라는 친구도 집에 차가 두 대나 되는데 부산에 가지 않았을까? 차를 이용하지 않았다면 고속버스나 KTX를 타고 갔나? 아니면 종학이 집의 외제 차로 함께 내려갔을까? 그렇지는 않은 것 같은데…. 해리는 현규가 보덕사에 있다는 것을 어떻게 알았을까? 뭔가 있을 것 같은데…. 해리와 종학이, 현규 간에 뭔가 모르게 인과관계가 성립될 것 같은데…. 그것이 뭘까! 분명히 뭔가 있을 것 같은데….'

진우는 마음속에 삼각형을 그려 놓고 추리를 하였지만 뭔가 있을 것 같은데도 실체가 잡히지 않았다. 어찌 되었든 강 의원과 해리 집의 차량이 부산으로 갔는지 확인을 해봐야지 생각하였다. 진우는 바로 한 형사에게 전화를 돌렸다.

"한 형사, 고생이 많은데 내가 불러주는 차량이 설 연휴 때 부산에 갔는지 긴급으로 확인을 해봐라. 수사본부에 가면 IC에서 CCTV를 복사해 놓은 것이 있다. 마 형사와 함께 바로 들어가서 다 돌려 봐라. 아주 중요하다."

"알겠습니다."

해리 집의 에쿠스와 강 의원 집의 벤츠와 BMW 차량 번호를 불러주고 전화를 끊은 진우는 어제 해리 아버지를 만난 것을 생각하였다.

'분명히 설 구청장이 범인을 풀어 주었다고 말하였는데 어떻게 알았을까? 해리 사건의 살인범으로 기소를 하지 않고 공집으로 기소하였으니 벌금이나 집행유예로 판결이 났겠지만, 세세한 것은 알 수가 없을 것인데…'

진우는 저번에 공집으로 영장을 신청할 때 검사의 이름과 사무실 전화번호를 기록해 둔 것이 있어 수첩을 펴들고 전화를 걸었다. 전화는 사건 때문에 몇 번 만났던 황진호 수사관이 받았다.

"황 수사관님, 안녕하세요. 해운대경찰서 형사계장 권진우입니다."

"아! 권 계장님, 고생 많습니다. 수사한다고 바쁘시죠?"

"네. 수사본부 요원 전원이 서울에 와서 뛰고 있습니다. 어제 피해자의 아버지를 만났는데 민성이를 풀어 주었다고 호통을 치던데 어떻게 된 영문인지 알고 싶어서 전화를 드렸습니다. 검사님 계시면 좀 부탁하겠습니다."

"잠깐만 기다리세요."

진우가 정중하게 부탁하자 황 수사관이 이내 전화를 돌려주었다.

"정 검사입니다."

"검사님, 해운대경찰서 형사계장 권진우입니다. 해리 살인 사건에 대하여 영장을 청구하지 못해 죄송합니다."

수화기 저편에서 무게가 실린 정 검사의 목소리가 들리기에 진우는 공손하게 영장을 청구하지 못한 것에 대하여 송구함을 표시하였다.

"그렇지 않아도 그 사건으로 고심을 많이 했어요. 권 계장이 살인 사건의 용의자라고 말하기에 구속영장을 발부하였는데 살인 사건에 관해서는 영장을 청구하지 않기에 공집만 기소하여 집행유예 처분을 받았어요."

"그렇지만 검사님, 민성이를 검거하려던 형사가 구타를 당하여 중상을 입었습니다. 그리고 살인 사건에 대하여 증거를 수집하고 있는데 용의선상에 있는 자를 가볍게 처리하는 바람에 피해자 가족들의 항의가 대단합니다."

"공집에 대해서는 본인도 인정하였고 총상에 의한 치료를 장기간 받아야 하기 때문에 판사가 이를 고려하여 집행유예를 한 것 같아요. 살인 사건은 증거가 보강되면 언제라도 영장을 청구하세요."

"알겠습니다. 검사님, 수고하십시오."

전화를 끊고 난 진우는 예측한 일이었지만 과장에게 섭섭한 마음이 들었다. 경찰서에서 피해자 가족에게 수사 진행 상황을 통지할 때 요원들과 함께 뛰고 있는 나에게도 알려 주었으면 창피를 당하지 않았을 것인데 생각하니 은근히 화가 났다.

설 구청장과 함께 행사를 치르고 집으로 돌아온 강 의원은 자신도 모르게 등골에 식은땀이 흘렀다. 저번에 총기를 사용하여 도주하는 범인을 검거하였다고 중앙지에 대서특필하였는데 혐의가 입증되지 않아 풀어 주었다고 한다. 그리고 권진우라는 형사가 우리 집의 차량을 조사하였다고 구청의 세무과장이 넌지시 알려 주었는데 그 전화를 받은 강 의원은 순간적으로 숨이 꽉 막혔다. 종학이는 증거를 남기지 않아 완전범죄라 생각하고 있었는데 어느새 형사들이 주변을 캐고 있다니 간과해서는 절대로 안 되겠다고 생각하였다.

'그때 종학이가 부산으로 끌고 간 차를 처분하지 않았다면 큰일 날 뻔하였다. 천려일실이라 심사숙고하여 임시번호판을 떼지도 않은 채 가벼운 접촉 사고를 낸 후 처분하였다. 혹시 아내가 잔소리를 할 것 같아 BMW로 교체하였는데 정말 잘하였다는 생각이 들었다. 그리고 전임 세무과장에게 압력을 넣어 등록 서류를 없애 버렸다. 대신 세무과장을 설구청장에게 부탁하여 도시국장으로 영전케 하여 수족으로 만들지 않았던가. 그리고 안산 출고공장과 안산지사, 본사 전산실의 데이터도 차를 소개해 준 안 상무를 통하여 지우지 않았던가. 또한 경찰 전산망도 경찰청에 근무하는 동문 후배 현 경무관에게 은밀히 부탁하여 삭제하지 않았던가. 그렇지만 말단 형사 나부랭이가 저렇게 파고드는데 혹시라도 냄새를 맡고 처분한 차량을 찾아낼 수도 있을 것이다. 원천적으로 불가능하게 차단해야 한다. 더 이상 종학이 근처에 다가오도록 놔두면 안 된다. 아니 종학이를 의심하고 파고들도록 그냥 두어서는 절대로 안 된다. 권진우가 형사들을 지휘하는 팀장인 것 같은데 수사에서 배제시키고 흐지부지되도록 공작을 해야 한다. 아무도 모르게 은밀히 처리하여야 하는데 무슨 좋은 방법이 없을까? 겨우 마음을 잡고 열심히 공부하고 있는 종학이를 위해서나, 아니 우리 모두의 안녕을 위해서 영구토록 미제 사건으로 만들어야 한다. 어떤 수단 방법을 동원하여서라도 더 이상 수사가 진행되어서는 안 된다. 우리 모두에게 절체절명인데 어떻게 해야하나? 어떻게 공작을 해야 쥐도 새도 모르게 수사팀을 해체시킬 수 있나? 그렇다고 보란 듯이 내가 전면에 나서서 공개적으로 막을 수는 없다. 어떻게 해야 하나? 묘수를 찾아야 하는데… 기발한 방법이 없을까? 권력을 이용하지 않더라도 무슨 방법이 있을 것 같은데… 있을 것 같은데… 있을 것… 같은데… 아! 그렇다. 그래! 그렇게 하면 되겠구나. 총을 쏴서 잡은 용의자가 풀려났다고 하였지. 그렇다면 범인이 아닌데도 총을 쏴서 부상을 입히고 무리하게 검거를 하였다고 볼 수 있는데 죄 없는 사람을 그렇게 하면 되나? 그것도 살인범이라고 신문에 대문짝만하게 보도가 되었는데 명예가 훼손되지 않았겠는가? 그런데 그 사람은 어떻게 하였기에 용의자로 몰렸단 말인가? 뭐 하는 사람일까? 누구인지 은밀하게 만나서 인권위에 진정을 하도록 유도하고 수사를 지휘하는 권진우를 검찰청과 경찰청에 고소한다면 수사팀은 타격을 받을 것이다. 명분이 있기에 설 구청장과 함께 경찰청장을 움직여 권진우를 크게 징계하고 수사팀에서 제외시켜야 한다. 그래! 머리를 자르면 구심점을 잃게 되고 스스로 무너진다. 좋다. 그 방법이 상책이다. 내일 날이 밝으면 비서에게… 아니! 아니다. 내가 직접 공작을 해야 한다. 이런 일을 비서에게 지시하면 당연히 의문을 품을 것이다. 만사 불여튼튼이라 하였다. 무엇을 하는 사람인지 알아보고 은밀히 만나는 것이 좋겠다. 그래! 그렇게 하자. 내가 처리하여야 한다.'

중요한 일이 있다고 아내에게 거짓말을 한 후 서재에서 몇 시간을 생각하던 강 의원은 해법을 찾아내자, 입가에 웃음을 매단 채 침실로 향했다.

"며칠 동안 차량 수사를 하였지만 혐의점을 둘 만한 사람이 없다고 하는데 각자 몇 건이나 남아 있나?"

날이 밝자 이른 아침에 수사 회의를 개최한 진우가 비장하게 물었다.

"출장 등으로 자리를 비워 만나지 못한 차주가 아직도 많습니다."

대부분 다 확인하였는데 출장과 외국 여행 등 부재로 인하여 만나지 못한 사람이 수십 건이 있는데 며칠 걸리겠다고 하였다.

"한 형사가 CCTV를 돌려봐도 해리 집과 강 의원 집의 자가용이 부산에 가지 않았다고 하였다. 그리고 민성이는 공집으로 재판을 받고 집행유예로 풀려났다. 검거할 때 총상을 입은 것과 살인 사건의 무혐의가 영향을 끼친 것 같다. 예상한 일이니까 우리가 의기소침할 필요는 없다. 아직도 희망은 있다. 차주를 만나면 철저하게 피살자와 연관성을 찾아

보고 알리바이를 캐라. 우리가 추적하는 제3의 용의자에 대하여 반드시 단서를 찾아야 한다. 그렇지 못하면 범인을 언제 검거할지 기약할 수가 없다. 자. 모두 힘을 내라. 나는 피해자 주변을 재수사할 테니 모두 나가서 아침을 해결하고 열심히 뛰어라."

요원들을 내보낸 진우는 입안이 깔깔하여 아침밥도 거른 채 한참 동안 상념에 젖어 있다가 혜주 등 저번에 만났던 해리 친구들에게 전화를 하였다. 혹시 그동안에 생각나는 것이 있는지 물었지만 모두 해리가 원한을 산 것도 없고 선배 오빠들 외에는 남자 친구가 없었다고 말하여 맥이 풀렸다. 진우는 통장을 다시 만나봐야지 생각하면서 일어났다.

"통장님, 안녕하세요. 보고 싶어서 또 찾아왔습니다."

"어서 오세요. 그런데 지금 외출하려던 참인데 어쩌죠?"

"다음에 다시 찾아뵙겠습니다. 골프 치러 가십니까?"

"네. 선약이 있어서…. 같이 나가면서 대화를 할까요?"

"배려를 해 주셔서 감사합니다."

진우는 통장이 운전하는 자가용 조수석에 냉큼 올라앉았다. 통장 자가용은 벤츠로서 승차감부터 틀렸다. 통장은 능숙하게 운전을 잘하였다.

"구청에 가서 알아보았지만, 해리 씨 아버지가 원한을 살 만한 일은 하지 않았다고 모두 말하는데 혹시 동네에 그런 사람이 있을까요?"

"글쎄요. 두루 춘풍에 부정을 저지르지 않았다고 구민들이 다들 그렇게 믿는데, 원한을 가진 사람이 있겠습니까?"

진우가 운을 떼자, 통장이 오히려 반문하였다.

"해리 씨 여자 친구들을 세 명이나 만났는데 남자 친구를 사귀지 않았고 공부만 하였다는데 혹시 남자와 함께 다니는 것을 보았습니까?"

"못 보았는데…. 구청장님과 사모님은 엄격해요. 특히 그 집 사모님은 해리 혼자라서 금지옥엽처럼 여기시던데 마음대로 남자를 사귀면 그냥 두겠어요. 꿈도 꾸지 못할 일입니다."

"오늘 고마웠습니다. 저는 여기 내려 주십시오. 오늘 통장님을 경호하고 싶지만 마음뿐입니다."

"다음에 차 마시러 오세요."

이런저런 대화를 나누다 보니 어느새 영등포역 앞을 지나기에 더 물을 것이 없다고 판단하여 내려 달라고 하였다. 차에서 내렸지만, 막상 수사할 곳이 없자 진우는 영등포역 앞 벤치에 앉아 상념에 빠져들었다.

'차량 수사를 모두 하여도 용의자가 발견되지 않는다면 어떻게 해야 하나? 확인하지 않은 것이 수십 건이 있다고 하였지만 희박한 것 같은데⋯. 차량 수사에서 뭔가 나오지 않으면 운동화 문양을 수사해야 하는데 그것은 너무 광범위하다. 용의 차량을 잘못 선별한 것일까? 범인은 분명히 차량을 이용하였을 것인데⋯. 아무리 야간이라도 용의 차량을 목격한 사람이 있을 것인데 찾을 수가 없다. 초동수사가 잘못된 것일까? 해리 주변에는 의심이 가는 사람이 아무도 없는데⋯. 범인은 자연마을이나 보덕사에 뭔가 연고가 있기에 그곳으로 갔을 것인데⋯. 피살자와 현규, 자연마을, 보덕사로 수사 범위는 한정이 되어 있는데 이렇게도 범인을 밝혀내기가 어렵다니⋯. 내가 늙어서 무뎌졌나! 아니면 서장 말처럼 무능한 것일까?'

가슴이 답답하여 줄담배를 피우면서 한참 상념에 빠져 있는데 휴대폰 벨이 울렸다. 차량 수사를 하고 있는 요원인 줄 알았는데 받아 보니 과장이었다.

"수사가 어떻게 진행되고 있어요?"

"구정 때 부산에 온 차주들을 만나서 알리바이를 캐고 있으며 또한 피해자 주변을 수사하고 있습니다. 며칠 더 걸릴 것 같습니다. 현재까지는 용의자를 발견하지 못했습니다."

"그래요! 수고가 많아요. 차량 수사가 마무리되지 않더라도 모두 내려오세요. 중요한 일이 있으니까."

"무슨 일인데 수사하는 것보다 더 중요합니까?"

"서장님 지시입니다."

"알았습니다. 요원들이 뿔뿔이 흩어졌는데 오늘 수사가 끝나는 대로 내려가겠습니다."

전화를 끊고 난 진우는 기분이 찜찜하였다.

살인 사건의 범인을 쫓아 서울에 와서 동분서주하고 있는데, 무슨 중요한 일이 있다고 수사를 중단하고 내려오라는지 이해를 할 수 없었다. 아직 차량 수사를 다 하지 못했는데 중단하고 내려가면 언제 또 서울에 온단 말인가. 가만히 앉아서 열심히 일하는 사람을 왜 오라 가라 하는지 은근히 화가 치밀었다. 어찌 되었든 오늘이라도 추적할 수 있는 단서가 발견되면 내려가지 않고 수사를 계속하리라 작정을 하면서 한 형사에게 전화를 하였다.

오후 9시쯤 요원들이 모두 돌아왔다. 오늘도 몇 사람 만나지 못했고 혐의를 둘 만한 사람을 발견하지 못하였다고 하였다.

"그래! 모두 고생하였다. 아직도 확인하지 못한 차량이 많이 남았지?"

"네. 좀 남았습니다."

진우의 물음에 조 형사가 대답하였고 모두가 그렇다고 고개를 끄덕이면서 수긍하였다.

"오늘 낮에 수사를 중단하고 빨리 내려오라는 과장님의 전화를 받았다. 모두 나가서 저녁밥을 해결하고 부산으로 가자."

참담한 심정으로 수사요원들에게 말한 진우가 앞장서서 여관을 나왔다.

"왜 과장이 내려오라 합니까?"

"서장님 지시라는데 확실한 내막은 모르겠다. 한 형사에게 전화해서 물어보았지만, 큰 사건이 터진 것은 없다고 하던데 무엇 때문에 내려오라는지…."

저녁밥을 먹을 때 조 형사가 물었지만, 진우도 왜 부르는지 알 수가 없어 퉁명스럽게 말했다.

"차량 수사도 끝나지 않았고 운동화 문양 수사는 광범위한데 다 내려갈 필요가 있습니까? 계장님 혼자만 내려가고 우리는 수사를 계속하는 것이 어떻겠습니까?"

"글쎄. 나도 그러고 싶은데 과장 전화가 심상치 않다. 무슨 일로 수사를 중단하고 다 내려오라는지 모르겠는데 일단 내려가자. 별일 아니면 몸을 좀 추스르고 다시 올라와서 수사를 계속하자."

박 형사가 고개를 갸웃거리면서 말하였지만 진우는 누구를 지목하여 수사를 강행하라고 지시할 수도 없고 또 과장이 수사를 중단하고 모두 내려오라는데 단서도 발견하지 못했기에 거역할 명분이 없었다.

서울에서 출발할 때 비가 내렸다. 진우는 심신이 피곤한 상태고 밤에 빗길을 운전하려니까 울컥 짜증이 났다. 휴게소에 들러 교대로 안전 운행을 하다 보니 부산에는 새벽 3시가 되어서 도착하였다. 구서 IC를 통과할 때 진우가 경찰서 상황실로 전화를 하였지만, 서장과 과장이 퇴근하고 없다 하였다.

"밤이라도 내려오라더니 퇴근하고 없단다. 나는 경찰서에 내릴 테니까 내 차로 모두 집에 들어가서 좀 쉬었다가 12시까지 수사본부로 출근해라."

과장이 퇴근하고 없다기에 고생한 요원들에게 귀가를 지시한 진우가 혼자 경찰서에 내렸다. 상황실에 올라가니 경무과장이 당직을 서고 있었다.

"권 계장, 수사한다고 고생이 많아요. 서울에 올라갔다더니 뭔가 좀 있는 거요?"

"죄송합니다. 성과도 없이 내려왔습니다. 우리 서에 무슨 일이 있습니까?"

"글쎄. 특별한 사건은 없는데…"

"형사과장님이 서장님 지시라면서 빨리 내려오라고 하였는데…"

"글쎄. 권 계장이 수사하고 있는 살인 사건 외에는 조용한데…"

먼저 인사를 하는 김영호 경무과장에게 물었지만, 생뚱한 표정으로 말하였다. 아침에 형사과장에게 물어보면 알겠지 생각한 진우는 피로가 엄습하기에 형사숙직실로 들어가서 잠에 떨어지고 말았다.

아침에 늦게 일어난 진우는 어슬렁거리면서 식당으로 내려갔지만, 배식 시간이 끝났는지 아주머니들이 설거지를 하고 있었다. 진우는 경찰서를 나와 근처 식당에서 아침밥을 먹고 있는데 형사과장에게서 전화가 왔다. 간밤에 내려왔다고 말하자 10시까지 경찰서로 들어오라 하였다. 어련히 알아서 들어갈 것인데 무슨 급한 일이 있다고 전화를 하는지 구시렁거리면서 느긋하게 밥을 먹고 과장실로 들어갔다.

"수사한다고 고생하였소. 일단 서장실로 올라갑시다."

"무슨 일인데 그럽니까?"

과장실에 들어가자 앉으란 말도 없이 과장이 일어나 앞장서서 나서기에 진우가 따라가면서 물었다.

"총상을 입은 민성이가 공집 사건은 집행유예로 풀려났어요. 그리고 권 계장을 검찰청에 고소하고 경찰청과 인권위에도 진정을 하였어요. 그 일로 본청에서 전화가 왔는데 문제가 좀 심각해요."

"수사를 하다 보면 진정을 받는 일이 어디 한두 번 있습니까? 그리고 민성이가 집행유예로 풀려났으며 피해자 가족들에게 통지하기 전에 나에게도 말해 주었어야 수모를 당하지 않았을 것 아닙니까?"

형사과장의 말을 들은 진우는 속에서 은근히 화가 치솟아 자신도 모르게 퉁명스럽게 따지고 들었다. 형사과장은 진우를 힐끔 뒤돌아보면서 뭐라고 말하려다가 서장실 문을 노크하였다.

"어제저녁 늦게 요원들과 함께 내려왔습니다. 현재까지는 차량 수사에서도 용의자를 발견하지 못하였습니다."

서장실에 들어간 진우는 일단 보고부터 하였다. 경찰대 출신인 서장은 내후년까지 승진하지 못하면 계급정년에 해당되는데 심기가 불편한지 얼굴을 찌푸리고 있었다.

"과장이 말하였겠지만, 총을 쏴서 민성이를 검거한 것에 대하여 문제가 발생하였어. 민성이가 검찰청에 고소하였고 본청과 인권위에도 진정을 하였어. 그 문제로 본청에서 사건 전반에 걸쳐 감찰 조사를 한다고 전화가 왔어."

"수사를 하다 보면 흔히 있을 수 있는 일입니다. 염려하지 마십시오. 당당하게 감찰 조사를 받겠습니다. 그런데 지방청도 아닌 본청에서 왜 조사를 합니까?"

"그것을 내가 어떻게 알아. 그리고 감찰 조사를 받는다고 문제가 해결되는 것이 아니야. 금년도 관서 평가를 어떻게 받겠어?"

서장의 말은 '본청에서 문제를 삼는데 관서 평가를 제대로 받을 수 있겠느냐. 승진하려고 여태까지 공을 들였는데 너 때문에 관서 평가는 공수표가 되지 않았느냐' 하는 뜻인 것 같았다. 범인을 잡으려고 동분서주 뛰어다니던 부하 직원이 감찰 조사를 받는다는데 바람막이는 되어 주지 못할망정 승진 걱정을 하고 있기에 진우는 속에서 부글부글 화가 끓어올랐다.

"서장님, 그리고 과장님, 이 사건이 터졌을 때 증거가 많아서 범인을 금방 검거할 수 있겠다고 호언장담하였지요? 그리고 민성이가 범인이라면서 영장을 청구하지 않는다고 화를 많이 내었지요? 그렇게 해놓고 모든 책임은 왜 나에게 떠넘깁니까? 범인을 잡겠다고 집에도 들어가지 못한 채 전국을 누비다가 진정을 받고 고소를 당하였습니다. 거기다가 감찰 조사를 받는 부하 직원의 안위는 뒷전이고 뭐 관서 평가가 어떻다고요? 관서 평가를 잘 받으면 서장님은 승진하니까 좋겠지요. 그렇지만 내가 뭘 잘못하였습니까? 나는 규범대로 수사를 하였습니다. 형사들을 때려 눕히고 도망을 치는 용의자를 멀거니 보고만 있어야 합니까? 징계를 주 든 전보를 시키든 마음대로 하십시오."

평소 서장의 처신이 위만 쳐다보면서 부하들만 들들 볶고 있어 울분을 속으로 삭여왔지만, 하는 꼬락서니가 너무 거슬리기에 진우가 폭발하고 말았다.

"권 계장, 무슨 말을 그렇게 하는 거요? 서장은 걱정이 되어서 하는 말인데. 흥분하지 말고 대책을 세워야지…"

"그만하십시오. 지금 대책을 세우려고 서울에서 수사하는 우리들을 모두 불렀습니까? 사실 그대로 감찰 조사를 받겠습니다. 내가 잘못한 것이 있으면 책임지겠습니다. 지시할 것이 없으면 나가보겠습니다."

더 앉아 있으면 속에 쌓인 불만이 계속 터져 나올 것 같아 진우는 서장실을 박차고 나왔다. 부하들을 장기판의 졸로 생각하고 출세의 디딤돌로 생각하는 서장에게 무엇을 더 바란단 말인가. 이용당하지 않으면 천만다행인 것을…. 모래알 같은 우리 집단인데…. 높은 놈들은 출세를 위해 부하 직원들을 디딤돌로 생각하고 적당히 처신하면서 해바라기가 되어 가는데…. 나 혼자 올곧게 가치관을 정립한다는 것이 가당키나 한 일인가? 진우는 마음속으로 무능한 자신을 수없이 책망하면서 수사본부로 향했다.

"계장님, 무엇 때문에 내려오라고 하였습니까?"

진우가 지친 모습으로 터벅터벅 수사본부에 들어서자 12시도 되지 않았는데 모든 요원이 출근하였고 한 형사가 물었다.

"좀 더 쉬지 왜 일찍 출근했어? 민성이가 인권위에 진정서를 냈고 검찰에 고소하였다. 그 문제로 본청에서 감찰 조사를 한다고 불렀다. 자 그 문제는 내가 알아서 처리하겠다. 한 형사는 뭐가 좀 나오더냐?"

"상계, 하상천 마을, 장산지구대 관할의 우범자, 심지어는 절에 스님까지 파고들었지만 특별하게 드러나는 용의자도 없고 목격자도 찾지 못했습니다. 죄송합니다."

"처음부터 이 사건은 복마전 같아서 쉽지 않다고 생각하였다. 그렇다고 수사를 포기할 수 없는 것. 운동화에 대한 수사는 좀 했나?"

"그렇지 않아도 운동화에 대하여 조사를 하였습니다. 운동화는 국내 K사 제품인데 본사와 공장은 구미에 있습니다. K사 제품의 이 운동화는 등산화와 운동화의 장점을 합성한 것인데 외국 유명브랜드 못지않게 인기가 좋아 시중에 엄청나게 팔렸습니다. 백화점뿐만 아니라 재래시장에도 판매하고 있습니다. 그렇기 때문에 어느 한 지역을 조사한다는 것은 범인 검거에 아무런 도움이 되지 않는다고 생각합니다. 특정인이 수사선상에 떠오르면 그런 운동화를 신었는지 대조하는 수밖에 없을 것 같습니다."

진우가 수사 사항을 묻자, 그동안 많은 조사를 하였는지 한 형사가 수첩을 보면서 말했다.

"음. 운동화 수사는 너무 광범위하다고 생각하였는데…. 그렇다고 손을 놓을 순 없고…. 제3의 용의자는 냄새조차 맡을 수 없는데 이 녀석은 대체 어디서 왔을까?"

"상계, 하상천 마을, 그리고 보덕사에 연고가 있는 외지인으로 봐야 합니다. 그렇지 않다면 정신이상자의 소행으로 봐야 하는데 치밀하게 증거를 인멸하려는 행동으로 봐서는 절대로 아닙니다. 그 반대로 법에 대하여 상식 이상의 전문지식이 있다고 봐야 합니다."

모두 모여 앉아 수사 방향을 어떻게 설정하여야 하는지 의논을 하고 있는데 전화벨이 울렸다. 김 형사가 전화를 받더니 알았다고 하면서 끊었다.

"무슨 전환데?"

"본청에서 감찰관이 왔다고 모두 들어오랍니다."

진우가 묻자 김 형사가 수화기를 놓으면서 퉁명스럽게 대답하였다.

"무슨 감찰 조사를 번갯불에 콩 구워 먹듯이 하나! 그것도 본청에서… 나만 들어오라는 것이 아니고?"

"네. 다 들어오랍니다."

"뭣 땜에 다 들어오라는데? 나만 들어가면 되지."

"다 조사를 한답니다."

"씨발. 더러워서 못 해 먹겠네. 이래서 우리 조직은 뭐가 안 되는 거야. 열심히 일하면 격려를 해주어야지. 외부에서 진정하면 덮어놓고 죽이려고 발악을 하니 한심하다, 한심해. 무슨 말을 하려는지 들어가 보자."

진우는 울분이 끓어올라 요원들 앞에서 불평을 하였지만 감찰 조사에 응하지 않을 수가 없어 경찰서로 향했다.

경찰서에 들어가 보니 본청에서 감찰관이 세 명 내려와 있었다.

진우를 비롯하여 모든 수사요원이 한 사람씩 따로따로 불려 가서 조사를 받았다. 진우는 요원들이 모두 불려 간 후 맨 마지막으로 감찰반장에게 불려 갔다.

"팀원들을 이끌고 직접 수사를 한다고 들었습니다. 고생하는 줄은 알지만, 이번 사건으로 인하여 경찰의 위신이 엄청나게 실추되었다고 청장님이 노여워하십니다. 어떻게 된 것인지 자초지종을 말씀해 보세요."

안경을 낀 사십 대 중반의 감찰반장은 진우를 직시하면서 은근히 압박을 가하고 있었다.

"현장에 증거물이 있는 유력한 용의자를 추적하는데 그 용의자가 잠적하였습니다. 몇 달을 추적하여 검거하려는 순간에 수사요원들을 가격하여 상해를 입히고 포위망을 벗어났습니다. 총기 사용 규정에 따라 경고한 후 공포탄을 발사하였지만 계속 도주하기에 실탄을 발사하여 검거하였습니다."

"영장을 발부받은 용의자입니까?"

"그렇습니다. 살인 용의자로서 체포영장을 발부받은 상태입니다. 검거한 후 살인 사건에 대하여 계속 수사를 하였지만 직접증거나 자백이 없어 살인범으로 구속하지는 못하였습니다. 어쩔 수 없이 공집으로 처리하였습니다."

"결과적으로는 무리한 수사를 하였군요?"

"무엇이 무리한 수사입니까?"

"살인 범인이 아닌데 실탄을 발사하여 검거하였고 또한 사후 조치도 소홀하게 하였기에 진정과 고소를 당한 것이 아니에요?"

"살인 현장에 소변과 음모 등 유력한 증거가 있어 체포영장을 발부받아 몇 달을 추적하여 검거하려는 순간 용의자가 도주하는데 그냥 보내주어야 합니까? 그것도 검거하는 과정에서 우리 형사들이 용의자에게 습격을 당하여 중상을 입었는데 체포하지 않고 가만히 보고만 있어야 합니까? 그리고 사후 조치도 잘못한 것이 전연 없습니다. 현장에서 즉시 지혈하였고 병원에 입원시켜 총탄 제거 수술을 받았습니다. 자백을 받아내기 위하여 고문이나 인격적으로 모욕을 가한 적도 없습니다. 절대로 인권을 무시하거나 가혹행위를 하지 않았습니다."

감찰반장이 뭔가 모르게 트집을 잡는 것 같다고 생각한 진우는 소신있게 대답하면서 정당성을 주장하였다.

"공집으로 송치하였어도 상처가 완치될 때까지 계속 치료를 받도록 조치를 취해야 하는데 방치를 하였잖아요? 그리고 진범이 아닌데도 언론에서 범인으로 보도하도록 왜 방관을 하였어요? 결과적으로 그 사람은 범인이 아니면서도 심각하게 명예훼손을 당하였습니다. 이로 인해 그 사람은 정상적으로 생업에 종사할 수 없다고 인권위와는 별도로 청장님께 진정서를 내고 검찰청에 고소하였어요. 어떻게 책임을 지겠어요?"

감찰반장의 신랄한 추궁에 진우는 어이가 없어 말문이 막혔다. 영장을 발부받아 검거하려던 용의자가 극한 반항을 하고 도주하기에 총기를 사용하였다. 총상을 입은 용의자를 즉시 병원에 후송하여 총탄 제거 수술을 받도록 조치를 하였다. 언론에 보도된 것은, 검거할 때 목격한 시민들이 제보한 것인데 기자들이 확인도 하지 않고 범인이라 단정하여 대서특필하였다. 그런데 왜 나에게 잘못이 있는 양 추궁하는지 이해를 할 수 없었다.

"총기 사용은 규정을 어기지 않았습니다. 언론에 보도된 것은 내 잘못이 아닙니다. 용의자를 검거하려는데 경찰관을 타격하여 중상을 입히고 도주하였습니다. 70여m나 추적하여 총을 쏴서 검거하자 이를 목격한 주민들이 휴대폰으로 사진을 찍어 언론사에 제보한 것입니다. 나는 전연 모르고 있다가 이튿날 과장님이 신문에 실렸다고 이야기를 하여서 알았습니다. 그리고 검거한 후 즉시 지혈을 하고 병원으로 후송하여 치료를 받도록 사후 조치를 확실하게 하였습니다."

가만히 있으면 수사요원 전체가 도매금으로 넘어갈 것 같아 진우는 조리 있게 설명하였다.

"용의자가 살인 사건과는 아무 연관도 없이 총탄을 맞았고 범인으로 언론이나 방송, 인터넷 등에 보도되어 명예를 훼손하였다는데 그것이 거짓말이에요?"

진우가 수긍을 하지 않고 항변하자 감찰반장이 뭐 이런 경찰이 다 있느냐는 눈빛으로 압박하였다.

"살인 사건과는 관계가 없어도 공집은 확실하지 않습니까? 그것도 형사들이 세 사람이나 상처를 입었으며 한 사람은 수술할 정도로 중상입니다. 언론에서 추측 보도를 한 것은 수사요원들이 자료를 준 것이 아닙니다. 용의자를 검찰에 송치한 후 우리는 서울에 올라가서 또 다른 용의자를 쫓는다고 정신이 없었는데 어떻게 사후 처리를 합니까? 하려면 남아 있는 서장이나 수사본부장이 해야지요."

잘못한 것이 없는데 밀리면 안 된다는 생각이 들기에 진우는 감찰반장을 바라보면서 강하게 항변하였다.

"그럼, 누가 책임을 지면 좋겠어요? 실탄을 발사하고 수사를 지휘한 권 계장이 시인하지 않으면 서장이나 과장, 수사요원들에게 책임을 지워야 하겠어요?"

"그럼. 일선에서 수사요원들을 이끌고 동분서주 살인범을 쫓아다닌 내가 책임을 져야 합니까?"

"진정을 한 사람이 권 계장을 콕 집어서 하였어요. 그리고 수사팀을 이끌고 총기를 사용한 사람도 권 계장이잖아요? 시인을 하지 않으면 수사요원 전체가 피해를 당할 수도 있어요."

"…."

"진정을 한 사람이 권 계장을 지목하였는데 고생한 부하 직원들에게 책임을 떠넘기겠어요?"

"진정을 한 민성이를 대면 시켜주십시오."

"왜 그렇게 말귀를 못 알아들어요. 웬만하면 수사요원들에게는 피해를 주지 않고 가볍게 처리하려는데 권 계장이 그렇게 나온다면 나도 어쩔 수가 없어요."

"…."

"진정을 한 사람이 권 계장을 지목하였기에 어쩔 수 없이 감찰을 하는 거예요. 물론 권 계장이 책임이 없다고 항변하면 수사본부장과 수사요원 모두에게 징계를 줄 수 있어요. 진정을 한 사람의 처지를 생각해 보세요."

"…. 알겠습니다. 수사요원들은 범인을 쫓는다고 타지에서 제대로 먹지도 못하고 새우잠을 자면서 고생을 많이 하였습니다. 서장님이나 과장님은 나에게 다 떠넘길 위인인데 어쩔 수가 없군요. 내가 책임을 지겠습니다."

뭔가 모르게 시나리오를 작성해 놓고 짜 맞추기식 감찰 조사를 하는 것 같았다. 그렇지만 내가 계속 버틴다면 서장이나 과장은 빠져나갈 것이고 엉뚱하게 고생한 수사요원들에게 불똥이 옮겨붙을 수도 있겠다고 생각한 진우가 결국은 시인을 하고 말았다.

"권 계장, 용의자로 검거되었다가 풀려난 젊은이가 억울하다고 저렇게 떠드는데 누군가는 책임을 져야 해요. 수사한다고 고생이 많은데 가급적이면 가벼운 것으로 마무리를 짓겠어요. 나도 하명을 받았으니 어쩔 수가 없기에 조사를 하는 거예요. 이해를 하세요."

진우가 시인하자 감찰반장은 그제야 만면에 웃음을 지으면서 달래듯이 위로하는 척하였다. 진우는 마음속으로 강하게 부정하였지만, 청장이나 서장을 상대로 투쟁을 할 수 없었다. 자신이 뻗대면 결국 요원들이 유탄을 맞을 것인데 내가 보신만 하는 윗사람을 원망하듯 그들도 나를 비난하지 않겠는가 하는 생각이 들기에 입을 다물고 말았다.

징계 처리를 위임받은 서장은 신속하게 징계위원회를 개최하였다.

진우는 물의 야기 등으로 감봉 3월과 살인 사건 수사에서 배제되었다. 살인 사건은 서장이 직접 수사본부장이 되고 형사과장이 부본부장이 되는 등 격상되었다. 진우가 지휘하던 강력1팀 전원이 타서 전출도 불사하면서 수사요원을 고사하는 바람에 수사진은 강력2팀으로 교체되었다. 진우는 당분간 업무에서도 배제되었기에 한가하였다. 강력1팀이 야간당직을 하였던 이튿날 진우는 그동안의 노고를 위로하려고 팀원을 모두 불러 모았다.

"계장님, 면목이 없습니다. 우리가 무엇을 잘못하였기에 계장님이 중징계를 받아야 하는지 도저히 이해를 못 하겠습니다."

"씨발. 죽도록 고생하였는데 중징계라니! 서장 새끼가 진급에 눈이 멀어 희생양을 만드는 기라. 우리 조직은 높은 놈들 때문에 죽도 밥도 안 되는 기라. 그저 진급만 하려고 아부하는 놈들 때문에 발전이 안 되고 정체성을 벗어나지 못하는 기라."

"그래 맞다. 자기 출세를 위해 부하 직원들을 혹사시켰다가 문제가 발생하면 도마뱀 꼬리 자르는 식으로 징계나 남발하고…. 개새끼들."

"그래! 높은 놈들은 위만 쳐다보는 해바라기 아니가? 우리들이 열심히 뛸 수 있도록 울타리가 되어 주는 것은 고사하고, 전가의 보도처럼 징계권이나 휘두르는 더러운 놈들이지."

"인권위에 진정을 해도 우리가 잘못한 게 없는데 왜 징계를 당해야 하는데. 높은 놈들은 우리를 장기판의 졸로 생각하는기라."

"자. 그만하자. 그리고 우리도 할 말이 없다. 또한 민성이가 하도 떠들어대니까 본청에서도 대책이 없었겠지. 최 형사는 몸이 좀 어떻노?"

1팀 전원이 술잔을 앞에 놓고 서장을 성토하기에 가만히 있으면 끝이 없을 것 같았다. 진우의 내심에는 불만이 가득 차 있었지만 부화뇌동할 수 없어 팀원들을 제지하면서 최 형사에게 물었다.

"어제 퇴원을 하였습니다. 무리하게 목을 움직이지 않으면 괜찮다고 하였습니다. 계장님께 정말 미안합니다."

"아니다. 최 형사가 고생을 많이 하였지. 미안한 마음 가질 필요가 없다. 열심히 일하다가 다쳤는데 완치될 때까지 조심하여라. 그러다가 잘못되면 평생 고생을 한다."

"제가 알아서 조리하겠습니다."

"좆도 모르는 2팀이 뭘 한다고…콩가루 집안이 수사를 잘하겠다."

"그래! 팀워크가 개판인 2팀이 수사를 잘하겠다. 안 봐도 비디오지."

"씨발. 진급할라꼬 졸병들만 들들 볶는 서장 새끼 모가지나 날아가 버려라."

"그 이야기는 그만하자. 정작 미치고 환장할 사람은 나다. 그렇지만 내가 책임지지 않으면 여태까지 고생한 우리 팀원들에게 화가 미칠 것 같아 깨끗하게 승복하였다. 나는 괜찮으니까 모두 마음을 진정하고 그만 일어나자. 너무 많이 마시면 와이프한테서 쫓겨난다."

어느 정도 술이 들어가자 새삼스럽게 울분이 치솟는지 팀원 전원이 또 서장을 씹고 있었다. 모두 술도 어지간히 된 것 같아 진우가 계산대로 가면서 한 형사와 조 형사에게 일어나자고 눈짓하였다.

어느덧 계절은 말복을 넘기자 더위가 한풀 꺾였다.

진우는 인근의 금정경찰서로 자리를 옮겨 비교적 정신과 육신이 편안한 외근지도관으로 근무하고 있었지만, 항상 살인 사건이 머리에서 떠나지 않았다. 지금까지 살인 사건과 강도 사건 등 강력 사건을 10여 건을 넘게 수사하였지만 해결하지 못한 것이 한 건도 없었는데 이렇게 불명예를 안고 다른 경찰서로 전출이 되니 마음이 편치 않았다. 그동안 민성이가 진정하고 고소한 것은 지방청에 가서 사실 그대로 소명하여 무혐의 처분을 받았다.

진우가 징계를 먹은 줄도 몰랐던 아내는 통장에 봉급이 적게 들어오자 무슨 일인지 물었다. 진우가 해명을 하여도 앞으로 어떻게 버틸 수 있겠느냐면서 시도 때도 없이 바가지를 긁었다. 자리를 옮기기 전에 수사를 맡은 2팀을 보고 있노라면 서로 고성이 오가는 등 건성으로 나갔다 들어오는 것 같았다. 수사가 어떻게 되어 가는지 궁금하여 2팀장에게 전화를 걸었더니 죽겠다면서 다른 서로 전출을 가고 싶다고 하소연하였다. 한 형사나 조 형사에게 물어보아도 팀 전체가 삐걱대면서 사실상 손을 놓고 있어 조만간 수사본부가 해체할 것 같다고 말하였다. 진우는 어려운 사건에서 잘 벗어났다는 생각도 들었지만, 그런 마음은 순간 적이고 가슴이 답답하였다. 범인에게 패배자가 되어 무능한 경찰이라고 낙인이 찍히는 것보다 다시 사건을 맡아 부딪쳐 보고 싶었다. 완전범죄 를 저질렀다고 자화자찬하면서 경찰을 비웃고 있을 제3의 용의자를 기 필코 검거하여 법의 심판대에 세우고 싶었다. 진우는 답답한 나날을 보 내다가 어느 날 지방청장을 찾아갔다.

"청장님, 저번에, 해운대경찰서에서 발생하였던 살인 사건을 수사하다 가 배제된 권진우 경감입니다. 그 사건을 제가 다시 맡아 기필코 범인을 검거하고 싶습니다."

"그 사건은 수사본부장이 격상되어 해운대경찰서장이 수사를 지휘하 고 있는데 왜 맡으려고 하죠? 보고 받기로는 피해자 아버지가 서울의 D 구청장이고 여당의 실세라고 하던데…. 당신이 징계를 먹은 것도 무관치 않은 것 같던데…."

"알고 있습니다. 그렇지만 현재 수사가 원만하게 진행되지 않는다고 들었습니다. 장막 뒤에서 경찰을 비웃고 있을 범인을 생각하면 잠을 잘 수가 없습니다. 차일피일 시간을 보내다가는 영원히 범인을 검거할 수 없다고 생각되기에 옷을 벗을 각오로 범인과 싸워보고 싶습니다."

청장이 난색을 표명하기에 진우는 피를 토하는 심정으로 열변을 토 했다.

"글쎄. 본청에서 관심을 가지고 수사본부장이 격상된 사건이라 내 마 음대로 수사본부장을 교체할 수는 없는데…."

"청장님, 수사본부장을 교체하라는 말씀이 아닙니다. 저를 다시 해운 대경찰서 형사과로 발령을 내주시면 저 혼자라도 수사를 하겠습니다. 저 의 추리로는 범인은 분명히 피해자 주변에 있다고 확신합니다."

청장이 말끝을 흐리기에 진우가 강한 어조로 간청하였다.

"알았어요. 생각을 해보겠으니 그만 나가봐요."

"청장님, 형사로서 20년을 넘게 범인을 쫓아다녔지만 해결하지 못한 사건은 한 건도 없었습니다. 한 번 더 기회를 주십시오."

진우는 청장실을 나서다가 돌아서서 절실하게 간청하였다. 청장은 그런 진우를 물끄러미 바라보다가 빙그레 웃음을 지으면서 고개를 끄덕거렸다.

며칠 후 진우는 해운대경찰서 형사과로 복귀하였다.

지방청장으로부터 직접 격려 전화를 받았고 발령장을 들고 서장을 찾아가자, 반기는 표정이 아니었다.

"서장님, 다시 왔습니다. 열심히 하겠습니다."

"당분간은 보직이 없으니까 혼자 수사를 하든지 놀든지 마음대로 해라. 그렇다고 현재 수사를 하는 요원들에게 간섭도 하지 말고. 알아들었으면 나가봐."

"그렇게 하겠습니다."

진우가 전입 인사를 하자 서장은 귀찮다는 표정으로 심드렁하게 말하였다. 혹시라도 진우가 수사에 뛰어들어 이러쿵저러쿵 간섭하여 혼선을 줄까. 걱정하였는지 수사요원으로 발령을 내지 않았다. 진우는 속으로 콧방귀를 끼면서 잘 되었다 싶었지만, 내색하지 않고 서장실을 나왔다.

'그래. 수사본부에 얽매이면 제대로 활동할 수가 없을 텐데 잘 되었다. 청장이 뭐라고 지시하였을 것인데 서장이 이래라저래라 간섭은 하지 않겠지. 나 혼자 홀가분하게 뭐가 잘못되었는지 초동수사부터 다시 해보자. 여태까지 강력 사건을 맡아 범인을 추적하였지만 미제 사건은 한 건도 없었다. 분명히 범인은 멀리 있지 않다. 우리가 수사하면서 뭔가 빠뜨린 것이 있을 것이다. 지금부터는 간과한 그것을 찾아야 한다. 기필코 내 손으로 범인을 검거할 것이다.'

진우가 골똘하게 생각하면서 형사당직실로 들어서자 마침 강력1팀이 당직을 서고 있었던지 모두 반가워하면서 모여들었다. 강력1팀은 수사의 베테랑만 모여 있어 7월 인사 때 변동이 없었다.

"계장님, 축하합니다."

"계장님, 어서 오십시오. 1팀으로 오시는 것입니까?"

"다시 올 줄 알았습니다. 강력 사건은 당연히 계장님이 맡아야 하는데 빠지면 되겠습니까."

"모두 고생한다. 팀장을 맡고 있는 한 경위 자리를 내가 뺏을 수가 있나? 나는 보직을 받지 못했다. 그렇지만 명예를 회복하기 위해서 독자적으로 사건을 파고들 것이다. 그리 알고 있어라."

"에이. 우리 팀장을 맡으셔야지…. 좋았다 말았네요."

"계장님, 저는 팀장보다 계장님 밑에서 일하던 때가 더 좋았습니다. 제가 서장님께 말씀을 드리겠습니다."

"다들 엉뚱한 생각은 하지 마라. 실추된 우리 강력1팀의 명예를 위해 내가 범인을 잡을 테니까 그리 알고 내가 도움을 요청하면 협조를 해주면 좋겠다."

팀원들이 반가워서 진우를 둘러싸고 환담을 하였지만 분파를 일으켜서는 안 된다는 생각으로 손을 들어 제지한 후 당직실을 벗어났다.

4.
살인자의 말로

이튿날부터 진우는 본격적으로 수사에 착수하였다.

　아내와 함께 상계 마을에 있는 '상계 꽃등심' 음식점에 들러 탐문을 하였다. 외출하였다가 돌아온 아내가 부리나케 점심을 챙기기에 한우 불고기를 먹으러 가자고 말하자, 아내는 '저 양반 정신이 어떻게 되었나!' 하는 표정으로 멍하게 바라보고 있었다. 진우는 '사건을 수사하는데 음식점에 가야 한다. 여자와 함께 식사하면서 자연스럽게 뭘 알아내야 한다. 굳이 가기 싫다면 경찰서 경리 아가씨를 데리고 가겠다'고 하자 아내는 마지못해 따라나섰다.

　상계 마을에 가는 동안 아내는 봉급이 줄었는데 생활비가 어떻고 미주알고주알 끊임없이 잔소리하였다. 점심시간이 지난 시간이기에 음식점에는 손님이 없었다. 진우는 비교적 값싼 부위를 한 접시 시켜 놓고 주인 남자와 소주 한 병을 나누어 마시면서 한 시간이 넘도록 대화를 나누었지만, 소득이 없었다.

　'계곡 산장'에 가서 탐문을 하고 싶었지만, 음식도 시키지 않은 채 뻘쭘하게 꼬치꼬치 캐묻는다는 것은 실례라고 생각하였다. 술을 조금 먹었기에 내키지는 않았지만, 아내와 함께 가가호호 방문하였다.

　"어르신, 해운대경찰서에서 나왔습니다. 아직도 젊은이 못지않게 정정하십니다."

　"나는 잘못한 것이 없는디… 형사 양반이 어쩐 일이여?"

　백발노인이 괭이로 텃밭을 뒤지고 있기에 진우가 인사를 하자 허리를 펴면서 의문스럽게 물었다.

"지나다가 들렀습니다. 그런데 요즘에는 무슨 씨앗을 뿌려야 합니까?"

"뒤지 놨다가 배추와 무시를 심으려고…. 그런데 요새 형사들이 많이 오던데 마을에 무슨 일이 있는감?"

"마을에 있는 것이 아니고 설 때 용추계곡에서 여자가 죽었잖습니까? 그것 때문에 자주 오는 것입니다. 그런데 어르신 말이 다 들립니까?"

여든이 넘어 보이는 노인은 귀가 안 먹었는지 진우의 말을 모두 알아듣기에 농담처럼 물었다.

"응. 다 들려. 눈은 좀 침침한데 귀는 먹지 않았어."

"설 때 고향을 떠난 사람들이 많이 다녀갔지요? 그중에 누가 제일 좋은 차를 타고 왔던가요?"

"그런 것은 몰라. 우리 집 새끼가 오지 않아서 나는 나가지도 않았어."

"어르신, 동네에서 건들거리면서 돌아다니는 젊은이가 있습니까?"

"나는 잘 모르겠어. 저기 음식점을 하고 있는 김 영감이나 또평이에게 물어보면 잘 알 꺼야."

진우가 유도하여도 노인은 아무것도 모르는지 음식점을 가리키면서 말했다. 김 영감은 '상계 꽃등심' 주인을 가리키는 것 같고, 또평이는 '계곡 산장' 주인을 말하는 것 같았다.

진우는 더 물어봐야 나올 것도 없겠다 싶어 아내와 함께 사람이 있는 집을 찾아다녔다. 해가 질 때까지 10여 집을 다녔고 구정 때 모르는 사람이 마을에 왔는지 차는 어떤 것을 타고 왔는지 탐문을 하였다.

마지막에는 저녁때가 되었기에 '계곡 산장' 음식점 주인을 만나 비교적 값싼 안주로 소주를 함께 나누면서 탐문을 하였지만 요즘에는 형사들이 너무 뻔질나게 찾아온다는 말만 들었다.

하루 종일 돌아다녀도 단서를 될 만한 것을 발견할 수가 없어 아내에게 운전대를 맡겨 보덕사 주차장으로 내려왔다. 하산하는 등산객을 상대로 구정 전날 등산을 하였는지 입에 침이 마르도록 탐문을 하였지만 아무것도 얻을 수가 없었다.

　이튿날은 혼자 하상천 마을로 갔다.
　열네 댓 가구가 거주하고 있는 하상천 마을은 음식점이 없기에 집과
밭으로 주민들 찾아다니면서 탐문을 하였다. 수사요원들이 얼마나 뻔질
나게 다녔는지 마을주민 모두가 형사라면 진저리를 치고 있었다. 진우
는 혹시라도 빠뜨린 것이 있는지 요점을 정리하면서 세밀하게 훑었지만
단서가 될 만한 것이 나오지 않았다.
　진우는 더 이상 탐문할 데가 없어서 한참 동안 우두커니 서 있다가 차
를 두고 보덕사까지 걸어가면서 주변을 훑어보기로 하였다. 하상천 마
을에서 보덕사까지는 약 2㎞쯤 되는 것 같았지만 천천히 걸어가면서 주
변을 살펴보았다. 무엇인가 이상한 것이 있는지 눈여겨보면서 보덕사 주
차장까지 갔지만 특별한 것이 눈에 띄지 않았다. 평일이라 등산객도 많
지 않았다. 간간이 마주치는 등산객에게 섣달그믐날 등산을 하지 않았
느냐고 물었지만, 누가 그런 날 등산을 하느냐고 오히려 진우를 이상하
게 바라보았다.
　보덕사 주차장에는 자가용이 5대 있었다. 진우는 주변을 둘러보면서
생각에 잠겨 있다가 보덕사로 올라갔다. 사찰에는 점심 공양을 준비하
는지 구수한 음식 냄새가 진동하였다. 주지 스님을 찾으니 큰절인 범용
사에 가고 없었다. 저번에 현규의 인상착의를 말하였던 윤 보살이 진우
를 알아보고 점심 공양 전이면 같이 한술 뜨자고 하였다. 진우는 아침
밥을 늦게 먹었기에 생각이 없었지만 뭔가 단서를 찾으려고 보살들 틈에
끼어 앉았다.
　"보살님, 전에 공부하던 총각을 찾아온 사람은 그 아가씨 말고 다른
사람은 없었습니까?"
　"그 여대생이 어떻게 알고 찾아왔는지는 모르겠는데 다른 사람은 없

었어요. 그리고 총각은 공양할 때만 나왔고 방에서 공부만 하였기에 있는 줄도 모를 정돈데…."

"총각이 휴대폰을 가지고 있지 않던데 혹시 여기 전화를 빌려 쓰지 않았습니까?"

"그런 적은 한 번도 없었는데… 방에 틀어박혀 있다가 공양하라고 말하면 밖으로 나왔어요."

"그 총각 말고 다른 사람들도 여기 공부하러 왔습니까?"

"없어요. 그 총각만 지난해에도 잠시 공부하다가 간 것 같아요."

"젊은 신도들 중에 좋은 차를 타고 오는 사람이 있습니까?"

"요새는 차가 다 좋지. 그리고 여기까지는 올라오지 못하니까 누가 어떤 차를 타고 다니는지는 잘 몰라요."

점심 공양이 끝날 때까지 보살들에게 이것저것 물으면서 대화를 이어 갔지만 사건에 대하여 단서가 될 만한 것이 나오지 않았다. 보덕사를 나온 진우는 주차해 두었던 하상천 마을까지 되돌아가면서 주변을 살피고 간혹 지나가는 등산객을 상대로 탐문을 하였지만 단서가 될 만한 것이 전연 없었다. 산골짜기지만 몇 킬로미터를 걸어 다니다 보니 끈끈하게 옷이 젖었고 주변을 눈여겨 살피다 보니 머리가 어질어질하였다.

진우는 며칠을 현장 주변과 자연마을, 사찰을 중심으로 탐문하고 추리하다가 현규를 찾아갔다.

현규는 소룡사 암자를 떠나지 않고 그대로 있었다. 다소 수척해진 현규는 진우를 알아보고 인사를 하였다.

"현규야, 공부에 방해가 되어서 미안한데 의문 나는 점이 있어서 오지 않을 수가 없었다."

"아직 사건이 해결되지 않았습니까?"

"그래. 쉽게 풀리질 않구나. 그런데 현규가 보덕사에 공부하고 있다는 것을 해리에게 말했나?"

"일부러 해리를 만나지 않으려고 몰래 떠났는데 왜 가르쳐 주겠습니까?"

"그런데 해리가 어떻게 알고 현규를 찾아왔지?"

현규가 반문하기에 진우가 궁금하다는 표정으로 물었다.

"글쎄요. 그것은 안 물어보았습니다."

"그럼, 현규가 보덕사에서 공부하고 있다는 것을 아무도 모르나?"

"…. 종학이에게는 이야기한 것도 같습니다."

진우가 날카롭게 파고들자 한참 동안 생각을 하던 현규가 종학이를 거론하였다.

"자네하고 단짝이라는 강 의원 아들 종학이 말이지?"

"네. 그 친구한테 무심코 보덕사에 가야겠다고 말한 것 같습니다."

"해리가 종학이를 잘 알고 있나?"

"네. 두 집안은 어른들끼리도 친하고 해리도 종학이를 어렸을 때부터 친오빠처럼 따랐습니다."

"그럼. 그 친구가 한 번이라도 찾아왔나?"

"아닙니다. 그 친구도 고시 공부를 하고 있는데 그 먼 곳까지 어떻게 찾아올 수 있겠습니까?"

"종학이는 사법연수원에서 교육을 받고 있다."

"최종 합격하였군요. 진작 알았으면 축전이라도 보냈을 것인데…"

진우의 말에 현규는 진정으로 기뻐하는 표정이 얼굴에 가득하였다.

"혹시 종학이 집에 무슨 차가 있는지 알고 있나?"

"종학이 아버지가 타고 다니는 벤츠가 있습니다. 그 후에 종학이가 차를 구입하였는지는 잘 모르겠습니다. 헤어진 지 하도 오래되어서…"

진우가 화제를 그쪽으로 몰고 가면서 은근하게 묻자, 현규는 한참을 생각하다가 대답하였다.

"에쿠스 같은 국산 고급차는 아니고?"

"네. 종학이 집에 몇 번 갔는데 벤츠가 주차장에 있는 것을 보았습니다."

"혹시 해리가 종학이랑 같이 오지 않았을까?"

"그러지는 않았을 것입니다. 만약에 같이 왔다면 종학이가 왜 나를 만나지 않고 해리만 찾아왔겠습니까? 그리고 내가 물었을 때 고속버스를 타고 왔다 하였습니다."

"혹시 종학이 혈액형을 알고 있나?"

"글쎄요. 물어보진 않았지만 나하고 같은 A형인 걸로 알고 있습니다."

"종학이 전화번호는 어떻게 되는데?"

"전에는 수첩에도 적어 두었고 휴대폰에도 저장해 두었는데 함께 없애 버려서 기억이 잘 나지 않습니다."

종학이를 염두에 두고 혹시나 하여 물어보았지만, 연관성을 지을 수 없어 마음속으로 실망하였다. 한참 동안 대화를 나누어도 해리 주변에서 뭔가 단서를 찾아낼 수 없다고 생각한 진우는 현규를 격려한 후 일어났다.

국회에서 노령자 연금 등 민생법안을 통과시키고 집으로 돌아오던 강 의원은 날아갈 듯이 기분이 상쾌하였다.

'민성이를 은밀하게 만나, 인권위에 진정하고 총을 쏜 경찰관을 검찰청과 경찰청에 고소해서 보상을 받아야 완전하게 혐의를 벗어날 수 있다고 부추겼다. 자기를 인간적으로 대해준 수사반장을, 언감생심 고소한다는 것은 있을 수 없다고 완강하게 거부하는 민성이를 설득한다고 진땀을 흘렸다. 유능한 형사 같지만, 우리 모두를 위해서는 희생을 시켜야 한다고 작정하였기에 일말의 망설임도 없이 민성이에게 적지 않게 물질적으로 혜택을 주었다. 또한 설 구청장과 함께 경찰청장을 찾아가서 수사가 지지부진하다, 엉뚱한 사람만 잡고 있다고 호통을 쳐서 권진우 팀장을 밀어내고 수사팀을 물갈이시켰다. 생각 같아서는 각 신문의 사회면을 장식하고 뉴스를 탄 민성이를 범인으로 처벌받도록 하였으면 금상첨화라고 생각하였지만, 그것은 어쩔 수가 없었다. 더 이상 파고들지 못하도록 수사의 맥을 끊어 놓았으니 염려할 것이 없다고 자찬하였다. 현장에 남아 있던 증거물도 다른 사람들이고 신문에서도, 범인 두 사람이 해리를 강간하려다가 살해한 것이라고 하였다. 종학이가 타고 갔던 에쿠스 차량의 임시 넘버를 본 사람도 없다. 종학이가 법을 전공하였기에 그 총망 중에서도 모든 흔적을 지웠다니 추적을 할 수 없다고 생각되었다. 차도 바로 처분하였고 구청이나 경찰 전산망 등 모든 기록을 지워 흔적을 남기지 않았다. 모든 것이 완벽하다. 그 누구도 종학이를 의심하지 않을 것이고 더 이상 파고들 수가 없을 것이다. 이 사건은 영원히 미궁에 묻혀 세인들의 머리에서 사라져야 한다. 그래야 우리 가족도 설 구청장도 모두가 살 수 있다. 종학이가 연수원에서 공부를 열심히 하고 있는데 조만간 판사로 임용될 것이다. 만약에 검사로 임용된다면 부산으로 발령을 받아 완전무결하게 수사를 미제 사건으로 만들면 된다. 오늘 종학이가 연수원에서 사귄 여자 친구와 함께 온다고 하였다. 우수한 성적으로 합격한 재원이며 종학이를 많이 따른다고 하였다. 집이 수원이라고 말한 것 같은데⋯. 집안이 괜찮아야 내가 덕을 볼 수 있는데⋯. 오늘 인사를 시키겠다고 하였는데 대화하다가 자연스럽게 물어보면 되겠지.'

뒷좌석에서 눈을 감고 이것저것 생각을 하다 보니 어느새 집에 도착하였다. 운전기사와 비서에게 퇴근하라 말한 후 정원으로 들어서자, 아내가 웃으면서 반겼다.

"종학이는 아직 안 들어왔소?"

강 의원이 집에 들어가도 종학이가 나와서 인사를 하지 않기에 아내에게 물었다.

"조금 전에 전화가 왔는데 30분쯤 늦는다고 하였습니다. 당신도 어떤 아가씨인지 궁금한 모양이죠?"

"허허허! 당신은 봤지만 나는 처음이잖아. 어떤 아가씨인지 당연히 궁금하지."

"의원님, 어서 오세요."

"랍스터 냄새 같은데…."

거실에 들어서자, 앞치마를 두른 도우미 아주머니가 인사를 하는데 구수한 냄새가 회를 동하기에 강 의원이 자신도 모르게 중얼거렸다.

"도련님이 좋아하기에 노량진에 다녀왔습니다."

"아가씨가 참한 것이 해리를 많이 닮았어요."

찬모가 인사를 한 후 종종걸음으로 주방으로 돌아가자, 아내가 따라 들어와 저고리를 받아 들면서 집에 온다는 아가씨를 칭찬하였다.

"좀 씻고 오리다."

아무것도 모르는 아내가 해리를 들먹이기에 강 의원은 순간적으로 가슴이 찡하여 서둘러 목욕탕으로 들어갔다.

"아버지, 다녀왔습니다. 이쪽은 후배 윤민지입니다. 연수원에서 함께 공부하고 있습니다."

"아버님, 윤민지입니다. 처음 뵙겠습니다."

"음! 반가워요."

강 의원이 씻고 안방에서 간편복을 입고 나오자, 종학이와 키가 늘씬한 아가씨가 거실에 들어와서 다소곳이 인사를 하였다. 강 의원이 은연중 살펴보니 아내의 말처럼 외모가 해리를 많이 닮았으며 발랄하고 참신해 보였다.

"여보, 식사 준비가 다 되었어요."

"알았어요. 자, 다 함께 식사부터 하자."

아내가 주방에서 조금 큰 소리로 말하기에 모두가 식당으로 자리를 옮겼다. 종학이는 민지를 소개한 후 말없이 밥만 먹고 있어 무슨 생각을

하는지 알 수가 없었다. 아가씨는 밝은 성격인지 스스럼없이 행동하면서
도 예의를 잃지 않아 강 의원의 마음을 흡족하게 하였다.

"진로는 결정하였어요?"

"아버님, 말씀을 낮추세요. 제가 편하지 않습니다."

"그러지. 종학이 친구니까 말을 낮추지."

"연수원을 졸업하면 검사로 임용을 받고 싶습니다. 그리고 서울을 떠
나 지방에서 근무를 하고 싶습니다."

"모두 판사로 임용받길 원하고 또한 지방은 피하는데 무슨 이유라도
있나?"

판사를 원하지 않고 그것도 지방에서 검사로 근무를 해보고 싶다는
의외의 말에 강 의원이 민지를 건너다보면서 물었다.

"내근보다는 뛰어다니는 것이 제 성격에 맞을 것 같습니다. 따분하게
앉아서 서류나 뒤적이고 죄인을 판결하는 것보다는 범죄 현장을 누비고
싶습니다."

"그러다가 조폭이나 불한당들에게 변을 당하려면 어쩌려고?"

"아버님, 저는 공부를 하면서 스트레스도 풀 겸 어려서부터 운동을 많
이 하였습니다. 외람된 말씀처럼 들리겠지만 제 몸 하나 정도는 충분히
지킬 수 있습니다."

"그래! 무슨 운동을 하였는데?"

여자가 운동을 하였으면 얼마나 하였다고 저런 당찬 말을 하는가 싶
어 강 의원이 웃으면서 물었다.

"검도와 태권도를 하였습니다. 고등학교 다닐 때는 전국체전에 태권도
선수로 출전하여 은메달을 땄습니다."

"그래! 부모님이 반대하시지 않은 걸 보니 형제간이 많은 모양이구나."

"후계자 수업을 받고 있는 오빠뿐입니다."

"참. 부모님은 뭘 하시는데?"

처음부터 부모가 뭘 하는 사람인지 묻고 싶었지만, 나쁜 선입감을 주기 싫어 꺼내지 않았는데 민지가 언급을 하기에 강 의원이 기회를 놓치지 않고 자연스럽게 물었다.

"조그마한 중소기업을 운영하고 있습니다."

"요즘 사업이 어렵다고 아우성치는데 고생이 많겠군."

"아버지 회사는 내수보다는 수출을 많이 하는 것 같았습니다. 작년에는 훈장까지 받았습니다."

"그래! 그런 회사 같으면 내가 산업분과위원장을 맡고 있어 알 것인데…. 회사 이름이 무엇인데?"

"동방코리입니다."

"뭐? 동방코리! 그럼, 윤학준 씨가 아버지인가?"

"어머! 당신이 아시는 분이에요?"

강 의원이 눈을 크게 뜨면서 동방코리의 사장 이름을 말하자 아내가 의외인 듯 랍스터를 집어 든 채 물었다.

"알지. 작년에 산업기계 수출로 은탑산업훈장을 받았지. 중소기업이 아니라 대기업에 가깝지. 윤 사장과는 저녁도 한 번 하였지. 소신이 확신하고 일에 빈틈이 없는 당찬 사람이구나 그런 느낌이 들었는데 훌륭한 아버지를 모시고 있군."

"두 집안이 인연인가 봐요."

아내는 민지가 종학이의 결혼 상대자로 마음에 들었는지 강 의원을 바라보는 얼굴에는 웃음꽃이 떠나지 않았다.

동방코리는 산업기계를 생산하여 수출하는 회사로 대기업 반열에 올라선 기업이었다. 윤 사장은 투명하게 사업을 하면서 성격도 호탕하여 재계에서 호걸이라고 정평이 나 있는 사람이었다. 특히 일본이 석권하고 있던 산업기계 분야에 뛰어들어 동남아 시장을 개척할 정도로 프로기질이 다분한 사업가였다. 강 의원은 이런 사람과 사돈을 맺는다면 나쁠 것이 없다고 생각하였다. 와인 몇 잔을 반주 삼아 저녁밥을 먹은 강 의원은 내일 발의할 법안을 손질하기 위해 서재로 가면서 흐뭇한 웃음을 지울 수가 없었다.

현규를 만나고 와서도 현장과 상계, 하상천 마을, 보덕사를 누비고 다녔지만 무엇 하나 단서를 찾을 수가 없자 진우는 마음고생이 심하였다. 그렇지만 현장은 증거의 보고인데 희망을 버릴 수가 없었다. 실낱같은 단서라도 찾으려면 힘들더라도 현장을 누벼야 한다는 집념뿐이었다. 어딘가 요원들이 간과한 단서가 틀림없이 있을 것이다. 분명히 목격자나 유류물이 있을 것이라고 확신한 진우는 차를 두고 등산복 차림으로 집을 나섰다.

현장과 자연마을, 보덕사로 가는 길을 몇십 번을 넘게 오르내렸던 터라 이젠 길가에 있는 돌멩이도 낯설지 않았다. 어느 돌은 화강암이고 어떤 돌은 석회질이라는 특징까지 알 수 있었지만, 혹시라도 빠뜨린 것이 있나 유심히 살피면서 천천히 계곡을 따라 걸었다. 계곡 물가에는 가족으로 보이는 사람들이 몇 명 있었다. 오늘은 휴일이라 등산하는 사람이 많았다. 만나는 사람마다 구정 전날에 등산을 하였는지 탐문을 하였지만 그런 사람마저 쉽게 찾을 수가 없었다. 천신만고 끝에 구정 전날 산에 갔다는 오십 대 등산객 두 사람을 만났지만 해가 빠지기 전에 내려왔다고 하기에 허탈하였다.

골짜기에 들어왔는데도 아직까지 햇볕이 따가웠다. 내리쬐는 한낮의 태양에 등산복이 젖어 들었지만, 진우는 탐문을 멈출 수가 없었다. 죽은 해리의 원혼을 달래주고 실추된 명예를 회복하기 위해서도 기필코 범인을 잡아야 한다는 오기로 상계, 하상천 마을을 돌아내려 오면서 보덕사에 들렀다. 이젠 하루도 빠지지 않고 일과처럼 진우가 나타나자, 스님과 보살들이 먼저 인사를 할 정도였다. 현규가 머물렀던 방을 살펴보고 나이 많은 보살과 대화를 나누다가 돌아섰다.

보덕사를 나온 진우는 해리가 변을 당한 넓은 바위로 갔다. 며칠 전비가 왔기에 계곡물이 조금 불어 있었다. 진우는 징검다리를 건너듯 크고 작은 돌을 건너뛰어 바위에 올랐다. 날마다 눈길을 마주치는 바위는 분명히 범인을 알고 있겠지만 말없이 진우를 반길 뿐 그 어떤 영감도 주지 않아 안타까웠다. 진우는 한참 동안 장승처럼 서 있다가 그대로 퍼져 앉아 담배를 피우면서 범인을 잡게 해 달라고 마음속으로 간절하게 빌었다.

상념에 빠져 있던 진우가 정신을 차리고 둘러보니 등산객이 하나둘 내려오고 있었다. 시계를 보니 오후 5시쯤 되었다. 해가 빠지려면 아직 멀었는데 벌써 하산한다고 생각하면서 일어났다. 진우는 잰걸음으로 등산객을 따라잡았다. 등산객과 보조를 맞춰 내려가면서 대화를 나누었지만, 목격자도 아니었고 단서가 될 만한 그 무엇도 찾을 수가 없었다. 육십 대 초반으로 보이는 남자 등산객 세 명은 소일거리로 날마다 산에 가지만 해가 있을 때 내려온다고 하였다. 진우는 얼마 남지 않은 미래의 내 모습이 저렇겠지, 생각하자 저절로 쓴웃음이 나왔다. 뒤처져서 하산하는 다른 등산객을 상대로 탐문을 계속할까, 생각하다가 괜스레 마음이 울적하기에 세상 돌아가는 이야기를 하면서 그대로 따라 내려왔다.

"젊은 선생도 막걸리 한잔하시겠나?"

계곡 산길로 접어드는 입구에 거의 다 왔는데 세 사람 중 배가 조금 나온 등산객이 지나가는 말투로 물었다.

"좀 더 내려가면 대폿집이 있겠지요. 제가 사겠습니다."

빈말이지만 먼저 호의를 베푸는 것이 고마워서 진우가 자신도 모르게 주변을 둘러보면서 무심코 대답하였다.

"좋은 집이 있는 줄 모르는 것을 보니 산을 많이 타지 않았군."

키가 크고 풍채가 좋은 등산객이 진우를 바라보면서 말을 하다가 대문이 열려 있는 바로 옆의 단층 슬래브 집으로 쑥 들어갔다. 진우가 망설이다가 마지막으로 따라 들어갔다. 들어가 보니 외관은 가정집인데 부엌과 마당, 마루를 개조한 홀에는 탁자가 네 개 있었고 안쪽 벽에는 라면과 국수가 가지런히 진열되어 있었다.

"간판이 없어 가정집인 줄 알았는데 음식점이네요."

"산에 갔다가 내려오면 여기서 한잔하고 간다네. 우리처럼 중늙은이 단골집이지. 주모, 여기 막걸리하고 김치찌개 큰 거 하나 주소."

진우가 홀 안을 둘러보면서 말하자, 키가 제일 큰 등산객이 안쪽을 바라보면서 조금 큰소리로 막걸리를 주문하였다.

"오늘은 어째 안 오나 싶었다. 그런데 누님이라고 부르라 하였는데 왜 자꾸 주모라고 하나?"

"앞치마를 두른 칠십 대 중반쯤 되어 보이는 할머니가 방문을 열고 나오면서 단골손님인지 살갑게 맞이하였다.

"주모가 얼마나 운치 있는데…. 이 집 할망구 묵은지 김치찌개가 일품이라네. 젊은 선생도 맛을 들여놓으면 단골이 될 걸세."

미리 준비해 놓았는지 10분도 채 되지 않아 막걸리와 김치찌개가 나왔다. 비계와 살코기가 섞인 돼지고기를 적당한 크기로 썰어 넣은 묵은지 김치찌개는 푹 삶아져서 얼큰하고 맛이 좋았다.

"좋은 집을 가르쳐 주었는데 제가 사겠습니다. 한잔 받으십시오."

땀을 많이 흘려서 목이 컬컬하였는데 시원한 막걸리가 들어가자 단번에 갈증이 풀렸고 김치찌개는 그야말로 꿀맛이었다. 한 시간도 되지 않아 남은 세 개의 자리가 다 차고 등산객들의 잡담으로 시끄러웠지만 진우는 오랜만에 기분이 좋았다.

"할머니, 여기서 장사하신 지 오래됩니까?"

"한 20년이 넘었지 싶어."

"손님이 많네요. 간판을 달면 좋을 것인데…."

"사람이 너무 많이 오면 귀찮아. 내 한 입 풀칠할 정도만 벌면 돼."

막걸리를 마시면서 할머니에게 말을 시켰지만 바쁜지 한참 있다가 대답하기에 진우는 탐문을 할 수가 없었다. 진우는 내일 한가한 때 와서 물어보리라 생각하면서 술잔을 들다 보니 오랜만에 과음을 하고 말았다.

종학이는 민지를 볼 때마다 해리를 보는 것 같아 마음이 괴로웠다.

볼우물을 지으면서 해맑게 웃는 모습이 해리를 너무 닮아 어느 때는 통곡을 하고 싶었다. 민지가 애정을 표시할 때마다 종학이는 회한이 밀려와 자신도 모르게 가슴이 찢어지는 것 같았다. 연수원에서는 톱을 달리는 두 사람이 항상 붙어 다니자, 연리지와 비익조에 비유하면서 모두가 부러운 눈으로 바라보았다. 그렇지만 종학이는 심적 갈등으로 이러지도 못하고 저러지도 못한 채 어정쩡하게 민지를 대하고 있었다. 젊은 연인들의 특권이라 할 수 있는 키스나 포옹도 몇 달이 흐른 현재까지 한 번밖에 하지 않고 그저 손을 잡거나 팔짱만 끼고 다녔다. 요즘 들어서 민지는 금요일에 종강하면 종학이 집에 들렀다가 자기 집으로 가는 것이 일과처럼 되었다.

"선배, 우리 집에는 언제 가겠어요? 부모님이 소개시켜 달라고 몇 번이나 말씀하셨는데…."

금요일 외박을 나온 민지가 종학이 집에 와서 어머니와 함께 저녁밥을 먹다가 어렵게 말을 끄집어내었다.

"내가 찾아뵙고 인사를 드리라고 말했는데 아직 안 갔니?"

"공부도 해야 하고 또 집에 오면 구청장님 댁에도 가야 하는데 언제 수원까지 갔다 오겠습니까? 천천히 인사를 드려도 되니까 미루고 있었습니다."

민지의 말을 들은 어머니가 눈을 크게 뜨면서 책망하기에 종학이가 변명 아닌 변명으로 얼버무렸다.

"종학아, 구청장 댁에는 그만 가도 되지 않겠니? 아무리 양아들이라고 자청하지만, 친부모보다 더 지극정성으로 모시는 것 같아 질투가 난다."

영문도 모르는 어머니가 그동안 종학이가 해리 부모님을 대하는 언행이 못마땅하였는지 약간 정색을 띠면서 말하였다.

"참! 어머니도. 해리 어머니는 제가 찾아가는 것을 유일한 낙으로 아시는데 어떻게 그런 말씀을 하십니까?"

그렇지 않아도 괴로워 죽겠는데 어머니가 질책을 하자 종학이는 자신도 모르게 쏘아붙이고 말았다.

"종학아…!"

"제 말이 틀렸습니까? 만약에 제가 해리처럼 잘못된다면 어머니 심정은 어떻겠습니까? 역지사지라고 하였습니다. 실의에 빠진 그분들을 우리 가족이 위로해 드려야 하는데 제가 찾아가는 것을 못마땅하게 생각하신다니 실망하였습니다."

평생을 사죄해도 지울 수 없는 큰 죄를 지었는데…. 앞으로 해리 부모님을 어떻게 받들더라도 간섭을 할 수 없도록 내친김에 쐐기를 박아야 한다는 마음이 들었기에 종학이는 일부러 강경하게 말하였다.

"종학아, 에미는 민지가 애를 태우는 것 같아 찾아뵙는 것이 도리라고 생각하였기에 한 말이다. 그리고 어렸을 때부터 해리를 친동생처럼 아낀 것은 알지만 이젠 그만 놓아줄 때도 된 것 같다. 오해는 하지 마라."

장성한 아들에게 속 좁은 여자로 비칠까 봐 김 여사가 황급하게 해명하였지만 왜 벌컥 화를 내는지 이해를 할 수 없었다.

"어머니, 죄송해요. 그런 사정도 모르고 제가 보채는 바람에 선배가 화가 난 것 같습니다. 정말 죄송합니다."

모자간의 언쟁은 민지가 끼어들어 간단하게 수습이 되었지만 종학이는 가슴이 미어지기에 슬그머니 정원으로 나와 먼 하늘을 바라보면서 해리를 생각하였다.

이튿날 정오쯤 진우는 아내와 함께 등산복 차림으로 집을 나섰다.

막걸릿집은 등산로 계곡으로 접어드는 초입 주변에 있어 할머니가 뭔가 본 것이 있을 것만 같았다. 또한 술을 먹으면 차를 운전할 수가 없고 김치찌개가 입맛에 맞기에 아내가 배웠으면 하는 마음으로 동반하였다. 진우의 예상대로 점심때가 조금 지난 시간에 도착하였는데 손님이 한 사람도 없었다.

"할머니, 오늘은 집사람하고 같이 왔습니다. 막걸리 한 병하고 김치찌개 작은 거 하나 주이소. 밥도 있으면 두 공기 주고요."

"어제 왔던 젊은 양반이네. 거기 앉아요."

아내에게, 묵은지 김치찌개를 먹어 보고 어떻게 만드는지 비법을 배우라고 이야기를 하고 있는데 이내 음식이 나왔다. 아내가 따라주는 막걸리를 탁자에 놓지도 않고 단숨에 마신 진우는 묵은지를 집어 먹으면서 아내에게 먹어 보라고 눈짓을 하였다. 돼지고기를 별로 좋아하지 않는 아내지만 진우가 먹는 모습이 맛있게 보였는지 조금 집어 맛을 보더니 괜찮다고 하였다.

"할머니, 요리 솜씨가 큰 식당을 해도 손님이 바글바글하겠습니다. 집사람에게 비법을 좀 가르쳐 주십시오."

"아무나 가르쳐 주면 내가 입에 풀질을 못 혀. 내가 죽을 때 가르쳐 줄게."

진우가 대화를 트려고 칭찬을 하자 할머니가 슬그머니 아내 옆의 의자에 엉덩이를 걸치면서 뼈 없는 농담을 하였다.

"할머니, 여기서 오래 장사를 하셨다고 말씀하셨는데 누가 계곡으로 올라가고 내려가는지 또 어떤 차가 올라가고 내려가는지 훤하게 알 수 있겠네요?"

"그럼. 다 알지. 등산객이나 절에 다니는 신도들이 우리 집을 모르면 간첩이지."

진우가 은근하게 추켜세우자, 할머니는 가스레인지에서 끓는 소리가 나자 황급히 부엌으로 가면서 자랑하였다.

"할머니, 지난 섣달 그믐날에도 장사하였습니까?"

"비가 오나 눈이 오나, 설이나 추석이나 문을 안 열 때가 없어. 비가 와도 산에 가는 사람이 있고 명절날에도 산에 가는 사람이 있어. 우리 집은 365일 하루도 안 쉬고 문을 열어."

"혹시 섣달그믐날 초저녁에 이상한 사람이 내려오거나, 좋은 자가용이 올라가거나 내려오는 것을 보았습니까?"

진우가 슬그머니 화제를 사건 쪽으로 몰아가면서 물어보았다.

"젊은 양반이 형산감?"

"네. 해운대경찰서 형사반장입니다. 설 때 용추계곡에서 여대생이 죽었는데 지금까지 범인을 못 잡았습니다. 혹시나 뭘 본 것이 있나 해서 물어보는 것입니다."

"맞어! 그때도 내가 장사를 하였지. 손님도 없고 어둡고 해서 막 문을 닫으려고 하는데, 보덕사 쪽에서 차가 한 대 내려왔어. 그런데 앞에 큰 불은 안 켜고 작은 불만 켰는데 우악스레 운전을 해서 내가 다칠 뻔하였지."

"하마터면 큰일 날 뻔하였네요. 차는 무슨 차던가요?"

할머니의 말에 진우는 순간적으로 가슴에서 환희가 치솟는 것을 지그시 누르면서 태연하게 물었다.

"몰라. 어두워서 잘 못 보았고 내가 본들 차 이름을 알 수 있나. 굉장히 비싼 차 같던데…."

"트럭은 아니고 택시처럼 생긴 자가용이네요?"

"그럼. 내가 여중을 나왔는데 트럭하고 자가용도 구분 못 할까? 우리 아들도 좋은 차를 타고 다니는데…."

"번호판에 글자를 보았습니까?"

진우는 드디어 단서를 찾아낸다고 생각하면서 자연스럽게 물었다.

"놀라서 저 아래 모퉁이를 돌아갈 때까지 보고 있었는데 작은 불빛에 번호판이 보이기는 했어도 무슨 글잔지 잘 몰라."

"할머니, 잘 생각해 보이소. 여러 글자 중에 한자라도 생각이 나지 않습니까?"

"몰라. 생각나지 않아."

"그럼, 번호판 색깔은 무슨 색이었습니까?"

"하얀색인 것 같았어. 그리고 폭이 좁고 옆으로 길쭉한 것이 보통 번호판하고 달랐어. 여태까지 장사하면서 그런 번호판은 몇 번밖에 못 보았어."

할머니의 말에 진우는 임시번호판이라는 것을 직감하고 희열을 느꼈지만, 내색을 안 하고 계속 물었다.

"할머니, 차 색깔은 무슨 색이든가요?"

"어두워서 확실하게는 모르겠는데 검게 보였어. 옆으로 지나가도 검은 색이니까 잘 보이지 않았지."

"차가 내려올 때 어떤 사람이 운전하던가요?"

"못 봤어."

"남자가 운전하였는지 여자가 운전하였는지 혹시 기억이 납니까?"

"스칠 때 얼핏 보니까 앞에 운전하는 사람 혼잔 것 같았어. 남잔가 여잔가는 모르겠고."

할머니 집이 계곡에서 내려오면 우측에 있고 차는 왼쪽에 운전석이 있기에 흔적만 본 것이어서 남잔지 여잔지 구분을 못하는 것 같았다.

"여자가 운전하였으면 머리 스타일이나 옷이 남자와 다를 것 아닙니까? 잘 생각을 해 보이소."

"음…. 머리가 긴 것 같지는 않았어."

"그 일이 있고 난 후 여기에 형사들이 한 번이라도 찾아왔습니까?"

"나는 못 봤는데. 찾아와서 물었으며 이야기를 하였지."

할머니의 말에 진우는 쓴웃음을 지었다. 자신도 이 길을 여러번 오르내렸지만 자가용을 이용하였고 걸어서도 몇 번 지나왔지만, 막걸리를 파는 주막인 줄은 꿈에도 몰랐다. 또한 요원들이 현장에서 멀리 떨어진 이곳까지 탐문을 하지 않았을 것이다. 설사 탐문을 하였어도 주변의 우범자들을 물었겠다고 생각하니까 실소를 금할 수가 없었다.

"할머니, 그날 저녁때 그 차 말고는 다른 사람이나 차는 못 보았습니까?"

"몰라. 또 봐도 잘 모르지. 그 차는 내가 다칠 뻔했으니까 생생하게 기억을 하는 것이지."

"그 차에 대하여 생각나는 것이 더 있습니까?"

"뭐 저렇게 바쁜 사람이 다 있나 그렇게 생각하였지."

"그때 시간이 몇 시쯤 되었어요?"

"제법 어두워졌는데 시간은 잘 모르겠어. 문을 닫고 조금 있다가 재방송하는 연속극을 보았는데…"

"어떤 연속극이었습니까?"

진우는 TV 드라마를 전연 보지 않기에 무슨 연속극을 어느 시간대에 재방송하는지 정확히 알 수가 없어 다시 물었다.

"거 왜 있잖수? 김○○ 탤런트가 나오고…. 결혼한 그 집 아들이 옛날 애인과 놀아나다가 마누라에게 들켜서 이혼을 하니 안 하니 하는 거."

"아! 할머니, '청춘은 아름다워' SBS에서 방송하는 연속극을 말하는 것이죠?"

"맞어. 그거 재방송 봤어."

옆에서 듣고 있던 아내가 드라마 제목을 말하자 할머니가 맞는다면서 호들갑을 떨었다.

"그 후에는 올라가는 차나 내려오는 차 소리를 더 들은 것은 없어요?"

"방에 들어가서 연속극 보면 잘 안 들려."

진우는 한 시간이 넘도록 할머니와 이런저런 이야기를 하면서 그때 상황을 반복해서 물었지만 하나도 틀리지 않게 똑같이 말하였다. 임시번호판을 단 고급 승용차라는 것을 확인한 진우는 치솟는 희열을 가누지 못한 채 할머니에게 인사를 한 후 막걸릿집을 나섰다.

오랜만에 경찰서로 출근하였다.

형사계에 들어가자, 아는 얼굴들이 반가워하였다. 한 경위가 팀장을 맡고 있는 강력1팀은 외근을 나갔는지 아무도 보이지 않았다. 진우는 사무실에서 한 팀장에게 전화를 돌렸다.

"한 팀장, 난데 지금 어디 있나?"

"어! 계장님, 당직하고 집에 들어왔습니다."

"자야 하는 데 전화해서 미안해. 오후에 할게."

"아닙니다. 무슨 일이 있습니까?"

밤새 당직을 하고 집에 가서 자는 사람에게 전화한 것이 미안하여 진우가 끊으려고 하자 한 팀장이 황급하게 말했다.

"그때 남아서 차량 수사를 하였는데 임시번호판을 단 승용차가 IC를 통과한 차량이 있었나?"

"서너 대가 있었던 것 같은데 용의 차량에 포함을 시켰는지는 잘 모르겠습니다."

"IC에서 CCTV 복사한 USB는 수사본부에 모두 인계하였지?"

"네. 사건 파일 일체를 넘겨주었습니다."

"알았어. 피곤할 텐데 자라."

"뭐가 좀 있습니까?"

전화를 끊으려고 하자 한 형사가 뭔가 잔뜩 기대에 찬 목소리로 물었다.

"추적할 수 있는 단서를 발견하였다."

"그래요! 역시 계장님이십니다. 제가 도와드릴 일이 있습니까?"

"지금 확인하고 있으니까 그럴 필요가 없고 나중에 요청하면 도와줘."

전화를 끊은 진우는 수사본부가 있는 장산지구대로 향했다. 수사가 부진하여 침체에 빠져 있던 수사본부는 좋은 일이 있었는지 생기가 넘쳐나고 있었다. 요원들의 얼굴에는 화색이 감돌았고 부본부장인 형사과장이 싱글벙글 웃고 있었다.

"과장님, 안녕하십니까. 좋은 일이 있는 것 같습니다."

"진 계장, 어서 와요. 피해자의 유류품이 발견되었어요."

"그래요! 어디서 발견되었습니까?"

"경산의 신대구고속도로 변에서 발견되었어요."

"다행입니다. 어떻게 해서 발견되었습니까?"

"땅에 묻혀 있었는데 저번에 비가 왔을 때 토사가 흘러내리면서 드러났지. 부모님 산소에 가던 주민이 발견하여 신고하였는데 어제 가지고 와서 분실에 보냈어요. 아마 오늘쯤 결과가 나오겠지."

형사과장은 유류품이 발견되었기에 범인 검거를 낙관하는지 느긋한 표정으로 말하였다. 진우는 범인이 차를 타고 부산에 들어온 경로와 범행 후 도주로를 머릿속으로 그려보면서 회심의 미소를 지었다.

"김 팀장, 고생한다. 유류품도 발견되었으니 조만간에 좋은 결과가 있지 않겠나."

김 팀장이 어떻게 생각하고 있는지 위로하는 척 슬쩍 떠 보았다.

"글쎄요…. 그런데 웬일입니까?"

과장은 회색이 만면하였지만, 실무진을 이끄는 김 팀장은 얼굴이 밝은 표정이 아니었다. 형사 생활을 하지 않아 수사에 대하여서는 경험도 없는 과장이야 범인을 다 잡은 것처럼 생각할 것이다. 그렇지만 일선에서 수사를 많이 해본 김 팀장은 유류품이 발견되었다, 하더라도 너무 오래

땅속에 묻혀 있었고 빗물에 씻겨서 결정적인 단서가 나오지 않을 거라 생각하는지 표정이 흐렸다.

"자료 좀 확인하려고…. 고속도로 IC에서 CCTV 복사해 놓은 자료가 어디 있나?"

"여기 있습니다."

김 팀장이 책상 서랍 속에서 내어주는 USB를 받아 한쪽 구석으로 간 진우는 가지고 간 노트북에 모두 옮겨서 집으로 돌아왔다.

아내가 몇 번이나 점심을 먹으라고 말하여도 진우는 나중에 먹겠다고 건성으로 대답하면서 몇 시간째 컴퓨터 화면을 돌려보고 있었다.

임시번호판을 부착한 대형 승용차가 구정 전날 경부고속도로 노포 IC에서 1대, 구서 IC에서 1대, 남해고속도로 서부산 요금소에는 없었고, 신대구고속도로 상동 IC에서 1대가 통과하여 부산으로 들어왔다. 진우는 이 3대 중에서 2019.2.4.16:44분 35초에 구서 IC 하행선을 통과한 ×8×5×79 임시번호판을 단 남청색 에쿠스를 주목하였다. 모든 나들목의 상행선 CCTV에는 부산으로 진입한 차량이 설날 오후와 그 이튿날에 진입하였던 곳으로 빠져나갔다. 그런데 유독 이 차는 진입하였던 구서 IC로 나가지도 않았고 노포, 김해, 상동 IC에도 빠져나간 흔적이 없었다. 진우는 이 차가 어디에서 출발하여 부산으로 들어왔는지 서울 근교에서 복사해 온 CCTV를 돌려보았다. 있었다. 판교 IC 하행선 CCTV에 2019.2.4.10:05분 53초에 통과하였다. 화면이 희미하여 확대를 하여도 마스크를 착용한 사람이 구서 IC 하행선을 통과한 사람과 동일 인물로 추정은 되지만 남자는 분명한데 마스크와 햇빛 가리개를 내려서 누구인지 판독은 불가능하였다. 진우는 판교 IC 상행선 CCTV를 돌려보았다. 그런데 없었다. 판교 IC에서 출발하였으며 돌아갈 때도 마땅히 왔던 곳으로 빠져나가야 정상인데 나타나지 않았다. 진우는 수원, 양재 등 복사해 온 자료들을 모두 확인해 보았지만, 빠져나간 흔적은 그 어디에도 나타나지 않았다. 진우는 직감으로 제3의 용의자가 이용한 차량이라는 것을 확신하였다.

'그래! 이 차다. 범행을 저지르고 다른 길로 빠져나간 것이다. 막걸릿집 할머니가 말한 검은색 비싼 차가 맞다. 어두우니까 검은색으로 보였을 것이다. 신형 에쿠스가 분명하니 현장에 남아 있던 타이어 흔적과 일치할 것이다. 그리고 신대구고속도로 주변인 경산의 야산에서 피해자의 유류품이 발견되었다고 하지 않았는가. 그래! 이 에쿠스를 혼자 타고 왔던 O형 혈액형을 가진 남자가 범인이 확실하다. 범행을 저지르고 일반도로를 이용하여 부산을 빠져나갔다. 삼랑진이나 밀양에서 신대구고속도로에 올렸을 것이고 서울까지 가지 않고 중간에 내려와서 국도를 타고 서울에 진입하였을 것이다. 국도로 우회하면 추적을 피할 수 있다고 잔머리를 굴린 것이다. 범인은 틀림없이 해리를 잘 알고 있는 주변 사람일 것이다.'

자신도 모르게 중얼거리던 진우는 구서 IC에서 촬영된 영상을 화면 가득 확대를 해보았다. 피사체에 초점을 이리저리 맞춰보아도 남자는 분명한데 얼굴은 확인할 수가 없었다.

'이 녀석이 해리를 살해한 범인이다. 그래! 틀림없다. 증거를 인멸하려고 해리의 소지품을 가지고 가다가 신대구고속도로 변인 경산의 야산에 묻은 것이다. 현장에서 가져온 해리의 소지품인 핸드백 등을 집에까지 가지고 갈 수 없었을 것이다. 그래! 틀림없다. 이 차를 추적하면 뭔가 윤곽이 잡힐 것이다. 음…. 그런데 초동수사를 할 때 차량을 모두 검색하였을 것인데…. 서울에서 차량 소유주를 수사할 때 임시번호판에 대하여서는 보고를 받은 것이 없는 것 같은데 어떻게 된 것일까?'

한참 동안 추리를 하면서 중얼거리던 진우는 수사 자료를 발췌할 때 차적 조회를 누가 하였는지 생각해 보았다. 그 당시 IC에서 복사해온

CCTV를 한 형사와 박 형사가 일괄 차적 조회를 통해 용의 차량을 추렸다고 하였다. 그런데 ×8×5×79 임시번호판은 누가 차적 조회를 하였는지 알 수가 없어 박 형사에게 전화를 돌렸다.

"계장님, 어떻게 지내십니까?"

진우의 전화를 받은 박 형사가 반가운 목소리로 안부를 물었다.

"박 형사, 그때 IC에서 복사해 온 CCTV 화면을 차적 조회를 통하여 용의 차량을 발췌하였다는데 ×8×5×79 임시번호판은 누가 차적 조회를 하였나?"

"자료가 너무 많아 번갈아 가면서 선별하였는데 그 임시번호판은 누가 조회를 하였는지 잘 모르겠습니다."

"그럼, 그때 무엇을 기준으로 용의 차량을 선별하였나?"

"에쿠스나 제네시스, SUV 등 국산 대형 자가용을 혼자서 운전하거나 차주가 오십 세 이하 남자로 되어 있는 차량, 렌터카는 남자가 빌려 간 것을 모두 용의 차량으로 선별하였습니다."

"임시번호판을 단 차량은?"

"임시번호판은 차주가 젊은 남자로 등록된 것만 용의 차량에 포함했을 것입니다."

"그래. 알았다. 나중에 전부 모여서 술이나 한잔하자."

전화를 끊은 진우는 경찰서 전산실에 가서 차적 조회를 하면 차주가 누구인지 또한 어디에 거주하는지 알 수 있겠구나, 생각하고 서둘러 일어났다.

"검토를 모두 하였어요? 당신이 맛있다고 하는 묵은지 김치찌개를 끓여 놨어요. 어서 앉으세요."

"지금 먹을 시간이 없다. 배가 고프면 당신 먼저 먹어라. 나는 경찰서에 갔다 와서 먹을게."

거실로 나가자, 아내가 TV를 보고 있다가 벌떡 일어나면서 문기에 진우는 쫓기듯이 한마디 던지고는 부리나케 집을 나섰다.

경찰서에 도착한 진우는 바로 전산실로 달려갔다.

전산실에는 장성근 경사가 모니터 앞에 앉아 있다가 헐레벌떡 들어서는 진우를 보고 일어나면서 인사를 하였다.

"장 경사, 제일 위에 있는 이 넘버를 조회 해봐라."

"알겠습니다. 임시번호판 넘버군요."

"누구 앞으로 등록되어 있고 주소가 어디로 되어 있는지 빨리해 봐라."

메모지를 받아 든 장 경사가 마우스를 끌어당기면서 말하기에 진우가 숨을 몰아쉬면서 독촉하였다.

"조회가 안 됩니다. 이 번호가 맞습니까?"

한참 동안 컴퓨터 키보드를 두드리던 장 경사가 진우를 돌아보면서 물었다.

"내가 잘못 적었나…. 가만있어봐라. 집에 전화를 해서 알아볼게."

진우는 고개를 갸우뚱거리다가 아내에게 전화하였다.

"여보. 서재에 들어가서 노트북 옆에 차량 임시번호판을 적어 놓은 것이 여러 개 있을 거다. 빨리 들어가서 전부 불러봐라."

밥을 먹고 있는지 아내가 우물거리면서 전화를 받기에 진우는 다급하게 말한 후 휴대폰을 귀에 댄 채 초조하게 기다렸다.

"A포 용지에 아라비아 숫자로 일곱 자씩 써 놓은 거 말이죠?"

"그래! 위에서부터 한 자씩 또박또박 불러봐라."

아내가 메모해 놓은 것을 발견하였는지 묻기에 진우는 받아 적을 준비를 하면서 재촉하였다. 아내가 한자씩 불러주는 숫자를 진우는 반복해서 확인한 후 전화를 끊었다.

"이 번호가 틀림없는데 다시 조회를 해봐라."

"아라비아 숫자는 정확합니다. 그런데 조회가 되지 않습니다."

진우가 내미는 메모지를 들여다보던 장 경사가 다시 조회를 하더니 고개를 흔들면서 말했다.

"내가 CCTV에서 이기를 할 때 잘못하였나…. 그 밑에 있는 것들을 조회해 봐라."

"여기 보십시오. 다른 차 임시번호는 2019년 1월 7일에 ×7×9×47로 등록이 되었다고 자료가 뜨지 않습니까? 그리고 서울 ×5 다 ×9×6로 정식 번호판으로 변경되지 않았습니까."

"내가 CCTV에서 이기를 잘못한 것 같다. 집에 가서 확인을 해보고 전화를 할 테니 자세하게 조회를 해봐라."

"알겠습니다."

진우는 다급하게 전산실을 나와 집으로 달려갔다. 노트북을 켜 놓고 구서 IC에서 녹화해 온 CCTV를 화면에 띄워 놓고 대조를 하였다. 그런데 전산실에서 조회한 임시번호 아라비아 숫자와 한 자도 다르지 않았다.

'어찌 이런 일이 있나. 어째서 조회가 되지 않지? 다른 임시번호판은 조회가 되는데 왜 이것만 안 되노? 참 귀신이 곡할 노릇이군.'

낭패감이 든 진우가 중얼거리면서 생각에 빠져 있다가 전산실로 전화를 돌렸다.

"장 경사, 아라비아 숫자는 틀림없다. 다시 조회를 해봐라."

"안 됩니다. 계장님이 가시고 난 후 몇 번을 시도해 봐도 이런 임시번호판은 없습니다. 아예 출고 공장에서 통보를 하지 않았거나 본청 전산실에서 누락을 하였거나 어쨌든 조회가 되지 않습니다."

"다른 임시번호판은 조회가 다 되는데 왜 이 번호는 조회가 되지 않는 이유가 뭘까? CCTV에 찍힌 아라비아 숫자는 맞는데…."

"저도 확실히는 잘 모르겠습니다. 정식으로 등록하지 않고 대포차로 굴려도 임시번호판은 조회가 되는데 영문을 모르겠습니다. 여보세요. 여보세요."

눈앞이 캄캄해진 진우가 대꾸도 없이 휴대폰을 멍하게 들고 있자 장경사가 전화가 끊어졌는지 확인한다고 계속 부르고 있었다.

"응. 알았다. 전화 끊자."

허탈한 기분이 든 진우가 어깨를 축 늘어뜨린 채 힘없이 휴대폰을 닫았다. 어떻게 되었기에 하필 이 번호판만 조회가 되지 않는단 말인가! 조회만 되면 쉽게 추적할 수 있는데, 또 얼마나 수사하여야 윤곽이 드러날 것인가? 천신만고 끝에 단서를 찾았는데…. 범인이 타고 온 에쿠스가 틀림없을 것 같은데 여기서 벽에 부딪히다니….

"여보, 아직 점심도 안 드셨어요. 일이 안 풀릴 땐 머리를 조금 식혀보세요. 막걸리도 사다 놓았으니, 찌개하고 한잔 들면서 천천히 생각해 봐요."

진우가 서재를 몇 번이나 맴돌면서 심각하게 추리를 하고 있자 아내가 옆에 와서 안타까운 듯 말하였다.

"그래! 밥 먹자. 이러다간 머리가 터지겠다."

진우가 실소를 흘리면서 주방으로 들어가자, 아내가 재빨리 찌개를 푸고 막걸리를 꺼내 놓는 등 식사 준비를 하였다. 막걸리를 연거푸 두 잔이나 마시고 나자 멍하던 뒷골이 어느 정도 가셔졌다. 밥을 먹으면서도 진우는 자신도 모르게 깊은 상념에 빠져들었다. 막걸리 한 병을 다 마신 진우는 옥상으로 올라갔다. 담배를 물고 허공에 눈길을 던진 채 한 없이 추리를 계속하였다.

'한 형사와 박 형사가 처음에 차적 조회를 할 때 정상적으로 조회가 되었기에 용의 차량에서 제외하였다. 그것도 여자나 나이가 많은 사람 앞으로 명의가 되어 있었기에 제외하였을 것이다. 그런데 범인이 추적할 수 없도록 기록을 완벽하게 세탁을 한 것이다. 식도에서 혈흔이 검출된 용의자가 증거를 완벽하게 지워서 수사가 미치지 못하도록 차단한 것이다. 완전범죄를 위해 공작을 한 것이 눈앞에 선한데… 여기서 막히다니…. 그런데 이런 공작을 개인이 할 수 있을까? 어떻게 모든 기록이 없어진단 말인가? 경찰청 전산망을 조작할 정도면 권력이 개입되었을 것이다. 그것도 작은 권력이 아니다. 경찰청의 고위 간부를 좌지우지할 정도의 권력자다. 그렇지 않으면 절대 불가능하다. 혹시 이 사건을 종학이가 저지른 것이 아닐까? 법을 공부하였기에 완전하게 증거를 인멸하려고 입안을 세척하였고 여당 국회의원인 강 의원이 개입하였다면 가능하지 않을까? 강 의원 집에는 벤츠와 BMW가 있고 다른 차는 구입하거나 판매한 적이 없다고 세무과장이 말하였는데…. 혹시 이 임시번호판을 부착한 에쿠스 승용차를 구입하였다가 사건 후 처분한 것은 아닐까? 경찰청의 전산망을 완벽하게 지울 정도면 자기 지역구인 D구청의 세무과장 정도는 얼마든지 휘두를 수 있을 것이다. 민성이 일도 그렇다. 고등학교를 졸업하고 나이트클럽에서 일하는 젊은 사람이 어떻게 인권위와 검찰청, 경찰청에 진정을 한단 말인가. 그것도 인간적으로 대우해 주었는데 어떻게 나를 콕 집어서…. 민성이를 무시하는 것은 아니지만 혼자서는 어려운 일이다. 또한 지방청에서 감찰을 해야 하는데 본청에서 일사천리로 내게 징계를 주고 수사에서 배제시켰다. 틀림없다. 보이지 않는 권력이 막후에서 농간을 부린 것이 분명하다. 그렇지 않다면 민성이의 지식으로는 엄두도 내지 못할 일이고, 감찰도 지방청에서 해야 할 일인데 어떻게 본청에서 감찰관을 보낸단 말인가. 뭔가 있다. 틀림없이 권력이 개입되었다. 임시번호판을 부착한 에쿠스를 종학이가 끌고 현규를 찾아간 것이 틀림없다. 현규가 어디 있는지 종학이는 알고 있다 하였다. 혹시 해리가 함께 차를 타고 현규를 만나러 간 것은 아닐까? 아니다. 해리는 현규에게 고속버스를 타고 왔다 하였다. 만약에 종학이와 함께 왔다면 왜 해리만 현규에게 보냈겠는가. 해리가 거짓말을 한 것은 절대 아니다. 굳이 그런 거짓말을 할 필요가 없다. 해리가 현규에게 냉대를 당한 후 보덕사를 떠났다고 하였다. 그때 현규를 찾아오던 종학이를 만나서 변을 당한 것이 틀림없다. 그런데 종학이와 해리는 남매처럼 친하다고 하였는데…. 혹시 종학이가 남몰래 짝사랑하고 있었던 것은 아닐까. 현규가 사랑하니까 나서지는 못하고 강간이라도 하여 확실하게 자기 사람으로 만들려다가 반항하니까 죽인 것이 아닐까? 그런데 종학이 혈액형이 뭘까? 현규는 자기와 같은 A형 같다고 말하였는데…. 어찌 되었든 종학이와 사라진 이 에쿠스 차량을 추적해 보자. 임시번호판을 달고 운행하였으며 주변에 본 사람이 있을 것이다. 그래! 수사를 해볼 필요가 있다. 많은 차량을 수사하였지만, 범인이 타고 온 이 차는 용의 차량에서 제외되었기에 발견할 수가 없었다. 막걸릿집 할머니가 목격한 비싼 차는 종학이가 끌고 온 에쿠스가 틀림없을 것이다. 그래! 종학이가 에쿠스를 타고 부산에 현규를 만나러 왔다가 우연히 해리를 만나 강간을 하려다가 죽인 것이 틀림다. 식도에서 발견된 O형 혈흔 즉 제3의 용의자는 종학이가 틀림없을 것이다. 해리의 원혼을 달래주고 잃었던 명예를 되찾으려면 종학이를 꼭 내 손으로 잡아야 한다. 그런데 종학이가 과연 이런 범죄를 저질렀을까? 믿어지지 않는데…. 아니 믿을 수가 없는데….'

"여보, 옥상에서 뭘 하세요?"

"웅! 뭘 좀 생각한다고…. 그만 내려가자."

옥상에서 진우가 상념에 빠져 한참 동안 내려오지 않자, 아내가 올라와서 근심스럽게 물었다. 진우는 겸연쩍게 얼버무리면서 아내를 따라 내려왔다. 막상 잠자리에 들었지만 잠은 오지 않았다. 진우는 눈을 감은 채 머릿속으로 동선을 그어가면서 계속 추리를 하였다.

애마를 끌고 아침 일찍 집을 나선 진우는 서울을 향해 경부고속도로를 달렸다. 고속버스나 KTX 고속열차를 타고 가려다가, 서울에서 얼마나 머물러야 할지 알 수가 없는데 차에서 잠을 자면 경비가 절감되겠다는 생각으로 자가용을 이용하기로 하였다. 서울에 도착한 진우는 먼저

S대학교를 찾아갔다. 저번에 만났던 행정실장을 찾아가서 해리와 현규, 종학이의 학적부를 보여 달라고 부탁하였다. 종학이 학적부만 보여 달라고 하면 의심을 살까 봐 두 사람을 끼워 넣었다. 행정처장은 난처한 기색을 보이다가 살인 사건에 도움이 될 것 같다고 하자 마지못한 듯 학적부를 가지고 왔다. 학적부를 받아서 유심히 살펴보던 진우는 눈을 크게 떴다. 종학이의 혈액형은 O형이었다. 현규는 종학이의 혈액형을 잘못 알고 있었다. 진우는 속으로 희열을 느끼면서 종학이의 사진을 휴대폰에 담았다. 주소와 전화번호를 수첩에 기록한 후 고맙다는 인사와 함께 학적부를 돌려주고 집무실을 나섰다.

D구는 저번에도 갔지만 서울 지리가 너무 복잡하여 내비게이션에 종학이 집 주소를 입력하여 출발하였다. D구 대덕동에 도착한 진우는 양해를 구한 후 차를 지구대 주차장에 넣고 강 의원 집으로 향했다. 마음 같아서는 지구대 직원이나 D경찰서 정보과 형사를 만나 협조를 구하고 싶었다. 그렇지만 경찰청을 움직이는 권력인데 벌써 손을 써 놨으리라 생각하니 경거망동할 수가 없어 포기하였다. 잘못하다가는 촉수에 걸려들어 수사도 하지 못한 채 위험에 빠질 수도 있다. 외곽을 쳐서 꼼짝을 할 수 없도록 완벽하게 증거자료를 수집해야 한다고 생각하였다.

"강 의원님 댁이 어딥니까?"

차를 주차 시킨 후 밖으로 나온 진우가 강 의원 집을 알아 놓고 소방도로에 내려와 길목에 있는 슈퍼에 들러서 물었다.

"요 위에 있습니다. 강 의원님 댁을 찾아오셨어요?"

"아닙니다. 저도 대덕동으로 이사를 왔는데 모두가 강 의원님을 칭찬하기에 어딘가 궁금하여 물어본 것입니다."

"아! 그러세요. 이 길로 쭉 가면 나옵니다. 강 의원님은 우리 D구의 자랑이지요. 수년간을 끌어왔던 하천을 복개도로로 만들었고, 삼미동의 달동네도 대단지 아파트 단지로 개발하였습니다. 지금은 얼마나 깨끗하고 살기 좋은 동네가 되었습니까? 강 의원님이 아니었으며 엄두도 내지 못했을 거예요."

오십 대 초반으로 보이는 주인아주머니는 진우가 담배를 사면서 운을 떼자마자 강 의원을 칭찬하는데 여념이 없었다.

"강 의원님은 정말 훌륭하신 분이네요. 그 집 자제분도 수재라고 소문 났던데 맞습니까?"

"그럼요. 사법고시에 합격하여 연수원에서 교육을 받고 있을 것입니다. 조금 있으면 판사나 검사가 되겠지요."

진우는 대화를 이어가려고 우유를 한 개 달라고 하여 천천히 마시면서 자연스럽게 대화를 이어 나갔다.

"연수원까지는 먼데 자가용으로 출퇴근합니까?"

"거기서 교육을 받다가 금요일에 오는 것 같았어요. 차는 어쩌다가 타고 가는 것 같던데…."

"의원님 댁에는 자가용이 많을 것인데 어떤 차를 타고 가던가요?"

"그 집에는 차가 두 대인데 사모님 차를 끌고 가는 것을 보았어요. 아들은 아직 차가 없는 것 같았어요."

"자가용이 무슨 찬데요?"

"의원님 차는 벤츠고 사모님 차는 BMW 같던데요."

"사법고시에 합격한 아들인데 왜 차를 사주지 않지. 다른 집 부모 같으면 합격하자마자 좋은 차를 사줄 것인데… 다른 차가 있겠지요."

"이 앞을 걸어 다니는 것을 몇 번 보았는데 확실한 것은 모르겠어요."

"우리나라도 좋은 차가 많은데 에쿠스 같은 그런 차를 끌고 다니는 것을 못 보았습니까?"

"글쎄요…. 다른 차는 없는 것 같았어요."

"여기 있습니다. 참 의원님에게 인사를 드리고 싶은데 만나 줄까요?"

더 알아볼 것이 없다고 판단한 진우가 계산을 치른 후 거스름돈을 받아 나오면서 우둔하게 물어보았다.

"글쎄요. 워낙 바쁘신 분이라서…"

진우가 무심코 묻는 척하자, 슈퍼 아주머니는 그런 것까지 어떻게 아느냐는 멍한 표정으로 말끝을 흐렸다.

슈퍼를 나온 진우는 강 의원 집 주변을 배회하면서 염탐하였지만, 담장이 높아 안을 들여다볼 수가 없었다. 시계를 보니 벌써 세시를 가리키고 있었다. 그때 서야 점심을 먹지 않았다는 것을 자각한 진우는 일단 큰 도로변으로 내려왔다. 점심을 먹으려고 두리번거리는데 H자동차 영업소가 보였다.

"소장님 계십니까?"

"소장님은 외근 나가셨는데 어떻게 오셨습니까?"

그렇지 않아도 차량 임시번호판에 대하여 수사를 하려고 생각한 진우는 배고픔도 잊어버린 채 무턱대고 들어가서 소장을 찾자, 오십 대 초반의 남자 직원이 손님인 줄 알고 반갑게 맞이하였다.

"상담을 좀 하려고 찾아왔습니다."

"네! 소장님이 안 계시니 제가 상담을 해 드리겠습니다. 어떤 차를 찾으십니까?"

친절이 몸에 배인 영업소 직원은 진우를 원탁 테이블로 안내하더니 일회용 녹차를 내놓고 물었다.

"차를 사려는 것이 아니고 의문 나는 점이 있어 찾아왔습니다. 차를 구매하면 임시번호판을 어디서 내줍니까?"

"출고한 지역을 관할하는 차량등록사업소에서 교부를 하는데, 보통 이런 일은 판매한 사람이 모두 대행해서 구매자에게 양도합니다."

"임시번호판도 구청에 신고합니까?"

"차량을 출고한 후 차량등록사업소에서 관할 구청에 신고할 것입니다."

"본 번호판을 받아도 구청에 신고합니까?"

진우는 확실하게 알아야 하므로 우둔한 질문인 줄 알면서도 물었다.

"당연히 자동차등록사업소에서 주거지 구청으로 통보할 것입니다. 그래야 구청에서 세금을 거두지 않겠습니까?"

"만약에 임시번호판을 단 차량이 크게 사고를 내고 폐차하였다면 구청에 기록이 계속 남아 있을까요?"

"글쎄요. 그것은 확실하게 잘 모르겠습니다. 아마 세금 거둘 일이 없으니까 삭제하겠지요."

"금년에 이 영업소에서는 에쿠스 승용차를 몇 대나 팔았습니까?"

"글쎄요. 나도 두 대 팔았는데 전체적으로는 몇 대를 팔았는지 정확하게 알 수가 없습니다. 소장님은 알고 계실 텐데 외근 중이시고…."

"선생님은 여자분에게 차를 팔았습니까?"

"아닙니다. 평소 알고 지내던 남자 고객입니다."

"판매영업소에서 차를 팔면 구매한 사람이 어떤 번호의 임시번호판을 달았다는 것을 기록해 놓습니까?"

"아닙니다. 영업소에는 어떤 차가 몇 대 팔렸다는 것만 전산처리를 하지 임시번호판까지는 기록하지 않습니다."

"혹시 지사나 본사에는 기록이 있을까요?"

"확실하게는 잘 모르지만 있을 것입니다. 영업사원이 판매하면 임시번호판을 부착해서 구매자에게 인계하는 것이 보통이니까 참고로 기록하겠지요."

진우가 질문을 하자 판매사원은 이상한 것을 다 묻는다는 표정으로 대답하였다. 인사를 하고 영업소를 나오면서 진우는 곰곰이 생각해 보았다.

'타이어 흔적은 H사의 고급 승용차에 장착되는 타이어다. 저번에 구청에 갔을 때 세무과장이 강 의원 집에는 벤츠와 BMW만 있다고 하였다.

그리고 이 차들은 부산에 가지 않았다. BMW를 올해 상반기에 구매하였다고 세무과장이 말하였는데 H사의 에쿠스도 올해 구매하였다면 임시번호판을 달고 있었을 것이다. 이 차를 종학이가 끌고 부산에 갔다 왔으면 증거를 인멸하려고 처분하였을 것이다. 그리고 강 의원이 구청이나 경찰청 등에 수단 방법을 가리지 않고 전산 기록을 지워서 흔적을 완전히 말살하였을 것이다. 종학이가 범인이라면 강 의원이 그냥 있을 수가 없었을 것이다. 차는 폐차를 하였을 것이고 권력을 이용하여 경찰 전산망과 구청 세무과의 모든 기록을 깡그리 지웠을 것이다. 틀림없다. 사법고시에 합격한 종학이는 물론이거니와 강 의원 자신의 모든 지위와 일가족의 생사가 달려 있는데 완전범죄를 노리지 않을 수가 없었을 것이다. 음…. 그렇지만 현 단계에서는 단순하게 혈액형이 같다고 종학이를 긴급체포할 수는 없다. 그것도 정확하게 확인된 것도 아닌데…. 종학이가 제3의 용의자인지 아닌지 혈액이나 머리카락이 있으면 바로 DNA 검사를 해볼 수 있는데… 그런데 공개적으로는 종학이의 모발이나 타액 등을 입수할 수가 없다. 무슨 방법이 없을까? 오늘이 수요일이니까 금요일이 모레다. 종학이가 금요일에 종강하면 집에 오는 것 같은데 어떤 방법이든 부딪쳐 보자.'

한참 머릿속으로 추리를 하고 있는데 뱃속에서 꼬르륵 소리가 났다.

진우는 쓴웃음을 지으면서 주변을 살펴보니 식당은 보이지 않고 '대덕 슈퍼'라는 상호의 구멍가게에서 순대를 팔고 있었다. 진우는 점심으로 순대를 한 접시 주문하여 먹으면서 강 의원에 대하여 지나가는 말투로 몇 마디 물었지만, 알고 있는 것이 아무것도 없었다.

슈퍼를 나와 다시 강 의원 집으로 올라갔다. 주변을 어슬렁거리면서 지나가는 주민에게 탐문을 하려고 한 시간을 맴돌았지만, 고급 주택가라 행인이 없었다. 해가 지고 땅거미가 밀려오자, 진우는 도로변의 작은 식당으로 들어갔다. 갈비탕을 먹으면서 손님들의 대화에 귀를 기울였지만, 강 의원에 대하여 말을 하는 사람은 아무도 없었다. 진우는 삼십 대 주인 여자에게 강 의원의 아들에 관하여 물어보았지만, 타지에서 왔는지 아는 것이 전혀 없기에 일어났다.

공영주차장에 차를 넣고 새우잠을 자고 나니 만신이 찌뿌듯하였다.
화장실에 가서 대충 세수를 하고 어제 그 식당을 찾았다. 입맛이 없지만 그래도 먹어야 활동하겠기에 국물이 있는 설렁탕을 먹고 일어났다. 차를 그대로 두고 강 의원 집 부근으로 가서 출근하는 주민들이 있으면 말을 걸어보려고 하였지만 모두 승용차로 출근하여 허탕을 치고 말았다. 할 수 없이 소방 도로변으로 내려와 누구라도 만날까 싶어 주변을 어슬렁거리는데 순찰차가 달려왔다.
"선생님, 잠깐 실례하겠습니다. 댁이 어디세요?"
"가면서 말씀드릴게요."
"그래요! 일단 타세요."
주택가를 배회하니까 누군가 신고를 하였다고 짐작한 진우가 순찰차 뒷좌석에 냉큼 올라타면서 말했다. 진우의 행동에 출동한 경찰관이 잠시 어리둥절하다가 한 사람이 뒷좌석 진우 옆에 승차하였다. 진우는 뒤에 탄 경찰관에게 신분증을 제시한 후 현재 살인 사건을 수사하고 있다. 혹시라도 강 의원과 인과관계라 있을까 봐 그 누구에게도 발설하지 말 것을 신신당부하였다. 도로변에서 내린 진우는 아무 곳이나 들어가서 탐문을 할 수가 없어 난감하였다. 그리고 깡그리 흔적을 지울 정도로 위세가 대단한 여당 국회의원이라고 생각하자 더욱더 조심스러워 마음대로 행동할 수가 없었다.
강 의원의 이웃 주민을 만날 수만 있다면 임시번호판을 단 에쿠스가 있었는지 확인을 할 수 있겠는데… 무턱대고 방문할 수도 없고 또한 강 의원의 촉수에 걸려들면 생명을 보장하지 못한다는 생각이 들자 섣부르게 행동할 수가 없어 답답하였다.

진우는 어린이 놀이터가 어디 있는지 물었다. 혹시 부모가 아이들을 데리고 놀고 있으면 탐문을 하려고 찾아갔지만 아무도 없었다. 아이들이 모두 조기교육을 하러 다니는지 텅 비어 있었다.

진우는 경로당을 찾아갔다. 이른 시간이라 그런지 경로당에도 사람이 없는 것 같았다. 진우는 잠시 망설이다가 경로당 이웃집 벨을 눌렀다.

"할머니 경로당이 어디에 있습니까?"

"주민센터에 가서 물어보세요."

인터폰으로 간단하게 대답을 들은 진우는 헛웃음을 지으면서 대덕동 주민센터를 찾아갔다. 주민센터 직원이 할머니 경로당은 별도로 있다면서 위치를 설명하기에 행인들에게 물어물어 찾아가니 팔십 대쯤으로 보이는 할머니가 세 명 있었다.

"할머니 안녕하세요. 뭐 좀 물어보려고 왔습니다."

"무슨 일이세요?"

"국회의원님 댁이 어딥니까? 차가 많은지 운전기사를 뽑는다 해서 찾아왔는데…"

"강 의원님 댁에는 차가 두 대뿐인데…. 새 차를 샀나."

"차를 사도 아들이 끌고 다닐 텐데…"

"아들이 사법고시에 합격하였다던데 할머니들이 알고 있습니까?"

할머니들이 관심을 보이자, 진우가 슬쩍 지나가는 말투로 강 의원의 아들에 대해 자연스럽게 물었다.

"이 동네 사는 사람은 모두가 알지. 벌써 판사가 되었나…"

"아들에게 차를 사주었나!"

"작년에 H사 에쿠스를 아들에게 사준 것 같던데요?"

"강 의원 집에는 외제 차만 두 대인데. 젊은 양반이 잘못 알고 찾아왔어."

할머니들이 반신반의하기에 진우가 슬쩍 넘겨짚어 물었지만, 아니라고 확신하듯 말하였다. 진우는 더 이상 꼬치꼬치 캐물을 수가 없어 내가 잘못 알았나 중얼거리다가 인사를 하고 나왔다.

궁여지책으로 진우는 H자동차 중부지사를 찾았다. 지사장이 자리를 비우고 없기에 1시간 정도쯤 기다리자 들어왔다. 지사장은 육십을 바라보는 대머리였다. 진우는 신분을 밝히고 정중하게 협조를 요청하였다.

"지사장님, 지난 연말에 자동차를 팔았는데 임시번호판을 달고 출고하였습니다. 혹시 그 기록이 남아 있을까요?"

"네. 오래되지 않아서 남아 있을 것입니다. 출고 공장을 관할하는 지사에 데이터가 있고 또 본사 전산실에도 기록이 있을 것입니다."

지사장의 말을 듣는 순간 진우는 강 의원이 손을 쓰지 않았기를 마음속으로 간절히 빌었다.

"여기서도 번호만 알면 확인할 수 있습니까?

"네. 우리 지사 관할에서 출고한 차량은 본사에 보고한 데이터가 남아 있습니다."

"그럼, 이 임시번호판 번호를 좀 찾아봐 주십시오."

진우는 어쩌면 데이터가 남아 있을지도 모른다는 실낱같은 희망을 안고 임시번호판 번호를 적은 메모지를 내밀었다.

"음…. 서울에서 출고한 차량이 확실합니다. 우리 지사가 취급하였는지 찾아보겠습니다."

메모지를 확인한 지사장이 컴퓨터 앞으로 가서 키보드를 두드리자, 진우는 두 손을 모아 구매자가 밝혀지길 마음속으로 빌었다.

"구매자가 나타납니까?

"아닙니다. 우리 지사 관할이 아닙니다."

잔뜩 기대를 걸고 진우가 물었지만, 지사장은 관할이 아니라고 하였다.

"그럼 어느 지사 관할인지 알 수 있겠습니까?"

"서울에 지사가 5곳인데 알아보겠습니다."

진우가 간절한 표정으로 묻자, 지사장이 마지못한 듯 각 지사에 전화를 하였다.

"서울에서는 판매가 되지 않았는지 각 지사에 전부 확인하였지만, 이런 번호는 없습니다."

진우가 초조하게 지켜보고 있는데 모든 지사에 전화를 걸던 지사장이 수화기를 내려놓으면서 난감한 표정으로 말했다.

"지사장님이 서울에서 발부한 임시번호라고 말씀하신 것 같은데 혹시 누락이 되었을까요?"

"누락되는 일은 없을 것입니다. 그리고 반드시 서울에서 판매한 차량이 아닐 수도 있습니다. 출고할 때 지역을 표시하는 것은 임의적이기 때문에 할 수도 있고 안 할 때도 있습니다. 또 경기 지역에서 출고한 것을 오기할 수도 있습니다."

"어떻게 하면 확인을 할 수 있습니까?"

"제일 간단한 방법은 본사 전산실로 가보세요. 거기는 전국에서 출고한 차량의 임시번호를 모두 보고받으니까 찾을 수 있을 것입니다."

진우가 허탈한 표정으로 묻자, 지사장이 친절하게 본사를 가르쳐 주었다.

"본사는 어디에 있습니까?"

"양재동에 있습니다."

"지사장님, 도움을 주셔서 감사합니다. 본사에 가서 확인해 보겠습니다."

일일이 지사를 찾아다니는 것보다 바로 본사에 가서 확인하는 것이 빠르겠다고 생각한 진우가 인사를 하면서 일어났다.

중부지사를 나온 진우는 한달음에 H자동차 본사로 달려갔다. 여러

관문을 거친 후 어렵게 총무과 전산실장을 만날 수 있었다.

"실장님, 처음 뵙겠습니다. 저는 부산 해운대경찰서 형사계장 권진우입니다. 구정 때 관내에서 살인 사건이 발생하였는데 그 수사를 맡고 있는 팀장입니다."

실장을 만난 진우가 신분증을 제시하면서 공손하게 말했다.

"네! 고생이 많습니다. 그런데 무슨 일로 저를 찾아오셨습니까?"

오십 대 초반으로 보이는 실장은 진우에게 자리를 권하면서 약간은 경직된 표정으로 물었다.

"실장님께 도움을 받으려고 찾아왔습니다. 사건을 수사하다 보니까 범인으로 추정되는 사람이 임시번호판을 부착한 에쿠스 승용차를 타고 범행 현장에 왔습니다. 그 승용차는 금년 1월에 출고가 된 것 같습니다. 누가 구매를 하였는지 좀 가르쳐 주십시오."

진우가 ×8×5×79가 적힌 메모지를 건네면서 정중하게 간청하였다.

"그래요! 데이터를 보면 금방 알 수 있습니다. 잠시만 기다려 보셔요."

메모지를 들여다보던 실장이 진우에게 말한 후 밖으로 나갔다. 진우는 누가 구매를 하였는지 확실하게 알 수 있을 것이다. 그렇지만 강 의원이 여기까지 손을 썼다면 차량 수사는 더 이상 어떻게 할 수가 없을 것 같았다. 진우는 뛰는 가슴을 지그시 누르면서 차를 마시고 있는데 실장은 20여 분이나 지나서 돌아왔다.

"계장님, 죄송합니다. 전산망에는 출고한 기록이 없습니다."

"네? 이 임시번호판을 부착한 차량이 출고되어 운행하였는데 어떻게 전산 입력이 되지 않았을까요?"

전산실 데이터에 기록이 없다는 실장의 말을 들은 진우가 맥이 풀려 잠시 멍하게 있다가 허탈하게 물었다.

"글쎄요. 번호판을 잘못 내주었다가 회수하였나? 이런 일은 한 번도 없었는데 나도 연유를 모르겠습니다. 그런데 이 번호는 확실합니까?"

"네. 번호는 틀림없습니다. 고속도로 나들목 CCTV가 찍은 것입니다."

"그렇다면 회수하고 다른 번호판으로 교체를 한 것 같습니다."

"그런 경우도 있습니까?"

"글쎄요. 임시번호판에 싫어하는 숫자가 있으면 민감하게 반응하는 고객이 왕왕 있습니다."

실장의 해명에 진우는 억장이 무너지는 것 같았다. 있어야 할 출고기록이 자의건 타의건 관공서나 회사나 모두 없어졌다. 이젠 더 찾아볼 곳이 없다고 생각하자 허탈하였다. 그렇다고 여기서 수사를 포기할 수는 없는데…. 어떻게 해야 하나? 탐문을 하기도 쉽지 않은데…. 어디 가서 기록을 찾는단 말인가? 기록을 찾아도 직접증거는 되지 않는데…. 진우는 어깨를 축 늘어뜨린 채 상념에 젖어 있다가 일어났다.

H자동차 본사를 나온 진우는 자신도 모르게 강 의원 집이 있는 D구 대덕동으로 향했다. 강 의원 집으로 올라가는 소방도로 사거리에 차를 세워놓고 오랫동안 생각에 빠져들었다.

'어떻게 해서 모든 기록이 사라졌을까? 다른 임시번호판은 경찰 전산망에도 뜨고 판매를 한 본사나 지사에 기록이 뚜렷하게 남아 있는데 유독 이 번호만 사라졌다. 전산실의 실장 말처럼 구매자가 싫어하는 숫자가 있어서 다른 임시번호판으로 바꿨을까? 그런 일은 없었을 것 같은데…. 다른 임시번호판으로 교체하였어도 본사에 보고할 것인데…. 이것은 보이지 않는 권력이 은밀하게 작용을 한 것이다. 틀림없이 강 의원이 손을 쓴 것이다. 다른 임시번호판으로 교체하였어도 경찰청 전산망에는 기록이 남아 있어야 한다. 그리고 주거지 구청 세무과는 취득세를 받아야 하는데 기록이 사라진다는 것은 있을 수 없는 일이다. 종학이가 제3의 용의자가 틀림없다. 보이지 않은 권력, 즉 강 의원이 막후에서 완벽하게 공작을 한 것이 틀림없다. 여기서 수사를 중단할 수는 없는데…. 어떻게 수사를 해야 하나? 정황증거와 심증뿐이니 현재로서는 종학이가 범인이라 하여도 체포할 수가 없다. 판사가 영장을 발부해 주지 않을 것이다. 아니 검사가 청구하지도 않을 것이다. 범인이 확실하면 바로 영장을 받아 종학이를 체포하면 되는데 현재의 정황증거와 심증만으로는 가능성이 전연 없다. 그렇다고 긴급체포도 할 수 없다. 정황증거만으로 긴급체포하면 강 의원이 즉각 손을 쓸 것이고 절차를 위반하였다고 나는 무사하지 못할 것이다. 그리고 수사본부 요원도 아닌데 서장도 가만있지 않을 것이다. 그렇다면 이젠 어떻게 해야 하나? 막후에서 집요하게 방해공작을 해놓았는데 섣부르게 행동하다가는 생명이 위험할 수도 있다. 나는 수사를 전담하는 요원이 아니기에 강 의원에게 표적이 된다면 옷을 벗는 것은 고사하고 살아남지 못할 것이다. 틀림없이 종학이의 범행을 은폐하기 위해서 쥐도 새도 모르게 나를 죽일 것이다. 서장이나 청장 등 나를 지켜주고 버팀목이 될 상관은 한 놈도 없다. 신중해야 한다. 절대로 경거망동하여서는 안 된다.'

진우는 차 안에서 추리를 거듭해 봐도 뾰족한 방법이 생각나지 않았고 머리가 터질 듯이 아팠다. 일단 생각을 접어놓은 진우는 저녁밥도 해결하고 찜질방에 묵으면서 천천히 추리하려고 차를 출발시켰다.

지난주에 외박을 나왔을 때 민지에게 약속하였기에 종학이는 강의를 마치자마자 세면장으로 달려갔다. 민지 아버지에게 인사를 하러 가는데 그래도 예의를 차려야 되겠기에 샤워도 하고 신사복으로 갈아입고 나왔다. 민지는 정문에 차를 세워놓고 밖에 나와 기다리고 있다가 종학이를 보더니 손을 번쩍 들고 흔들었다.

"떨리는데…. 다음에 가면 안 될까?"

요즘 꿈자리가 뒤숭숭한 것이 민지 부모님을 만나러 가는 것이 썩 내키지 않아 종학이가 슬쩍 눈치를 보면서 물었다.

"그런 게 어디 있어요! 부모님이 선배님을 언제부터 찾았다고…. 기다리고 계실 텐데 어서 타세요. 편안하게 모실게요."

민지가 친절하게도 조수석 문을 열고 종학이를 흘겨보면서 빨리 차에 오르기를 재촉하였다.

"민지 부모님은 엄하시지?"

"아니에요. 집에 갈 때마다 선배님 이야기를 하였기에 한 번도 보지 않았지만, 한식구 같다고 말씀하셨어요."

차가 출발하자 종학이가 안전띠를 매면서 걱정스럽게 묻자, 민지가 사랑스러운 눈길로 바라보면서 귀엽게 쫑알거렸다.

"가족들이 다 모일 것이고 이것저것 물을 것인데 뭐라고 답변해야 하나? 이런 자리는 한 번도 가져보지 않아서 어색한데…"

"걱정하지 마세요. 오죽하였으면 아버지가 차를 내어주시겠어요. 제가 다 알아서 대답할게요."

"민지 운전 솜씨가 보통이 아닌데…. 나보다도 잘한다."

차가 로터리에 접어들어 수원 방향으로 좌회전하려는데 직진하는 차량이 꼬리를 물었다. 민지는 무리하게 진입하지 않고 느긋하게 기다렸다가 여유 있게 좌회전하기에 종학이가 칭찬하였다.

"아버지에게 배웠어요. 운전은 절대 조급한 마음으로 하면 안 된다고 누누이 말씀하셨어요."

정답게 이야기하다 보니 시간이 어떻게 흐르는 줄도 모른 채 민지 집에 도착하였다. 시계를 보니 오후 두 시가 거의 다 되었다. 민지 집에는 가족들이 종학이를 기다리고 있었다.

"처음 뵙겠습니다. 강종학입니다."

"어서 와요. 오래전부터 보고 싶었어요."

"말씀은 많이 들었습니다."

"모두 배가 고플 텐데 나가자."

종학이가 공손하게 인사를 하자 민지 가족 모두가 반겨주었다. 꽤 넓은 정원에는 이미 만찬이 준비되어 있었다. 거실에서 인사를 한 후 점심을 함께하면서 화기애애하게 담소를 나누다 보니 서먹서먹하던 마음이 어느 정도 가셔졌다.

"자. 한잔 들어요. 민지가 집에 올 때마다 종학 씨 칭찬을 많이 하기에 부모님보다 내가 더 궁금하였어요."

민지 오빠는 종학이보다 두 살 많은 것 같은데 벌써 결혼하여 아들이 있다고 하였다. 아버지 회사에서 비서실장 직함으로 후계자 수업을 받고 있다더니 사업수완이 몸에 뱄는지 종학이를 대하는 태도가 아주 의젓하였다.

"기대에 못 미쳐 죄송합니다."

"아니에요. 내가 친구들을 소개시켜 주겠다고 말해도 콧방귀도 안 뀌던 녀석인데 어느 날 갑자기 사랑하는 사람이 있다면서 인사시키겠다고 하여 모두가 놀랐어요. 그런데 오늘 보니까 민지가 사람 보는 안목이 있었군요. 그렇지만 조심하세요. 저 애는 성질이 괴팍해서 오빠인 나에게도 주먹질을… 아! 아니다. 난 아무 말도 안 했다."

민지 오빠가 환한 표정으로 말하다가 갑자기 더듬으면서 손을 흔드는 바람에 종학이가 웃음을 참는다고 들고 있던 와인을 상의 와이셔츠에 약간 쏟았다.

"오빠! 또 그 이야기예요? 한 번만 더하면 그냥 있지 않을 거예요. 선배, 오빠 말은 거짓말이에요. 불량배들에게 봉변당할 때 내가 구해 주었어요. 그때 정신이 없어 불량배로 오인해서 한 대 때렸는데 심심하면 놀려요."

민지가 재빨리 물티슈를 뽑아 들고 와이셔츠에 묻은 빨간 와인을 지우면서 오빠에게 항변하였다.

"아. 알았다. 알았어. 내가 뭐라고 하였나. 그런데 와인이 잘 지워지지 않는데 내 와이셔츠를 가져다주어야 하겠는데…."

"실장이 민지를 놀리다가 또 된통 당하는군. 항상 당하면서 놀리려고 기를 쓰니. 쯧쯧."

남매가 또닥거리는 것을 흐뭇하게 바라보고 있던 민지 어머니가 악의 없는 핀잔을 주면서 혀를 찼다.

"민지가 성질나면 사흘 밤낮을 통곡한다. 절대 건들지 마라."

"아빠!"

"아! 아니다. 나도 아무 말 안 했다."

민지 아버지도 슬그머니 대화에 끼어들었다가 민지가 고함을 치면서 도끼눈을 뜨자 황급하게 손을 내젓다가 식탁에 와인을 쏟고 말았다. 정원의 만찬장은 웃음바다가 되었고 종학이는 분위기가 너무 좋아 자신도 모르게 가족처럼 자연스럽게 동화되었다.

만찬이 끝난 후 민지와 가족들의 성화에 못 이겨 바라산 자연휴양림으로 바람을 쐬러 갔다. 집과 연수원을 오가면서 공부만 하다가 오랜만에 신록이 우거진 야외로 나오니 종학이는 하늘로 날아갈 것만 같았고 기분이 상쾌하였다. 울창한 수목 사이로 태양은 부챗살처럼 스며들었고 머리 위에는 매미가 목청을 자랑하듯 싱그럽게 노래하고 있었다. 추분이 낼모레라 한낮의 태양은 약간 따가웠지만 정답게 걷는 두 사람에게는 아침 햇살처럼 느껴졌다.

"서울은 너무 삭막한데 수원에 이렇게 좋은 곳이 있었군. 민지가 시골을 좋아하는 이유를 알 것 같아."

"대학교 다닐 때 친구들과 몇 번 왔어요. 선배, 우리 연수를 마치면 지방으로 가요. 사계절이 있는 자연은 너무 아름다워요. 새가 지저귀고 물소리, 바람 소리도 있고, 달 밝은 밤 기러기 울음소리도 들을 수 있어요. 그뿐인 줄 아세요. 귀뚜라미도 있고 꿩, 노루, 토끼도 있어요. 사랑하는 사람과 알콩달콩 살면서 자연을 벗 삼아 글도 쓰고 유유자적 삶을 즐긴다면 얼마나 행복하겠어요?"

"정말 그래야겠어. 오늘 보니까 자연이 너무나 아름답군. 시골에 몇 번 갔었지만 이런 느낌은 들지 않았는데…. 오늘 새로운 세계를 발견한 것 같아."

"선배, 그만 내려가요. 이곳은 더덕주가 유명한데 내려가다 보면 구멍가게가 있어요. 한잔하세요. 그리고 복수원 온천에 들렀다가 집에 가요. 조선시대에 임금님이 다녀가신 곳이라던데 우리도 흉내를 내봐요."

민지는 나긋나긋하게 자기 의사를 뚜렷하게 피력하면서도 항상 종학이의 동의를 구하였다.

"맛이 괜찮죠? 옛날부터 유명한 토속주예요."

"좀 독한 것 같지만 은은하게 풍기는 향이 좋은데."

내려오다 더덕주와 도토리묵을 먹었는데 향이 너무 좋았다. 민지는 운전을 해야 한다면서 한 모금 맛만 보고 종학이가 한 병을 모두 마셨다. 이런저런 이야기를 하면서 온천에 가려고 주차장으로 내려왔는데 아직도 태양은 중천에 있는 것 같았다.

"에이. 씨발. 긁었잖아! 짜샤. 내가 운전한대도."

"이거 1억도 넘은 외제 차 같은데…."

"아무도 본 놈이 없다. 차 빼서 다른 데로 박아라."

주차장으로 다가가자 삼십 대 전후의 스포츠머리를 한 덩치 세 명이 수군거리고 있었는데 아버지 차 조수석 문짝이 백미러에 긁혔는지 일직선으로 흠집이 나 있었다. 덩치들은 도망을 치려는지 재빨리 자기 차로 들어가서 후진을 하였다. 민지는 차 뒤에 기대서서 경적을 울려도 못 들은 척 비켜주지 않았다.

"야. 귀가 먹었나? 비켜."

조수석에 탄 덩치가 내리더니 민지를 밀치면서 고함을 쳤다. 민지는 떠밀렸다가 후진을 하는 차 뒤에 다시 기대서자, 녀석들이 모두 내려서

다가왔다.

"이 기집애가 돌았나?"

"아가야. 다친다. 빨리 비켜라."

"오빠야들 바쁘다. 비켜라."

"선생들 실수로 남의 차를 긁었으면 전화번호라도 남기고 가야지 그냥 가면 어떡합니까?"

인상이 고약한 덩치 세 명이 민지를 둘러싸면서 희롱을 하기에 종학이가 나서서 점잖게 타일렀다.

"하! 네가 봤나?"

"기사도 정신을 발휘하겠네! 이 자슥이 눈깔에 보이는 게 없나."

"꼴에 술까지 처먹고 음주운전 하는 연놈들이 우리가 누군 줄 알고 시비를 하노?"

덩치들은 여자인 민지는 제쳐 두고 얼굴이 발개진 종학이의 가슴을 두 손으로 밀치면서 눈을 부라렸다. 시비가 일자 주변에 있던 관광객들이 모여들었는데 덩치들은 보란 듯이 더 큰소리를 쳤다.

"어이 깍두기들, 그쪽이 아냐. 차주는 나야. 긁은 것 좋게 말할 때 고쳐줄래? 아니면 신나게 맞고 고쳐줄래?"

"허!"

"어린 기집애가 웃기네."

날씬하고 예쁘장하게 생긴 민지가 가까이 다가가면서 놀리듯이 말하자 종학이를 몰아세우던 녀석들은 어이가 없는지 입을 벌린 채 바라보고 있었다.

"이 기집애가 죽을라꼬 지랄하네. 헉!"

그러다가 한 녀석이 솥뚜껑 같은 손을 들어 민지를 위협하려다가 호되게 뺨을 한 대 얻어맞고 나가떨어졌다. 그러자 남은 두 녀석이 잠시 놀라더니 그중 한 녀석이 민지의 머리채를 움켜쥐려고 손을 쑥 내밀었다. 민지는 머리를 살짝 숙여 피하더니 녀석의 명치를 걷어찼다. 녀석은 두 손으로 배를 부여안고 그 자리에 허물어졌다.

"아직도 감을 못 잡겠어? 덩치 너도 맞을래?"

넓은 주차장으로 나온 민지가 허리에 두 손을 턱 걸친 채 남은 덩치에게 조롱기가 섞인 웃음을 머금으면서 짓궂게 놀리고 있었다.

"건방진 년, 작살을 내주마."

녀석은 체면이 구겨졌다고 생각하였는지 얼굴을 붉히다가 운동을 좀 하였는지 목을 몇 번 돌리고 무게를 잡으면서 서서히 앞으로 나섰다. 그때 쓰러져 있던 두 녀석도 정신을 차렸는지 민지를 향해 슬그머니 다가왔다.

"선배, 걱정하지 말고 물러나 있어요."

덩치들이 몰려들자, 걱정이 된 종학이가 합세하려고 다가서는데 민지가 손을 들어 제지하였다. 그때였다. 뺨을 맞았던 덩치가 낮은 자세로 쇄도하면서 민지의 다리를 공격하였다. 복부를 맞은 녀석은 앙갚음하려는 듯 민지의 복부를 향해 주먹을 뻗었다. 한 차례도 맞지 않았던 덩치는 훌쩍 뛰어오르면서 민지의 머리를 향해 발을 내지르고 있었다. 덩치 세 녀석이 동시에 공격하자 주변에서 구경하던 관광객들이 비명을 질렀고 종학이는 민지를 도우려고 뛰어나갔다. 그러나 종학이가 개입하기도 전에 민지는 복부를 향해 달려드는 녀석 쪽으로 마주 달려 나갔다. 슬쩍 옆으로 미끄러지듯 주먹을 피하면서 겨드랑이를 올려 치자 녀석은 비명을 지르면서 나가떨어졌다. 이어 공중 텀블링을 하더니 낮은 자세로 들어오던 덩치 옆으로 착지하면서 주먹으로 턱을 강하게 올려 치자 개구리처럼 땅바닥에 패대기쳐졌다. 머리를 공격하던 녀석은 민지가 흘려버리고 동료들을 제압하자 재차 날렵하게 뛰어오르면서 자세를 바로잡지 못한 민지의 면상을 향해 이단 발차기를 하였다. 민지는 두 손으로 발을 쳐내면서 떨어져 내리는 녀석의 가슴을 머리로 받아 세게 밀쳤다.
그런 후 전광석화처럼 뛰어올라 미처 중심을 잡지 못한 녀석의 명치에다
오른발을 작렬시키고 동시에 왼 발꿈치로 녀석의 후두부를 내리찍었다.
녀석은 제대로 맞았는지 눈에 초점을 잃고 한참 동안 숨을 쉬지 못한
채 배를 부둥켜안고 맴돌면서 끼끼거리다가 큰대자로 땅바닥에 널브러
졌다.

"와!"

"대단하구먼."

"허! 당찬 아가씨구먼."

민지의 날렵한 몸놀림에 덩치들이 순식간에 쓰러지자, 주위에서 구경
하던 관광객들 모두가 우레와 같이 손뼉을 치면서 칭찬하였다.

"더 맞기 싫으면 모두 무릎 꿇어라."

생글생글 볼우물을 지으면서 민지가 고함을 치자 먼저 쓰러졌던 두
녀석이 정신을 차렸는지 엉거주춤 일어났다.

"이봐 덩치, 무릎 꿇지 않으면 혈을 짚어 평생 불구자로 만든다."

민지는 아직도 숨을 몰아쉬고 있는 덩치에게 다가가서 귀에다 대고
조용히 속삭였다. 그러자 녀석이 벌떡 일어나 무릎을 꿇었고 눈치를 보
던 나머지 두 녀석도 엉금엉금 기어 와서 나란히 무릎을 꿇었다.

"남의 차를 긁었으면 고쳐주는 것이 당연지산데 왜 도망치려고 해? 그
리고 주인이 나타났으면 사과해야지 약한 여자에게 주먹을 휘둘러. 너
희들 깡패 맞지?"

"잘못했습니다. 고쳐 드리겠습니다."

그때 누군가 신고를 하였는지 멀리서 경찰차 두 대가 사이렌을 울리면
서 쏜살같이 달려왔다.

"어떻게 된 일입니까?"

깡패들에게 여자가 맞고 있다는 다급한 신고에 긴급출동을 하였는데

현장 상황은 정반대로 덩치들이 무릎을 꿇은 채 고개를 숙이고 있었다.
영문을 모르는 경찰관들이 어리둥절하여 관광객들에게 물었다.

"저 아가씨 혼자서 깡패들을 혼내 주었어요."

"저 아가씨를 때리려다가 된통 당했어요."

"깡패들이에요. 잡아가세요."

관광객들 모두가 손으로 민지를 가리키면서 이구동성으로 대답하였다.

"제가 예절 교육을 시키고 있습니다. 그냥 가셔도 되겠습니다."

"괜찮겠어요?"

"네. 걱정하지 마시고 돌아가세요."

민지가 생글생글 웃으면서 말하자 경찰관은 땅바닥에 무릎을 꿇고 있
는 덩치들을 바라보다가 고개를 절레절레 흔들면서 돌아갔다.

"야. 덩치, 저 차 견적이 얼마나 나올 것 같아?"

경찰차가 돌아가자, 민지가 볼우물을 지으면서 덩치에게 물었다.

"…"

"덩치, 너 벙어리야? 진짜 한번 맞아 볼래."

"아닙니다. 비싼 외제 차라 견적이 많이 나오겠습니다."

민지가 발을 들어 올리는 척하자, 덩치가 황급하게 고개를 조아리면
서 대답하였다.

"현찰로 처리할 거야? 아니면 보험으로 처리할 거야?"

"보험 안 들었습니다. 연락처를 주시면 변제하겠습니다."

"야! 덩치, 저 정도 긁었으면 견적이 몇백만 원 나온다. 나는 그 돈 없
어도 산다. 차 수리할 돈으로 병원비 해라. 뒤통수 혈을 풀어 주지 않으
면 몇 달은 고생한다. 그리고 천방지축 날뛰지 마라. 그 실력으로는 아
직 멀었다."

"명심하겠습니다."

"선배, 어서 가요."

한바탕 훈시를 한 민지가 볼우물을 지으면서 종학이의 팔짱을 끼자, 구경하던 관광객들이 손을 흔들고 손뼉을 치면서 환호성을 질렀다.

모든 증거자료와 정황을 검토한 바 종학이가 제3의 용의자인 진범이 분명한 것 같은데…. 여기까지 왔는데 포기한다는 것은 있을 수 없다고 마음을 다잡아 먹은 진우는 끝을 보겠다고 작정하였다. 찜질방에서 밤새 추리를 한 진우는 오전에 사법연수원에 전화하였다. 연수생들의 수업이 어떻게 되는지 문의하였더니 금요일에 강의가 끝나면 대부분 외출한다고 말하였는데 종학이도 집에 가는지 차마 물을 수가 없었다. 진우는 탐문을 하여도 무엇 하나 알아낼 수가 없었기에 직접 부딪쳐 보기로 작정하고 정오부터 강 의원 집으로 올라가는 길목을 지켰다. 집 근처에서 배회하면 또 신고가 들어갈 것 같아 약간 밑의 소방도로 사거리에서 서성거렸다. 큰길이 아닌 주택가라 햇볕이 내리쬐는 길거리에서 기약도 없이 기다리자니 고역이었다. 그렇지만 언제 나타날지 알 수가 없는데 자리를 비울 수도 없었다. 이제나저제나 BMW를 타고 오나, 아니면 걸어서 오나 눈이 빠지게 기다렸다. 시계를 보니 오후 6시가 넘었는데도 나타나지 않았다. 오늘은 집에 오지 않고 연수원에서 보내는지 알 수가 없지만 종학이에게 전화를 할 수가 없었다. 다리가 아프면 땅바닥에 쪼그리고 앉았다 섰다를 반복하면서 기다렸지만 해가 지고 땅거미가 내려도 나타나지 않았다. 진우는 좀 더 주변을 서성이다가 철수하였다. 큰길에 내려가서 허기진 위에 밥을 꾸역꾸역 퍼 넣다가 문득 자신을 뒤돌아보니 너무나 한심스러웠다. 저녁을 먹은 후 우울한 기분으로 주차장으로 돌아온 진우는 상념에 빠져들었다.

'아무리 생각해도 종학이가 제3의 용의자가 분명한 것 같은데…. CCTV에도 얼굴은 알아볼 수는 없었지만 젊은 남자 혼자고…. 지금까지 수사한 자료들을 종합하면 확실한 것 같은데…. 확인된 것은 아니지만 해리의 식도와 위에서 발견된 혈액형도 같고 차량 수사도 그렇고…. 혐의점이 많지만 불러서 직접 조사를 할 수 없고 만날 수도 없다. 종학이는 법을 훤하게 알고 있기에 치밀하게 증거를 인멸하였다. 특히 강 의원은 차량에 대하여 완전무결하게 세탁하고 민성이를 사주하였을 것이다. 보통 사람이면 엄두도 내지 못할 일을 권력으로 경찰청이나 구청, H사 등 모든 사람을 회유하였거나 위협을 해서 증거를 말살하였을 것이다. 그렇지만 나는 공개적으로 수사를 할 수가 없다. 내가 증거자료를 찾을 수 있는 곳은 강 의원의 입김이 서려 있어 잘못하다가는 내가 당한다. 강 의원은 종학이가 해리를 죽인 것을 알고 있기에 완전무결하게 증거자료들을 원천 말살하였다. 아들이 살인범이라는 것이 세상에 알려진다면 아들은 물론이요, 자신의 정치생명도 끝날 것이고 또한 모든 것이 풍비박산될 것이기에 명운을 걸고 원천 봉쇄를 하였다. 그렇다고 현 단계에서 뚜렷한 증거도 없이 영장을 발부받을 수도 없다. 어떻게 해야 하나. 어떻게 해야 이 난관을 돌파할 수 있을까? 강 의원 집으로 찾아갈 수도 없고 그렇다고 연수원으로 찾아갈 수도 없다. 그리고 종학이와 부딪쳐도 뾰족한 방법이 있을 것 같지도 않았다. 살인범으로 긴급체포도 할 수 없고…. 당신이 해리 살인 사건의 용의자인데 DNA 검사를 해보자고 하면 응하지 않을 것은 불을 보듯 뻔한데…. 그 후에는 나의 생명이 위험에 빠질 수 있다. 강 의원은 자식의 모든 것과 가정, 자신의 사회적인 명예를 지키기 위해 어떤 수단과 방법을 동원해서라도 나를 그냥 두지 않을 것이다. 경거망동해서는 오히려 일을 그르친다. 그럼 어떻게 해야 하나? 정공법으로 밀고 나갈 수가 없는데 어떻게 해야 종학이가 범인이라고 증명할 수 있나? 외박을 나올 수 있는 다음 주 금요일까지 여기서 기다릴 수도 없는데…. 일단 부산으로 가자. 내려가서 완벽하게 계획을 세워 다시 올라오자. 이미 탐문은 한계에 다다랐고 여기 있어도 뾰족한 수가 없다. 여기서 포기할 수는 없는 것. 어떻게 하든 간에 종학이와 대면

하는 방법을 찾아내야 한다.'

오랫동안 눈을 감고 상념에 젖어 있던 진우는 대책 없이 더 이상 서울에 머물 필요가 없다고 판단하여 부산으로 차를 돌렸다.

자정이 훨씬 넘어 부산에 도착한 진우는 온갖 상념에 빠져 있다가 먼동이 틀 무렵 잠자리에 들었다.

일어나 보니 오전 10시쯤 되었고 추계방학이라 중학교에 다니는 남매가 집에 있었다. 쉴 것 같으면 오래간만에 아이들을 데리고 자장면이라도 먹으러 가자고 아내가 말했다. 참 한가한 소리를 한다고 타박을 주려다가 나가봐야 한다고 얼버무린 후 집을 나섰다. 어제 내려올 때 현규를 만나서 협조를 요청하기로 계획을 세웠기에 진주로 달려갔다. 소룡사 암자에는 많이 수척해진 현규가 반갑게 맞아주었다.

"현규야, 공부는 잘하고 있나?"

"네. 아저씨가 배려를 해주셔서 곤욕을 치르지도 않았고 공부도 잘하고 있습니다. 그렇지만 해리를 생각하면 마음이 너무 아픕니다."

"그래! 아저씨도 현규 못지않게 가슴이 아프다."

"아직도 범인을 못 잡았습니까?"

"그것 때문에 너를 찾아왔다. 혹시 너의 협조를 받을 수 있을까 해서…"

종학이를 유일한 지기로 알고 있는 현규에게 차마 못 할 짓을 시키는 것 같아, 진우가 말끝을 흐렸다.

"무슨 일입니까? 해리를 죽인 범인을 잡기 위한 것인데 제가 싫다 할 수가 있겠습니까? 제가 도울 수 있는 일이라면 힘을 보태겠습니다."

"현규야, 놀라지 말고 잘 들어봐. 아저씨가 지금까지 수사를 한 결과 해리를 죽인 범인은 종학이가 틀림없는 것 같다."

"네!? 아닙니다. 그럴 리가 없습니다. 종학이가 해리를 얼마나 끔찍하게 생각하는데 죽이다니요? 진짜 친동생처럼 생각하는데 그럴 리가 없습니다."

진우가 고심하는 척 뜸을 들이다가 슬쩍 종학이를 거론하자 현규는 예상대로 펄쩍 뛰면서 말도 안 된다고 언성을 높였다.

"그래! 현규는 그렇게 생각하겠지. 그럼, 지금부터 해리 사건에 대하여 아저씨가 수사한 내용을 상세하게 이야기하겠다. 현규도 법을 전공하는 사람이니까 아저씨 말이 틀리는지 맞는지 객관적인 입장에서 판단해 봐라."

진우는 수사한 내용을 절대로 누설해서는 안 되는 줄 알면서도 현규의 협조를 받기 위해서는 이야기를 하지 않을 수가 없었다.

'현규가 보덕사에 있다는 것을 종학이는 알고 있었다는 것, 해리가 강간을 당하지 않으려고 결사적으로 항거하다가 바위에 부딪혀 뇌진탕으로 죽을 때 종학이의 손가락이나 신체의 다른 부분을 입에 물고 죽었다, 해리가 물고 죽은 것은 손가락이 틀림없을 것이다, 종학이는 해리가 물고 있는 손가락을 빼낼 때 뾰족한 도구나 돌로 이빨을 망가뜨리고 빼냈다, 물린 손가락을 끄집어낼 때 사랑하는 사람이었기에 입술에는 전혀 상처를 내지 않았다는 것, 입안에 범인이 흘린 피를 해리의 팬티와 손수건으로 물을 적셔 와서 깨끗하게 세척한 것, 그렇지만 극히 미량의 혈흔이 식도도 넘어갔는데 해부를 해본 바 식도와 위 사이에서 검출된 혈액형이 O형이다. 종학이의 혈액형도 학적부를 확인해 본 바 A형이 아니고 O형이었다. 현장에는 종학이가 H사 신형 에쿠스를 타고 온 것, 이 차는 임시 넘버를 달았는데 사건 후 너를 찾지도 않고 되돌려 부산을 빠져나간 것, 그런데 이차는 판교 IC에서 경부고속도로에 올려 구서 IC를 통과하여 부산에 들어왔는데 CCTV를 판독한 결과 화면이 희미하지만 종학이 같다, 이 차는 범행을 저지른 후 구서 IC로 가지 않고 신대구고속도로를 우회해서 빠져나갔다. 서울로 가면서 해리의 소지품이 든 핸드백을 경산의 고속도로 주변에 묻었는데 여름에 비가 온 후 발견되었다. 또한 이 차는 판교 IC로 내려가지 않고 천안 IC로 빠져나가 국도를 타고 서울로 들어갔다. 에쿠스의 소유주가 종학이의 모친으로 되어 있어 남자 소유주만 확인한 경찰 수사망에는 걸리지 않았다, 그러다가 아저씨가 알아내고 수사망을 좁히고 들어가자, 폐차를 하였는지 모든 기록이 사라졌다, 그리고 지금은 BMW로 바꿨다, 경찰청 전산망과 구청, 차량 제조회사에는 기록이 있어야 마땅한데 어느 곳 하나 남아 있지 않고 흔적도 없이 사라졌다, 종학이가 타고 온 에쿠스가 임시번호판을 달고 고속도로 IC를 통과할 때 CCTV에 찍혔는데 범행 후에는 처음부터 자동차 회사에서 제작하지 않은 것으로 모든 기록이 날아가 버렸다, 이것은 권력이 개입하지 않으면 할 수 없다. 현규처럼 현장에 증거물을 남겨 놓은 민성이라는 사람을 추적하여 검거하였는데 범인이 아니었다, 그런데 주점 종업원인 민성이가 인권위에 진정하고 검찰청, 경찰청에 고소하였다, 그리고 경찰청에서 감찰을 하여 나를 비롯한 기존의 수사진이 풍비박산되었다. 현규야, 이것이 무엇을 의미하겠느냐? 강 의원이 뒤에서 경찰청이나 모든 곳에 압력을 행사하였고 은밀하게 민성이를 사주한 것이 틀림없다, 현재로는 정황증거뿐인데 권력자의 아들을 수사하겠다고 압수수색 영장을 발부받을 수도 없고 긴급체포도 할 수 없다, 그리고 어설프게 수사를 하다가 노출이 되면 나의 생명마저 위험하다, 또한 종학이가 연수원에 있으므로 대면할 수가 없다, 강 의원은 기존의 수사본부를 와해시켜 수사의 맥을 끊어 놓고 완전범죄가 되도록 사력을 다해 모든 흔적을 지웠다, 아저씨가 종학이 주변을 파고 있다는 것을 강 의원이 알면 종학이와 가정, 자신의 명예 등 그 모든 것을 지키기 위해 수단과 방법을 가리지 않고 은밀하게 아저씨를 죽이려고 할 것이다.'

진우는 여태까지 수사한 것을 상세하게 말한 후 현규를 주시하였다.

"아저씨 말씀을 듣고 보니 종학이가 해리를 죽였는지 확실한 것은 모르겠지만 의심이 갑니다. 제가 사건을 수사하는 형사라면 당연히 조사하겠습니다. 그런데 억측일지 모르지만 동기가 없습니다. 아저씨는 동기를 어디서 찾았습니까?"

진우의 장황한 설명이 끝난 후에도 현규는 오랫동안 침묵을 지키면서 몇 번이나 얼굴에 변화를 불러오다가 힘없는 목소리로 긍정과 반문을 하였다.

"아저씨가 추정하건대 이성으로서 해리를 사랑한 것 같다. 현규 너와 해리가 너무나 사랑하기에 나서지 못한 것 같다. 무엇보다도 해리가 종학이를 이성으로 대하지 않는 것도 한몫하였다고 볼 수가 있고…. 그것 말고는 해리를 죽일 이유가 없다. 종학이가 너를 찾아가다가 보덕사를 뛰쳐나온 해리를 만나서 대화를 나누다가 우발적으로 범행을 저지른 것 같다."

"혹시 둘이 함께 저를 찾아왔을까요?"

"아니다. 아저씨가 수사한 결과 종학이는 사시에 최종 합격한 후 너를 만나 격려를 해주고 싶었을 것이다. 그래서 어머니 명의로 새로 구입한 H사 에쿠스를 타고 왔다. 고속도로 IC를 통과할 때 CCTV에 종학이 혼자였다. 해리는 종학이에게 물어서 부산에 왔다고 네게 말했다는데 거짓말이 아닐 것이다. 해리는 너를 만나 지고지순한 마음으로 사랑을 호소하였는데 받아주지 않자, 실망하여 보덕사를 뛰쳐나갔다. 그때 종학이가 너를 찾아오다가 우연히 해리를 만난 것이다. 두 사람은 용추계곡의 바위에서 대화를 나누다가 종학이가 해리를 범하려고 하자 결사적으로 반항을 하기에 죽였다고 본다. 아저씨가 지금까지 수사하고 추리해본바 해리를 죽인 것은 고의는 아니고 우발적인 것이 확실하다."

"제가 어떻게 도와드리면 되겠습니까?"

고개를 푹 숙인 채 한참 동안 말이 없던 현규가 눈물을 글썽이면서 어렵게 말하는데 어쩔 수 없이 또 찾아와서 상처를 건드리는 진우도 가슴이 아팠다.

"일단 금요일에 나와 함께 서울로 가자. 그 후에는 어떻게 할 것인지 아저씨가 세부적으로 전략을 짜겠다."

"알겠습니다. 개인적으로는 거절하고 싶지만, 대의적으로 생각해서 아저씨를 돕겠습니다. 그리고 종학이가 어떤 얼굴을 하고 있는지 보고 싶습니다."

"고맙다. 아저씨는 수사한 내용을 타인에게 누설하면 절대로 안 되는데, 너의 도움을 받으려고 불가피하게 말하였다. 절대 입 밖에 내지 마라. 특히 종학이가 알게 된다면 모두가 물거품이 되고 아저씨는 생명이 위태로울 것이다."

"알겠습니다."

현규에게 수사상의 기밀을 무덤 속까지 함구하도록 신신당부하면서 금요일에 일찍 오겠다고 말한 후 암자를 나섰다. 내려오면서 '임시번호판을 부착한 에쿠스를 부산으로 끌고 온 사람이 종학이다, 그 차의 소유주는 종학이 모친으로 되어 있었는데 폐차하였다'는 등 일부는 추리한 것이지만 확신을 하고 있었기에 괘념치 않았다.

집으로 돌아온 진우는 어떻게 하여야 직접적인 증거를 수집할 수 있을지 옥상에 올라가서 한참 동안 추리에 골몰하였다.

'현규가 종학이를 밖으로 불러낼 수는 있을 것이다. 그렇지만 협조를 하는 현규 입장을 난처하게 만들면 안 된다. 만에 하나 종학이가 범인이 아니라면 현규 입장이 어떻게 되겠는가? 범인 검거도 중요하지만 가장 친한 현규의 입장도 배려해 주어야 한다. 현규를 지켜주면서도 혈흔이나 머리카락을 얻는 방법이 무엇일까? 그것도 아주 자연스럽게 쥐도 새도 모르게 해야 하는데…. 현규와 함께 걸어갈 때 몽둥이로 몸에 상처를 낸 후 내 손에 피를 묻히면 어떨까? 아니다. 이런 방법은 너무 유치하다.

현규와 함께 주점에 가도록 부탁을 해놓고 뒤따라 들어가서 시비를 걸어 싸움을 할까? 이 방법도 통하지 않을 것 같다. 현규와 함께 목욕탕에 가서 머리카락을 채취하라고 할까? 아니다. 이 방법은 실현 가능성이 거의 없다. 갑자기 찾아온 현규가 목욕탕에 가자고 하면 이상하게 생각하고 경계할 것이다. 또한 종학이가 눈치챌 수 없도록 은밀히 머리카락을 수집하기도 쉽지 않다. 그럼 어떻게 해야 하나? 어떻게 해야 아주 자연스럽게 접근하면서 현규에게 피해를 주지 않고 혈흔이나 머리카락을 채취할 수 있을까? 다음 주 금요일이면 아직도 많은 날짜가 남아 있는데 혹시 현규가 마음이 변하지는 않을까? 현규가 변심하여 종학이에게 알려준다면 모든 것이 수포가 되는데…. 현규를 인격적으로 대해주었지만 둘의 관계가 죽마고우 같은지라 진우는 은근히 신경이 쓰였다. 현규의 협조 없이 혼자서는 종학이를 자연스럽게 밖으로 불러내거나 대면하여 혈흔이나 머리카락 등을 채취할 수가 없다. 어떻게 해야 하나? 만약 종학이가 자가용을 타고 현규를 만난다면 저 똥차가 BMW를 추격할 수 없을 텐데…. 어떻게 해야 귀신도 감쪽같이 속일 수 있도록 증거를 수집할 수 있을까? 고의로 교통사고를 내는 방법은 어떨까? 좀 많이 다치게 하면 상처에서 피가 날 것이고 부축하는 척하면서 그 피를 내 손에 묻히면 되는데…. 이 방법이 괜찮을 것 같은데…. 아차! 안 된다. 승용차로 이동하는 것 같으면 현규도 타고 있을 텐데 운전하는 종학이보다 현규가 더 다칠 수가 있다. 또 현규를 만나러 나올 때 자가용을 타고 온다는 보장도 없다. 이 방법은 바람직스럽지 않다. 그럼 어떻게 해야 하나? 종학이가 목욕이나 이발은 어디에서 하고 있을까? 극도로 몸조심하여 아무 곳에서는 절대로 하지 않을 것이다. 틀림없이 가장 안전하다고 생각되는 집이나 연수원 안에 있는 목욕탕과 이발관을 이용하겠지. 이번 사건은 처음부터 난해하고 얽히고설킨 것 같다고 생각하였는데 용의자가 누군지 윤곽이 잡혔는데도 증거 수집이 이렇게 어렵고 끝까지 속을 썩이

는구나.'

"여보, 옥상에서 뭐 하세요? 아까도 올라와 봤는데 벌써 몇 시간째 그러고 있는 거예요? 누가 보면 귀신하고 이야기하는 줄 알겠어요."

머리가 터질 듯이 한참 상념에 빠져 있는데 아내가 언제 올라왔는지 옆에서 불렀다. 진우가 정신을 차리고 주위를 둘러보니 어둠이 내린 지 오래된 것 같았고 하얀 티를 입고 있는 아내가 얼핏 귀신처럼 보였다.

"기척을 좀 해라. 놀랐다."

"빨리 내려오세요. 애들이 기다리고 있어요. 당신이 좋아하는 삼겹살에 반주도 준비하였어요."

진우가 일어나면서 투덜거리자, 아내가 코맹맹이 소리로 애교를 떠는데 갑자기 가슴이 뭉클하였다.

"어이구 닭살 돋는다. 그만 내려가자."

생각과는 정반대로 마음에도 없는 말을 한 진우가 옥상을 내려와서 아이들과 함께 식탁에 앉았다. 즐기는 삼겹살에 반주를 곁들여도 무슨 맛인지 느낄 수가 없었고 오로지 머릿속으로 기발한 방법을 찾아내려고 온갖 궁리를 다 하였다.

목요일 오후.

진우는 미리 준비해 둔 낡은 바지와 잠바, 때가 찌든 벙거지와 과일주를 담글 때 쓰는 35도짜리 소주 4홉 정도를 트렁크에 싣고 집을 나섰다.

'현규에게는 금요일에 간다고 하였지만 함께 전략을 짜야 한다. 만나는 장소를 정해야 하고 주변의 지리도 숙지해야 한다. 또한 현규가 어떻게 행동해야 하는지 세세하게 가르쳐 주어야 한다. 금요일에 출발하면 시간이 촉박하다. 현규가 실수하면 모든 것이 도로 나무아미타불이다. 어떻게 하든 종학이를 불러내서 만나도록 해야 한다. 조급하게 서두르다가는 대사를 그르칠 수 있다. 암자에서 함께 자고 아침 일찍 출발해야

시간적인 여유도 있을 것이다.'

많은 생각을 한 진우가 하루 앞당겨 진주로 달려갔다. 진주에 도착하여 마트에 들러 햇반과 소주, 빵을 구입하였다. 그리고 근처의 치킨집에서 닭을 한 마리 구워 소룡사로 오르는데 산기슭에는 슬금슬금 땅거미가 스며들고 있었다.

"현규야, 아저씨 왔다."

"어! 아저씨, 내일 오신다고 한 것 같은데…."

암자에 도착한 진우가 기척을 내면서 부르자 현규가 방문을 열고 나오는데 약간 놀란 것 같았다. 단조로운 방 안에는 스탠드를 밝혀 놓고 공부를 하고 있었는지 작은 밥상 위에는 두꺼운 헌법책이 펼쳐져 있었다.

"내일 오면 바쁘겠더라. 현규하고 작전도 짜야 하고, 또 일찍 올라가서 약속 장소도 정해야 하고 주변의 지리도 숙지해야 하는데 시간이 촉박하면 대사를 그르칠 수가 있겠다 싶어 일찍 왔다."

진우가 손에 들고 있던 비닐봉지를 밥상 위에 내려놓으면서 말했다.

"이게 다 무엇입니까?"

봉지 안에 들어 있는 음식을 진우가 꾸역꾸역 끄집어내자, 현규가 눈을 동그랗게 뜨면서 물었다.

"현규하고 한잔하면서 전략을 짜려고…. 그리고 내일 아침 일찍 출발하려면 뭘 좀 먹고 가야 안 되겠나? 거기 앉아라."

진우가 주인인 양 먼저 밥상 앞에 앉아 태연하게 소주병 뚜껑을 비틀면서 말했다.

"그런데 아저씨, 면도나 좀 하고 오시지…. 모르는 사람이 보면 꼭 노숙자라고 하겠습니다."

"범인을 잡으려면 똥통에라도 들어가야 하는데 노숙자가 대수냐. 그렇게 보이려고 일부러 깎지 않았다. 현규야, 아저씨가 며칠을 연구해서 전략을 짜 봤다. 들어보고 합당치 않으면 말해라. 우리 둘이 더 좋은 방법을 찾아 보고로⋯. 자, 오늘은 공부 그만하고 한잔하면서 닭 다리 나 뜯자."

현규와 소주를 한잔하면서 그동안 몇 번이나 구상하였던 계획을 차근차근히 진우가 설명하였다.

내일 아침 7시쯤 일어나서 진우는 준비한 넝마 옷으로 갈아입고 노숙자 차림으로 변장한다. 서울로 가면서 8시쯤 종학이에게 전화를 한다. 범행 후 전화번호를 바꿨을 수도 있으니까 틀리면 연수원으로 전화한다. 종학이와 통화가 되면 종강 시간을 물어서 만나기로 약속한다. 약속 장소는 서울에 도착하는 대로 연락을 하겠다. 그 장소는 우리가 올라가서 서울역 주변을 미리 돌아보고 적당한 장소를 물색한 후 알려준다. 웬만하면 약속 장소는 행인이 많이 붐비는 상가 근처의 노상으로 한다. 약속 시간 10분 전쯤 진우가 옷과 벙거지에 소주를 부어 술 냄새가 진동하는 주취 노숙자로 변장해서 현규 주변을 서성거린다. 종학이가 나타나서 서로 반갑다고 인사를 할 때나, 걸어갈 때를 노려 주취자행세를 한 진우가 뒤에서 종학이와 현규를 밀치고 넘어진다. 그때 종학이가 눈치를 챌 수 없도록 머리카락을 뽑는다. 넘어진 진우는 다친 척하면서 일어나지 않는다. 이때 현규는 투덜거리면서 종학이를 데리고 대화를 나눌 수 있는 적당한 장소를 찾아 떠난다. 현규와 종학이가 사라지면 진우는 그 장소를 벗어나서 국과수로 달려간다. 현규는 1시간쯤 종학이와 대화를 나누다가 군대 간 동생이 외출을 나오는데 영등포역에서 만나기로 약속이 되어 있다고 말한 후 헤어진다. 현규가 서울역에서 전철을 타고 영등포역에 내려 매표소 앞에서 기다린다. 진우가 국과수에서 DNA검사를 마치는 대로 현규를 만나서 진주로 내려온다.

"이 전략을 어떻게 생각해? 아저씨가 최대한 현규에게 피해가 가지 않도록 배려한 것이다."

진우가 그동안 고심하여 수립한 계획을 말한 후 현규의 의사를 물었다.

"훌륭합니다. 그런데 만약에 종학이가 범인이면 언제 체포하려고 함께 내려옵니까?"

진우가 말을 끝내자, 현규는 범인이라면 당장 체포를 하지 않고 내려오는 것이 이상한지 검거할 시기를 물었다.

"DNA가 일치하면 정식으로 영장을 발부받아 검거할 것이다. 종학이는 도망을 갈 수 없을 것이다. 현규의 역할은 종학이에게 전화를 해서 오랜만에 만난 친구를 반갑게 대하는 것이다. 침착하게 대화만 하면 된다. 할 수 있겠지?"

현규가 어떻게 생각할지 모르기에 용기와 격려를 하는 차원에서 진우가 은근하게 물었다.

"알겠습니다. 종학이가 양의 탈을 쓴 악마인지 아니면 결백한지 최선을 다하겠습니다."

현규가 괴로운지 약간 말을 더듬으면서도 분명하게 도움을 주겠다고 하기에 진우는 이 작전이 성공할 것이라고 믿어 의심치 않았다.

"자. 그만 자자. 내일 아침에는 닭고기 남은 것하고 빵과 햇반을 먹고 출발하자."

"알겠습니다."

대화를 나눌 때 소주를 다 마셨기에 자리를 대충 정리한 후 나란히 누웠다. 바닥에 이불을 깔고 옷을 입은 채로 누웠지만 산속의 암자는 약간 서늘하였다. 잠자리에 든 진우는 이것저것 생각한다고 한참 동안 잠을 이룰 수가 없었다. 옆에 누운 현규도 마음이 괴로운지 뒤척이면서 한숨을 몰아쉬고 있었다.

상념에 젖어 있다가 깜빡 잠이 든 것 같은데 깨어보니 7시가 다 되어가고 있었다. 옆에는 현규가 정신없이 자고 있었다. 진우는 살며시 일어나서 5분 정도 눈을 감고 명상에 들었다가 현규를 깨웠다.

"현규야, 7시다. 일어나라. 대충 뭘 좀 먹고 출발하자."

"네. 일찍 일어나셨네요."

"아니다. 아저씨도 조금 전에 일어났다."

어젯밤에 안주하고 남은 식어 빠진 통닭과 햇반, 빵으로 아침을 때운 두 사람은 소룡사 주차장으로 내려왔다. 진우는 겉옷을 벗고 트렁크에서 누더기 옷과 중절모를 끄집어내어 군데군데 흙을 묻혀서 갈아입었다.

"이 옷에 술 냄새만 풍기면 주취 노숙자가 되겠지?"

"아저씨, 준비를 많이 하셨네요."

"그래! 어떻게 하겠노? 최선을 다할 수밖에 없지."

진주 시내를 벗어나서 시원하게 뚫린 중부고속도로를 달렸다. 이른 아침이라 도로는 한산하였고 산이 많아 창가를 스치는 바람은 시원하였지만, 마음은 심란하고 천 근처럼 무거웠다.

"이게 종학이 휴대폰 번호다. 학적부에 있던 것인데 전화를 해봐라. 받으면 어젯밤에 이야기한 대로 침착하게 대화를 나누어 봐라."

"어렴풋이 기억나는데 번호가 맞는 것 같습니다."

오전 8시가 조금 넘어서 진우가 종학이 전화번호와 휴대폰을 주면서 말하자 현규가 기억이 떠올랐는지 맞는 것 같다면서 번호를 눌렀다.

"여보세요. 종학이가? 현규다. 아! 네…. 그렇습니까? 그럼, 언제부터 이 번호를 쓰고 있습니까? 작년까지만 하여도 친구 휴대폰 번혼데. 네. 알았습니다. 계장님, 전화번호를 바꿨는지 종학이가 아닙니다."

현규가 전화를 끊은 후 진우를 바라보면서 번호가 틀리다고 말하였다.

"그래! 그 번호를 여태 쓰겠나? 내라도 안 쓰겠다. 경기도 114로 전화해서 사법연수원 전화번호를 물어봐라. 연수원으로 전화를 해서 종학이를 바꿔 달라든지 그렇지 않으면 종학이 휴대폰 번호를 물어보든지 잘

해봐라. 거기 문짝에 보면 볼펜하고 종이가 있을 것이다."

"제게도 있습니다."

현규가 114로 전화하여 사법연수원 전화번호를 물어서 메모지에 적어 놓고 바로 연결하였다.

"안녕하세요. 연수원에서 교육을 받고 있는 강종학이의 친구 현규라는 사시 준비생입니다. 종학이와 S대 동문이고 사시 공부도 함께 하였는데 좀 바꿔주실 수 있습니까? 암자에 공부하러 들어가면서 휴대폰을 폐기하는 바람에 전화번호를 잘 모르겠습니다. 이 휴대폰도 시내에 일용품을 사러 나와서 잠시 빌려 쓰는 것입니다. 네 진주에 있는데 서울에 볼일이 있어서 가는 길입니다. 오랜만에 종학이 얼굴이나 보려고 그럽니다. 네. 감사합니다. 잠깐만요. 네. 준비되었습니다. 받아 적을 테니 불러 보십시오. 010-××75-×39×. 네. 제가 불러보겠습니다. 010-××75-×39×. 네. 감사합니다. 지금 전화하면 강의 시간이 아니니까 받을 수 있겠지요? 선생님 감사합니다. 아저씨, 전화번호가 바뀐 것이 맞습니다."

전화를 끊고 난 현규가 진우를 바라보면서 말했다.

"잠시 심호흡을 해서 마음을 가라앉힌 후 각본대로 잘해봐라. 현규는 할 수 있다."

긴장하고 있는 것 같아 진우가 현규의 어깨를 가만가만히 두드려 주면서 격려하였다.

"종학이가? 현규다. 축하한다. 아니다. 네가 합격한 것을 최근에야 알았다. 부산에 있다가 작년 가을에 진주 소룡사로 옮겼다. 그렇지 뭐. 그래! 내년에 응시하려고 준비하고 있다. 이번에는 합격해야지. 내가 군에서 휴가 나온 동생을 만나러 서울 올라가는 길인데 만날 수 있겠나? 너무 보고 싶다. 강의가 몇 시에 끝나니? 음…. 서울에 도착하려면 정오가 넘을 것 같다. 도착하면 다시 전화할게. 아니다. 나는 휴대폰을 없애 버렸다. 옆에 아저씨 휴대폰을 잠시 빌려서 전화하는 거다. 서울에 도착하면 내가 전화할게. 그때 시간과 장소를 이야기해 줄게. 그래. 나도 너무 보고 싶다. 그래! 모처럼 서울 가는데 네 얼굴이라도 한번 보고 내려가 야지. 응. 조금 있다가 보자. 응. 알았다. 전화 끊을게."

"현규 전화 잘하는데…. 몇 시에 만나기로 하였는데?"

"시간은 정확하게 말을 안 했습니다. 오전에 강의가 끝난답니다. 서울에 가서 다시 전화하겠다고 했습니다. 그때 시간과 장소를 알려주겠다고 하였습니다."

"잘했어. 현규 연기력이 스타 뺨치겠어. 열차를 타고 서울 간다고 하였으니 서울역 주변에서 만날 장소를 물색해 보자."

마음이 편치 않을 것인데도 내심을 감춘 채 태연하게 전화를 하는 현규가 대견스러워, 진우는 어깨를 다독이다가 액셀 레이더를 힘주어 밟았다.

약간 과속으로 달렸기에 서울역에 도착하니 정오가 채 되지 않았다.

차를 공영주차장에 넣고 대합실과 역 주변을 둘러보니 마땅한 장소가 들어오지 않았다. 사람이 많이 붐비고 노숙자풍의 남자도 보였지만 자연스럽게 부딪치기가 좋은 장소는 썩 눈에 들어오지 않았다. 현규와 함께 10여 분간 돌아다니면서 장소를 물색하다가 역 앞 광장에 있는 시계탑으로 정했다. 사람 왕래가 잦기에 주변에 있다가 부딪치면서 쓰러져도 자연스러울 것 같았다. 장소가 정해지고 정오가 조금 넘어서 현규가 지나가는 학생에게 휴대폰을 빌려서 전화를 하였다.

"종학아. 현규다. 응. 방금 서울역에 도착하였다. 연수원까지는 너무 멀고 여기서 보자. 그래. 그러면 오후 한 시 반쯤 할까? 알았다. 그때 만나자. 응. 역 앞에 보면 시계탑이 있다. 찾기 쉽게 그 앞에서 보자. 오랜만에 서울 왔는데 필요한 책이 있는지 한번 돌아보지 뭐. 응. 기다리고 있을게."

학생에게 휴대폰을 빌린 현규가 고맙다고 인사를 하면서 돌려주고 있기에 진우는 자신도 모르게 시계탑을 올려다보았다.

"한 시 반이라…. 아직도 시간이 많이 남았군. 어디 가서 점심을 좀 먹고 오자. 아침도 변변하게 못 먹었는데."

약속 시간까지는 아직도 한 시간이 넘게 남아 있어 점심을 먹고 와도 충분하겠다 싶어 현규를 잡아끌었다. 두 사람은 서울역 뒷골목에 있는 음식점에 들어갔다. 점심시간이라 홀에는 손님이 많았다. 진우는 일방적으로 짬뽕을 두 그릇 시킨 후 빈자리를 찾아 앉았다.

"현규야, 잘했다. 친한 친구가 오랫동안 헤어졌다가 만나는 거다. 모든 감정을 버리고 그저 끌어안고 반갑게 대하라."

"아직도 종학이가 그런 범죄를 저질렀다는 것이 믿어지지 않습니다. 정말 종학이가 그랬을까요?"

홀에서 서빙 하던 아주머니가 노숙자풍인 진우를 곁눈질하면서 눈치를 주는 것 같았지만 애써 무시하고 자리에 앉아서 말하자 현규가 부정이라도 하듯 물었다.

"그것은 법을 전공하는 현규가 판단해 보면 알 것이다. 사람의 마음속에는 악마와 천사가 공존하는 양면성이 있다. 악한 마음을 다스리지 못한다면 자신은 물론이요, 주변의 모든 사람을 구렁텅이로 밀어 넣는 것은 정해진 이치다."

"마음을 다스린다는 것이 쉽지 않다는 것은 알고 있습니다. 그렇지만 인간은 짐승이 아니기에 도리와 예의범절, 법을 지키려고 하는 것이 아닙니까? 그런 것을 잘 알고 있는 종학이가 해리를 죽였다고 하니 믿어지지 않습니다."

"그래서 아저씨가 말하지 않았니! 계획적이 아닌 우발적이라고. 그렇지만 아저씨가 생각할 때는 동정의 여지가 없다고 생각한다. 종학이는 아주 치밀하게 사후 조치를 하였고 또한 강 의원은 대한민국의 법과 경찰을 우롱하였다. 보통 사람보다 더 엄하게 벌을 받아야 한다고 생각한다."

"가슴이 아픕니다. 제일 친한 친군데…."

"그래! 죄는 미워해도 사람은 미워하면 안 되는데…. 아저씨도 많이 배웠거나, 특권의식에 젖어 고개를 빳빳이 세우고 으스대는 그런 사람이 범죄를 저지르면 왜 그렇게도 미운지 모르겠다."

무거운 대화를 나누면서 천천히 점심을 먹고 나왔지만 약속 시간이 20분쯤 남아 있었다. 진우는 현규와 함께 차를 주차 시켜 놓은 공영주차장으로 갔다. 사람들의 눈치를 보다가 소주를 머리와 벙거지, 옷에 군데군데 부었다. 따가운 햇살 아래 옷이 젖으니 시원하였지만, 알코올 냄새가 코를 찔렀다.

"역 정문 쪽으로 돌아가라. 둘이 같이 가다가 혹시 종학이와 마주칠라."

역전에 도착하자 현규는 시계탑 앞에 서 있고 진우는 벙거지를 푹 눌러쓴 채 10여 보쯤 떨어진 곳에서 앉았다가 일어서는 등 흐느적거렸다. 한참 동안 서성거리다가 시계탑을 보니 약속 시간 3분 전이었다. 그때였다. 현규가 손을 번쩍 들면서 종학이를 부르고 있었다. 진우가 눈을 빛내면서 벙거지 밑으로 살펴보니 20여 보쯤 떨어진 맞은편에서 정장 차림의 젊은이가 손을 흔들면서 걸어오고 있었다. 진우가 유심히 봐도 휴대폰에 담아 놓은 학적부 사진과는 완전히 딴판이었다. 두 사람은 마주 잰걸음으로 달려가 손을 잡고 흔들면서 반가움을 나누다가 종학이가 온 방향으로 나란히 걸어갔다. 진우는 이 기회를 놓치지 않으려고 급히 뒤를 따라붙었다. 뒤에 바싹 붙은 진우는 오른쪽에서 걸어가는 종학이에게 왼쪽 상체를 세게 부딪치면서 재빨리 왼손 모든 손가락을 이용하여 머리카락을 쓰다듬듯이 훔친 후 길바닥에 나뒹굴었다. 머리카락을 움켜쥔 왼손 주먹을 가슴에 붙여서 넘어지는 바람에 팔꿈치가 땅바닥에 부딪혔는데 심하게 통증이 왔다. 그렇게 쓰러져서 잠시간 꿈틀거리다가 부스스 일어나서 주변을 훑어보니 종학이와 현규는 보이지 않았다. 진우는 머리카락을 쥐고 있는 주먹을 더욱더 꽉 쥔 채 비틀거리면서 주차장으로 왔다. 차 안에 들어가서 주먹을 살며시 펴 보니 5cm 정도쯤 되는 머리카락이 두 개 있었다. 그 머리카락을 보는 순간 진우는 눈물이 핑 돌았다. 해리를 죽인 범인을 잡겠다고 그동안 요원들과 내가 얼마나 고생을 하였던가. 종학이가 제3의 용의자가 틀림없을 것이다. 이젠 모든 것이 끝났다. 강 의원과의 두뇌 싸움에서 이겼다는 자부심이 들자, 어깨가 뿌듯하였다. 진우는 아주 귀중한 보물인 양 화장지에 몇 겹으로 접어 지갑에 넣었다. 그런 후 옷을 갈아입으려는데 왼팔이 올라가지 않았고 통증이 너무 심하였다.

땅바닥에 넘어질 때 부딪친 왼손 팔꿈치가 부어오르고 통증이 심해서 조심스럽게 운전하여 국과수로 달려갔다. 대한민국이 범죄가 많은 나라인지 국과수는 조용할 날이 없었다. 진우는 감식실장을 만나 머리카락을 내어놓으면서 살인 사건의 개요와 그간 수사를 어떻게 하여 증거물을 입수하게 되었는지 상세하게 설명을 한 후 즉시 감정을 부탁하였다. 진우의 말을 묵묵히 듣고 있던 실장이 사안의 중요성을 직감하였는지 기다리라는 말을 남긴 후 머리카락을 들고 나갔다.

"여기 감정서가 나왔습니다."

진우가 온갖 상념에 젖어 있는데 한 시간쯤 후에 실장이 직접 감정서를 들고 와서 내밀었다. 진우는 해리의 식도에서 발견된 O형 혈액을 감정한 감정서의 복사본을 상의 안주머니에서 급히 꺼내어 대조하였다. 종학이의 머리카락과 제3의 용의자 즉 해리의 식도에서 채취한 혈흔의 DNA가 100% 일치하였다. 종학이가 진범인 것이다. 순간 진우는 콧등이 찡하면서 눈시울이 뜨거워졌다. 복받쳐 오르는 기쁨과 슬픔을 함께 느끼면서 진우는 실장에게 거듭 고개를 조아린 후 활기찬 발걸음으로 국과수를 나왔다. 시간이 많이 지체되었기에 팔의 통증을 억지로 참으면서 현규가 기다리고 있는 영등포역으로 달려갔다. 차를 주차할 장소가 아니지만 역 앞에 비상등을 켠 채 주차해 놓고 매표소로 달려갔다.

"현규야, 오래 기다렸지? 빨리 내려가자."

매표소 앞에서 서성거리고 있는 현규에게 고함을 치자 고개를 돌리기에 진우는 빨리 오라고 손짓을 한 후 차 있는 데로 달려왔다.

"종학이가 확실합니까?"

진우를 기다리면서 어떤 생각을 하고 있었는지 현규는 차에 오르자마자 첫마디에 물었다.

"그래! 100% 일치한다. 눈치를 챈 것은 아니제?"

"느낌이 이상한지 머리를 쓰다듬으면서 쓰러져 있는 아저씨를 몇 번이나 뒤돌아보았습니다."

힘없이 대답을 한 현규는 눈을 감고 등받이에 몸을 기댔다. 한참 동안 기척이 없기에 진우가 고개를 돌려 바라보니 현규는 소리 없이 눈물만 흘리고 있었다. 진우는 그런 현규를 가만가만히 어깨를 두드려 주었다. 간간이 대화가 오갔지만, 현규는 괴로운지 눈을 감은 채 침묵만 지키고 있어 진우도 어떻게 검거해야 할지 머릿속으로 궁리하면서 운전만 하였다.

진주에 도착하니 오후 8시가 넘었기에 사방이 어두웠다.

"현규야, 뭘 좀 먹으러 가자. 밥 먹은 후 소룡사까지 태워 줄게."

"아저씨, 생각이 없습니다. 저는 여기서 내릴게요."

"현규야, 네 마음도 아프지만 아저씨 마음도 편치 못하다. 하지만 현규도 판검사가 되려고 사법고시를 준비하잖니? 법은 만인에게 평등해야 한다는 것이 아저씨 지론이다. 저녁밥 먹고 소주 몇 병 사 들고 암자에 가서 한잔하자. 아저씨는 내일 부산에 가도 된다."

진우가 강권을 하자 현규가 무언의 승낙을 하기에 두 사람은 근처 식당으로 들어갔다.

"현규야, 사람은 사람에 의해 평가를 받는 것이지 동물로부터 받는 것이 아니다. 이 세상은 나 혼자 사는 것이 아니다. 우리가 서로 어울려 사는 것이 사회다. 너 혼자 사는 것이 아니고 우리가 모두 어울려 살기에 더 나은 삶을 위해 쉼 없이 노력하고 있는 것이다. 너나 나나 사람으로서 도리를 다하지 못하면 대접을 받을 수가 없다. 공자나 맹자도 그 사람의 언행, 즉 삶에 대하여 우리가 본받을 것이 있었기에 오늘날까지 성인으로 추앙을 받는 것이다. 나중에 현규가 사회 지도층이 되고 존경받는 판검사가 되더라도 아저씨의 지금 이 말을 항상 상기하기 바란다. 현규가 모두 알고 있는 것을 아저씨가 새삼스럽게 사족을 단 것 같아 미안하다. 자. 밥 먹고 나서 어디 슈퍼에 들러 소주 몇 병 사 들고 올라가서 만사를 잊고 코가 비뚤어지도록 마셔보자."

"아저씨 말씀 가슴 깊이 새기겠습니다."

"사람은 신이 아니다. 그러므로 잘못을 저지를 수는 있다. 그렇지만 그 잘못도 모든 사람에게 어느 정도 공감이 가는 잘못이어야 비난을 면할 수 있는 것이다."

"알겠습니다."

저녁을 먹은 진우는 마트에 들러 소주와 맥주, 참치 통조림 등을 넉넉히 구입하여 암자로 향했다. 계속해서 팔꿈치에 통증이 심하였지만, 현규와 술잔을 주거니 받거니 하면서 세상만사 뜻대로 마음대로 되지 않는다고 한탄도 하고, 그러면서도 둥글둥글 살아가는 것이 우리의 삶이고 인생이라는 개똥철학을 펼치면서 대취하였다.

이튿날 아침밥도 먹지 않고 일찍 암자를 나섰다.

오전 9시쯤 부산에 도착한 진우는 팔이 붓고 통증이 너무 심하여 병원부터 찾았다. 팔이 어떻게 되었는지 은근히 걱정되어 평소 친분이 있는 병원을 찾아가서 엑스레이를 찍었다. 사진을 찍은 후 통증을 참으면서 팔을 부여잡고 원장실에 들어가니 팔꿈치 뼈에 금이 갔고 인대가 늘어났다고 하였다.

"형님, 이래가지고 어떻게 견뎠어요? 형사라서 그런가…"

"형사는 사람 아니가? 얼마나 있어야 완치가 되겠나?"

"뼈가 붙으려면 한 달은 넘게 팔을 쓰지 않아야 합니다. 나이가 많을수록 뼈가 잘 붙지 않습니다."

나이가 다섯 살 적은 온누리 내과 원장은 소탈한 사람인데 몇 년 전에 주먹 패거리 환자로부터 고소를 당하여 곤욕을 치른 적이 있었다. 그때 진우가 도움을 주어 고소가 취하되고 깡패에게 사과까지 받았는데 그 후로는 형님 동생 하면서 친밀하게 지냈다. 깁스를 한 후 바로 경찰서로 가려다가 제대로 씻지도 못하였기에 세수라도 하려고 우선 집으로 향했다.

"당신 팔이 왜 그래요! 많이 다쳤어요?"

"응. 조금 다쳤다."

"조금 다친 것이 아닌 것 같은데요. 어쩌다 다쳤어요?"

"됐다. 그만 해라. 세수하고 나가봐야 한다."

"내가 당신 때문에 제명에 못 죽을 거예요. 조금 수월한 부서로 옮겼으면 그냥 죽은 듯이 근무를 할 것이지 뭐가 좋다고 다시 형사를 해요."

아내의 잔소리를 귓등으로 흘리면서 한 손으로 대충 세수를 한 진우가 옷을 갈아입고 집을 나섰다. 버스를 이용하여 경찰서로 가면서 진우는 곰곰이 생각하였다.

'꼴 보기 싫은 과장과 서장에게 보고하여 수사본부에서 영장을 청구해야 하나… 아니면 지방청장에게 보고하여 정식으로 수사를 할 수 있도록 수사팀으로 복귀하여 직접 마무리를 지어야 할지…'

진우가 팀장으로 있던 강력1팀은 살인 사건에 매달려 그야말로 죽도록 고생만 하였는데 서장과 과장에게 그 공을 고스란히 헌납한다고 생각하자 은근히 밸이 꼴렸다.

　눈을 지그시 감은 채 이런저런 생각을 하고 있는데 버스가 경찰서 앞 정류장에 도착하였다. 진우는 상념을 접고 황급히 내리면서 일단은 서장과 과장을 만나 보기로 작정하였다. 경찰서에 도착한 진우가 형사과장을 찾았지만, 자리에 없었다. 점심때가 다 되었기에 구내식당에 갔나 생각하면서 돌아 나오는데 서장 부속실에 근무하는 노처녀 미스 정을 만났다.

　"어! 계장님, 오래간만입니다."

　"미스 정은 자꾸만 예뻐지는데 결혼할 애인이 있어요?"

　"네. 내년 봄에 결혼하려고 날을 받았습니다."

　"미리 축하부터 해요. 그렇다고 예식장에 안 간다는 것이 아니고 당일은 또 곱빼기로 축하를 하겠어요."

　"과장님은 서장님 집무실에 있습니다."

　부속실에 오래 근무한 미스 정은 눈치가 빨라서 진우가 형사과장을 찾는다는 것을 알고 가르쳐 주었다. 진우는 고개를 두어 번 끄덕여 고맙다는 인사를 대신하고 3층에 있는 서장실로 올라갔다.

　진우가 들어가면서 인사를 하여도 과장은 고개를 끄덕이는데 서장은 쳐다보지도 않았다. 우리 조직이 아무리 높은 놈들 세상이라지만 이건 아니라는 생각이 든 진우가 한참 동안 화를 삭이면서 뻘쭘하게 서 있다가 돌아 나오면서 '살인범을 찾았는데'라고, 슬쩍 말을 흘렸다.

　"뭐! 살인범을 찾았다고?"

　"뭐라고! 살인범을?"

　진우의 혼잣말을 서장과 과장이 듣고 자리를 박차면서 벌떡 일어나 이구동성으로 외치고 있었다. 진우는 사람 취급도 하지 않는 서장이 역겨워서 못 들은 척 아무 말도 없이 밖으로 나와 버렸다. 그러자 과장과 서장이 놀라서 뛰어나오기에 진우는 잰걸음으로 계단을 내려갔다.

"권 계장, 잠깐만. 금방 뭐라고 말하였나?"

형사과장보다 나이가 적은 서장이 먼저 달려 내려와 진우의 옷깃을 붙잡으면서 물었다.

"아무 말도 안 했습니다."

"권 계장, 금방 범인을 찾았다고 말한 것 같은데…"

과장이 이내 달려와 앞을 막아서면서 얼굴을 발갛게 상기한 채 급하게 물었다.

"아닙니다. 혼잣말을 하였지 보고한 것이 아닙니다. 수사요원도 아닌데 보고할 자격이나 있습니까? 보고하려면 내사를 명한 지방청장님께 보고를 해야 마땅한 것이지요."

"잠깐. 잠깐만. 우리 들어가서 이야기를 좀 하지."

"권 계장, 이러지 말고 올라가서 차근차근히 이야기를 해봅시다."

진우가 서장과 과장을 피해서 계단을 내려가려고 하자 두 사람이 앞을 막고 깁스를 하지 않은 오른팔을 붙잡으면서 황급하게 말했다. 두 사람에게 납치되듯이 억지로 서장실에 다시 들어간 진우는 무엇을 물어도 묵묵부답 침묵을 지켰다.

"하! 답답해 죽겠네. 권 계장, 뭐라고 말을 좀 해봐라."

"권 계장, 좀 전에 범인을 찾았다고 말하지 않았나요?"

"진범이 누구인지 밝혀내긴 하였습니다."

"…?"

하는 꼴이 너무나 못마땅하여 진우가 한참 동안 침묵을 지키다가 일부러 말을 빙빙 돌리자, 서장과 과장이 눈을 굴리면서 무슨 뜻인지 생각을 하는 것 같았다. 진우는 서장을 물끄러미 바라보다가 출입문을 향해 돌아서면서 또 입을 다물어 버렸다.

"권 계장, 무슨 말인지 알아듣게 이야기를 해봐요."

진우가 밖을 향해 발걸음을 떼자, 과장이 맞은편 소파에 진우를 억지로 끌어다 앉히면서 달래듯이 말했다.

"식도와 위 사이에서 검출된 혈액형과 DNA가 똑같은 사람을 찾았습니다."

"그래! 우리가 검거하려는 사람이 바로 그 사람이야. 피해자의 식도에서 혈흔이 발견된 용의자가 진범이 확실하지. 그 증거는 빼도 박도 못하는 직접증건데 그 용의자를 찾았다고?"

"네. 그 용의자를 쫓는다고 이렇게 팔까지 다쳤습니다."

"고생하였어. 정말 고생하였어. 많이 다치지는 않았나? 그래! 도주하기 전에 빨리 검거해야지."

"…."

인사를 하여도 대답도 없이 냉대하였고, 팔에 깁스를 하고 있어도 왜 다쳤는지 묻지도 않던 서장이 진범에 가까운, 아니 진범이 틀림없는 용의자를 찾았다고 말하니까 호들갑을 떨면서 생색을 내었다. 그런 서장과 과장을 어처구니없이 바라보던 진우는 속에서 화가 치솟아 입을 닫았다.

"하! 이 사람, 범인이 누군데 말을 안 하나! 권 계장, 지금 서장을 놀리는 것인가?"

"아닙니다. 제가 어떻게 서장님을 놀릴 수 있습니까? 그동안 혼자 수사를 하여 범인이 누구인지 확실하게 밝혀냈습니다."

"그런데 왜 말을 안 해?"

"권 계장, 범인이 누군지 말해 봐요."

그동안 경찰청으로부터 빨리 범인을 잡지 못한다고 압력을 많이 받았는지 서장이 흥분하여 고성을 질렀고 과장은 진우를 살살 달래고 있었다.

"서장님, 저는 해운대경찰서 소속이지만 징계를 먹고 수사에서 손을 뗐습니다. 다시 말해 서장님이 살인 사건에 관여치 말라고 말씀하였기에 수사요원이 아닙니다. 저는 청장님의 명에 의해 독자적으로 범인을 수사하였습니다. 그러므로 청장님께 보고를 한 후 검거하려고 합니다."

"권 계장, 그동안 서장이 섭섭하게 한 것이 있으면 이해를 해라. 그렇지만 난들 어떻게 하겠나. 위에서 누르는데…"

"누가 뭐라고 하였습니까? 서장님은 부하 직원들을 따듯하게 보살펴 주셨는데 진급해서 오래도록 존경을 받아야 마땅합니다."

"…"

그동안 쌓인 감정이 많아 진우가 은근히 말을 비꼬자, 서장이 눈치를 챘는지 말문을 닫고 눈만 굴리고 있었다.

"나가 보겠습니다."

"권 계장, 권 계장."

인사를 하고 나오자 서장이 다급하게 불렀지만 진우는 애써 모른 체하였다. 애초에 서장을 찾아갈 때는 보고를 하고 영장을 발부받으면, 고생한 1팀 형사 몇 명을 검거조에 넣어달라고 건의해야지 생각하였다. 그런데 다친 몸으로 인사를 하여도 일언반구 말도 없이 냉대하기에 묵은 감정이 새삼스레 복받쳐 올라 배배 꼬이는 말을 하고 말았다.

현규와 헤어진 종학이는 느낌이 좋지 않았다.

민지와 약속이 되어 있었지만 급한 일이 생겼다고 거짓말을 한 후 집으로 돌아왔다. 집에 돌아와서 곰곰이 생각하여도 기분이 찜찜하고 뭔가 모르게 불안하였다.

'사찰에서 공부를 하고 있는 현규가 느닷없이 찾아온 것도 그렇고…' 서울역 앞에서 술에 취한 노숙자와 부딪칠 때 상체만 부딪친 것이 아니라 뭔가 머리를 스친 것 같기도 하여 까닭 모를 불안이 온몸을 엄습하였다. 가슴이 답답하고 불길한 예감이 구름처럼 피어올랐다. 부산에 갔다 온 후 차도 처분하였고 친구도 멀리하는 등 극히 외출을 자제하면서 행동을 조심하였다. 웬만하면 집에서 목욕을 하였고 이발도 변두리를 찾아가서 사람들이 많이 붐비는 곳에서 하였다.

연수원에 입교한 후로는 그곳에서 목욕과 이발을 하는 등 만에 하나라도 실수하지 않으려고 조심하였다. 그런데 잠잠하던 마음이 현규를 만난 후부터 실체도 없이 계속 불안하였다. 공부도 제대로 되지 않았고 민지를 만나는 것도 회의가 들었다. 그리고 매사에 자신이 없어지고 해리에 대하여 속죄를 하고 싶은 마음이 간절하였다. 산다는 것이 누구를 위한 삶인지 알 수가 없고, 캄캄한 밤길을 걷는 것처럼 앞날이 암담하다는 생각만 들었다. 하루에도 몇 번씩 해리를 죽인 그 이전으로 돌아갈 수만 있다면 얼마나 좋을까 하는 생각이 간절하였다. 이러다가 갑자기 형사들이 들이닥치지 않을까 하는 불안한 마음이 들었고 항상 쫓기듯 전전긍긍하였다. 나의 범죄행각이 세상에 알려진다면 모든 사람에게 손가락질받을 것이다, 생각하니 온몸이 떨려 왔다. 아버지는 정치생명이 끝날 것이고 형제처럼 지내던 해리 부모님과도 원수가 될 것이다. 아! 어떻게 해야 하나. 어느 때는 민지의 얼굴에 해리의 얼굴이 겹쳐 보여서 마음이 가다가도 움츠러들곤 하였다. 이런 마음으로 민지를 행복하게 해 줄 자신이 없어 항상 소극적이고 수동적이 되었다. 그러다 보니 데이트할 때도 항상 민지가 리드하였고 종학이는 그저 따라만 다니는 꼴이 되었다.

만약에 나의 범죄행위가 발각된다면 그래도 민지가 나를 사랑할까 하는 생각이 들 때면 사시나무 떨리듯이 온몸에 오한이 들었다. 내가 저지른 범행이 세상에 드러나기 전에 영원히 땅에 묻어야 가족들이 살 수 있는데…. 내가 죽어야 추악한 과거도 함께 사라진다. 미련을 가지면 모두가 죽는다. 이제라도 깨끗하게 자살하여 부모님 명예라도 지켜 드리자. 그것이 자식 된 도리다. 낳아주고 이렇게 키워 주셨는데 절대로 누를 끼칠 순 없다. 내가 저지른 죄 누굴 원망해서도 안 된다. 해리를 찾아가서

용서를 빌어야 한다. 조금 늦었지만…'

종학이가 한참 상념에 빠져 있는데 휴대폰이 울렸다. 민지 전화였다. 받지 않으려다가 계속 전화를 할 것 같아 통화 스위치를 눌렀다.

"일 보셨어요? 저는 아직 집에 안 들어갔어요."

"응. 지금 아버지를 뵙고 있어. 오늘은 시간이 없을 것 같아. 내일 전화할 테니까 오늘은 그냥 집에 들어가."

이런 기분으로 민지를 만날 수가 없기에 거짓말을 하고 전화를 끊은 종학이는 창밖을 한참 동안 멍하게 바라보다가 책상에 앉았다. 목을 조여 오는 불안한 마음이 자꾸만 드는데 만약을 대비해야 하겠다는 생각이 들기에 간단하게 유서를 작성하였다. 해리를 죽인 후 지금까지 죄책감에 시달려 왔다. 부모님에게는 먼저 가는 자식을 용서해 달라고 하였다. 정상적인 삶을 이룰 수가 없기에 해리를 찾아가서 용서를 빌겠다고 쓴 후 봉인하여 책상 서랍에 넣었다. 한 번의 실수가 해리를 죽였고 자신마저 죽어야 하는 한을 씹으면서 종학이는 비 오듯 눈물을 쏟았다.

그날 밤.

잠자리에 들었어도 새벽까지 잠을 이루지 못하고 뒤척거리다가 먼동이 틀 무렵 깜빡 졸았다. 해리를 죽인 그 계곡에 민지와 함께 여행을 갔는데 현규도 있었다. 그런데 옆에 있던 민지가 갑자기 사라졌다. 종학이는 계곡을 뛰어다니면서 찾고 있는데 해리가 현규 손을 잡고 불쑥 나타났다. 해리는 치아가 망가진 홀쭉한 입에서 피를 흘리고 있었다. 민지를 찾고 싶으면 나를 따라가야 한다고 손짓하기에 싫다고 고함을 치다가 벌떡 일어났다.

꿈에서 깨어난 종학이는 식은땀을 얼마나 흘렸는지 머리카락과 상의가 축축하였다. 얼이 빠져 한참 동안 멍청하게 꿈을 생각하던 종학이는 가슴을 쥐어뜯으면서 숨죽여 흐느꼈다.

진우가 집에 들어가자, 아내가 측은한 눈으로 말없이 바라보다가 부엌으로 사라졌다. 아마 저녁밥을 준비하는 것 같았다. 진우는 서재에 들어가 상념에 접어들었다.

'서장과 과장 낯짝도 보기 싫은데 월요일에 지방청장에게 보고해 버릴까. 그리고 지방청에서 종학이를 검거할 때 같이 가면 되지 않을까! 그렇게 해도 이 사건에 고생한 우리 강력1팀은 아무런 공이 없는데…. 어떻게 해야 하나…. 어떻게 해야 모두가 만족할까…. 해운대경찰서 소속이니까 비록 수사요원에서 배제되었지만, 수사본부장이 되어 해리 살인 사건을 전담하는 서장에게 보고를 하는 것이 맞는데…. 그렇지만 고생을 많이 한 우리 강력1팀을 배제하면 안 되는데….'

어떻게 하면 1팀을 배려해 줄 수 있을까 이런저런 생각을 하고 있는데 아내가 불렀다.

"씻고 저녁 드셔야지요. 그리고 얼마나 다쳤는지 왜 말을 안 해요."

"부러진 것은 아니다. 금이 가고 인대가 늘어났대."

"당신 만난 지가 20년이 다 되어가지만, 매일 가슴을 졸이면서 살아요. 다른 사람들은 경찰관을 해도 순탄하던데 당신은 어떻게나 별난지…."

"뭐! 별나? 다쳐서 집에 들어온 남편한테 그게 할 소리야?"

"미안해요. 굴곡이 심하다고 해야 하는데 말주변이 없다 보니까 실수하였어요. 다음부터는 조심할게요."

진우가 의도적으로 벌컥 화를 내자 아내가 이내 꼬리를 내렸다. 성질이 괴팍한 남편을 긁어봐야 득 될 것이 없다고 생각해선지, 아니면 깁스를 하고 있는 남편이 불쌍하게 느껴져서 그런 것인지 아내는 재빨리 승복하였다.

"몸이 가려워 죽겠다. 목욕탕에도 가지 못하고 미치겠는데 아내라는 사람이 고생한다는 말은 못 할망정 바가지를 긁고 있어? 내가 누구를 위해 종을 울리나…. 내가 왜 사는지 정말 회의가 든다."

"알았어요. 등 밀어 드릴 테니까 샤워를 하세요."

못 이기는 척 세면장에 들어가 아내에게 몸을 맡긴 채 씻고 있는데 휴대폰이 울렸다. 틀림없이 서장일 것이다 생각하고 받지 않았다. 반 시간 정도 샤워를 하고 나오자, 기분이 날아갈 것만 같았다. 오랜만에 아내가 몸 구석구석을 씻겨주기에 기분도 삼삼하였다.

"애들은 다 어데 갔노?"

"학원 갔다가 친구 만나고 온댔어요."

"오랜만에 외식하러 갈까?"

"당신이 집에 안 계시니까 찌개가 그대로 남아 있어요."

"그래! 집에서 먹자."

외식을 포기하고 찌개를 데워서 오순도순 먹고 있는데 또 휴대폰이 울렸다. 받아보니 과장이었다.

"권 계장, 서장이 노발대발하고 있어요. 그렇게 말하고 나가는 사람이 어디 있어요. 서장이 기다리고 있으니 빨리 서로 들어와요."

"과장님, 내가 틀린 말을 하였습니까? 서울에 가서 수사한다고 몸이 엉망입니다. 좀 씻고 내일 들어가겠습니다."

서장이 과장하고 은밀하게 의논하였는지 아니면 서장이 신경질을 부렸는지 과장이 다급하게 말하고 있었다. 그러나 진우는 배알이 꼬이고 은근히 화가 치밀기에 변명을 하면서 튕겼다.

"어서 들어오세요. 이 생활을 하려면 윗분들 비위를 거스를 필요가 없어요. 권 계장도 잘 알고 있지 않소? 빨리 들어와요."

"알았습니다. 대충 샤워나 하고 들어가겠습니다."

서장을 대면하기가 싫었지만, 과장 말처럼 이 생활을 계속하려면 좋건 싫건 높은 놈 눈치를 보지 않을 수가 없어 못 이기는 척 들어간다고 하였다.

"샤워도 했는데 바로 들어가지 왜 배짱을 부립니까?"

"기분 나빠서 그런다. 좀 전에 서장을 만나고 오는 길인데 이렇게 다쳐 있는 것을 보고도 검다 희다 말 한마디 없다가 내가 범인을 밝혀냈다고 하니까 저 난리를 피우고 있다."

옆에서 듣고 있던 아내가 은근히 못마땅해하는 것 같아 진우가 서장을 만났던 상황을 이야기하였다.

"그래요! 당신이 쫓던 그 범인을 찾았어요? 고생하였네요. 그렇지만 뭔 영문인지는 모르지만 높은 사람 갉아봐야 무슨 득이 있겠소. 어서 들어가소."

"알았다. 애가 바싹바싹 타도록 한참 있다 들어 갈란다."

전화를 끊은 진우는 오랜만에 아내가 주는 커피를 느긋하게 먹은 후 1 팀에 어떤 배려를 해야 좋을까 생각하면서 경찰서로 향했다.

"진범을 발견하였다는데 상세하게 말해봐라."

"권 계장, 어서 오게. 그리고 오해를 하였으면 풀게."

한 시간쯤 후에 진우가 서장실로 들어가자, 서장과 과장이 대화를 나누고 있다가 반색하면서 숨 쉴 틈도 주지 않고 다그쳤다.

"현규의 머리카락이나 진성이의 소변은 간접증거였고 또 범인이 아니었습니다. 범인은 우리가 수사한 그대로 식도에서 혈액이 검출된 제3의 용의자가 틀림없고 또 단독범입니다. 이 증거는 본인이 부정해도 직접증거가 되기 때문에 유죄를 확신합니다."

"그렇지! 그래서 우리 수사본부에서도 제3의 용의자를 찾으려고 수사력을 집중하고 있지 않았나?"

"그 범인을 찾았다는데 그 사람이 누굽니까?"

진우가 변죽만 울리면서 말을 돌리자, 서장과 과장이 애가 타는지 식어 빠진 커피로 목을 축이면서 물었다.

"말하기 싫습니다. 월요일에 청장님을 뵙고 지방청으로 발령을 내 주십사고 말씀을 드릴 것입니다. 그때 청장님께 보고를 하고 지방청 형사들과 함께 검거하겠습니다."

"…"

"그러면 우리 서는 어떻게 되겠어요? 수사본부장인 서장님과 나는 얼굴을 들 수가 없을 것이오. 이 사건에 권 계장이 얼마나 고생하였어요? 섭섭한 것이 있으면 풀고 우리 수사본부에서 검거를 합시다."

서장은 할 말이 없는지 입을 다물고 있는데 과장이 애가 타는지 진우의 손을 잡고 흔들면서 사정하였다.

"과장님, 저는 이 사건을 수사하면서 직접 팀을 이끌고 동분서주 뛰었습니다. 차 안에서 요원들과 새우잠도 많이 잤고, 밥도 옳게 못 먹으면서 고생하였습니다. 그런데 수사팀을 대표하여 감봉이라는 중징계를 먹었습니다. 내가 뭘 잘못했습니까? 그런데도 서장님은 관서 평가를 잘 받으려고 나를 희생양으로 삼았습니다. 또한 청장님의 명으로 수사를 자청한 저를 수사본부에서 배제 시켰습니다. 온갖 고생을 하면서 단독으로 범인을 쫓다가 이렇게 팔까지 다쳤습니다. 부하 직원을 구렁텅이에 밀어 넣고 죽든 살든 관심 밖인데 내가 왜 서장님께 보고해야 합니까? 청장님께 보고하면 징계도 풀어 주고 표창장도 줄 것인데…. 해운대경찰서를 오고 싶어 왔겠습니까? 이 사건을 해결하려고 자청한 것입니다. 해운대경찰서가 죽을 쑤건, 수사본부가 무능하다고 비난을 받건 말건 저하고는 아무 상관이 없습니다. 이젠 이 사건의 진범을 찾았으니 해운대경찰서를 떠나겠습니다."

"…"

"…"

정곡을 찌르는 진우의 말에 서장과 과장은 할 말이 없는지 한참 동안 침묵을 지키고 있었다.

"애초에 이 사건은 단순하지 않다고 말씀을 드렸습니다. 그런데 서장님은 증거가 많아 쉽게 해결할 수 있다고 낙관하였습니다. 어렵게 수사를 하여 현규를 만났지만, 진술을 들어보니 범인이 아니라고 확신하였기에 풀어 주었습니다. 그런데 서장님은 마음대로 처리한다면서 저를 밀치면서 불같이 화를 냈습니다. 민성이도 그렇습니다. 무리하게 체포나 연행은 하지 않아야 되는데 압송하라는 과장님의 명을 어길 수가 없었습니다. 민성이를 상대로 1주일을 넘게 심문하였지만, 범인이 아니었습니다. 그때도 영장을 청구하지 않는다고 서장님이 얼마나 화를 내면서 면박을 주었습니까! 애초에 이 사건을 접할 때 현장 상황이 정연하지 않아 많은 의문점을 가졌습니다. 제3의 용의자가 단독으로 범행하지 않았나 추리를 하였지만, 서장님과 과장님은 믿지도 않았고 저는 어쩔 수가 없어 헛발질 수사를 하였습니다. 결국 몇 개월을 추적하여 두 사람을 검거하였지만, 범인이 아니었고 그 일로 나는 중징계를 먹고 기존의 수사팀은 해체가 되었습니다. 과장님도 아시겠지만, 강력1팀이 수사한 것 외에는 진도가 더 나아가지 않았을 것입니다. 본청에서는 수사팀을 격상시켜 놓고 시도 때도 없이 독촉을 하였겠지만, 2팀 직원들은 모두가 수사본부에서 빠져나가기를 학수고대하고 있을 것입니다. 관서 평가는 서장님을 위한 것이지 나와 힘들게 일하는 형사들에게 무슨 상관이 있습니다. 지방청에 가도 범인만 검거하면 됩니다. 월요일에 지방청에 가서 청장님께 보고하겠습니다."

"…."

"…."

이왕 내친김에 진우는 하고 싶은 말을 거침없이 쏟아내었지만, 서장과 과장은 꿀 먹은 벙어리가 되어 한마디도 대꾸를 하지 않았다.

"그만 나가보겠습니다."

인사를 하고 진우가 서장실을 나와도 두 사람은 눈을 감은 채 무엇을 생각하는지 묵묵히 있었다.

이튿날 과장이 몇 번이나 전화를 하였지만 진우는 모르쇠로 일관하였다.

월요일 오랜만에 늦잠을 잔 진우는 느긋하게 경찰서로 출근하였다. 경무과에 들러 병가를 신청하자 범인을 검거하다가 다친 것이니까 공상 처리를 하는 것이 좋겠다고 경무계장이 말하였다. 진우도 그렇게 하는 것이 좋겠다는 생각이 들어 고개를 끄덕인 후 병원에 가려고 나서다가 최 형사에게 전화를 하였다. 목뼈를 완치한 최 형사가 복귀하여 근무를 하고 있다기에 미안한 마음이 들어 나중에 저녁밥을 함께 먹으면서 반주나 한잔해야지 생각하였다.

"최 형사, 나도 팔을 다쳐서 병가를 냈다. 오늘 근무가 어떻게 되는데? 저녁때 밥 먹으면서 반주나 한잔할까?"

"계장님은 어쩌다 다쳤습니까? 많이 다쳤습니까?"

"넘어져서 조금 다쳤다."

"지금 상습 절도범을 조사하고 있는데 별이 6개나 돼서 영장을 청구해야 되겠습니다. 어찌 될지 모르니까 결과를 보고 나중에 전화를 드리겠습니다."

"그래! 일을 마무리한 후 전화를 해라. 오랜만에 강력1팀 전원이 회식이나 하자."

4주 진단서를 끊어 경무계에 제출해 놓고 집에 들어가서 좀 쉬어야지 생각하면서 경찰서정문을 나서는데 휴대폰이 울렸다. 받아보니 형사과장이었다.

"네. 과장님."

"과장실로 좀 들어오세요."

"병가를 냈는데 진단서를 제출하랍니다. 병원에 갔다 와서 잠깐 들리겠습니다."

"권 계장, 진단서가 바쁜 것이 아니오. 빨리 좀 오세요."

"그럼, 뭐가 바쁩니까?"

"…. 일단 들어와 보세요."

"알겠습니다. 진단서 받아서 들어가겠습니다."

진우가 강하게 나가자, 과장이 할 말을 잃었는지 묵묵히 있다가 사정조로 매달리기에 일단은 들어가겠다고 하였다. 병원에 들러 진단서를 발부받은 진우는 경무계에 제출하고 느긋하게 과장실로 갔다. 과장실에는 서장이 함께 있었다. 진우는 말없이 묵례만 한 후 소파에 앉았다. 잠시 침묵이 흘렀는데 그 침묵을 서장이 깼다.

"권 계장, 거듭 말하거니와 섭섭한 것이 있으면 그만 풀어. 이 사건으로 인해 서장이 사면초가에 몰려 있어. 그래도 권 계장 소속이 해운대경찰선데 지방청장에게 보고하면 되나. 지방청에서 범인을 검거하면 우리 경찰서는 상갓집이 된다. 내가 책임지고 징계를 풀어 주고 본청장 표창장을 받도록 상신하지. 암! 내가 약속하지."

"…"

"권 계장, 섭섭한 것이 있으면 그만 푸시오. 오늘 하루만 살 것이 아니고 내일 퇴직하는 것도 아니잖아요? 이렇게 시간을 보내다가 범인이 잠적하면 그때는 어떻게 하겠어요?"

"서장님, 왜 지방청장에게 보고하면 안 됩니까?"

"권 계장 소속이 해운대경찰선데 서장에게 보고하는 것이 원칙 아닌가?"

"서장님이 수사요원에서 배제시켰는데 어떻게 감히 서장님께 보고할 수 있습니까? 지방청장님의 명으로 수사를 하였는데 청장님께 보고해야 마땅하지요."

진우가 계속 뻗대자, 서장도 은근히 울화가 치미는지 말에 가시가 돋고 있었지만, 다른 곳으로 옮기면 된다는 생각에 겁나지 않았다.

"자, 자. 권 계장, 진정 좀 하게나. 일은 순리대로 풀어야 하지 않겠나.

지금까지 강력1팀을 이끌고 살인 사건을 쫓는다고 얼마나 고생이 많았는가? 그런데 그 열매를 지방청에 헌납한다면 수사본부는 꼴이 어찌 되겠는가. 그래도 권 계장이 근무하는 경찰선데…."

"서장님께 냉대만 받아 왔는데 진상하기 싫습니다."

"권 계장, 내가 모든 것을 약속하지. 그리고 앞으로는 직원들에게 좀 더 신경을 쓸 테니까 그만 애를 태우고 이야기를 해라."

"…."

"권 계장, 서장이 잘못하였다. 한번 살려주라. 지방청에서 이 사건을 해결하면 서장은 사표를 써야 한다."

"권 계장, 해운대경찰서를 살려준다 생각하고 수사본부에서 검거합시다."

"…."

"권 계장, 서장이 잘못했다고 하는데 꼭 지방청장에게 보고하여야 속이 시원하겠나. 서장을 한번 살려준다고 생각하면 안 되겠나?"

"권 계장, 그만 화를 풀고 우리 서에서 검거합시다."

"알겠습니다. 고생하였던 강력1팀을 배려해 주십시오."

진우가 대답을 하지 않고 침묵으로 버티자, 서장이 잘못을 시인하면서 거듭 애원하였고 과장이 사족을 달아 설득하였다. 진우는 할 말은 다 하였고 높은 놈하고 싸워봐야 피를 흘리는 것은 부하 직원이다. 과장 말처럼 이 생활을 당장 그만둘 것도 아니기에 못 이기는 척 상의 안주머니에서 감정서 두 장을 꺼내어 과장에게 주고 소변이 급해서 일어났다.

진우가 화장실에 들렀다 나오니 서장과 과장이 따라 나와 입구에 서 있다가 겸연쩍은 얼굴을 하고 있기에 설명이 필요하겠다 싶어 과장실로 다시 들어갔다.

"복사본은 제3의 용의자, 즉 피살자의 식도와 위 사이에서 검출된 혈혼을 감정한 사본입니다. 어제 국과수에서 발부받은 감정서는 용의자의 모발을 감정한 것인데 DNA가 100% 일치합니다. 동일 인물 즉 범인입니다. 이름은 강종학입니다."

"음! 틀림없군. 이 사람은 지금 어디 있어요? 잠적을 하기 전에 빨리 검거해야 합니다."

과장이 세밀하게 대조를 하다가 서장에게 감정서를 넘겨준 후 진우를 쳐다보면서 성급하게 물었다.

"틀림없군. 빨리 검거를 해야겠어."

진우가 잠시 침묵을 지키고 있는 사이에 서장이 두 장의 감정서를 대조한 후 얼굴에 화색을 띠면서 외쳤다.

"범인은 잠적할 위인이 아닙니다. 그리고 현재까지 아무것도 모르고 사법연수원에서 교육을 받고 있습니다."

"뭐! 사법 연수생?"

"판검사 될 사람이 왜?"

진우의 설명에 두 사람은 믿어지지 않는다는 듯 눈을 크게 뜨고 진우를 바라보면서 의아해하였다.

"그뿐만 아니라 범인의 아버지는 여당인 재한누리당의 산업분과위원장 강명찬 의원입니다."

"뭐!?"

"뭐라고!?"

진우의 거듭된 메가톤급 수사 발표에 서장과 과장의 눈이 왕방울이 되었고 벌린 입을 다물지 못하고 있었다.

"피살자의 아버지는 서울 D구청장인 것은 알고 있을 것입니다. 강명찬 의원은 죽은 피살자의 아버지와 호형호제하는 사이고 D구의 국회의원입니다. 물론 두 집안은 부인과 자녀들까지도 친합니다. 또한 처음에 검거하였다가 풀어 준 현규는 범인 종학이와 S대학교를 함께 다닌 급우이며 절친입니다. 종학이가 해리를 사랑해서 빚어진 우발적인 치정살인으로 추정합니다."

"음…."

"음…."

서장과 과장이 할 말을 잊은 채 이구동성으로 신음 소리를 흘리고 있어 진우가 말을 이었다.

"강 의원은 종학이가 현장에 타고 내려왔던 H사 신형 에쿠스를 부인 명의로 구입하였습니다. 임시번호판을 단 에쿠스는 범행 직후 강 의원이 폐차를 하였으며 모든 기록을 말살하였습니다. 구청 세무과, 차량 제조회사인 H사 지사 및 본사, 심지어 경찰청 전산망도 조작하여 기록을 완전히 삭제하였습니다. 내가 차량에 대하여 파고들자, 경찰청장을 통하여 나에게 징계를 가하도록 압력을 행사하였고 수사본부를 격상시킨다는 이유로 나를 배제토록 조종하였습니다. 또한 총상을 입은 민성이를 은밀하게 만나 인권위에 진정을 하고 검찰청과 본청에 고소하도록 뒤에서 사주하였습니다."

"허…!"

"음…!"

서장과 과장이 신음 소리를 연발하고 있어 진우가 잠시 두 사람을 바라보다가 차분하게 말을 이었다.

"차량 수사를 할 때부터 모든 것이 벽에 부딪혔습니다. 그렇지만 내가 이끌던 팀이 해체되지 않았으면 벌써 검거하였을 것입니다. 청장님께 부탁하여 다시 해운대서로 왔지만, 수사팀에서 배제하였기 때문에 어쩔 수 없이 혼자 뛰었습니다. 현장에서 실낱같은 단서를 포착하여 서울에 갔는데 수사를 하면 할수록 모든 곳에서 강 의원의 촉수가 감지되었습니다. 도저히 종학이에게 접근할 수가 없었으며 집 근처를 배회하다가 지구대에 연행도 되었습니다. 그래서 어쩔 수 없이 현규를 설득하여 움직였습니다. 현규를 종학이와 만나도록 주선해 놓고 주취 노숙자로 가장하여 자연스럽게 종학이의 머리카락을 직접 입수하였습니다. 내가 종학이를 파고든다는 것을 강 의원이 알았다면 저는 쥐도 새도 모르게 죽었을 것입니다."

"음…."

"그래! 이렇게 가로막고 있었으니, 수사를 할 수가 없었어. 사실 수사본부는 그동안 손을 놓고 있었어요."

"영장을 청구하십시오. 저는 팔을 다쳐 검거에 합류를 할 수 없을 것 같습니다. 과장님이 직접 수사요원들을 이끌고 가서 검거하십시오. 연수원은 고양시에 있습니다."

"대어를 잡았군. 이 모든 것이 권 계장 공이야. 내가 약속한 대로 반드시 징계를 풀어 주고 표창도 상신하지."

"권 계장 혼자서 수사를 한다고 고생을 많이 하였군. 역시 수사의 달인입니다."

진우가 일부는 추리를 한 것이지만 강 의원이 수사를 방해하고 막후 조종을 한 것이라고 믿어 의심치 않았기에 직접 겪은 것처럼 포장해서 말하였다. 서장과 과장은 신음만 쏟아내다가 진우가 말을 끝내자, 경쟁이라도 하듯 칭찬을 하였지만 과연 약속을 지킬지 의문스러웠다.

"서장님, 약속은 있지 마십시오. 그리고 고생한 강력1팀도 배려해 주십시오. 저는 선약이 있어 나가보겠습니다."

"무슨 약속이 있는가? 점심을 함께 먹지."

"웬만하면 약속을 취소하고 함께 점심을 먹으면서 전략도 수립하는 것이 어떻겠어요?"

"범인은 완전범죄를 하였다고 자만하고 있습니다. 그리고 사회적으로 신분이 있기 때문에 잠적할 수도 없습니다. 영장을 받아 예의를 갖추어서 체포만 하면 됩니다. 내가 먼저 만나자고 약속을 하였는데 지키지 않으면 욕 얻어먹습니다."

진우는 점심 약속이 없었지만, 거짓말을 한 후 일어서자, 서장과 과장이 만류를 하였다, 그렇지만 부하 직원은 생각도 않고 양지만 좇는 서장을 더 대면하기가 싫었다. 그리고 고생만 죽도록 한 강력1팀에 서장이 어떤 배려를 할지 두고 봐야겠다고 생각하였다. 보기 싫은 사람과 밥을 먹는 것보다는 1팀 직원들과 삼겹살이라도 구워 놓고 한잔하면서 그동안의 노고를 위로하는 것이 훨씬 즐겁겠다는 생각이 들기에 미련 없이 과장실을 나섰다.

이튿날 화요일 아침.

수사본부 요원 중에 행동이 민첩한 세 사람을 이끌고 경부고속도로를 달리는 황성욱 형사과장은 기분이 상쾌하였다. 지방청 부감사관으로 내정이 되어 있었지만, 7월 인사 때 입도 벙긋 못하고 탈락하였다. 사건은 오리무중이고 날짜만 가고 있어 속을 썩이고 있었는데 내 손으로 범인을 검거하게 되었으니 입이 저절로 벌어졌다. 그것도 권 계장이 부상으로 동행을 하지 않자 기분이 너무 좋았다. 사건을 수사한다고 권 계장이 온갖 고생을 하였는데 검거의 공은 자신이 차지할 수 있지 않는가. 그리고 범인을 검거한 자신은 화려하게 매스컴에 보도될 것이다. 자신이 해운대경찰서를 빛낼 수 있고 본청장 표창장도 문제가 없다고 생각하자 권 계장이 구세주 같았다. 사실상 권 계장이 지휘를 하던 강력1팀이 살인사건에서 배제된 후 자신이 직접 강력2팀을 지휘하여 수사를 이끌었지만, 사건은 한 걸음도 진전이 없었다. 그리고 수사요원들도 단합이 되지 않고 알력이 심하여 통솔을 할 수 없었다. 수사를 하러 나간 요원들이 놀다가 들어오는지 열정도 없었고, 적당히 시간만 보내고 들어오는지 석회 때 은은히 술 냄새도 풍기고 있었다. 본청에서는 서장을 본부장으로 격상시켜 놓고 범인을 빨리 검거하지 않는다고 닦달하고 있었다. 천우신조로 고속도로변에서 피해자의 소지품이 발견되었지만, 용의자를 추정할 수 있는 단서는 아무것도 발견할 수가 없었다. 날이 가고 달이 가도 자신은 추가적인 단서를 찾는 것은 고사하고 수사요원들 통솔마저 일사불란하게 할 수가 없어 전전긍긍하고 있던 참이었다. 서장은 종학이가 수업을 받을 때 체포해야 반항하지 않을 것이라고 말하였다. 그렇지만 대한민국 법조인의 산실인데 강의실에 난립하는 것보다는 연수원장의 협조를 얻어 깔끔하게 종학이를 검거하기로 작정하였다. 어제 오후 영장을 받았지만 다소 시간을 지체하여 출발하였기에 연수원에 도착하자 오후 3시를 넘어서고 있었다.

"점심을 안 먹어도 되겠나? 배가 고프면 한 그릇 먹고 들어가자."

권 계장 말처럼 독 안에 든 쥐라고 생각하자 성욱이는 느긋한 마음으로 요원들에게 물었다.

"휴게소에서 우동을 먹었는데 괜찮습니다."

"과장님, 괜찮습니다. 바로 검거하는 것이 좋겠습니다."

"그럼 들어가자."

문 경위가 괜찮다고 말하기에 성욱이는 약간의 반항이야 있겠지만 도망갈 녀석은 아니라고 판단하여 작전도 수립하지 않고 모두 연수원장실로 들어갔다.

"원장님, 부산 해운대경찰서 형사과장 황성욱입니다. 연수생 중에 살인 사건의 용의자가 있습니다. 여기 영장을 가져왔는데 협조를 좀 부탁드리겠습니다."

공무를 집행 중이지만 사회적으로는 비교를 할 수 없을 정도로 까마득하게 지위가 높은 사람이기에 신분증과 체포영장을 제시하면서 정중하게 예의를 차렸다.

"그래요! 어디 좀 봅시다. 헉! 강종학?"

"네. 강종학입니다. 잘 아는 교육생입니까?"

예순이 넘어 보이는 원장이 안경 너머로 영장을 훑어보다가 깜짝 놀라기에 성욱이가 물었다.

"음…. 종학 군은 타에 모범이 되는 우수한 교육생일 뿐만 아니라 국회의원 강명찬 씨 아들인데 이 영장이 틀림없습니까?"

"어제 오후에 부산 동부지원에서 발부받은 영장입니다. 강명찬 의원님의 아들 종학이가 확실합니다."

원장이 종학이의 신상에 대하여 잘 알고 있었는지 신음 소리와 함께 재차 묻기에 성욱이는 목에 힘을 주면서 대답하였다.

"믿을 수가 없군. 믿을 수가 없어. 피살자의 식도에서 검출된 혈흔이 종학 군의 DNA와 100% 일치한다면 범인이라는 말인데. 음…."

충격을 받았는지 연수원장은 신음 소리를 흘리면서 무엇을 생각하는지 한참 동안 눈을 감고 있었다. 그러다가 피곤함에 지친 모습으로 책상 모서리에 있는 벨을 눌렀다.

"지금 강종학 군이 수업을 받고 있을 거예요. 미스 장이 얼굴을 알고 있으니까 직접 가서 내가 찾는다 말하고 원장실로 데리고 와요."

"네. 원장님."

조금 전에 성욱이 일행을 안내하였던 부속실의 아가씨가 들어오자, 원장이 지시하면서 눈가에 잔 경련을 일으키고 있었다.

"원장님, 협조해 주셔서 감사합니다."

"종학 군이 살인범이라니 아직도 믿어지지 않습니다. 다른 교육생도 있으니까 소란을 피우지 말고 조용하게 데리고 가세요."

"알겠습니다."

연수원장이 진정이 되지 않았는지 약간 떨리는 목소리로 말하다가 눈을 감고 의자에 깊숙이 몸을 묻었다. 성욱이와 요원들은 무료하게 종학이가 들어오길 기다리면서 식어 빠진 커피를 홀짝거렸다.

수업을 받다가 부속실의 미스 장을 따라 원장실로 가던 종학이는 예감이 이상하였다. 원장은 아버지가 찾아왔을 때도 동석을 하였고 두 달 전에도 불러서 갔더니 격려를 해 주셨다. 그런데 이렇게 수업 시간에 갑자기 부른다는 것은 이해할 수가 없었다.

"미스 장, 원장님이 왜 찾습니까?"

"글쎄요. 제가 어떻게 알 수 있겠어요?"

"혹시 누가 찾아왔습니까?"

"네. 남자 네 명이 원장님을 찾아왔습니다."

그 소리를 들은 종학이는 순간적으로 가슴이 철렁 내려앉았고 형사라는 직감이 바로 왔다. 요즘 계속해서 마음이 불안하였고 흉몽을 꾸었는데 결국 올 것이 왔구나 생각하니 인생이 덧없다고 느껴졌다. 그렇지만 모든 사람이 보는 곳에서 수갑을 찬 채 끌려가는 것은 싫었다. 아니 검거되기 전에 아무도 모르는 곳에 가서 죽어야 한다. 그러면 이 사건은 내사 종결이 될 것이고 자신은 살인범으로 표면에 떠오르지 않을 것이다. 짧은 생에 미련이 없는 것은 아니지만 이 길만이 아버지의 명예를 지켜드리는 유일한 방법이다, 하는 생각이 머리를 스쳤다.

"미스 장, 먼저 올라가세요. 화장실에 잠시 들렀다가 갈게요."

화장실에 들어가면서 미스 장을 먼저 보낸 종학이는 월요일 아침에 차를 끌고 온 것이 생각났다. 화장실을 나와 주위를 두리번거리면서 엘리베이터를 타고 지하 주차장으로 내려갔다. 평소 인사성이 밝아 후문에서 근무하는 경비 아저씨는 종학이를 알고 있었다. 종학이는 급한 일로 잠시 나가야 한다고 태연하게 거짓말을 한 후 후문을 빠져나와 차량 행렬에 끼어들었다.

'이젠 어떻게 해야 하나? 형사들이 여기까지 찾아올 정도면 이미 내가 범인이라는 것을 알고 체포영장을 가져왔을 것인데…. 손가락에서 흘린 피는 모두 닦아 냈는데 어떻게 증거를 찾았을까? 차량에 대한 것은 아버지가 폐차를 하는 등 완벽하게 처리하였다고 말씀하셨는데…. 요즘 계속 흉몽을 꾸었는데 해리가 나를 기다리고 있는 것이 틀림없는 것 같았다. 벌써 따라가서 사죄했어야 하는 것인데…. 너무 늦은 것 같지만 지금이라도 해리를 찾아가야 한다. 내가 범인으로 재판을 받는다면 언론에서 대서특필할 것이고 아버지는 모든 것을 잃게 된다. 그뿐만 아니라 세상 사람들에게 손가락질받고 우리 집은 풍비박산이 난다. 그리고 해리 집과는 원수가 되어 부모님은 얼굴을 들고 다닐 수가 없을 것이다. 내가 죽어야 모든 사람이 산다. 아버지도 어머니도 해리 부모님도, 그래! 잡히면 죽을 기회도 없다. 적당한 장소를 찾아서 죽자. 그 길이 모두가 영원히 살 수 있는 길이다. 요즘 계속 흉몽을 꾸기에 어떻게 될지 알 수가 없어 유서를 몇 자 적어 두었는데 정말 잘했구나.'

이런저런 생각이 머리를 스치자, 자신도 모르게 눈물이 흘러내렸다.

종학이는 침착하게 휴대폰을 꺼내 들고 아버지에게 전화를 하였다. 아버지는 벨 소리가 끊어질 때쯤 받았다.

"아버지, 접니다. 민지와 여행을 다녀오려고 합니다. 만약 제가 안 돌아오면 저의 책상 서랍을 열어보십시오. 그러면 알 수 있을 것입니다. 아버지, 존경하고 사랑합니다. 낳아주시고 키워 주신 은혜 갚지 못하고 떠나는 아들을 용서해 주십시오."

전화를 받기에 일방적으로 급하게 말한 후 배터리를 뽑았지만, 종학이의 두 볼에는 회한의 눈물이 걷잡을 수 없이 쏟아져 내렸다.

"원장님, 강의실이 여기에서 멉니까? 한참 시간이 지난 것 같은데…."

"강의실은 동쪽에 있는 별관인데…."

20여 분을 넘게 기다려도 종학이가 들어오지 않기에 성욱이가 묻자, 원장이 중얼거리면서 벨을 눌렀다. 잠시 후 종학이를 부르러 갔던 아가씨가 혼자 들어왔다.

"종학 군은 어떻게 되었어요?"

"함께 오다가 잠시 화장실에 들어갔는데 아직 안 왔습니까?"

아가씨의 말을 듣는 순간 성욱이는 아차! 탄식을 쏟아내었다. 원장이 부르는데 설마 도주를 하겠나, 또 장소가 법조인의 산실이라 검거를 한다고 설칠 수가 없었는데 낭패다 하는 생각이 순간적으로 머리를 스쳤다.

"김 형사와 주 형사는 아가씨와 함께 빨리 화장실에 가봐라. 원장님, 밖으로 나가는 출입문이 몇 개 있습니까? 급합니다. 경비원에게 종학이가 밖으로 나가려고 하면 잡아 두라고 전화를 좀 해 주십시오."

성욱이가 다급하게 말하자 원장이 낭패한 표정으로 부속실로 나가서 실장에게 지시를 하고 들어왔다. 잠시 후 김 형사와 주 형사가 달려와서 화장실에 없다고 보고하였다. 그때 실장이라는 오십 대 후반쯤의 대머리 남자가 들어와서 종학이가 차를 타고 후문으로 나갔다고 말했다.

"차량 넘버는 어찌 됩니까? 무슨 차를 타고 갔습니까?"

"…. 다시 전화해서 알아보겠습니다."

성욱이가 다급하게 묻자, 실장이 우물쭈물하다가 원장을 슬쩍 쳐다본 후 잰걸음으로 나갔다.

"BMW인데 번호는 모르고 있습니다. 행정실에 전화를 하였지만 등록이 되어 있지 않았습니다."

잠시 후 실장이 들어와서 원장에게 보고를 하는데 성욱이는 어처구니가 없었다. 눈앞에서 멀거니 놓치고 차량번호도 모른다니 황당하였다. 잠시 생각을 하던 성욱이는 권 계장이 알고 있을 것 같아 급하게 전화를 하였다.

"권 계장, 과장인데 종학이 집 BMW 넘버를 알고 있어요?"

"네. 검거하였어요?"

"급한데 넘버부터 이야기를 해봐요."

거두절미하고 독촉하자 권 계장이 조금 있다가 넘버를 불러주기에 성욱이는 가슴을 쓸어내리면서 받아 적었다.

"문 경위, 빨리 이 차를 수배하라. 살인 용의자가 운전하는 차량이라고 112에 신고해라. 서울로 갈 수 있으니까 그쪽 112에도 하고. 용의자 이름과 인상착의도 불러 줘라. 그리고 김 형사는 종학이 휴대폰을 위치 추적하라."

성욱이가 메모한 쪽지를 주면서 말하자 문 경위와 주 형사가 재빨리 경기도와 서울 112에 신고하였고 김 형사는 소방서에 위치 추적을 의뢰하였다.

"원장님, 종학이의 소지품을 볼 수 있겠습니까?"

요원들이 순발력 있게 움직이는 것을 물끄러미 바라보고 있던 성욱이가 입맛을 다시면서 자책하다가 원장에게 물었다.

"그렇게 하세요. 이거 미안해서 어쩌죠?"

"멀리 가겠습니까? 집에 갔겠지요."

"실장, 이분들을 안내하여 종학 군의 사물함을 열어보세요."

진우와 일행이 실장을 따라가서 종학이의 사물함을 열어보니 추리닝과 학습 노트 등 특이한 것이 없었다.

"실장님, 혹시 종학이와 친한 친구가 있으면 만나 볼 수 있겠습니까?"

"글쎄요. 종학 군과 친한 학생은 민지라는 연수생이 있는데 지금은 수업 중이라 좀 곤란합니다."

"실장님, 급합니다. 몇 마디 물어보려고 그럽니다. 편리를 좀 봐주십시오."

"원장님께 여쭈어보겠습니다."

전화를 하던 실장이 원장의 허락을 받았는지 휴게실로 데리고 오겠다면서 나갔다. 성욱이 일행은 실장이 가르쳐 주는 대로 지하 휴게실로 내려갔다.

"아가씨, 종학 군을 만나러 왔는데 말도 없이 차를 타고 나갔습니다.

어디로 갔는지 알 수 있습니까?"

10분쯤 기다리자, 실장이 발랄하게 생긴 긴 생머리 아가씨를 데리고 오기에 성욱이가 다급하게 물었다.

"어디서 오셨어요? 그렇지 않아도 선배가 수업 중에 나가서 안 들어오기에 궁금하게 생각하고 있었는데…"

"종학 군과 잘 아는 친척입니다."

"집에 갔거나 그렇지 않으면 급한 일이 있어 나갔겠지요. 좀 기다리면 들어올 것입니다."

성욱이가 몇 가지 질문을 하여도 아가씨는 아무것도 아는 것이 없었고 또한 깊이 물어볼 수가 없어 전화번호를 얻은 후 종학이 집으로 달려갔다.

넋이 빠진 종학이가 정처 없이 차를 몰고 가다가 정신을 차려서 주변을 둘러보니 어느새 서울 도봉역을 지나고 있었다. 예감이 이상하여 주변을 둘러보고 백미러를 쳐다보니 경찰차 한 대가 경광등도 켜지 않고 사이렌도 울리지 않은 채 따라오고 있었다. 잡히면 죽음보다 더한 고통과 파멸이라는 생각이 들자 갑자기 속력을 높여 방학사거리 방향으로 질주하다가 주택가 골목길로 꺾어 들었다.

'잡히면 안 된다. 잡히면 모두가 죽는다. 부모님을 살려야 한다. 아무도 모르게 죽을 장소를 찾아야 한다. 남에게 피해를 주지 않고 죽을 만한 곳이 어딜까? 이미 서울도 수배를 하였기에 경찰차가 따라붙은 것이다. 멀리 갈 수가 없다. 연락을 받은 모든 순찰차가 이곳으로 달려 올 것이다. 그렇다! 차가 표적이 되고 있다. 일단 차를 버리자. 그러면 시간을 벌 수 있다.'

종학이는 빌라 주차장으로 들어가 차를 감추었다. 길에 나와서 뒤돌아보니 뒤 트렁크 윗부분만 조금 보였다. 수색을 해서 발견하려면 시간이 오래 걸릴 것이다, 생각하면서 태연히 걸어가고 있는데 순찰차 두 대가 쏜살같이 종학이를 스쳐 달려가고 있었다. 종학이가 넓은 소방도로에 나오자, 몇 보 앞의 택시에서 손님이 내리고 있었다. 잰걸음으로 다가가서 성큼 올라타고 성원아파트 사거리로 나오는데 경찰차 한 대가 더 지나가고 있었다.

"경찰차가 많이 출동하는데 무슨 일이 있는 것 같군."

"어르신, 연산군 왕릉으로 해서 우이동파출소 앞으로 갑시다. 요즘에는 치안센터로 바뀌었을 겁니다."

일흔이 넘어 보이는 개인택시 기사가 룸미러로 종학이를 보면서 중얼거리기에 의심을 사지 않으려고 일부러 치안센터 앞에 내려달라고 하였다. 치안센터를 말한 후 가만히 생각해 보니 고등학교 다닐 때 해리와 함께 우이동계곡에 놀러 간 것이 생각났다. 그때 해리가 중학교 3학년인가 되었는데 참 예뻤다. 그 당시에도 나중에 커서 어른이 되면 해리와 결혼해야지 그런 생각을 한 것 같았다. 그래! 해리야, 내가 너의 곁으로 갈게. 늦었지만 저승에서나마 결혼해서 행복하게 살자. 너를 공주처럼 받들면서 두고두고 용서를 빌게.

"손님, 다 왔습니다."

한참 생각을 하고 있는데 할아버지 기사가 다 왔다고 하여 밖을 내다보니 우이동 치안센터 앞이었다.

"어르신, 여기 오니까 대학교 다닐 때 우이동계곡에 놀러 간 것이 생각납니다. 올라가면 북한산사무소가 있는데 거기에 내려 주세요."

"지금 올라가면 얼마 있지도 못하고 내려와야 할 텐데…."

종학이가 우이동계곡으로 올라가자고 말하자 택시 기사가 시계를 보면서 걱정스럽게 말끝을 흐렸다.

"밤에도 등산객이 많습니다. 시원할 텐데 추억을 생각하면서 놀다가 천천히 내려와도 됩니다."

종학이가 웃으면서 쾌활하게 말하자 택시 기사가 계곡 방향으로 꺾어 들었다. 북한산사무소 우이분소 앞에 내린 종학이는 5만 원짜리 지폐를 주고 수고했다면서 거스름돈을 받지 않았다. 택시에서 내려 시계를 보니 오후 6시가 다 되었지만, 아직도 산을 오르는 등산객이 있었다. 종학이도 등산객 뒤를 따라 천천히 소귀천계곡으로 올라갔다.

지리를 몰라 내비게이션에 종학이 집 번지를 입력한 후 가르쳐 주는 대로 달렸다. D구 대덕동 종학이 집 앞에 도착하자 오후 6시가 조금 넘었는데 집안은 의외로 조용하였다.

"빨리 내려서 BMW가 들어왔는지 주변을 탐문해 봐라."

성욱이는 종학이가 집에 왔으며 체포영장이 있으니까 바로 가택수색을 하려고 요원들에게 지시하였다.

"안 들어왔습니다."

"안 들어온 것이 확실합니다."

10여 분쯤 아래위를 뛰어다니던 요원들이 숨을 헐떡거리면서 말했다.

"휴대폰이 켜져 있는지 한 번 더 전화해 봐라."

"조금 전에도 전화를 하였지만 계속 꺼져 있습니다."

"적당한 장소에 차를 붙여라. 잠복한다. 혹시 차를 버리고 도보로 올지 모르니까 휴대폰에 입력을 해둔 사진을 숙지해라."

요원들에게 지시한 후 어디에 배치를 할까 생각하면서 사방을 둘러보고 있는데 휴대폰이 울렸다. 전화번호가 해운대경찰서 번호였다. '서장이구나' 생각하면서 전화를 받았다.

"황 과장, 검거해서 내려오고 있나?"

"아닙니다. 아직 검거하지 못했습니다."

"그럼 벌써 눈치를 채고 잠적하였나?"

"그게 아니고…. 연수원에서 검거하려는 찰나 도주하였습니다."

"연수원에서 교육을 받던 범인이 어디로 도망을 가?"

성욱이가 말끝을 흐리자 서장이 대뜸 귀가 울릴 정도로 고함을 질렀다.

"곧 검거할 것입니다. 너무 걱정하지 마십시오."

"검거하지 못하면 내려오지 마."

서장이 고함을 치면서 전화를 끊기에 성욱이는 울컥하는 마음이 들었다. 권 계장이 하는 말처럼 부하 직원을 배려하는 마음은 눈곱만큼도 없다는 생각이 들었다. 경찰대 출신이면서도 모든 것을 자기 위주로 생각하고 부하 직원들을 사병으로 부려 먹는 구시대적 사고방식을 가진 표본이라 생각하였다. 높은 곳만 바라보는 해바라기라고 모두 수군거리는 것을 오래전부터 들었지만, 살인 사건의 부본부장을 맡아 자신이 직접 당해보니 실감이 났다. 그나저나 독 안에 든 쥐를 눈앞에서 놓쳤기에 성욱이는 할 말이 없었다. 며칠이 걸리든 간에 검거를 해서 내려가겠다고 작정하였다.

"문 경위는 저기, 김 형사는 저쪽, 주 형사는 여기서 잠복해라. 종학이가 곧 집으로 올 수 있으니까 놓치면 절대 안 된다."

수사요원들을 요소요소에 배치한 성욱이는 판단 잘못으로 일을 크게 벌인 자신을 자책하였다. 그런 가정에, 그런 위치에, 그런 환경에 있는 사람이 법적으로 싸움을 할 것이라고 믿어 의심치 않았다. 그런데 한마디 변명도 없이 도주하였으니 성욱이는 기가 막혔다. 차 안에 들어간 성욱이는 권 계장에게 자문을 구하려고 전화를 하였다. 한참 동안 벨이 울리고 전화를 받을 수 없다는 멘트가 나와 다시 연결을 시도하니 끊길 때쯤 받았다.

"권 계장, 과장인데 놓쳐 버렸어요. 지금 집 주변에 와서, 잠복하고 있는데 가족관계와 집 구조는 어떠한지 알고 있어요?"

"연수원에 없었습니까?"

"있었는데 검거 직전에 도주를 하였어요."

"가족관계는 단출하게 독자입니다. 집에는 못 들어갔기에 구조는 잘 모르겠습니다."

"멀거니 눈을 뜬 채 당했어요. 서장이 노발대발인데 미치겠어요."

"당황해서 잠시 피신하였겠지요. 곧 집으로 들어오지 않겠습니까?"

"그래! 알았어요. 시간이 좀 걸려도 검거해서 내려가겠어요."

전화를 끊고 등받이에 몸을 기댄 성욱이는 범인의 환경과 지위만 생각한 채 작전도 없이 너무 안일하게 대처하였다고 후회하였다. 적어도 정문과 후문에 형사들을 배치하였으면 손쉽게 검거하였을 것인데 생각하니 자신이 너무 한심스러웠다.

새벽에 벤츠를 타고 강 의원으로 보이는 사람이 들어왔다가 금방 나가기에 문 경위와 김 형사를 남겨 놓고 주 형사와 함께 미행하였다.

강 의원은 주거지의 D경찰서로 들어갔다. 경찰서정문 주변에서 잠복하고 있으니까 20여 분쯤 지난 후 흐느적거리면서 나왔다. 경찰서에 무슨 일로 왔는지 알아보고 싶었지만, 시간이 없어 따라붙었다. 그런데 강 의원은 바로 집으로 들어가서는 기척이 전연 없었다. 집안과 정원에 불을 환하게 켜놓았지만, 적막만이 감돌고 있었다.

성욱이는 문 경위를 불러 강 의원이 D경찰서에 무슨 일로 방문하였는지 조사를 지시하였다. 한 시간 정도 기다리자 문 경위가 돌아왔다. 강 의원이 교통사고나 자살 사건의 변사체가 발생하였는지 물었다고 하였다. 그래! 아직 안 들어온 것이 확실하다. 어디 갈 곳이 있겠나? 집에 들어오든지 그렇지 않으면 연락을 하겠지. 강 의원만 미행하면 검거할 수 있다고 생각하자 성욱이는 어느 정도 안심이 되었다. 밤이 깊어 가도 강 의원 집에는 불이 꺼지지 않았다. 성욱이는 요원들에게 교대로 차에서 눈을 붙이도록 지시를 한 후 상념에 빠져 있다가 깜빡 잠이 들었다.

"과장님, 과장님,"

누군가 어깨를 두드리면서 부르기에 눈을 떠보니 문 경위가 코앞에 있었다.

"웅! 깜빡 졸았군. 들어왔어?"

"아닙니다. 강 의원 차가 나오고 있습니다."

"종학이를 만나러 가는 것이 틀림없다. 모두 타라."

시계를 보니 오전 7시가 넘었고 날은 훤하게 밝아 있었다. 요원들을 모두 태우고 조심스레 미행하였다. 큰길에 나오자 벤츠는 요리조리 차를 피해 곡예 운전을 하면서 무섭게 질주하였다. 신호등도 무시하고 과속으로 달리기에 미행이라 할 수 없을 정도로 최선을 다하여 따라붙었지만 결국 놓치고 말았다.

"과장님, 놓쳤습니다. 어디로 빠졌는지 모르겠습니다."

운전을 하던 문 경위가 속력을 떨어뜨리면서 송구스럽게 말했다.

"하! 어떻게 이런 일이…. 여기가 어디고?"

"태릉인 것 같습니다."

성욱이가 탄식을 하면서 묻자, 조수석에 타고 있던 김 형사가 거리의 간판을 보면서 대답하였다.

"하! 미치겠네. 어떻게 해야 하나…. 할 수 없다. 차를 수배하자. 김 형사, 번호가 어떻게 되더노?"

잠시 생각을 하던 성욱이가 궁여지책으로 112에 차량을 수배하려는데 옆에 타고 있던 주 형사의 휴대폰이 울렸다.

"네? 네. 알았습니다. 감사합니다. 과장님, 소귀천계곡에서 변사체가 발생하였는데 인상착의가 종학이 같다고 합니다."

전화를 끊은 주 형사가 과장에게 다급히 말하였다.

"뭐! 변사체? 어디서 온 전화야?"

"어제 차를 수배하였던 서울 112 지령실입니다. 소귀천계곡인데 등산객이 발견하여 신고하였답니다."

"소귀천계곡이 어딘데? 그렇다면 강 의원도 연락받고 가는 것이구나. 우리도 빨리 가보자."

내비게이션에 소귀천계곡을 입력하여 달려가니 북한산사무소 우이분소 앞에 경찰차 세 대와 벤츠, 119구급차가 보였다. 구급차 근처에 차를 세우고 계곡 아래쪽을 보니 정복을 입은 경찰관과 형사로 추정되는 남자 십여 명이 들것에 사체를 담아 도로변으로 운반하고 있었다. 가까이 오는 것을 확인하니 정복을 입은 지구대장이 앞장을 섰고 그 뒤에 강 의원으로 추측되는 사람이 눈물을 흘리면서 사체를 뒤따르고 있었다. 성욱이는 뒷전에서 멀거니 바라보고 있다가 구급차와 벤츠가 떠나자, 지구대장 곁으로 가서 신분증과 영장을 제시하면서 물었다.

"고생이 많습니다. 부산 해운대경찰서 형사과장입니다. 우리가 쫓고 있는 살인 사건의 용의자인데 변사자가 강종학이가 맞습니까?"

"네. 맞습니다. 주민등록증을 확인하였습니다."

"사인이 무엇입니까?"

"저 위에서 계곡으로 뛰어내린 것 같습니다."

정년이 거의 다 되었는지 머리카락이 반백이고 얼굴에는 주름살이 꽤 많은 지구대장이 쓸쓸하게 대답하였다.

"혹시 유서 같은 것은 없었습니까?"

"있었는데 강 의원이 빼앗아 갔습니다."

"내용을 보았습니까?"

"네. 보았는데…."

"뭐라고 쓰여 있었습니까?"

"아버지, 용서하십시오. 제가 저지른 죈데 제가 안고 가는 것이 마땅합니다.' 대충 이렇게 쓰여 있었습니다."

"음…."

지구대장과 대화를 나누던 성욱이는 자신도 모르게 신음 소리를 내뱉으면서 담배를 꺼내 물었다.

반년이 넘도록 해운대경찰서가 명운을 걸고 밝혀낸 범인을 눈앞에서 놓치는 바람에 허탕을 치고 말았다. 범인을 검거하기 직전 자살을 선택하였기에 그동안 고생한 보람이 일순간에 물거품이 되고 말았다. 죽음이란 극단적인 선택을 할 것이라고는, 꿈에도 생각하지 못했기에 성욱이는 어이가 없었다. 범인의 심정이 그렇게도 절박하였던 것일까? 그렇게도 법을 잘 아는 사람이 왜 살인이라는 큰 죄를 저질렀는지 이해를 할 수 없었다. 모든 자료를 취합하여 보고하면 수사는 종결되겠지만, 범인을 검거하여 법정에 세울 수가 없었기에 서장이나 권 계장에게 얼굴을 들지 못하겠구나, 생각하니 기분이 씁쓰름하였다. 그렇지만 범인의 입장이라면 만인에게 지탄을 받는 구차한 삶보다는 차라리 자살을 선택하는 것이 현명한 방법이라는 생각도 들었다.

인과응보라 생각하면서 눈을 들어 멀리 하늘을 보니 북한산 정상에 뭉게구름이 피어났다가 흔적도 없이 사라지기를 반복하고 있었다.

'그래! 한 치 앞도 내다보지 못한 인간들이 명예와 탐욕을 부린들 저 뭉게구름처럼 언제 어느 때 사라질지 모르는 것인데… 무지몽매한 인간들이 천년을 살 것처럼 많이 가지려고 설치니 세상이 혼탁한 것이다. 마음을 비우고 미련을 버리자. 인생무상 제행무상인 것이 우리의 인생사인데… 하찮은 나도 젊은 서장 눈치 보면서 이 자리를 지키려고 갑질하지 않았던가. 이 옷을 입고 바둥거려 본들 앞으로 무슨 큰 영화를 누리겠나. 내려가면 명퇴를 신청하자. 영욕의 30여 년 세월을 던져버리고 가정으로 돌아가자. 어려운 살림에 홀어머니 모시면서 애들 뒷바라지한다고 묵묵히 고생한 아내를 보듬어 주자. 그리고 고생하였다고 따뜻한 말 한마디 해 주자.'

뭔가 모르게 뭉클한 감정을 느낀 성욱이는 아내의 작은 가슴을 채워 주리라 다짐하면서 발길을 돌렸다.